在文学中领悟，在生活中成长。

——代显梅

文学与生活

LITERATURE & LIFE

TRANSLATION AND INTERPRETATION OF ENGLISH CLASSIC SHORT STORIES

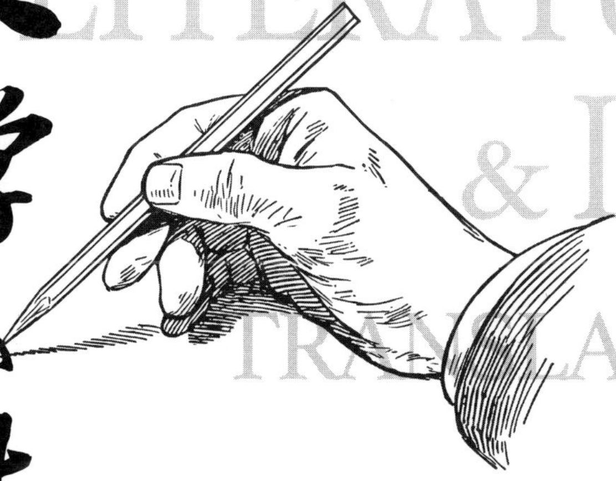

英语短篇小说名篇翻译与赏析

代显梅　编著

中国人民大学出版社
·北京·

目　录

导　论　文学经典阅读与人文价值传承 ……………………………001

第一章　纳撒尼尔·霍桑:《拉帕西尼的女儿》(1843)………………013

当今世界的伊甸园……………………………………………042

第二章　赫尔曼·麦尔维尔:《抄写员巴特比：一个华尔街的故事》(1853)……………………………………………………………050

人性的觉知与遗失……………………………………………091

第三章　查尔斯·狄更斯:《信号员》(1866)…………………………102

底层人的不幸…………………………………………………117

第四章　亨利·詹姆斯:《真品》(1892)………………………………126

艺术家即真品…………………………………………………156

第五章　约瑟夫·康拉德:《埃米·福斯特》(1901)…………………165

命运之网………………………………………………………197

第六章　詹姆斯·乔伊斯:《死者》(1907)……………………………207

生死之间的雪花………………………………………………258

第七章　凯瑟琳·曼斯菲尔德:《理想之家》(1921)…………………267

家中的陌生人…………………………………………………276

第八章　约瑟夫·鲁德亚德·吉卜林:《园丁》(1926)………………284

无法言说的丧子之痛…………………………………………298

第九章　威廉·福克纳:《献给埃米莉的玫瑰》(1930)………………307

历史的负担……………………………………………………320

第十章　弗吉尼亚·伍尔夫:《飞蛾之死》(1942)……………………328

生命的真谛……………………………………………………332

参考书目……………………………………………………………338

致　谢………………………………………………………………341

Contents

Introduction	Preserving Human Values via Reading Classic Literature	001
Chapter One	Nathaniel Hawthorne: "Rappaccini's Daughter" (1843)	013
	The Eden of the Present World	042
Chapter Two	Herman Melville: "Bartleby, the Scrivener" (1853)	050
	The Rise and Fall of Humanity	091
Chapter Three	Charles Dickens: "The Signal Man" (1866)	102
	Misfortune of the Subaltern	117
Chapter Four	Henry James: "The Real Thing" (1892)	126
	Artist Is the Real Thing	156
Chapter Five	Joseph Conrad: "Amy Foster" (1901)	165
	The Net of Fate	197
Chapter Six	James Joyce: "The Dead" (1907)	207
	Snowflakes between Life and Death	258
Chapter Seven	Catherine Mansfield: "An Ideal Family" (1921)	267
	The Stranger at Home	276
Chapter Eight	Rudyard Kipling: "The Gardener" (1926)	284
	The Unspeakable Pain of Losing Son	298
Chapter Nine	William Faulkner: "A Rose for Emily" (1930)	307
	The Burden of History	320
Chapter Ten	Virginia Woolf: "The Death of the Moth" (1942)	328
	The True Nature of Life	332
References		338
Acknowledgements		341

Contents

导 论

文学经典阅读与人文价值传承

2024 年 10 月 25—27 日，由中山大学外国语学院承办的第八届英语文学专题研讨会，邀请国内知名英语文学学者如陆建德老师、王守仁老师等就“文学教育、自省精神与公共价值”发表主旨演讲。他们就文学中的真、善、美如何把某一社会的公共价值提升到全人类的共同价值，文学教育如何把学生从抽象的概念中解放出来，文学作品如何培养学生面对复杂的人性和人生，做了深入浅出的发言，引起了与会师生的强烈共鸣。这就向中国的外国文学教育者和研究者传递出一个重要信息：文学经典阅读从来都不是作家和学者书斋里的自娱自乐，而是与现实生活紧密相连的；经典作家总是以高度的社会责任感，把古往今来人类共享的价值用审美的形式传递给读者，帮助人们相信精神生活与情感价值的重要性。

亨利·詹姆斯在《小说的艺术》（1884）中写道：“从最广泛的意义上讲，一部小说是对生活的个人而直接的印象：首先，印象的强度决定了作品的价值。”[①] 可见，文学源于生活，经典文学因其印

① Henry James, “The Art of Fiction”, *Literary Criticism*, Vol. I (New York: The Library of America, 1984), p.50.

象的强度和心灵境界的深远而对生活具有很大的指导作用。美国当代文学批评家哈罗德·布鲁姆在《短篇小说家与作品》的前言中写道："莎士比亚可以代表最高文学造诣的最良善效用：倘若真正理解了，它能够治愈每个社会所固有的一些暴力。"① 在谈到美国诗人惠特曼诗歌的人文价值时，布鲁姆指出："阅读惠特曼，真正理解了惠特曼，能够使你学会自助，学会治愈你的意识创伤。"②终生致力于揭示文学经典的审美价值与人文精神的布鲁姆告诉我们，文学批评的社会功能在于以鉴赏的方式参与公众活动，"我将文学批评的功能多半看作鉴赏"，"文学批评是个人的行动，也是公众的行动"③。简言之，经典文学作品的治愈力量在于，通过鉴赏其成功秘密，挖掘其审美之维，培养读者的审美辨别力和文字解读力，以此传递文学作品的人文精神，实现文学作品的社会价值。

一、经典文学作品的特质

刘象愚教授在"西方现代批评经典译丛"总序（二）中精辟地总结了经典的四个特质，即内容的丰富性、实质的创造性、时空的跨越性和无限的可读性。我们在此基础上添加文学的修辞艺术和留白，来总结经典文学作品的特质，这正是本书所选的十篇英语短篇小说所具有的经典特色。

第一是内容的丰富性。刘象愚指出："所谓丰富性，是指经典应该涉及人类社会、文化、人生、自然和宇宙的一些重大的思想和观念，这些思想与观念的对话和论证能够促进人类文明的进步、社会的完善，参与人类文化传统的形成与积累，并积极地丰富和有益

① 哈罗德·布鲁姆：《短篇小说家与作品》，童燕萍译，译林出版社，2016，第 2 页。
② 同上书，第 3 页。
③ 同上书，第 3-4 页。

于人类生活。”[①]本书所选的约瑟夫·康拉德的故事《埃米·福斯特》触及的就是现代人漂泊无依的命运，在探索构成现代人的命运之网时，康拉德不仅继承了古希腊悲剧作家对于神秘的自然力量的意识，而且补充进了他对社会环境和个人主观能动性的觉察。这些主客观因素一起左右着康拉德的主人公的命运走向，生动地诠释了“人类社会、文化、人生、自然和宇宙的一些重大的思想和观念”。经典作品的这种丰富性有助于读者对复杂多变的现代生活保持一份耐心和探索精神。

第二是实质的创造性。刘象愚指出：“所谓创造性，是指经典不仅要包容尽可能多的思想观念，更重要的是，它在讨论这些思想观念时必须有所创新，而不仅仅是重复前人或他人已经说明的东西。”[②]这就提出了经典如何处理好传统与创新的问题。在这方面，哈罗德·布鲁姆进一步指出了文学经典的创新性：“一首诗、一部戏剧或一部小说无论多么急于直接表现社会关怀，它都必然是由前人的作品催生出来的。”[③]《埃米·福斯特》对现代人悲剧命运的探索便是基于古希腊悲剧的传统，并融入了康拉德对悲剧命运的原创性思考。吉卜林的《园丁》和伍尔夫的《飞蛾之死》都隐含着战争主题，但是这两个现代故事已不再是《荷马史诗》对战争英雄的称颂，而转入对平凡生命在日常活动中表现出来的存在尊严的欣赏，并提醒战争造成的毁灭性后果。可以说，前人的作品催生了新时代的经典文学，新时代的经典文学又刷新了前人的悲剧观念与战争观念。

第三是时空的跨越性。刘象愚指出：“所谓跨越时空性，是说经典应该总是与现实的社会生活紧密相关。过去任何时代的经典，其旺盛的生命力都表现在它总是现在时，总是与当代息息相

①② 刘象愚：总序（二），载《语言与沉默：论语言、文学与非人道》，乔治·斯坦纳，上海人民出版社，2013，第16页。

③ 哈罗德·布鲁姆：《短篇小说家与作品》，第8页。

关。因此，经典的这种跨越性也可以称为当代性。”[①]经典作品因为直击人性而永远与当代生活相关联，可以跨越时空与所有读者进行心灵对话。霍桑的故事《拉帕西尼的女儿》中涉及的科技伦理、同行之间的恶性竞争、家庭教育的错误理念仍然是我们的时代问题。这些主题不仅承接了玛丽·雪莱的小说《弗兰肯斯坦》（1818）的科学伦理思想，而且又被AI时代的石黑一雄在其小说《克拉拉与太阳》（2021）中继续书写。这些作品都是在科技发展的背景下，作家对人性的忧思，是人文价值的体现。

第四是无限的可读性。刘象愚指出：“所谓无限的可读性，是说一部经典应该经得起一读再读，经得起众多人的阅读，经得起所有时代的阅读。从读者的体验来看，经典是那些能够启蒙益智、陶冶情操的书；能够使人在精神上变得成熟和深邃的书；能够使人或惊奇、或震撼、或愉悦的书；能够使人一旦读后便爱不释手或永生难忘的书；能够让人总想再读而每一次阅读都会有新的收获的书。”[②]可见，经典作品是常读常新的，随着读者人生阅历与知识的不断增加而呈现出更深邃的内涵。T.S. 艾略特说：“过去因现在而改变正如现在为过去所指引。”[③]经典作品无限的可读性正在于文本的意义在过去与现在的互动中不断地翻新和生成。爱德华·萨义德认为，“对一部经典作品的每一次阅读和解释都在当下把它重新激活，提供一个再次阅读它的契机，使得现代的、新的东西一起处于一个宽阔的历史境域”。[④]博尔赫斯在《论经典》一文的开始就写道：“经典作品是一个民族或几个民族长期以来决心阅读的书籍，仿佛它的全部

①② 刘象愚：总序（二），载《语言与沉默：论语言、文学与非人道》，第16页。

③ 托·斯·艾略特：《传统与个人才能：艾略特文集·论文》，卞之琳、李赋宁等译，上海译文出版社，2012，第3页。

④ 爱德华·W. 萨义德：《人文主义与民主批评》，朱生坚译，中央编译出版社，2017，第30页。

内容像宇宙一般深邃，不可避免，经过深思熟虑，并且可以做出无穷无尽的解释。”[1]詹姆斯·乔伊斯的故事《死者》就因为把生死之间的冲突与交融写得浑然一体，从而呈现出动态而立体的人物形象，展现人与自然、过去、社会、家庭、自我从冲突达到和谐的多重生态意识，涉及个人身份、文化传统、爱情婚姻、生死哲学、意识流变等问题。作品的意义就像生活本身的意义一样难以穷尽，因此具有无限的可读性。

第五是修辞艺术。文学之所以是文学，首先在于它是一种言说方式，包含着独特的叙述策略和修辞技巧。在故事中，谁在说话的叙事视角至关重要，叙述者是否可靠决定了读者对作品内容的批评距离的远近。不可靠的叙事人（如《抄写员巴特比：一个华尔街的故事》中的老板）让读者对其所讲内容保持一份警惕；可靠的叙事人（如《真品》中的艺术家）让读者在信任中获得启迪。其次，经典文学是一门修辞艺术，它充满独具匠心的词汇，美妙和谐的音韵与节奏，音韵多由英文的押头韵和尾韵或半押韵单词组成，节奏多由插入语、平行句或标点符号组成。辨别这些语言要素为作品丰富的内涵所做的贡献，也就能更好地欣赏作者独具匠心的语言魅力。经典文学的语言还有类比、隐喻、象征、拟人、反讽等修辞技巧，这些修辞手法的使用让文学的语言微妙含蓄，让作品的意义含混驳杂，使作品生动地呈现了人性与人生的复杂性。

第六是留白。经典文学作品像伟大的绘画艺术一样多以留白来展示人文价值，文学作品的留白为读者提供了充分的想象空间和参与意义创造的空间。在凯瑟琳·曼斯菲尔德的故事《理想之家》中，主人公尼夫老先生在经历了回家的孤独感之后，突然意识到“一直

① 豪尔斯·路易斯·博尔赫斯：《探讨别集》，王永年、黄锦炎译，上海译文出版社，2015，第271页。

都有某个可怕的错误”，但是这“可怕的错误”究竟是什么，他并没有去追究。这种不求甚解的粗疏符合一个不重视精神生活的商人形象。也许正是他在这个问题上的得过且过，才铸成了家庭教育的失败和自己在家里的疏离感，但这些答案都由读者自己去想象和补白，叙事人对此保持缄默。这种艺术的留白鼓励读者凭借自己的人生经验去继续创造作品的意义。

概言之，经典文学作品的这六种特质不仅是其经久不衰的成功秘诀，而且导致了这类文学作品阅读的难度。假如读者能克服阅读的困难或者在鉴赏文章的引领下读懂这些有一定难度的作品，必然会从中获得深层次的精神愉悦与鉴赏文学语言艺术能力的提高，让流溢在经典文学作品中的真、善、美成为精神友伴和生活向导。

二、经典文学作品的阅读

正是因为经典文学作品的叙述独特、语言精致、思想驳杂，所以才具有一定的理解难度，这就需要读者深入浅出、由点到面地分析、比较、鉴赏。

首先，经典文学作品的阅读要从细节处下功夫。亨利·詹姆斯在他的中篇小说《地毯上的图案》（1896）中让他的作家人物威力克这样启发读者：“我的全部有意识的努力都给他提供这个线索——每一页、每一行、每一个单词……它（指作者意图）支配着每一行、每一个单词的选择和构成，每一个标点符号都受这个意图的影响。”[①] 所以，阅读文学作品就是与作家的心灵对话，理解作家意欲为我们揭示的人生景象；忽略了作品细节，也就错失了与作家的思想和情感交流，从而也就错失了作品的意义。陆建德在《经典阅读》

① Henry James, “The Figure in the Carpet”, *Complete Stories, 1892–1898* (New York: The Library of America, 1896), p.581.

一文中谈到“细节”的重要性时指出:“经典的生命就是在无数细节之中。纳博科夫说:‘拥抱所有细节，那些不平凡的细节。’作为读者，我们要看作者笔下很多细小的东西是如何呈现的，他通过这些细微的事情向我们传递了什么信息。”[①] 陆老师要求读者在阅读文学作品时全神贯注，从细节处体会作品的艺术性和思想性。本文所选的十个故事记录了英语作家在西方文明进入现代之后，在物质文明的发展轨迹中对精神文明的忧思，每一个细节处都有作者留给我们的对时代问题的慎思明辨和对历史的洞察。

其次，为了更好地鉴别和欣赏文学作品的审美价值，我们通常采取分析比较的方法，不仅是文学作品之间的对比，而且是读者和作家之间生活经验与思想观点的对比。T.S. 艾略特指出:“任何艺术的艺术家，谁也不能单独具有他完全的意义。他的重要性以及我们对他的鉴赏，就是鉴赏他和以往诗人以及艺术家的关系。你不能把他单独评价，你得把他放在前人之间来对照，来比较。”[②] 这就把审美批评与历史批评结合起来，这种分析比较的方法会帮助我们自觉地守望和传承古往今来的人类价值资源，并恰当地把作家放进文学思想史的坐标中，体会这些文学作品的继承与创新。狄更斯的《信号员》和福克纳的《献给埃米莉的玫瑰》都有对浪漫主义哥特元素的使用。比较两部作品中的恐怖书写可以看出，前者的鬼魂恐怖是一种梦魇般的神秘困扰，这种恐怖是作者面对科技工业文明无力感的呈现，而后者的历史恐怖是一种毫无神秘感的赤裸意志。康拉德的《埃米·福斯特》和麦尔维尔的《抄写员巴特比：一个华尔街的故事》都写现代人的无根畸零感，但前者重在强调远离故土的文化不适，而后者集中表达身在都市的疏离孤寂。在比较中，我们更清

---

① 陆建德:《击中痛处》，上海书店出版社，2013，第 112 页。

② 艾略特:《传统与个人才能：艾略特文集·论文》，第 3 页。

楚地看到作者阅历的不同，面对同样的时代问题，会有不同的表达方式。霍桑的《拉帕西尼的女儿》和曼斯菲尔德的《理想之家》都书写失败的亲子关系，但前者重在强调科学家丧心病狂的知识追求，而后者则指向过度的虚名迷恋对生活的伤害。伍尔夫的《飞蛾之死》和吉卜林的《园丁》貌似风马牛不相及，实则包含着一个共同的反战主题，都是作家对人类滥用“能量”造成的毁灭性后果的批判。詹姆斯的《真品》和乔伊斯的《死者》乍一看也似乎没有共同之处，但比较之后会发现，这两个故事说的都是知识分子在一个纷繁复杂的社会环境中的自我省察和自我纠正以及纠正之后的责任担当。可见，在阅读文学作品时，除了把每一部作品当作一个有机体进行深入理解之外，比较阅读的方法会让我们发现更多的意义维度与艺术手法。

最后，对经典文学作品的阅读需要我们把作品置于其产生的时代背景中进行阅读理解，这不仅包括作品产生的历史背景，还包括作家自身的艺术思想发展阶段。《拉帕西尼的女儿》虽然在时空上并非霍桑置身其中的 19 世纪早期的塞勒姆小镇，但故事中那种孤注一掷的科学热情和无所不在的男权意识分明是霍桑切身感受到的时代发展危机和清教文化压力。《信号员》是狄更斯的晚年作品，它既有现实主义的书写，也有超现实主义的试验，它代表着火车时代的危机意识和作家的艺术思想高度，融合了狄更斯早期小说的底层人情怀和渗透在晚期作品里的无力感。《真品》既是詹姆斯对他身处其中的英国社会阶级价值观冲突的表现，也是他在文学创作的转型期对艺术家社会角色的定位和期许。《埃米 · 福斯特》不仅是康拉德基于自身数十年航海经历以及与异族人婚姻中的不幸感受而创作的小说呈现，更是他在航海时代背景下，对不同文化背景者相遇时可能产生的交往错位，以及异乡人孤独感的深切关怀。《死者》

和《飞蛾之死》都是现代主义作家的自我超越，乔伊斯和伍尔夫在故事中用扎实的现实主义笔法，把时代问题和生命体验刻画到骨子里，直击人生最本真的存在时刻。《抄写员巴特比：一个华尔街的故事》是麦尔维尔创作中期的点睛之作，巴特比的不幸不仅是纽约这个现代金融大都市的精神沙漠的呈现，更是作家身处商业环境和生活泥潭无力自救的个体生命体验。我们在《园丁》和《理想之家》中同时看到了一个时代的价值标准和作者本人的某种忏悔：吉卜林为他宣扬战争付出了丧子的代价，曼斯菲尔德在多年反叛原生家庭之后最终从父亲的视角去想象亲情疏离带给一家之主的伤害与失望。《献给埃米莉的玫瑰》是福克纳对美国南方绅士传统和贵族荣誉感的挽歌，也是作家本人从家族的历史阴影中走出来的尝试。

总之，每一个故事都是时代发展和作家际遇共同作用的结果，是作家在理解和消化了生活之后，创造出来的一个充满人文关怀与价值重构的新世界，是一个滋养精神与思想之花的园地。经典文学作品的阅读就是从细节处去发现文学表达形式的复杂性，以分析比较的方法去鉴赏每一部作品的传承与创新，从时代背景和作家际遇去理解文本意义的复杂性，进而开始观察和理解世界和人性的复杂性。这样的阅读会培养读者的审美反应力、比较鉴赏能力、会话阐释能力、理解他人与自己的能力。如果读者从年轻时就能通过这样的文学作品对人生和人性的复杂性有所了解，那么他就会对世界保持一种审慎与开放的心态，为生活准备一份耐力，从而与周围环境建立起真实而全面的关系。

三、经典文学作品的人文价值

美国社会心理学家埃里希·弗洛姆在《论不服从》（1981）一书中把人文价值定义为“我们传统中的人的价值——正直、独立、责任、理性、爱”[①]。经典文学作品以审美的形式承载的正是这些人文价值，以及对这些价值在现代生活中遭到威胁时的忧思。苏珊·桑塔格在《论风格》一文中把读者的审美反应与对生活的道德反应联系起来，她写道：“艺术担当着这种‘道德的’责任，因为审美体验所固有的那些特征（无私、入神、专注、情感之觉醒）和审美对象所固有的那些特征（优美、灵气、表现力、活力、感性）也是对生活的道德反应的基本构成部分。”[②]桑塔格在括号中把审美体验与审美对象具有的特征如此详细地列举出来，就把审美体验与道德反应的内容以及它们之间的人文关联揭示了出来。我们阅读经典文学作品，实际上就是自觉地接受这些人文价值的熏陶，并把这些宝贵的人文价值传递下去。

这些人文价值在本书所选的英语短篇小说中的具体表现是：对弱者和弱势群体的发现和同情，如狄更斯的《信号员》；对弱小生命的眷顾与欣赏，如伍尔夫的《飞蛾之死》；对不可言说的丧亲之痛的悲悯，如《园丁》中的非婚母亲；对挣扎在命运之网中的现代人的同情，如康拉德的《埃米·福斯特》；对历史遗留问题造成的他者的包容，如福克纳的《献给埃米莉的玫瑰》；对人性在科技发展和商业大潮中的忧思与守望，如霍桑的《拉帕西尼的女儿》和麦尔维尔的《抄写员巴特比：一个华尔街的故事》；对艺术家在一个价值混乱的时代的社会责任感的意识，如詹姆斯的《真品》；对自我在生活的非常时刻所进行的自觉省察与纠正，如乔伊斯的《死者》；对一味沉溺于物质财富追求而损伤家庭情感的警示，如曼斯菲尔

① 埃里希·弗洛姆：《论不服从》，叶安宁译，上海译文出版社，2017，第112页。

② Susan Sontag, *Against Interpretation, and Other Essays* (New York: Farrar, Straus & Giroux, 1966), p. 25.

德的《理想之家》。这些英语短篇小说虽然大多以死亡或者悲剧而告终，但是此类悲剧故事却蕴含着深刻的生活指导意义。菲尔斯基在《文学之用》中谈到悲剧故事的社会价值时说："悲剧是一种记录人们不能正确认识自我或他人而造成的恶劣后果的文学体裁。奥斯丁、艾略特、詹姆斯等人的小说难道不也是对恼人又无处不在的错误感和错误认识的见证吗？……错误认识一词暗示一种更正确一点的认识是可以实现的，以及我们的判断可能是有缺陷的，是需要审查的。"[①]这就把悲剧故事与幸福人生之间的联系说清楚了：经典文学作品从来都不仅仅是暴露问题，而是在揭示问题的同时，通过修辞手法让我们认识到修正错误观点的必要性，作家故事终结的地方正是读者开始思考的地方。

概而言之，经典文学作品的人文价值意味着深刻的洞察力（真）、移情的想象力（善）和审美的艺术形式（美）的完美结合，它构成了文学作品的真善美要素，是高于某一个具体社会的公共价值的人类共同价值。经典文学作品之所以能成为我们的心灵友伴，是因为它通过复杂曲折的故事和生动形象的人物启示我们：面对他人的不幸，需要同情；面对自己的失误，需要自救；面对纷繁的处境，需要思考；面对情感的冲动，需要节制；面对责任的要求，需要承担；面对不满的人生，需要创造。经典文学作品不仅意识到人生受苦的必然性，更意识到战胜苦难的必要性。在明知不可为而为之的坚韧和悲壮中，经典文学作品总是把荣誉的光环和生命的尊严赋予那些不甘于卑贱苟活的伟大灵魂。当我们在经典文学作品中懂得了这些做人的要义，习得了这些做人的品质时，我们的生命就一定会焕发出无限的生机，我们的人生就一定会有所不同。

① 芮塔·菲尔斯基：《文学之用》，刘洋译，南京大学出版社，2019，第45页。

结语

本书所选的十篇英语短篇小说正是基于这些作品所具有的经典文学特质和人文价值这个标准。我翻译了《信号员》和《抄写员巴特比：一个华尔街的故事》，我的博士生们翻译了其余八篇。我对他们的翻译进行了逐字逐句的校对、修改和润色；对我本人翻译的两篇故事，我也让两位博士生仔细审校；十篇赏析文章是我个人所写。希望这些翻译和赏析能帮助读者走近经典文学作品的精髓，吃透经典文学语言的肌理，见证经典文学如何为人的精神和情感在现代生活中受到威胁而呐喊，为物质文明和精神文明的不均衡发展而疾呼，懂得战争对普通人的日常生活造成的毁灭性影响，祈愿人类和睦相处和世界和平终成现实。与此同时，经典文学作品以其对真、善、美的持续关注帮助读者对亘古不变的人性和生活的复杂性保持一份警惕，认识到受苦遭难在生活中的不可避免，以及人在苦难中努力提升境界、修炼心性的必要性，从而保持人与自然、人与社会、人与历史、人与自我的四重生态意识和爱的链接，创造性地经营好自己的日常生活。

代显梅

2024 年 12 月 2 日

于京郊上城郡

第一章

拉帕西尼的女儿（1843）[①]

纳撒尼尔·霍桑

作者简介

纳撒尼尔·霍桑（Nathaniel Hawthorne，1804—1864）生长于19世纪早期美国马萨诸塞州的塞勒姆小镇。他的祖先约翰·霍桑曾经作为唯一的法官参与塞勒姆女巫审判案，也许是因为这个原因，霍桑在自己的姓氏中增加了一个字母“W”，从“Hathorne”变为“Hawthorne”，以消除家族的这个不光彩的记忆。霍桑从波登大学毕业后，隐居故乡12年，潜心阅读新英格兰殖民地时期的清教历史和古希腊罗马文学经典以及莎士比亚和斯宾塞的作品，创作并发表了一系列短篇小说。为了养家糊口，霍桑曾先后在波士顿海关和塞勒姆海关工作过，也曾在结婚后租住在超验主义基地康科德

① 译自欧倍皮纳的作品。欧倍皮纳是霍桑假托一位法国作家之名发表的故事，原文为法语 *AUBÉPINE*，意为“山楂”，霍桑的英文原名 Hawthorne 也是“山楂”的意思，因此可以将其理解为霍桑的另一种称谓。——译者注

小镇三年（1840—1843），与爱默生和梭罗为邻。霍桑脍炙人口的短篇小说集《重述的故事》（1837）是他早期文学创作的代表作，1849 年[①]发表的长篇小说《红字》为他赢得了经典作家的地位。霍桑的故事虽然被他自己称作“罗曼司”（Romance），多是历史寓言故事，但实际上充满了对他所处时代的关怀和思考。霍桑的语言充满了象征和隐喻，多用转折句、虚拟语气和双重否定表达他辩证的世界观和道德观。霍桑一生共完成了四部长篇小说和两部短篇小说集，另有希腊神话故事集和儿童故事集、旅居英国和意大利的游记作品。霍桑的文学创作对亨利·詹姆斯、爱伦·坡和赫尔曼·麦尔维尔都产生了深远的影响。

扫码获取小说
英文原文和录音

译 文

我们不记得曾经看到过德·欧倍皮纳先生作品的任何译本——此事也不足为怪，因为他在自己的同胞和外国文学学者之间鲜为人知。作为一名作家，他似乎处境不妙，被夹在超验主义者（无论以何种名义，他们都在当今世界文学中占有一席之地）和一大批为大众的智力和同情心而写作的文人之间。无论如何，他的表现手法即便不是过于精雕细琢，也是过于幽远冷漠、朦胧模糊且虚无缥缈，很难迎合大众读者的口味；然而，他的作品又过于通俗易懂，无法满足超验主义者的精神或形而上学的需要，其结果必然是，除了不时有个别人或某个息交绝游的小团体，他很难找到读者。公平地讲，他的作品并非完全缺乏想象力和创新性，本可以为他赢得更大的名声，可惜他对寓言有根深蒂固的偏爱，这就使他的情节和人物给人一种云里雾里的感觉，让他的构想失去了人性的温度。他的小说有时源于历史；有时取材于当下；

① 准确讲是 1849 年底出版，通常人们习惯写 1850 年。——译者注

就我们所能发现的东西而言，有时又几乎与时空没有任何关系。无论如何，他通常对外部的风俗习惯只是轻描淡写——尽可能少地去模仿真实生活——努力凭借不起眼的主题特点创造一种趣味。偶尔，一缕自然的气息，一滴哀婉温柔的细雨，或一丝幽默之光，会寻路钻进他的奇幻意象中，使我们感到我们仿佛终究还是生活在自己的地球上。对于德·欧倍皮纳先生的作品，我们只消在这个粗略的启事中补充一点：如果读者能完全从恰当的角度去阅读，那么它们就会像其他更聪明的作家的作品一样，在闲暇时光聊做消遣；否则就难免会被看作纯粹的荒唐之言了。

我们的这位作家著作等身，笔耕不辍，他孜孜不倦，值得称道，好像他的付出得到了像欧仁·苏[①]的作品那么辉煌的成就。他凭借一部长期连载的故事集崭露头角，书名是《重述的故事》[②]。他的近期作品如下（我们仅凭记忆复述）:《通往天堂的铁路》，三卷本，1838年版;《父亲亚当与母亲夏娃新传》，两卷本，1839年版;《罗德里克或心魔》，两卷本，1840年版;《拜火教》是厚重的对开本，对古代波斯的琐罗亚斯德教的教义和宗教仪式进行了冗长的研究，1841年版;《西班牙城堡之夜》，一卷八册，1842年版;《追求美的艺术家或机械蝴蝶》，五卷四册，1842年版。尽管无法增加读者对他的仰慕之心，但我们还是不厌其烦地逐一列举德·欧倍皮纳先生的浩繁书目，我们愿尽绵薄之力将其引荐给美国公众，以便激发个人的某种亲切感与同情心。下面这篇故事译自他的《比阿特丽斯或剧毒尤物》[③]，该文近期发表在《反贵族评论》上。该杂志由贝尔哈芬伯爵主编，近年来忠诚且出色地为自由原则和公众权利进行辩护，值得所有人赞赏。

---

① 欧仁·苏，全名约瑟夫·玛丽·欧仁·苏（Joseph Marie Eugène Sue, 1804—1857），法国作家，代表作有《巴黎的秘密》(*The Mysteries of Paris*，*1842—1843*)，首创了连载小说体裁。——译者注

② 本段里提到的作品名和期刊名原文皆为法语。——译者注

③ 女主人公英文原名为 Beatrice，原是但丁《神曲》中的女主人公。——译者注

很久以前，一位名叫乔瓦尼·古斯康蒂的年轻人从意大利南方来到帕多瓦大学深造。由于囊中羞涩，乔瓦尼只好蜗居在一栋老宅的一间又高又暗的房间里。若说这栋楼当年是帕多瓦贵族的宫殿，看起来也不是不般配，事实上，宅子入口处的天花板上就有一个早已消失的古老家族的徽章。这个年轻的陌生人并非没有钻研过这个国家的伟大诗篇，因此他记得这个家族的祖先——或许就是这栋房子的主人，曾出现在但丁的《地狱篇》中，分担着永恒的痛苦。对这些事的回忆和联想，加上一个年轻人初次背井离乡内心油然而生的伤感，使得乔瓦尼望着这间孤寂清冷又陈设简陋的寓所喟然长叹。

“圣母玛利亚啊，先生！”丽萨贝塔老太太喊着，她为年轻人非凡的美貌所倾倒，一心想让这个房间看起来更宜居些，“一个年轻的心灵怎么能发出如此沉重的叹息呢！你是不是觉得这座老宅子阴森森的？看在上帝的分上，你从窗户伸出头去就能看到和那不勒斯一样明媚的阳光。”

古斯康蒂机械地照做了，但无法苟同老太太的判断，他并不觉得帕多瓦的阳光能和意大利南部的阳光媲美。然而这里的确有不同之处，阳光照在窗外楼下的花园里，滋养着那些一看就是经人精心培育的各色植物。

“这个花园也是房子的一部分吗？”乔瓦尼问道。

“但愿不是这样吧，先生，除非花园里是些其他盆栽草本植物，什么都比现在的东西要好，”丽萨贝塔太太回答，“这个花园并不属于这座房子，是贾科莫·拉帕西尼先生亲手开垦的，他是远近闻名的医生，我敢保证即使远在那不勒斯也有人听说过他的大名。据说，他用这些植物提炼的药跟魔法一样有效。你以后会经常看到这位医生在花园里工作，有时候还能看到小姐，就是他的女儿，在采集长在园子里的奇花异草。”

老太太已经尽力改善这个房间了，她祝愿年轻人得到圣徒们的庇佑，之后便离开了。

乔瓦尼没能找到其他消遣，只好继续站在窗前看着下面的花园。从外观来看，他判断这个花园可能是整个意大利甚至全世界较早的帕多瓦植物园之一。还有一种情况并非没有可能，那就是，它或许曾是某个名门望族的休闲娱乐之地，因为花园的中央还有一处大理石喷泉的残迹，上面的雕刻精美绝伦，可惜已碎裂不堪，难以从中追寻原本的样子了。不过，水流仍然一如既往地在阳光下欢快地喷涌、闪耀。一阵轻微的水声潺潺地传到年轻人的窗边，他觉得喷泉就好像不朽之灵，始终唱着自己的歌，对周遭的世事变迁毫不在意。时光流转，一个世纪用大理石赋予它形体，而另一个世纪又将那易逝的装饰散落于泥土之上。水流汩汩注入池塘，池塘周围长着各种植物，在某些情况下，它们似乎需要大量水分来滋养硕大的叶子和绚丽的花朵。水池中央的大理石缸中栽着一株特别的灌木，紫色的花朵开满枝丫，朵朵如宝石般绚烂多彩。整个一丛花紧凑、璀璨，仿佛这种绚烂即使没有阳光也足以照亮整个花园。花园里的每一寸土地都栽满植物和药草，就连不那么艳丽的植物都显示出有人精心栽培的迹象，仿佛在那位科学家的眼里，每一株植物都有其独特的品质。有的栽在表面布满复杂纹饰的古瓮中，有的养在普通的花盆里；有的像蛇一样在地上蜿蜒曲折，有的则借着一切可倚之物攀缘而上。一株藤蔓弯弯曲曲地缠绕在一尊威耳廷努斯①雕像上，悬垂的叶子像帷幔遮住了雕像，构成一幅赏心悦目的画面，可以让雕塑家品味一番。

乔瓦尼仍然站在窗前，他听到叶子的帷幔后面传来一阵窸窣之声，这才发现有人正在院子里干活。随着那人的身形逐渐清晰，乔瓦尼发现他并非一个普通园工，而是一个高大、消瘦、形容枯槁的男人，身着黑色的学者袍服。此人已过中年，头发灰白，蓄着稀疏的灰白胡子，他的面孔一看就很有智慧和修养，只是这张脸即便在年轻的时候也不会表达心灵的温暖。

---

① 威耳廷努斯（Vertumnus）是罗马神话中掌管四季变化、庭园和果树之神，为果树女神波摩娜之夫。——译者注

这位科学园丁在检查自己所经过的每一株花草时都非常专注，仿佛在探究它们最深刻的本质，观察它们的创造精髓，想知道为何一片叶子长成这样，另一片叶子又长成那样；为何各种花的颜色不同，香气各异。然而，尽管他学问高深，可他和满园子的植物之间却毫无亲近之感。相反，他还竭力避免触碰那些植物或直接去闻它们的气味。他的小心谨慎让乔瓦尼十分反感，因为那个人的一举一动都非常像正穿行在毒蛇猛兽、妖魔鬼怪出没的险境中，只要他稍有松懈，这些东西就会向他扑过来，给他以致命的伤害。园艺本是人类天真无邪的劳作，本是人类始祖堕落之前的快乐与劳作，可眼前的这个人竟然表露出如此不安的姿态，这让年轻人感到一种莫名的恐惧。难道这个花园是当今世界的伊甸园吗？而这个人在自己亲手种植的植物之间居然还感到危机四伏，他难道是这里的亚当吗？

这位疑心重重的园丁在剔除枯叶、修剪过于茂盛的灌木时，戴着一副厚厚的手套来保护自己。这还不是他唯一的盔甲。在穿过花园来到喷泉旁边那株挂满紫色宝石的绚丽花丛前面的时候，他戴上面具护住口鼻，好像这些花朵令人目眩的美丽只是用来掩饰某种致命的邪恶。即便如此，他仍然觉得这样做非常危险，于是他后撤几步，摘掉面具，大声喊着："比阿特丽斯！比阿特丽斯！"他的声音听起来虚弱无力，像是遭到某种内在疾病的侵袭。

"我在这儿呢，父亲！什么事啊？"一个圆润而年轻的声音从对面房子的窗户里飘出来——这声音像热带的落日一样活力四射，让乔瓦尼莫名其妙地想到诸如绛紫色、深红色这类明艳的色彩，想到醉人的香气。——"你在花园里吗？"

"是的，比阿特丽斯，"园丁回答，"我需要你的帮助。"

话音刚落，一个少女的身影就从雕刻精美的门廊下走出来，她的装扮如同花园里最绚丽的花朵一样富有品位，明媚如昼，红润漂亮得恰到好处。她看上去生机盎然，健康强壮，精力充沛，这一切美好特质紧紧地约束在贞女的腰带中，压缩进风华正茂的青春里。不过，乔瓦尼在俯视花园时，他的想象力一定是出毛病了，因为这个美丽的陌生女子让他觉得她仿佛是另一朵花，是那些草木的人形姐妹，和它们一样娇艳，甚至比最娇艳的花朵还要绚丽夺目，但仍然只能隔着手套触碰，不戴面具也不得近身。在比阿特丽斯沿着花园的小径走过来的时候，她显然在把玩和嗅闻那几株她父亲刚刚还竭力避开的植物。

“过来，比阿特丽斯，”那位父亲说，“看看要照料我们的珍宝还有多少事要做啊。但是我已经年迈体衰，我的生命可能因为需要太接近它而受到损害。从今往后，这株植物恐怕得交给你一个人照看了。”

“我非常乐于承担，”少女那充满韵味的声音再次响起来，她俯身靠近这株令人惊艳的植物，张开双臂仿佛要拥抱它，“噢，我的姐妹，我的宝贝，比阿特丽斯会照料侍奉你的，而你将报以亲吻和芬芳，对于她，这便是生命的气息了！”

接着，她开始忙碌起来，专心致志照料那株植物，举手投足间都带着刚刚说话时那种显而易见的温柔。乔瓦尼在楼上的窗边揉了揉眼睛，一时之间，他竟然分不清究竟是一个女孩子在悉心照料她最珍爱的花朵，还是一个姐妹以爱的名义在呵护自己的手足。这样的光景并未持续太久。不知是拉帕西尼医生结束了手头的工作，还是他那双警觉的眼睛已经捕捉到了陌生的面孔，总之，他挽着女儿的胳膊离开了花园。夜幕已经降临，花园里的植物散发出的浓郁气息悄悄地爬上了敞开的窗子。这时候，乔瓦尼关上窗户，躺在长椅上，梦到一朵无比艳丽的花和一个正值妙龄的女孩。花儿和少女既不同又相似，可无论哪个都蕴含着某种奇怪的危险。

然而，晨曦里有一种力量，能够矫正我们在日薄西山、夜幕笼罩、月光朦胧的时候产生的离奇幻想，甚至是偏颇的判断。乔瓦尼醒来后第一件事就是把窗户打开，俯瞰那个在他梦中如此丰饶而神秘的花园。令他有些惊讶又略感一丝羞愧的是，在清晨的第一缕阳光下，这个花园竟然如此真切，垂在叶尖和花瓣上的露珠在晨曦中染上一层金色，在为每一株奇花异草增益一分美丽的同时，还把一切都带回了现实。能够在这座乏味的城市中享受这种特权，俯瞰这片美丽繁茂的植被，让这位年轻人欣喜不已。他对自己说，这个花园将是他与大自然交流的象征性语言。那位脸色苍白、思虑过度（真是这样）的贾科莫·拉帕西尼医生和他的那位光彩照人的女儿此时都不见了影踪，因而乔瓦尼也无从判断他先前认定的父女两人的特异之处，有多少是来自他们自身的品质，又有多少是他离奇幻想的结果。但他倾向于以最理性的眼光来看待整个这件事。

在白天的时间里，乔瓦尼前去拜谒彼得罗·巴廖尼先生，他是帕多瓦大学的医学教授，也是一位声名卓著的医生。乔瓦尼带着一封介绍信前去拜访他。教授是位长者，显得和蔼可亲，快乐而友好。他留年轻人吃饭，谈话中表现出来的自由活力让人觉得他友善而亲切，特别是在一两杯托斯卡纳[①]葡萄酒下肚之后。乔瓦尼心想,同住此地的科学家们一定彼此熟悉，于是就找机会提起拉帕西尼医生。但这位教授的反应并没有他预想的那般热诚。

“作为神圣的医学学科的教师，对拉帕西尼先生这样医道精湛的医生，假如我吝啬他应得的、经过我深思熟虑的夸赞，那确实不妥。”彼得罗·巴廖尼教授回应乔瓦尼的问题时说，“但是，另一方面，若要我眼看着你这样优秀的年轻人，乔瓦尼先生，我的老朋友之子，对一个将来可能会掌握你生死命运的人有何误会，我一定会良心不安。诚然，尊敬的拉帕西尼医生学识渊博，帕多瓦大学的同事甚至全意大利的学者都无人能够望其项背——可能仅有一人是个例外[②]，不过，大家对于他的职业操守却颇有微词。”

“怎么说？”年轻人问道。

“乔瓦尼，我的朋友，你难道是身心出了什么问题才会如此关心

① 托斯卡纳大区位于意大利中西部，被视为意大利文艺复兴的发源地，也是意大利最重要的葡萄酒产区之一，以其创新的葡萄酒产品而闻名。——译者注

② 此处，巴廖尼教授可能暗示那个能与拉帕西尼医生一决雌雄的人就是自己。——译者注

一位医生吗？”教授笑着说，“关于拉帕西尼，有传言说——鄙人也算了解他，我能作证这个传言是可信的——他关心科学远胜于关心人类。病人在他的眼里只不过是新的试验品。只要能为他累积的那座知识大山增添哪怕是一粒芥末籽，他都会牺牲他人的性命、他自己的性命和其他一切他最珍爱的东西。”

“我觉得他实在是一个可怕的人，”古斯康蒂若有所思，脑海里浮现出拉帕西尼冷漠、知识至上的样子，“可是，尊敬的教授，这难道不是一种高尚的精神吗？有多少人能以这种热忱去热爱科学呢？”

“上天保佑，”教授有些不耐烦地回答说，“至少他们对这门治病救人的艺术有比拉帕西尼更稳妥的看法。拉帕西尼的理论是，所有的药用价值都存在于我们称为植物毒素的东西中。他亲手培植了这些植物，据说甚至还研制了几种新毒药，比自然中长出来的植物有更可怕的毒性。若没有这位学者的帮助，这些植物本来是不会毒害这个世界的。尽管我们不能否认，这位医生并没有像人们担心的那样用这些危险之物去害人。偶尔，他也能够或者似乎能够奇迹般地治愈病人。但说句心里话，乔瓦尼先生，他并不值得如此盛赞——那些妙手回春之事也许只是运气罢了——但他对自己的失败却负有不可推卸的责任，那才是他真正的作为。”

如果这个年轻人知道巴廖尼教授与拉帕西尼医生之间的学术竞争由来已久，而且大家普遍认为后者占了上风，那么他恐怕就会对巴廖尼的话多一些保留态度。假如读者意欲自行判断，我们建议他查阅保存在帕多瓦大学医学系的文献资料，那里有对双方观点的记录。

“我不知道，最博学的教授，”乔瓦尼对那些关于拉帕西尼对科学的罕见热情的言论思忖一番之后回应道，“我不知道这位医生对他的艺术热爱到何种程度；但他肯定还有一样更宝贝的东西，他有一个女儿。”

“啊哈！”教授大笑着说，“原来这就是我们乔瓦尼的秘密啊！你已经听说了他的女儿了，尽管有幸能一睹芳容的人屈指可数，但帕多瓦的年轻人无不为之痴狂。我对比阿特丽斯小姐所知甚少，只知道她年轻貌美，据说拉帕西尼在医学上对她颇多指教，她已经有资格坐一把教授的交椅了。她父亲或许盘算着让她接替我呢！流言蜚语荒谬至极，不值得谈论，不值得耳闻。好了，乔瓦尼先生，还是干了你的杯中酒吧。”

古斯康蒂回到住所时已经有些醉意，在酒精的作用下，他满脑子都是关于拉帕西尼医生和貌美如花的比阿特丽斯的奇思异想。他在途中恰好路过一家花店，便买了一束鲜花。

他上楼回到房间之后，在靠近窗户的地方坐了下来，把身子隐藏在窗子后面，这样他就可以俯瞰楼下的花园，又不至于冒着被发现的危险。此刻，他眼睛所见的是一片凄凉的景象。那些奇花异草沐浴在阳光里，不时向彼此轻轻地点头致意，表达同情和亲情。院子中央碎裂的喷泉旁边，长着一丛繁茂的灌木，浑身开满了紫色的花朵；这些花在空气里如蓝宝石般闪闪发光，投影到水池中央又反射回来，仿佛带着彩色的光芒从照进去的丰富倒影里流溢了出来。我们已经说过，起初花园里空无一人。然而，很快——就像乔瓦尼又期待又担心的那样——一个身影出现在那个带有古色古香雕塑的门廊下面。那人走到灌木丛中深深地嗅着各种香气，仿佛她是经典童话里那些靠甜美的气味为生的人物。再次见到比阿特丽斯，年轻人诧异地发现她竟然比自己记忆中的样子还要美丽得多；她这么明媚，这么动人，在阳光下熠熠生辉，乔瓦尼低声自语，她把花园小径上的那些阳光无法触及的阴暗处都照耀得亮堂起来。乔瓦尼这次比上次看得更清楚了，他深为女孩子脸上单纯而甜美的表情所打动——此前他在想象她的性格时，这些特质并没有浮现出来，他不禁又问自己，这究竟是怎样一个人儿呢？但他并不是没有发觉，也不是没有联想到这个美丽的女子和喷泉上方的那些宝石般的花朵之间存在某种相似之处。比阿特丽斯似乎为了强调这种相似性，在选择衣裙的样式和颜色时也都格外用心。

她走近那丛灌木，满怀热情地张开双臂把枝条紧紧地拥入怀中——她把它们搂得这么紧，她的容貌都藏在枝繁叶茂的灌木怀抱里了，她闪闪发光的鬈曲长发与花朵完全融为一体。

“请把你的气息给我吧，我的姐妹，”比阿特丽斯大声说，“因为普通的空气会让我眩晕！请把你的这朵花给我吧，我会用最温柔的手指从花茎上把它摘下，把它放在贴近我心脏的地方。”

说话间，拉帕西尼的漂亮女儿摘下了那丛花中开得最艳的一朵，准备把它戴在胸前。但此时除非几口酒迷惑了乔瓦尼的感官，一件奇怪的事情发生了：一只蜥蜴或变色龙模样的橘黄色小爬虫恰好在比阿特丽斯的脚边沿小径爬着。乔瓦尼好像看见——尽管以他所在的位置几乎看不见这么小的东西——但他好像看见，花茎的裂缝里渗出来的一两滴液体恰好滴在蜥蜴的头上。这只爬虫的身体顿时剧烈地扭动起来,随后在阳光下一动不动了。比阿特丽斯注意到了这不可思议的一幕，悲伤地在胸前画了一个十字，但她并不惊讶，也没有停下手里的动作，她把那朵致命的花朵戴在自己的胸前。花在她胸前泛着红光，如宝石般耀眼，为她的衣服和容貌增添了一分独特的魅力，这是世界上任何其他东西都无法替代的。不过乔瓦尼从窗户的阴影里探出身子又缩了回去，喃喃自语，浑身颤抖。

“我在醒着吗？我有知觉吗？”他低声问自己，“她究竟是怎样的存在？我该称她美人，还是不可思议的可怕之人？”

比阿特丽斯此时正漫不经心地在花园里踱步，慢慢走近乔瓦尼的窗下，乔瓦尼不得不把头从窗户的隐蔽处伸出来才能满足眼前这个女孩激起的那种强烈而令人痛苦的好奇心。正在这时，一只美丽的昆虫飞过花园的围墙；它可能在城里游荡了很久，在拉帕西尼医生的灌木的浓郁香气把它从远方吸引过来之前，它或许一直没能在人声鼎沸的地方找到花木或绿地。这只翩翩起舞的昆虫并没有落在花上，而是被比阿特丽斯所吸引，在她的头顶盘旋飞舞。此刻，别无其他解释，只可能是乔瓦尼的眼睛欺骗了他。就算是这样吧，他心想，当比阿特丽斯带着孩子般的快乐凝视那只飞虫时，它渐渐衰弱下来，跌落在她的脚下；明亮的翅膀颤抖着；它死了——乔瓦尼想不出任何理由，只能是比阿特丽斯的呼吸所致。比阿特丽斯弯下腰去看那只死去的昆虫时，又一次在胸前画了个十字，同时深深地叹了口气。

乔瓦尼激动之下弄出了动静，引起了她的注意。她抬头往窗户上看，发现窗边那个帅气的年轻人——他更像希腊人而非意大利人，五官端正，一头金光闪闪的卷发——他的头悬在空中，正注视着她。乔瓦尼不知所措，于是把一直拿在手里的花束丢了下去。

“小姐，”他说，“世界上还是有纯洁无毒的花呢！看在乔瓦尼·古斯康蒂的分上，要戴就戴这些花吧！”

“谢谢你，先生，”比阿特丽斯答道，她那圆润的嗓音像音乐般动听，脸上洋溢着半是天真孩童半是成熟女人的快乐表情，“我接受你的礼物，并愿以这朵珍贵的紫花作为回报；可是，即使我把它抛向空中，也无法送到你的手里啊！所以，古斯康蒂先生只能领受我的谢意了。”

她从地上捡起那束花，紧接着好像因自己为了回应陌生人的问候而暂时放下少女的矜持而感到内疚似的，迅速穿过花园朝家中走去。然而，尽管不过须臾，但当她快要消失在雕刻精美的门廊下面时，乔瓦尼似乎感觉她手中的美丽花束已经开始枯萎了。这真是无稽之谈：他们相距如此遥远，他是不可能分清枯花与鲜花的。

在随后的几天里，年轻人刻意回避那扇紧挨着拉帕西尼医生花园的窗户，他觉得仿佛一瞥之间就会有某种丑恶可怕的东西破坏他的视线。他感到之前主动和比阿特丽斯交谈，从某种程度上说，是把自己置于一种难以理解的神秘力量之下。如果他的心灵处在真正的危险中，那么此时最明智的做法就是立即搬离他的住所，离开帕多瓦；次等明智之举是，让自己尽可能习惯于看见比阿特丽斯，并且在白天见她——这样就可以把她严格而整体地限制在普通经验范围之内。最不可取的办法就是，在避免见她的时候却一直在这个超凡脱俗的人儿身边，与她接近、交往或可能交往都会赋予他脱缰的想象力一种实体感和实在感，这种想象力会持续产生一种狂野而变化莫测的影响。古斯康蒂并不是一个城府很深的人——或者说，无论如何，他现在的想法未必可靠；

但他有敏锐的想象力和南方人自由热情的气质，随时都会变得更加心潮澎湃。比阿特丽斯致命的气息也好，她和诱人却毒性十足的花朵亲昵也罢，乔瓦尼从自己的亲眼所见中能看出些端倪，可就算她没有这些可怕的特质，她还是给他下了毒，一种来势凶猛又微妙难辨的毒素。这不是爱情，尽管她的美貌令他发狂；也不是恐惧，尽管他幻想她的心灵也渗透着与她的外表一样邪恶的东西；这是一种爱与恐惧的狂野结合，既有爱情的炽热又有恐惧的战栗。乔瓦尼并不晓得害怕什么，更不清楚希冀什么，然而希望与恐惧却在他心里轮番交战，只要有一方获胜，另一方就会重新崛起，继续战斗。纯粹的情感皆为神圣之物，无论晦暗与光明！正是这两者骇人的结合铸成了明亮的地狱之火。

有时，为了平息内心的狂热，乔瓦尼在城中乱逛疾行，或干脆走到城外，可脚下的步伐总是渐渐与纷乱的思绪合拍。因此，为了跟上内心悸动的节奏，他常常从散步变成小跑。一天，他正走着时被突然拦住去路，一位体态丰腴的男人正抓着他的胳膊，原来他走在对面时认出了乔瓦尼，就立即转身来追他，只是费了好大力气才追上他。

“乔瓦尼先生！年轻的朋友，请留步！”他大声说，“你忘记我了吗？不过若是我像你一样有这么大的变化，你认不出我倒在情理之中。”

来人是巴廖尼，自从他们第一次见面以来，乔瓦尼一直在躲避他，因为他觉得以教授的睿智一定能洞悉他的秘密。乔瓦尼努力让自己镇定下来，从他的内心世界慌张地凝视着外面的世界，说话像是在梦呓。

“是的，我是乔瓦尼·古斯康蒂。你是彼得罗·巴廖尼教授吧？请借过！”

“别急，别急，乔瓦尼·古斯康蒂先生，”教授一边微笑着说，一边用关切的眼神上下端详着眼前的年轻人，“我和令尊是发小吧？他的儿子却要在帕多瓦的老街上与我擦肩而过、形同陌路吗？站好了，乔瓦尼先生，我们分开之前一定得聊聊。”

“那就快点吧，最尊敬的教授，快点吧！”乔瓦尼火急火燎地说，“阁下没有看出我很着急吗？”

两人说话间，一位身穿黑衣的男子沿街走来，他驼背躬腰，步履蹒跚，一副羸弱多病的样子。他的脸色有种病态的蜡黄，但神情却非常犀利，一看就十分睿智，他矍铄的精神足以让旁观者忽略他身体的虚弱，只注意他神情中非凡的精力。他经过的时候与巴廖尼淡淡地相互致意，却把目光紧紧地锁定在乔瓦尼身上，仿佛要洞彻他内心的最深处，像是要探寻那里的一切。然而，他的眼神却有一种异乎寻常的平静，仿佛对这个年轻人的兴趣仅仅是出于科学的考虑，不带一丁点儿人性的温度。

“那就是拉帕西尼医生！”这个陌生人过去之后，教授悄悄地对乔瓦尼说，“他之前见过你吗？”

“据我所知没有，”乔瓦尼回答，他在听到这个名字的时候心里一惊。

“他**见过**①你！他一定见过你！”巴廖尼急切地说，“出于这样或那样的目的，这位科学家正在研究你。我了解那种目光！每当他试验用花香杀死一只鸟、一只老鼠或一只蝴蝶时，都是用那种眼神冷冷地俯视着它们；像大自然一样深邃的目光，却没有大自然爱的温度。乔瓦尼先生，我敢以我的性命打赌，你已经成了拉帕西尼的试验品！”

“你是在耍我吧？”乔瓦尼大声激动地说，“教授先生，**那**一定是个不祥的试验。”

“冷静，冷静！”教授倒是镇定自若，他回答说，“告诉你吧，我可怜的乔瓦尼，拉帕西尼对你抱有科学兴趣。你已经落入恐怖的手心啦！还有比阿特丽斯小姐——她在这个谜中扮演着什么角色呢？”

古斯康蒂感到巴廖尼的执拗难以忍受，所以不等教授再抓住他的胳膊就挣脱出来，匆匆地离开了。教授紧盯着年轻人离去的背影摇了摇头。

“这可不行，”巴廖尼自言自语地说，“这位年轻人是我老朋友的儿子，只要医学尚有可为之处，我就不能让他受到伤害。此外，正如我所说，拉帕西尼竟公然将这个小伙子从我手中夺走，好用于他那邪恶的

---

① 原文为斜体，以示强调，此处改为更符合中文习惯的着重点，余同。——译者注

试验，简直是无礼至极，难以忍受。还有他的这个女儿！这事我要多加留心。博学的拉帕西尼，没准我能让你的小小美梦化为泡影呢！”

这时候的乔瓦尼刚刚绕了一大圈回到住处。他刚进门，就看到丽萨贝塔老太太在傻笑着迎接他，显然是想引起他的注意；可老太太的希望注定要落空，因为乔瓦尼沸腾的情绪已经转而陷入冷漠与空虚之中了。他的目光虽然落在眼前这张堆满皱纹的脸上，可又仿佛对其视而不见。老妇人见状只好抓住他的披风。

“先生！先生！”她低声喊着，依旧笑容满面，看起来并非不像一个丑陋怪诞的木雕，历经许多世纪而发黑了，“听我说，先生！有一个秘密入口能进入花园呢！”

“你说什么？”乔瓦尼迅速转过身来，惊呼出声，这样子活像是给一个死物猛然间灌注了一股狂热的生命力。“通向拉帕西尼医生的花园的秘密入口吗？”

“嘘！嘘！——小声点！”丽萨贝塔一边低声说，一边轻轻地捂住他的嘴。“没错，通向那位尊敬的医生的花园，在那里，你可以看到他所有漂亮的灌木丛。帕多瓦的许多年轻人都不惜为此一掷千金。”

乔瓦尼赶紧往她手里塞了一枚金币。

“给我带路吧。”他说。

或许受到先前与巴廖尼对话的影响，乔瓦尼的心头掠过一丝猜疑，他怀疑丽萨贝塔太太的介入或许是某个阴谋的一部分，不管为何目的，教授似乎都认为拉帕西尼医生正在把他拉下水。心中的疑虑尽管让乔瓦尼心神不宁，但并不足以让他停下脚步。在他发现自己有希望接近比阿特丽斯的那一刻，这件事仿佛就成了他存在的刚需。她是天使还是魔鬼都已经不重要了，他无可救药地沦陷了，只能任由那股力量裹挟着他不断向前，在越转越小的漩涡里向他不曾预见的结果而去。然而，说来奇怪，他突然感到怀疑，他的这一方这种强烈的兴趣是否不是困惑；他的本性是否足够深沉而主动，使他现在有理由把自己抛进一个不可预测的处境中；这是否不仅仅是一个年轻人大脑的幻想，这是否与他的心仅仅有一点联系或者根本就没有联系呢？

他停下脚步，踌躇不前，转过半个身子，却又继续向前。他那枯瘦的向导带他穿过好几条昏暗的通道，最终打开一扇门，他走进去便看见阳光洒落在枝叶上，微微泛着光芒，听到树叶窸窣作响。乔瓦尼迈步向前，好不容易才穿过缠绕在这个秘密入口上方的藤蔓，此时，他正站在自己的窗户下方，置身于拉帕西尼医生的花园里。

事情往往就是这样，当不可能之事发生时，当梦想把迷雾般的东西凝结成可触摸的现实时，当置身于我们认为会使自己欣喜若狂或极度悲伤的情境中时，我们发现自己反而变得冷静，甚至冷漠沉着！命运总是喜欢这样戏弄我们。激情会选择自己的时间冲上舞台，当我们对事件做出适当调整，召唤它出现时，它却迟迟徘徊在幕后不肯出来。如今乔瓦尼的情况就是这样。日复一日，他因为渴望这个难得的机会而热血沸腾，他渴望与比阿特丽斯见面，与她在花园中相对而立，沐浴在她那像东方日出般的美丽之中，从她专注的目光中寻求谜团的答案，他认定从中能够找到自己的存在之秘。但此刻他心中却有种奇怪的、不合时宜的冷静。他环视花园，想看看比阿特丽斯或者她的父亲是否在场，确定只有自己之后，他便开始仔细观察起园中的植物来。

花园里的花草没有一棵中他的心意，它们的美太张扬、太妖艳，显得很不自然。如果是一个独自在野外漫步的人发现了这些植物，几乎没有一株不会让他瞠目结舌，这些植物像极了诡谲的面孔，在树丛后面窥视着他。还有几株看起来矫揉造作，它们的样子足以震撼一个观察敏锐的人，那是多种不同植物的杂交，感觉像是植物间乱伦的后果，看着完全不像上帝的造物，倒像是人类堕落的幻想的可怕的产物，仅仅是对美的邪恶嘲讽在闪闪发光。它们或许就是试验的结果，有那么一两个实例成功地把本来很可爱的植物杂交成令人疑窦丛生又颇感不祥的合成物，这正是满园花草的独特之处。总之，乔瓦尼只认得其中的两三种植物，并且其中一种植物他深知毒性很大。正当他沉浸在自己的思绪中时，他听到了丝绸衣服的窸窣声，接着便看到比阿特丽斯从镶有浮雕的门廊里面走出来。

乔瓦尼事先并没有想过在这种情况下应该怎么办。他是应该为自己的不请自来而道歉呢，还是应该认为自己出现在这里即便不是拉帕西尼医生或他女儿所期望的，至少也得到了默许呢。尽管他还没有想好该怎么解释自己是如何获准进来的，但比阿特丽斯却没有让他感到难堪。她沿着小径信步走来，走到碎裂的喷泉处和他打招呼。她面露惊诧，不过由于单纯而快乐的善意表情而变得容光焕发。

“你是一位花卉鉴赏家吧，先生，”比阿特丽斯微笑着说，指他此前从窗户里抛给她的那束花，“所以我父亲的稀有珍藏诱使你到更近的地方来观赏就不足为奇了。如果他在这里，他就能告诉你许多有关这些灌木的古怪而有趣的事实；他一生都在进行这样的研究，这个花园就是他的世界。”

“你本人也是，女士，”乔瓦尼打量了对面的人一眼，说道，“如果名副其实——你也深谙这些浓郁的花朵和辛辣的芳香的品性了。如果你愿意做我的老师，我一定会比拉帕西尼先生亲自指导学得更好。”

“竟有如此无聊的传言吗？”比阿特丽斯说，发出银铃般的笑声，“人们说我很了解我父亲的植物科学吗？简直是笑话！不；虽然我在花丛中长大，但我对它们的了解也不外乎颜色和香味；有时候，我觉得虽然这点知识微不足道，但我也乐于让自己摆脱它。这里有很多花，还有那些一点也不好看的花，每当我看见它们时就感到吃惊、受到冒犯。可是，先生，请你切莫相信那些有关我的科学知识的传言。关于我，你只要相信你的亲眼所见就好。”

“我一定要相信我亲眼所见的一切吗？”乔瓦尼直言不讳地问道，以前那些场景的记忆令他望而却步，“不，女士，你对我的要求太少了。请你让我仅仅相信你的金口玉言吧！”

比阿特丽斯好像明白了他的意思。她的脸颊涨得绯红，但依然直视着乔瓦尼的眼睛，用女王般的高傲回应他令人不安的怀疑凝视。

“那我就这么要求你吧，先生，”她回答，“忘掉你幻想中的我吧！

即使外表感觉是真实的，本质仍然可能是虚假的；但从比阿特丽斯·拉帕西尼的嘴里说出的话却是发自肺腑的真话。你可以相信那些话。”

她热情高涨，浑身闪烁着光芒，犹如真理之光照耀在乔瓦尼的意识之上；不过她说话的时候，周遭弥漫着一种香气，尽管稍纵即逝，却也馥郁芬芳，这气息让年轻人有一种说不清的优柔寡断，他小心翼翼地尽量不把那股香气吸入体内。或许是花香也未可知。这些话就好像在比阿特丽斯的心中浸泡过一般，难道是比阿特丽斯的呼吸给她的语言染上了一种奇怪的浓香？一阵晕眩就像一个影子掠过乔瓦尼的心头，但很快就消失了；他似乎透过这位美丽女子的双眼，凝视着她透明的心灵，再也不觉得怀疑或者害怕了。

让比阿特丽斯面红耳赤的激情气息消退了；她变得欢快起来，似乎从这个年轻人的交谈中获取了纯粹的愉悦，并非不像孤岛上的那位少女与来自文明世界的航海者交谈时所感觉到的快乐。显然，她的人生阅历仅仅局限于这个花园的范围。她时而说起日光或夏日的云彩之类的简单事物，时而问起有关这座城市的一些问题，抑或问起乔瓦尼遥远的家乡、他的朋友、他的母亲和姐妹们——她的问题表明她与世隔绝，说明她对人情世故所知甚少，因此乔瓦尼在回答她的问题时就像对一个婴儿讲话。他觉得她的精神好似一股初次瞥见阳光的鲜活溪流，对倒映在自己胸怀里的天地影像都感到惊奇。也会有思想从一个深沉的源头涌出来，幻想如宝石般熠熠生辉，仿佛钻石和红宝石在喷泉的泡泡间向上喷射着，光彩夺目。不时地，乔瓦尼的心头掠过一丝惊奇，他竟然能与这样一个深深触动他想象力的人儿并肩而行，他曾在惊恐的氛围中把她理想化了；也曾目睹她让人心惊肉跳的一幕，但他本应像兄长般与比阿特丽斯聊天，本应觉得她如此有人情味，如此温柔娇羞。但这些考虑也仅仅是稍纵即逝；她的性格给人的影响太真实了，让人无法不立即感觉到熟悉、亲切。

两人一边闲谈，一边在园中漫步，他们在大道上转了很多圈之后，这会儿来到碎裂的喷泉边，喷泉旁是那株繁茂的灌木，浑身开满了闪闪发光的花朵。花丛中散发出一股香气，与之前乔瓦尼内心认定属于比阿特丽斯的气息如出一辙，只是香味非常浓烈。乔瓦尼注意到当她的目光落在花丛上面的时候，她便把手放在胸前，仿佛她的心脏突然剧烈而痛苦地悸动起来。

“我平生第一次，”她低声对这丛灌木说，“竟然把您忘记了。”

“我记得的，小姐，”乔瓦尼说，“我很庆幸自己当时的莽撞，把那束花抛到你的脚下，当时你曾许诺用鲜活的宝石来报答我。现在请允许我摘一朵，当作今天见面的纪念。”

乔瓦尼上前一步，伸手去摘花；但比阿特丽斯突然尖叫一声，冲了过来，那声音如利刃般刺穿了他的心脏。她抓住他的手，仿佛整个纤细的身体都在用力。她的触碰让乔瓦尼的全身涌起一阵战栗。

“别碰它！”她大声说，声音非常痛苦，“为了你的生命不要碰它！它是致命的！”

随后她捂着脸从他的身边逃走了，消失在那个镶有浮雕的门廊下面。乔瓦尼目送她离开的时候，看见拉帕西尼医生消瘦的身影和苍白的智性面容，乔瓦尼不知道他在门廊的阴影里观察这一幕有多久了。

乔瓦尼刚刚一个人待在房间里，比阿特丽斯的形象就回到他充满激情的冥想中。自他初次在花园里瞥见她以来，这个形象的周围便完全被一种魔力所笼罩，现在她同样散发着一股少女般的女性气息，温柔而暖和。她是人，她的天性具有一切温柔和女性气质，她最值得受到膜拜，她肯定懂得爱情的高度和英雄气概。此前，他认定可以证明她身心可怕特点的那些标志现在要么被忘记了，要么在乔瓦尼充满激情的微妙诡辩中化为一顶金色的魔法王冠，使比阿特丽斯因为独一无二越发让人倾慕。任何看似丑陋的东西现在都变成美丽的东西了；或者即使无法完成这种转变，它也悄悄地溜走了，藏身于不成形的思想中，这些零碎的思想堆积在昏暗地带，我们的全部意识之光都无法将其照亮。乔瓦尼思绪奔涌，彻夜难眠，直到黎明的光亮逐渐唤醒拉帕西尼医生的花园中沉睡的花卉，即便他睡着，那个地方也必定是他的梦游之地。太阳照常升起，阳光照在年轻人的眼睑上，把他唤醒了，他感到一阵疼痛。完全清醒之后，他发觉自己的手有种烧灼刺痛的感觉——他的右手——昨天在他即将碰到宝石般的花朵时被比阿特丽斯紧紧抓住的就是这只手。现在，他的这个手背上有四个娇小手指的紫色印迹，他的手腕上还有一道像是纤长的拇指留下的痕迹。

噢，爱情是多么固执——或者，甚至在想象中蓬勃发展，并未在心中扎根的爱情狡猾地伪装——多么固执地坚守自己的信念啊，直到爱情注定要消散在薄雾中的那一刻到来！乔瓦尼用手帕包住右手，想着是什么邪恶的东西蜇伤了他。不过很快他就在对比阿特丽斯的浮想联翩中把疼痛抛到九霄云外了。

似乎在第一次见面之后，命中注定就会有第二次、第三次甚至第四次。与比阿特丽斯在花园中相见不再是乔瓦尼生活中的偶然事件，甚至可以说成了他生活的全部内容；因为在见不到她的时候，对下一次见面的期待和对上一次相见的回忆完全占据了他的头脑。拉帕西尼的女儿也没有什么不一样。她期待年轻人的出现，想要在第一时间毫无保留地冲到他的身边，仿佛他们是童年的玩伴，是莫逆之交——仿佛他们依旧是这样的玩伴。一旦有何变数，他未能如期前来，她就会站在他的窗下，让甜美的声音飘进他的房间，在他心中引起阵阵回荡："乔瓦尼！乔瓦尼！你为什么要耽搁啊？下来吧！"于是他便匆忙下楼，到那个充满有毒之花的伊甸园里去。

然而，即便两人已经如此熟悉亲密，乔瓦尼仍然感觉比阿特丽斯的言行之间有一种矜持，而且她严格并始终如一地守着这份矜持，乔瓦尼从不曾想到要去冒犯它。不过从种种明显的迹象看，两人已经坠入爱河；他们流露着爱意，用眼睛传递彼此心灵深处的神圣秘密，仿佛这情谊过于神圣，不宜随便耳语；当他们的精神气息像长期蛰伏的火舌畅通无阻时，他们甚至在激情澎湃中说出了爱；他们不曾接吻，不曾双手紧扣，甚至没有丝毫的爱抚，这些可都是爱情的宣言和圣物啊！他从未碰过她一根闪亮的卷发；她的衣服——显然是两人之间的物理障碍——也从未被一阵微风吹拂到他的身上。偶尔，乔瓦尼会试图要越过界限，但每当这时候，比阿特丽斯就会黯然神伤，正颜厉色，浑身发抖，看起来悲凉而疏远，她根本无须多言就能让乔瓦尼知难而退。在这样的时刻，乔瓦尼内心总是不自觉地泛起让他毛骨悚然的疑虑，就像毫无约束的怪兽从心灵深处一跃而出，死死地盯着他，他对此感到十分震惊。这让他的爱意如清晨薄雾般苍白，只有他的疑虑是真实的。但是，当瞬间的阴影消失之后，比阿特丽斯就会再次容光焕发，他曾经带着这么多敬畏和恐惧看到的那个神秘可疑的人儿不见了，她现在是那个漂亮而单纯的女孩子，他对她的明确了解超过了其他一切知识。

自乔瓦尼与巴廖尼最后一次见面，又过去了很长时间。然而，一天早上，这位教授的来访让他很吃惊，而且心生不快。他整整几周都没怎么想起过这个人了，并且愿意把他更长时间地忘掉。由于他长时间沉溺于无孔不入的激情中，他不需要任何同伴，除非他们能同情他目前的这种情感状态。不可能期望巴廖尼教授有这份同理心。

来访者随意闲聊到城里和大学里的八卦新闻，然后换了话题。

“我最近在读一位经典作家的旧书，”他说，“读到一个很有意思的故事。你或许记得那个故事。它讲的是一个印度王子把一位美女作为礼物送给亚历山大大帝。她像晨曦般可爱，像落日般绚烂；但最与众不同的还是她的呼吸中带有某种浓郁的香气，比整个花园里的波斯玫瑰加起来还要浓郁。英雄难过美人关，于是这位年轻的征服者亚历山大就对这位绝色陌生人一见钟情了；不过，一位恰好在场的圣医发现了她身上的可怕秘密。”

“什么秘密？”乔瓦尼问道，一边垂下眼睛，躲避着教授的目光。

“这个可爱的女子”，巴廖尼继续说，且加重了语气，“从出生起就被毒药滋养着，直到她整个身体都渗透了毒性，她本人变成了世界上最致命的毒药。毒性已经成为她生命的元素。她就用她呼出的浓郁香气污染了空气。她的爱情也会是毒药——她的拥抱意味着死亡。这个故事是不是很不可思议啊？”

“一个幼稚的童话故事罢了，”乔瓦尼紧张地从椅子上站起来，回答教授，“我很惊讶，阁下在繁重的学术研究之余竟然还有闲暇阅读这种无稽之谈。”

“顺便问一下，”教授心神不安地四下打量着，“你这间屋子里是什么奇香啊？是你手套上的香水味吗？这味道很微弱，不过很好闻；但是，这味道无论如何都让人不舒服。要是我闻久了，恐怕会生病的。闻起来像花香，可我看这房间里并没有花呢！”

“我的房间里没有花，”乔瓦尼回答，在教授说话的时候，他已经变得脸色苍白，“我觉得，这是阁下的想象，并没有什么香味。气味是一种感觉和精神相结合的元素，很容易像这样欺骗我们。仅仅想到记忆中的香味，就会很容易错以为是真实的存在。”

“嗯，不过，我的想象力很冷静，并不经常玩这类恶作剧，”巴廖尼说，“何况就算我想象得出是什么味道，那也一定是因为我的手指沾染了卑鄙的药剂师调配的药物。我听说我们尊敬的朋友拉帕西尼配置的药剂比阿拉伯的香料的气味还要浓郁。无疑，美丽而博学的比阿特丽斯小姐同样会用由少女的气息调制而成的药水救治她的病人；不过，那喝下药水的人可就倒霉了！”

乔瓦尼看起来心情很矛盾。教授在提到拉帕西尼那纯洁可爱的女儿时，使用的语气折磨着他的心灵；然而，教授言语之间的那种与他自己对比阿特丽斯的印象截然相反的暗示，又让他心中所有模糊的猜疑突然变得清晰起来，这些猜疑像众多恶魔在嘲笑他。他竭力抑制住这些猜疑，在回应巴廖尼的时候努力表现出真爱之人的坚定信念。

“教授先生，”他说，“你曾是我父亲的朋友，你的本意或许也是想善待他的儿子。我对你除了尊重和遵从之外别无他意，但我恳请你注意，先生，有一个话题我们一定不能触及。你并不了解比阿特丽斯小姐。所以，你无法判断这种错误——我甚至可以说是亵渎——关于她的本性，轻率或中伤的字眼都是错误的。”

“乔瓦尼！我可怜的乔瓦尼！”教授说话的时候，平静的表情中带着怜悯，“我比你本人更了解这个不幸的女孩子。你会听到投毒者拉帕西尼和他有毒的女儿的真相的。是的，她既有毒又美丽。听着，你即便对我这个白发苍苍的老人拳脚相向，也不能让我保持沉默。那个印度美女的古老寓言已经在可爱的比阿特丽斯身上变成现实了，正是拉帕西尼深奥而致命的科学让它变成现实的。”

乔瓦尼双手掩面，痛苦地呻吟着。

“她的父亲，”巴廖尼继续说，“虎毒尚且不食子呢，可她的父亲却以这种可怕的方式把自己的孩子祭献给他疯狂痴迷的科学。说句公道话，他是个纯粹的科学家，他对科学的热爱如同在蒸馏器中提炼过一样。可是你的命运会如何呢？毫无疑问，你已经被选作某个新的试验品。你的结局或许就是死亡，甚至比死亡还要可怕！拉帕西尼为了眼前他所谓的科学兴趣，会毫不犹豫，在所不惜。”

“这是一场梦啊！”乔瓦尼喃喃地自言自语，“这一定是一场梦吧！”

“不过，”这位教授继续说，“振作起来吧，我的朋友之子。亡羊补牢，犹未为晚。或许我们还能成功地帮助这个不幸的孩子回到正常的轨道上来，把她从她父亲疯狂地让她与世隔绝的状态中解救出来。请看这个小银瓶！这是由著名的本韦努托·切利尼[①]亲手制作的，非常值得把它作为爱情礼物送给意大利最美丽的女子。但是，这瓶子里装的东西可是价值连城啊！这种解毒剂只需喝上一小口就能使波吉亚家族[②]

① 本韦努托·切利尼（Benvenuto Cellini，1500—1571），意大利文艺复兴时期的一位金匠、画家、雕塑家、士兵和音乐家。他的存世作品中有最著名的雕塑作品《切利尼盐瓶》(*Cellini Salt Cellar*)、《珀尔修斯与美杜莎的头》(*Perseus with the Head of Medusa*)以及他的自传，该自传被称为“16世纪最重要的文献之一”。——译者注

② 原文为意大利语Borgia，欧洲中世纪的贵族世家，发迹于西班牙的巴伦西亚，在意大利文艺复兴时期开始显赫。波吉亚家族因15至16世纪的联姻关系与政治结盟而显赫，有两位成员登上了教会宝座。亚历山大六世在位期间（1492—1503），波吉亚家族传出了许多谣言，其中包括毒杀，因此教授以该家族的毒药为例。——译者注

最致命的毒药变得无害。不要怀疑它对付拉帕西尼的毒药的效力。请把这个瓶子连同里面的珍贵液体在你的比阿特丽斯身上试验一下，然后就静待佳音吧。”

巴廖尼把一个做工精致的小银瓶放到桌上之后就告辞了，把他说过的话留在年轻人的头脑里发酵。

“我们一定能挫败拉帕西尼的，”他想着，下楼的时候自言自语地笑着，“不过，我们还是要承认一个事实：他是个了不起的人——的确是个了不起的人；可是，他在实践中却是个卑劣的庸医，所以才被那些尊重医学界古老规则的人所不容。”

如我们所说，在乔瓦尼与比阿特丽斯的相处中，他偶尔会因为对她性格的阴暗猜测而感到烦恼。不过，她完全让他感觉她是一个单纯、自然、深情、朴实的人，所以巴廖尼教授现在描绘的形象让他既陌生又难以置信，好像与自己最初的认知大相径庭。诚然，乔瓦尼与这位漂亮的女子初次见面的时候有些不愉快的回忆；他无法彻底忘记在她手中凋谢的那束鲜花和那只在阳光明媚的空气中死去的昆虫，除了她呼出的香气他想不到任何其他东西。然而，这些事件在她纯洁的人格光辉中并没有事实根据，无论凭借何种感官证据看似能证实它们，都被视为错误的幻想。有种东西比我们亲眼所见、亲手所触更真实。尽管乔瓦尼对比阿特丽斯的信心主要依靠她崇高的品格，而不是他本人深沉而慷慨的信念，但是这就是更好的证据。可是现在，他的精神已经不像最初的热情那样让人精神焕发了；他跌倒了，在世俗的疑虑中卑躬屈膝，玷污了比阿特丽斯纯洁的形象。并不是他放弃了她，他只是不相信。于是他决定进行一次关键试验，以便永久消除自己的疑虑，也就是，假如心灵没有相应的怪物，她的体质是否可能存在骇人的特征。从楼上朝下面这么远的地方凝视，他当时可能被自己的眼睛欺骗了，他或许并没有看清楚蜥蜴、飞虫和鲜花到底发生了什么；可如果他在几步之遥的距离亲眼看着一朵充满生命力的鲜花在比阿特丽斯的手里枯萎，那就没有什么可怀疑的了。想到这里，他匆忙前往花店，买来一束鲜花，花瓣上还挂着晶莹剔透的晨露。

现在到了乔瓦尼与比阿特丽斯每日相见的时间了。下楼之前，乔瓦尼从不忘记照一下镜子——一个英俊青年常有的虚荣心，不过在那个困惑狂热的时刻，还这样做就成了浅薄伪善的表现了。然而，他确实凝视着镜子里的自己自言自语，他的表情从未如此丰富，他的五官从未如此优雅，他的目光从未如此炯炯有神，他的双颊也从未有如此活力丰沛的温暖光泽。

“至少，”他想着，“她的毒还没有侵入我的机体。我不是她手中枯死的花朵。”

这样想着，他把目光转向他一直拿在手里的那束花。当看到那些带露的花朵竟然已经开始枯萎时，一种难以形容的恐惧传遍了他的全身；这些花还残留着昨日鲜活可爱的模样。乔瓦尼的脸色如大理石般苍白，他一动不动地站在镜子前，盯着镜中自己的映像，仿佛在看某种可怕的形象。他想起巴廖尼说过，他的房间里好像弥漫着香气。那肯定是他气息里的毒啊！他浑身发抖——他感到自己浑身发抖！他从恍惚中回过神来，开始好奇地观察一只蜘蛛，它正忙着吊在公寓旧房檐上结网，在巧妙编织的丝线上来回穿梭——像一只从旧天花板上垂下来的蜘蛛一样精力充沛。乔瓦尼弯下腰，对着这只昆虫深深地吹了一口气。这只蜘蛛突然就停止了自己的劳作，蛛网也随着这个小工匠身体的震动而晃动起来。乔瓦尼再吐出一口气，这次更深、更长，还带着他心中那种恶毒的感觉，其实他并不知道自己到底是邪恶抑或只是绝望。那只蜘蛛的肢体痉挛之后就蜷缩起来，身体吊在窗户上死了。

“该死！该死！”乔瓦尼自言自语地嘟囔着，“难道你中毒已深，就连这只致命的蜘蛛也死于你的气息吗？”

就在这时候，一个圆润、甜美的声音从花园里飘上来。

“乔瓦尼！乔瓦尼！时辰都过了！你为什么还要耽搁啊？下来吧！”

“是的，”乔瓦尼再次嘟囔着说，“她是唯一不会死于我气息的人吧！可能是这样吧！”

他冲下楼去，稍顷就站在比阿特丽斯充满爱意的明亮眼睛之前。他的愤怒和绝望刚才还非常强烈，恨不能瞥上她一眼就使她衰枯，可是当她真正出现在他的面前时，他又无法摆脱她的真实存在带来的影响：记忆中，她那温柔细腻的女性魅力总是把他包围在一种宗教般的宁静中；记忆中，许多圣洁而热烈的情感从她心中涌起，当她心灵之泉从深处解封时，他的精神之眼便能看见它的晶莹剔透。假如乔瓦尼知道如何评价这些记忆，它们会让他确信，这个丑恶的秘密只不过是尘世的幻觉，无论她看起来被什么邪恶迷雾所包围，真正的比阿特丽斯仍然是来自上界的天使。他虽然无法坚定信心，可她的出现并没有完全丧失魔力。乔瓦尼的愤懑已然化作了一种阴郁的麻木。可比阿特丽斯敏感而细腻，立即察觉到他们之间出现了一道无法逾越的黑暗鸿沟。他们带着沉默和忧伤，一同走到大理石喷泉旁，走到开满宝石般花朵的水池旁。乔瓦尼对这种急切的享受——可以说是强烈的欲望——感到很震惊，他就是带着这种欲望汲取这些花的香气的。

“比阿特丽斯，”他突然问，“这株灌木是从哪里来的？”

“这是我父亲创造的。”她单纯地回答。

“创造的！创造的！”乔瓦尼重复着，“你这是什么意思，比阿特丽斯？”

“他对自然的秘密有可怕的知识，”比阿特丽斯回答，“这株植物和我一起诞生，它才是他的科学和智慧的结晶，我只不过是他的世俗孩子罢了。不要靠近它！”她接着说，惊恐地发现乔瓦尼正在走近那株植物。“它有你做梦也想不到的特性。但我，最亲爱的乔瓦尼，我和这株植物一起成长，绽放，我靠它的气息滋养。它是我的姐妹，我以人类的情感爱着它。因为，哎呀！——你难道就没有怀疑过吗？——一种可怕的厄运在所难免。”

乔瓦尼脸色阴沉地对她皱起了眉头。比阿特丽斯不再言语，浑身发抖。但她相信他的温柔，这让她安心，使她为自己一瞬间的动摇感到脸红。

“一种可怕的厄运在所难免,”她继续说,“我父亲对科学致命的热忱切断了我和同类之间的一切联系。直到上天把你送来,最亲爱的乔瓦尼,噢,你可怜的比阿特丽斯是多么孤单啊!”

“这是一种残酷的厄运吗?”乔瓦尼问道,目不转睛地看着她。

“最近我才知道它有多么残酷,”她温柔地回答,“噢,是的,但我的心已经麻木,倒也平静了。”

乔瓦尼的愤怒从他阴郁的沉默中爆发出来,就像一道闪电划破乌云。

“该死的厄运!”他带着恶毒的鄙夷和愤怒喊道,“你发现自己的孤独难以忍受,所以就把我也与所有人世的温馨隔绝开来,引诱我进入你那无法形容的恐怖之地!”

“乔瓦尼!”比阿特丽斯惊呼,用她那双明亮的大眼睛看着他的脸。他的话的冲击力还没有进入她的心灵,她就被惊得目瞪口呆了。

“是的,有毒的东西!”乔瓦尼忘情地重复道,“你做到了!你毁了我!你在我的血液里灌注了毒素!你让我变得和你一样讨厌、丑恶、可恶、致命——一个世上的怪物奇观!现在假如我们是幸运的,我们的呼吸对我们自己就像对所有其他人一样致命——那就让我们合上嘴唇,在难以言喻的仇恨一吻中死去吧!”

“我都遭遇了什么事啊!”比阿特丽斯从心底发出喃喃的呻吟,“圣母玛利亚啊,可怜可怜我吧,一个心碎的孩子!”

“你——你还祈祷吗?”乔瓦尼仍带着恶魔般的嘲讽大声说,“从你嘴里说出的祷告,就连周围的空气都会沾染上死亡的气息。是的,是的,让我们祈祷吧!让我们去教堂,把手指浸入门口的圣水中吧!然后,在我们后面的人就会像得了瘟疫一样死去!让我们在空气中画十字吧!像这神圣的符号播撒仁慈一样,去散布诅咒吧!”

“乔瓦尼,”比阿特丽斯平静地说,她的悲伤已经淹没了激动,“为什么要用那些可怕的话把你本人与我连在一起呢?我的确是你说的可怕的东西。但是你呢——除了再为我可怕的痛苦战栗一次,离开这个花园，融入你的同类，忘掉可怜的比阿特丽斯这样一个怪物曾在地上爬行，你要做什么呢？”

“你是在装傻吗？”乔瓦尼皱着眉头看她，“看！这就是我从拉帕西尼纯洁的女儿那里获得的力量。”

此时恰巧一群夏日飞虫在空中掠过，它们是寻着这座致命的花园里浓郁的香气前来觅食的。它们盘旋在乔瓦尼的头顶，显然吸引它们到他这里来的力量，同样曾经把它们立刻吸引到这几株灌木植物旁。乔瓦尼对着这些昆虫吐出一口气，苦涩地对比阿特丽斯笑了笑，因为至少有二十多只虫子落在地上死了。

“我看到了！我看到了！”比阿特丽斯尖叫，“这是我父亲那致命的科学！不，不，乔瓦尼，不是我！绝对不是！绝对不是！我只是梦想着爱你，与你共度些时日，然后就让你离去，仅把你的形象留在心里。乔瓦尼，请你相信，虽然我的身体被毒药滋养，但我的灵魂是上帝创造的，它渴望把爱作为日常食粮。但我的父亲——他把我们联结在这种可怕的同情中。是的，鄙视我吧！践踏我吧！杀了我吧！噢，听完你的那番话，死算得了什么呢？但不是我。为了这世间的幸福，我不会这么做的。”

乔瓦尼的激情已经在他言语爆发之后耗尽了。这时候，他周身掠过一种哀婉而不失温存的情感，他想着自己与比阿特丽斯之间亲密而独特的关系。可以说，他们仿佛站在彻底的孤独中，即便身处最密集的人群中也无法缓解这种孤独感。那么他们周围的人性沙漠难道不应该把这对孤独的人儿拉得更近些吗？如果他们都冷酷相待，那么谁还会对他们心存慈悲呢？另外，乔瓦尼又想，难道就没有一线希望让他回到常人的状态，与获救的比阿特丽斯手挽手吗？噢，怯懦、自私、卑劣的灵魂啊，他在对比阿特丽斯那深沉的爱恶语相向、横加指责之后，居然还梦想着与她在凡间结合、获得世俗的幸福！不，不，不可能有这样的希望了。她必须带着那颗破碎的心沉重地跨过时间的界限——她一定要在某个天堂之泉中荡涤她的伤痛，在永恒之光中忘掉她的痛苦，她在那里才能安然无恙！

但乔瓦尼却对此一无所知。

“亲爱的比阿特丽斯，”他向她靠近，以往她总是会在他靠近的时候畏缩后退，可现在她却表现出一种不同往常的冲动，“最亲爱的比阿特丽斯，我们的命运还不至于彻底绝望吧。看！我有一瓶药，有位智慧的医生曾向我保证，它药力很猛，几乎具有神圣的疗效。它的成分与你可怕的父亲用来给你我制造灾难的那些药相克。它是由受祝福的草药提炼而成。我们何不一起饮下，净化我们身体中的邪恶呢？”

“把它给我！”比阿特丽斯说，并伸手来接乔瓦尼从他胸前取出的小银瓶。她又特别强调了一次，“我来喝，你等一下结果。”

她把巴廖尼的解毒剂举到唇边；就在这一刻，拉帕西尼的身影出现在门口，他向大理石喷泉缓缓走来。在他靠近时，这位脸色苍白的科学家似乎以一种大获全胜的眼神注视着这对美丽的青年男女，就像一个艺术家终其一生致力于创作一幅画或一组雕塑，并最终从中得到了满足。他停下脚步，靠强大的意志力挺直了佝偻的身躯。他把双手放在两人的头顶，俨然是一位父亲祝福子女的姿态。然而，正是这双手把毒素投入了他们的生命之河啊！乔瓦尼浑身发抖。比阿特丽斯紧张地战栗，把手放在胸口。

“我的女儿，”拉帕西尼说，“在这个世界上，你不再孤单了！从你的姐妹灌木上摘下一朵珍贵的宝石般的花朵，请你的新郎把它佩戴在他的胸前吧。现在它不会伤害他了。我的科学以及你们之间的同情已经锻造了他的身体，他如今已与常人有别，正如我的骄傲和胜利之女与普通女子有别一样。那么，你们在这个世界上携手同行，做彼此最亲的人，做全世界都害怕的人吧！”

“我的父亲啊，”比阿特丽斯虚弱地说——她说话时手仍然放在心口，“你为什么要把这么悲惨的命运强加给你的孩子呢？”

“悲惨！”拉帕西尼惊呼起来，“傻姑娘，你在说什么啊？你觉得拥有让任何敌人都无力反抗的神奇天赋悲惨吗？只消一口气就能制服最强大的对手，悲惨吗？像你这样集可怕与美丽于一身，悲惨吗？如此说来，你是宁愿做一个弱女子，把自己暴露给所有邪恶却无力反抗吗？”

“我情愿被人爱，而不是让人害怕，”比阿特丽斯喃喃地说，身子倒在地上，“但现在没关系了。父亲，我要走了，你曾努力注入我体内的邪恶会像梦一样消失——就像这些毒花的香气在伊甸园的花丛中再也无法沾染上我的气息。永别了，乔瓦尼！你的愤恨之言像铅一样压在我的心头，不过它们也会随着我的飞升而消失。噢，难道你的本性不是从一开始就比我的本性还有毒吗？”

对比阿特丽斯来说——她的肉体凡胎被拉帕西尼的技术彻底改变——正如剧毒之于她的生命一样，强劲的解药只能意味着她的死亡。就这样，人的聪明才智和阻挠自然的可怜的牺牲品，以及伴随所有这些扭曲智慧的努力的不幸事件的受害者，在那里消失了，死在她父亲和乔瓦尼的脚下。就在那一刻，彼特罗·巴廖尼教授从窗户里探出头来，用夹杂着恐惧的胜利语气，冲着遭受五雷轰顶的科学家大喊：

“拉帕西尼！拉帕西尼！这就是你的试验结局哈！”

（史晓雅译，代显梅校）

作品赏析

当今世界的伊甸园

像很多经典作家一样，霍桑也能在一个简单的故事里触及复杂的时代问题和人生难题，这些问题发人深省，永不过时。《拉帕西尼的女儿》虽然写于1843年，并且是一个充满奇幻色彩的寓言，但是仔细阅读却发现它同样指向我们的AI时代。在科技和文学对人性的争夺战中，这是一个永不过时的警惕性寓言。

一、科学狂人的罪与罚

故事的主人公拉帕西尼医生本来掌握了“治病救人的艺术”，却背弃了医生的职业道德，迷狂于科学实验。叙事人这样描述他的外形，他是“一个高大、消瘦、形容枯槁的男人，身着黑色的学者袍服。此人已过中年，头发灰白，蓄着稀疏的灰白胡须，他的面孔一看就很有智慧和修养，只是这张脸即便在年轻的时候也不会表达心灵的温暖”。短短两句话就使一个毫无人性的科学家形象跃然纸上。当他在花园里呼喊他的女儿时，“他的声音听起来虚弱无力，像是遭到某种内在疾病的侵袭”，再次强调他由内而外的病态特征，他的全部生命力都消耗在科学试验上了。

在拉帕西尼的同事和竞争对手彼得罗·巴廖尼教授批判性的审视中，这位医生的非人性让人不寒而栗，“他关心科学远胜于关心人类。病人在他的眼里只不过是新的试验品。只要能为他累积的那座知识大山增添哪怕是一粒芥末籽，他都会牺牲他人的性命、他自己的性命和其他一切他最珍爱的东西”。这就把整个故事的悲剧根源交代清楚了，是他对科学的痴迷扼杀了他的人性。最可怕的是，他的独生女成了他首要的试验品，“这个可爱的女子从出生起就被毒药滋养着，直到她整个身体都渗透了毒性，她本人变成了世界上最致命的毒药。毒性已经成为她生命的元素。她就用她呼出的浓郁香气污染了空气。她的爱情也会是毒药——她的拥抱意味着死亡”。巴廖尼教授告诉乔瓦尼，即便是“虎毒尚且不食子呢，可她的父亲却以这种可怕的方式把自己的孩子祭献给他疯狂痴迷的科学”。这种科学态度已经到了令人发指的地步。

对于这位科学狂人及其病态的科学试验，如果巴廖尼教授作为职业竞争对手是一位严厉的旁观者和无情的批评者，那么乔瓦尼就是拉帕西尼医生的毒性科学试验的被动参与者和受害者。他从巴廖尼教授那里得到的传闻在现实生活中得到了进一步验证，他看到花园里医生培育的植物，“足以震撼一个观察敏锐的人，那是多种不同植物的杂交，感觉像是植物间乱伦的后果，看着完全不像上帝的造物，倒像是人类堕落的幻想的可怕的产物，仅仅是对美的邪恶嘲讽在闪闪发光”。这让我们想起玛丽·雪莱笔下的化学家弗兰肯斯坦及其创造的怪物。这两位科学家都为自己的创造付出了惨痛的代价，乃至家破人亡。这种违背自然规律的科学试验和企图揭穿自然奥秘、干预自然进程的狂妄野心是作家严厉批判和警告的人道灾难。

故事的第三叙事人是拉帕西尼的女儿比阿特丽斯。从她的口中，这位知识狂魔的冷酷更让人战栗。在谈及父亲培育的那株剧毒植物时，比阿特丽斯告诉乔瓦尼：“这株植物和我一起诞生，它才是他的科学和智慧的结晶，我只不过是他的世俗孩子罢了。”“我父亲对科学致命的热忱切断了我与同类之间的一切联系。”把科学置于亲人和亲情之上，这同样是弗兰肯斯坦的疯狂举动。在故事的结尾，拉帕西尼送给女儿和乔瓦尼的祝福是：“你们在这个世界上携手同行，做彼此最亲的人，做全世界都害怕的人吧！”当父亲用剧毒把女儿和她的爱人变成刀枪不入的强者，使他们具备了战胜一切对手的能力时，比阿特丽斯却说“我情愿被人爱，而不是让人害怕”。

显然，爱是人性的链接，而害怕则是竞争的恶果。近两百年后的今天，很多家长为提高孩子的竞争力，像拉帕西尼对待女儿一样，宁愿让名目繁多的辅导班和竞赛把孩子与同伴和健康隔离，而拉帕西尼和他女儿在竞争力与爱之间的意见分歧恰是文学对现实的提醒。没有亲情温暖的家庭教育、不顾他人死活的竞争力训练不是已经造成了很多家庭悲剧和个人不幸吗?比阿特丽斯捂在胸口的手提示我们,人类不可无视人性与良知,科技进步和父爱一样,如果目标定位不当,代价必然惨重。

简言之,科学狂人之罪是拉帕西尼毫无人性的科学试验,他接受的最大惩罚就是他最得意的科学试验品——他的女儿死在他的脚下。叙事人感叹道:"就这样,人的聪明才智和阻挠自然的可怜的牺牲品,以及伴随所有这些扭曲智慧的努力的不幸事件的受害者,在那里消失了,死在她父亲和乔瓦尼的脚下。"虽然霍桑描述人性和情感的语言总是模棱两可,但他批评狂热行为的语言从来都是清晰明确的。"阻挠自然"必然遭受死亡的惩罚,这是霍桑对雄心勃勃的人类发出的一贯警告。

二、深刻细腻的情感书写

作为清教作家,霍桑尊重又害怕神秘而强大的爱欲,他将这种矛盾心理投射在乔瓦尼对比阿特丽斯的情感中——既被她吸引又对她保持怀疑——就创造出一种神奇的审美张力,生动地再现了相爱之人既害怕失去自我又情不自禁地陷入爱情迷狂的矛盾纠结。因为无法抵抗爱情的强大磁力,乔瓦尼潜入被毒雾熏染的花园,走近拉帕西尼亲手培育的有毒植物和女儿,并且越陷越深。正如乔瓦尼发现的:"这是一种爱与恐惧的狂野结合,既有爱情的炽热又有恐惧的战栗。"在这个故事中,"地狱之火"是霍桑这位清教作家赋予欲罢不能的浓烈爱欲最恰当的名字。虽然乔瓦尼从一开始就怀疑放他入园的房东老太太可能是同谋,拉帕西尼医生正在把他拉进一个阴谋,但是他的理性总是让位给情欲,"她是天使还是魔鬼都已经不重要了,他无可救药地沦陷了,只能任由那股力量裹挟着他不断向前,在越转越小的漩涡里向他未曾预见的结果而去"。这几乎是一种宿命的力量，神秘而强大，置身其中的乔瓦尼身不由己。

虽然激情与清教伦理相悖，但不得不说作为清教作家的霍桑真是描写激情的高手，他最懂得激情在年轻生命中的神出鬼没，“激情会选择自己的时间冲上舞台，当我们对事件做出适当调整，召唤它出现时，它却迟迟徘徊在幕后不肯出来”。许多年之后，弗洛伊德才对这种激情给予了一个心理学上的称呼——力比多。但弗洛伊德的心理学术语并没有霍桑的文学描写来得丰富而生动，霍桑笔下的激情没有那么低俗，超出了原欲的粗鲁，总是与一种更高的生命冲动联系在一起。与此同时，在描写男女之间的相互吸引时，霍桑在精神层面呼应着柏拉图在《会饮篇》中所说的灵魂的一半对另一半的寻觅；在理智与情感的搏斗中，人总是渴望达到生命的完整状态。乔瓦尼的内心独白足可以说明这一点，“日复一日，他因为渴望这个难得的机会而热血沸腾，他渴望与比阿特丽斯见面，与她在花园中相对而立，沐浴在她那像东方日出般的美丽之中，从她专注的目光中寻求谜团的答案，他认定从中能够找到自己的存在之秘”。显然，这是霍桑把柏拉图的哲学语言转变成文学表达之后，形成的一种殊途同归的爱情诠释。

这种魂牵梦绕的爱情体验，在霍桑细腻的心理描写中熠熠生辉，“似乎在第一次见面之后，命中注定就会有第二次、第三次甚至第四次。与比阿特丽斯在花园中相见不再是乔瓦尼生活中的偶然事件，甚至可以说成了他生活的全部内容；因为在见不到她的时候，对下一次见面的期待和对上一次相见的回忆完全占据了他的头脑”。霍桑对初恋的这种描写素朴单纯，曲径通幽，神圣热烈，欲罢不能，这种描写只能出自文学大师的手笔。

然而，遗憾的是，这种美好的爱情体验从一开始就在乔瓦尼的将信将疑中蒙上了阴影，从一开始就受到了拉帕西尼的阴谋算计和科学毒害，就像比阿特丽斯告诉乔瓦尼的，由于她父亲的科学干预，“一种可怕的厄运在所难免”。在这个注定的悲剧中，爱情越纯洁美丽，相爱之人的情感越浓烈，悲剧的效果就愈明显，霍桑对科技理性的批判也就越犀利。霍桑的寓言告诉我们，大自然的生态系统里有自我平衡、自我修复的功能，造物主的安排自有其不可违逆的深意，绝对不允许人类横加干预和破坏，就像人自发的爱情不容外力干预，不然后果将不堪设想，这是深谙自然规律并尊重自然规律的霍桑对狂妄之人亮出的警示之剑。

三、比阿特丽斯的寓意

比阿特丽斯在但丁的《神曲》中是上帝的使者，引领诗人探索真理和人性完善之路，霍桑的叙事人说她“分担着永恒的痛苦”。霍桑笔下的比阿特丽斯最初对乔瓦尼的引导也带着但丁的女主人公的冷静与克制:“忘掉你幻想中的我吧！即使外表感觉是真实的，本质仍然可能是虚假的；但从比阿特丽斯·拉帕西尼的嘴里说出的话却是发自肺腑的真话。你可以相信那些话。”正是比阿特丽斯的真诚让乔瓦尼逐渐解除了对她的怀疑和戒备。

然而，这毕竟是一个关于现代科学的寓言故事，在这个“当今世界的伊甸园”里，在具有无限科学野心的父亲拉帕西尼医生的管控下，比阿特丽斯不仅逐渐失去了自己的引导能力，而且成为她父亲科学试验的牺牲品。在两个同样天真无邪的比阿特丽斯截然不同的命运中，霍桑凸显了科技时代的功利心对亲情的损伤和异化，对爱情的扭曲和污染。假如但丁的基督教史诗是一个从地狱到炼狱再到天堂的上升路径，那么霍桑的故事刚好走了一个相反的路线，乔瓦尼的命运则是从天堂到炼狱最后到了地狱的悲惨境遇。

面对注定的厄运，与乔瓦尼的愤怒和谴责形成对照的是比阿特丽斯的英勇无畏。为了表明自己的无辜和对乔瓦尼愤怒指责的抗议，也为了摆脱父亲非人的控制，她勇敢地饮下了解毒剂。喜欢理论的读者自然会联想到三位男性人物对比阿特丽斯的侮辱与伤害，会用女权主义理论对这位父亲、父亲的竞争对手和情人进行审判和谴责，就像比阿特丽斯在喝药之前对父亲和乔瓦尼所说的："父亲，我要走了，你曾努力注入我体内的邪恶会像梦一样消失——就像这些毒花的香气在伊甸园的花丛中再也无法沾染上我的气息。永别了，乔瓦尼！你的愤恨之言像铅一样压在我的心头，不过它们也会随着我的飞升而消失。噢，难道你的本性不是从一开始就比我的本性还有毒吗？"可见，比阿特丽斯的死是对男权压迫的抗争和拒绝。

与此同时，比阿特丽斯的提问也颠覆了自《圣经》始基督教文化对女性的污名化：人类始祖夏娃接受撒旦的诱惑，继而诱惑亚当偷吃禁果，人类的堕落被归罪于女性的意志软弱。与《圣经》中的夏娃形象形成对照的是比阿特丽斯，如乔瓦尼所说，"她肯定懂得爱情的高度和英雄气概"。比阿特丽斯的无辜受害和舍生取义是霍桑对基督教传统文化中女性形象的改写，是他对基督教性别歧视的修正。

霍桑在情感纠纷中往往表现出清教作家的倾向，把解决问题的最佳途径置于他的宗教信仰中。在乔瓦尼和比阿特丽斯的孤独无助中，霍桑与超验主义的爱默生相信"个性"和"自助"不同，他让叙事人当场否定了乔瓦尼拯救比阿特丽斯的希望："不，不，不可能有这样的希望了。她必须带着那颗破碎的心沉重地跨过时间的界限——她一定要在某个天堂之泉中荡涤她的伤痛，在永恒之光中忘掉她的痛苦，她在那里才能安然无恙！"显然，霍桑的叙事人仅仅相信只有"天堂之泉"和"永恒之光"才能治愈比阿特丽斯的悲伤和不幸，可惜"乔瓦尼却对此一无所知"，所以他才天真地希望用解毒剂挽回即将失去的爱人和爱情，然而这种尝试却直接杀死了比阿特丽斯。

四、结语

综上,《拉帕西尼的女儿》不仅是一个科学狂热导致人道灾难的警示寓言，而且是对清教人性观和性别偏见的质疑与修正。作者带着对科技理性的质疑，用奇幻的手法呈现了一个传奇故事，把伊甸园里人类始祖因追求知识而堕落的故事进行了互文改写，把上帝与其创造物的故事变成科学家与其女儿的故事：在当今的世界里，拉帕西尼像上帝主宰亚当和夏娃的命运一样，主宰着两个年轻人的命运，但这位独裁父亲并没有上帝的仁慈和万能，他最终在女儿喝下解毒剂离他而去时，不得不独自承受丧失人性、冒犯自然的苦果。透过乔瓦尼的观察和疑虑，“花园”这个宗教意象在现代世界的异化一目了然:“难道这个花园是当今世界的伊甸园吗？而这个人在自己亲手种植的植物之间居然还感到危机四伏，他难道是这里的亚当吗？”乔瓦尼的疑问把该故事与《圣经》故事直接联系起来，他强调这是“当今世界的伊甸园”，足见其批评的目标是现代人狂热追求知识的危险后果。如果人类始祖亚当和夏娃出于对知识的好奇偷尝了智慧树上的禁果而遭到惩罚，那么这位现代科学家为了追求知识毒害自己的女儿以及女儿的爱人则是不可饶恕之罪。比阿特丽斯的临终遗言——“我情愿被人爱，而不是让人害怕”，今天听起来仍然是这个充满恶性竞争的现代世界最有效的解毒剂。爱，是经典文学作品中不变的幸福密码。

第二章

抄写员巴特比：一个华尔街的故事（1853）

赫尔曼·麦尔维尔

作者简介

赫尔曼·麦尔维尔（Herman Melville，1819—1891）出生于纽约市，他的祖父和外祖父都为新生的美国立下了赫赫战功，他可算是出身于名门望族之家。他的父亲经商，他本人从小受过良好教育，养成了读书思考的习惯，但是在12岁的时候，因父亲破产家道中落，他不得不辍学，当过银行职员、农场工人、杂货店帮工等。1841年，他随捕鲸船出海，航海生活的艰辛和危险锻炼了麦尔维尔坚韧不拔的生存意志，让他接触到更复杂的大千世界。麦尔维尔在19世纪

40年代的南太平洋旅程虽然一波三折，但这段经历构成了他的南海三部曲《泰比》、《奥穆》和《玛迪》的主要素材来源。1850年夏，麦尔维尔与他十分仰慕的前辈作家霍桑见面，从此他的写作风格从通俗冒险故事转向严肃文学创作。他的长篇小说如《白鲸》和中篇小说《比利·巴德》多探索美国的命运走向和政治哲学问题。值得一提的是，虽然麦尔维尔的创作主要是在美国的浪漫主义文学时期，文学史上也多把他归入浪漫主义小说家之列，但是可以毫不夸张地说，他的写作风格是越界的，他在浪漫主义、现实主义、现代主义甚至后现代主义之间自由穿越。因为其敏锐而深刻的现代危机意识，麦尔维尔的作品成为永恒的经典之作。由于麦尔维尔在文学创作的中后期转入对政治哲学问题的探索，他逐渐淡出了大众读者的视野，直到第一次世界大战之后，麦尔维尔作为经典作家的地位才被学界承认，他的作品才得到深入而广泛的研究。

扫码获取小说
英文原文和录音

译　文

我是一个上了年纪的人。实际上，在过去的三十年里，我的各种业余爱好都使我与一帮很有意思、性情古怪的人保持非同一般的联系，不过，就我所知，并没有人写过这些人——我的意思是，那些律师事务所的抄写员或者文件起草人。我认识他们中的不少人，无论是工作上还是私下里，如果我愿意，我能讲很多这方面的故事。对这些故事，脾气好的人会置之一笑，多愁善感的人则会伤心落泪。不过我把所有其他抄写员的故事都搁置一旁，单挑巴特比的生平写上几段话，这个人是我见过的或者听说过的人当中最古怪的一个。我无法写出巴特比的全部生活，就像我无法讲出其他法律抄写员的全部故事一样。我相信，就这个人的传记而言，现存的资料既不完整，也不能令人满意。这对文学而言真是一个无法弥补的损失。巴特比是那些我无法把握的人之一，除非有原始资料。可就他的情况而言，原始资料却少得可怜。我自己吃惊的双眼所看到的巴特比就是我对他的全部了解，事实上，这就是接下来要出现的这个模糊的报道。

在介绍这个第一次出现在我面前的抄写员之前，合适的做法就是，我提一下我本人、我的员工、我的业务、我的办公室和周边的环境；因为要充分了解即将出场的主要人物，这样的描写至关重要。

首先，我是一个男性，从青年时代起就深信生活越简单越好。众所周知，尽管我的工作要求精力充沛，并且充满压力和焦虑，有时还有变数，但是我遭受的那些东西都不能破坏我的安宁和平静。我是那种没有什么雄心大志的律师，从来没有在一个陪审团面前演讲过，或以任何形式赢得公众的掌声；而是在温暖舒适的隐居所的清凉宁静中，在富人的契约、抵押贷款、房产证中，舒适地做着生意。认识我的人都觉得我这个人非常安全可靠。已故的约翰·雅各布·阿斯特，一个缺乏诗意热情的人曾毫不犹豫地宣布，我的最大优点就是谨慎，我的第二大优点是讲究策略。我这样说并不是出于虚荣心，而是简单地记录事实。在我的职业中，我并不是没有被已故的约翰·雅各布·阿斯特解雇过；我承认，这是一个我喜欢重复的名字，因为它的发音圆润，听起来就像金条发出的碰撞声，丁零作响。我要坦率地承认，我没有对已故的约翰·雅各布·阿斯特的好感无动于衷。

在这个小故事开始之前的一段时间，我的业务量大大增加了。大法官把他那个很棒的旧律师事务所（现在在纽约州都绝迹了）转给了我。经营这个事务所不是很费劲，不过报酬丰厚，让人非常满意。我很少发脾气，更少沉溺于对错误和暴行的愤慨中。但是必须允许我在这里鲁莽地声明，根据新的宪法规定，突然强行关闭大法官的律师事务所是一种不成熟的行为。我本来期待获得终生租赁的利润，却仅仅得到了短短几年的利润。不过这也只是顺便说说而已。

我的办公室在楼上，门牌号是华尔街第——号[①]。从办公室的一侧望去，能看到一堵带有宽大天窗的竖井内部的白墙，这个竖井从上到下穿插在这栋建筑物中。可能有人会觉得这个视野相当乏味，缺少风景画家们所说的“活力”。不过即便如此，我的办公室另一侧的视野如果没有提供更多的东西的话，至少提供了一种对照。在那个方向，我办公室的窗户可以一览无余地看到一堵高耸的砖墙，由于年代久远且一直在背阴面所以呈现出黑色。不需要望远镜，这堵墙就能产生隐约的美感，不过为了所有近视眼观者的方便，这堵墙被推到离我的窗户不到十码[②]远的地方。由于周围建筑物都非常高，而我的办公室又在二楼，这堵墙和我的办公室之间的间距就很像一个巨大的正方形蓄水池。

就在巴特比出现之前的那段时间里，我已经雇用了两个抄写员，还有一个很有前途的办公室勤杂工。第一位叫火鸡，第二位叫钳子，第三位叫姜汁饼[③]。这些可能看起来像名字，不过这类名字一般在通讯簿里都找不到。事实上，这是昵称，是我的三位员工相互给对方取的绰号，他们认为这能表达各自的人品或者性格特征。火鸡大约和我同岁，也就是离六十岁不远了，是个矮小肥胖的英国人。可

① 原文为 No. —Wall-street。——译者注

② 1码等于0.9144米。——译者注

③ Turkey除了“火鸡”的意思，还有“傻瓜”和“笨蛋”的意思，这里有作者的多层意思暗示；Nippers除了“钳子”的意思，还有“小男孩”的意思，暗示这位抄写员的年龄和心智不成熟；Ginger Nut是姜汁饼，其中“Nut”除了“坚果”的意思，还有“傻子”和“疯子”的意思，暗示这个孩子受大人指使，没有前途。——译者注

以说，他的脸上午红润，但是12点过后，中午——他吃午饭的时间——他的脸就像填满圣诞节煤炭的炉架那样闪闪发光，并且连续发热——不过，可以说是逐渐减弱——直到下午6点钟左右，之后，我就再也见不到这张脸的主人了。这张脸在有太阳的时候处于全盛期，似乎也和太阳一起落下，第二天再次升起，全盛，落下，带着同样的规律和不减的荣光。我一生中见过很多稀奇古怪的巧合，其中最奇怪的就是，火鸡容光焕发的红脸膛闪烁着最饱满的光辉，这个关键的时刻，刚好就是一天的开始。在接下来的24小时里，他的工作能力严重受到干扰，每天如此。不是因为他非常懒或者他那时候讨厌他所做的事，情况远非如此。难的是他很容易变得精力过盛。他的行动显得奇怪、恼怒、激动、反复无常、草率鲁莽。他总是漫不经心地把笔浸入墨水瓶里。正午12点过后，我的文件上到处都是他滴在上面的墨渍。事实上，他不仅在下午总是鲁莽，可悲地容易弄出墨水污渍，而且甚至更过分，他有几天相当吵闹。这时候，他的脸也燃烧着更多的炽热，好像烛煤堆在无烟煤上。他把椅子弄出令人不快的噪声；把沙盒里的墨水溅得到处都是；他在修理钢笔的时候，不耐烦地把钢笔全都弄成了碎片，并在一气之下把它们扔到地板上；他站起来，身子趴在桌子上，以最不文雅的动作把他的文件放进文件夹里——看着像他这样一位年长之人如此行事真是令人悲哀啊！然而，他对我在很多方面还是一个非常有价值的人——中午12点之前，他一直都是动作最麻利也最稳重的人，完成了大量的工作，他的工作作风无可匹敌——由于这些原因，我愿意对他的怪癖视而不见，尽管有时候我其实也向他提出了抗议。不过，我的抗议非常温和而且很文明。不仅如此，上午他最温柔、最让人尊重，不过倘若在下午受到挑衅，他就会容易稍微有点言语鲁莽。事实上，是粗野无礼。我现在因为珍惜他上午的服务，决定不要错失良机。不过，与此同时，12 点之后我还是会被他气呼呼的举止弄得很不舒服。作为一个多一事不如少一事的人，我不愿意用我的告诫招致他不当的反驳。在一个周六的中午（他总是在周六状态更糟一些），我非常和善地主动向他暗示，也许他现在岁数越来越大了，最好给他减少点工作量。简言之，12 点之后他就不需要再来上班了，午饭之后，他最好回到自己的住处，休息到下午茶时间[①]。但是，不，他坚持下午服务。在他雄辩地说服我的时候，他的脸色变得很激动，让人难以忍受——在屋子的另一头，他手里拿着一把长尺子打着手势——如果他上午的服务有用的话，那么他下午的服务怎么能少得了呢?

“请允许我说，先生，”火鸡在这种情况下说，“我把我自己看作你的左膀右臂。我上午只是编排和部署我的专栏，但是下午我就认真处理它们，就像这样英勇地向敌人发起猛攻！”——他用尺子猛地往前一推。

“可是，这些墨水点子，火鸡。”我提示说。

“没错，——不过，请允许我说，先生，看看这些头发吧！我在变老。当然啦，先生，在一个温暖的下午，为了一两滴墨水点子，不用这么苛责白发苍苍的人吧。老年人——即使在这页纸上洒了墨水——是光荣的。请允许我说，先生，我们两个都在变老啊。”

我对这种同胞情谊的呼吁几乎无法抗拒。总而言之，我明白了他是不会走的。因此，我就决定让他留下，不过我决定务必让他在下午处理我的那些不是很重要的文件。

钳子，我名单上的第二位员工，是一位长着络腮胡子、脸色蜡黄、整体上看起来像个海盗、大约 25 岁的年轻人。我一直都觉得他是两种邪恶力量的牺牲品——雄心和消化不良。他的雄心表现在

① 美国人的下午茶时间通常是在下午 3~4 点。——译者注

对仅仅是一位抄写员的职责有些不耐烦，他认为这是一种对严格的专业事务（比如起草法律文件）的不当误用。消化不良的征兆似乎是不时的紧张和咧嘴而笑的暴躁,在抄写中犯错时总是把牙咬得“咯嘣”响；在工作紧张的时候，他总是发出没有必要的“嘶嘶”咒骂声，而不是表达出来；特别是对他办公桌的高度一直都很不满意。钳子尽管非常善于技术操作，但他永远也无法把这张桌子调整得符合他的要求。他在桌子下面垫了些碎片，各种小块，粘贴板的碎片，最终甚至用折叠的吸墨纸试着做出精准的调试。但是他的任何新办法都无济于事。如果他为了放松后背把桌面板取下来，呈锐角顶着下巴在上面写字，就像一个人把他的荷兰房屋的陡峭房顶用作书桌。那么，他又会说这让他手臂的血液无法流通。如果他现在把这张桌子降低到他的腰带位置，写作的时候弯腰趴在桌子上，那么他的后背就会疼痛。简言之，事情的真相是，钳子不知道自己想要什么。或者说即使他想要什么，那也得完全摆脱一张抄写员的桌子。在他病态的雄心的种种表现中，一个表现就是喜欢接待一些衣衫褴褛、看起来身份不明的家伙，他把这些人称作他的客户。事实上，我意识到他不仅有时候与行政区的政客们打交道，而且还时不时地在法庭上做点小业务，在纽约市监狱也并非寂寂无闻。然而，我有很好的理由相信，来我办公室拜访他的那个气度不凡的先生（他坚持说是他的客户）只是一个讨债人，还有所谓的产权契据法案。尽管他有很多失败和惹我生气的行为，就像他的同胞火鸡一样，但钳子对我是一个很有用的人：他的抄写既干净又利索；只要他愿意，他的举止行为会不亚于一位绅士。除此之外，他的着装也总是绅士派头十足，因此，偶尔还会给我的业务增光添彩。

至于火鸡，我得努力不要让他责备我。他的衣服看起来总是油腻腻的,闻起来有一股餐厅里的味道。夏天,他穿的灯笼裤松松垮垮。

他的大衣很糟糕，他的帽子就更不用说了。但是这顶帽子对我无关紧要，作为一个需要照料的英国人，只要他天性讲礼貌和懂得尊重就好。他一进屋就会脱帽，可他的大衣就是另外一回事了。关于他的大衣，我跟他理论过，但是没用。我猜，事实是一个人收入这么少，顾了脸面就顾不了着装。正如钳子有一次所发现的，火鸡的钱主要用来买红墨水了。一个冬日，我送给火鸡一件我自己的看起来很体面的大衣，一件有垫肩的灰色大衣，相当舒适保暖，从膝盖到脖子有一排扣子。我本来以为火鸡会感谢我的这番好意，改掉他下午的鲁莽和任性，但是没有用。得到太多燕麦对马儿不好，基于同样的原则，我真的相信把他裹在这么柔软、像毯子一样的大衣里对他有致命的恶果。事实上，据说即便是一匹桀骜不驯的马儿得到太多燕麦也是会骄傲的，火鸡得到他的大衣之后就翘尾巴了，变得很张狂。他是一个经不起富贵的人。

尽管我对火鸡的种种自我放纵习惯有自己的看法，但是我深信虽然钳子在其他方面有各种各样的毛病，但至少他是一位自律自制的年轻人。不过，事实上，大自然本身似乎就是他的酒商，在他出生时就彻底赋予了他白兰地一样容易生气的性格，因此他以后就根本不需要再买酒了。当我想到在我宁静的办公室里，有时候钳子如何不耐烦地从他的座位上站起来，在他的桌子前俯下身来，张开双臂把整个桌子都抓起来，摇晃，用力猛拉，在地板上弄出刺耳的摩擦声，好像这张桌子是一个任性而且有意志的东西，在有意挫败他，惹他生气，我这时才恍然大悟，对钳子而言，白兰地和水全是多余的。

幸运的是，原因有点奇怪——消化不良——钳子的易怒和随之而来的紧张主要在上午易于觉察，他会在下午变得相对温和点。火鸡只是在 12 点左右发作，因此我就不用同时对付他们两个人的古怪行为了。他们俩就像士兵换岗一样轮番登场，钳子值班的时候，火鸡就休息，反之亦然。这真是天作之美啊！

姜汁饼，我名单上的第三位，是一个大约12岁的小伙子。他的父亲是个车夫，想在有生之年看着儿子坐在办公室里而不是马车上。他把姜汁饼送到我的办公室，让他在这里学习法律，做个听差和清洁工，每周一美元的工资。他自己有一个小办公桌，但是他用得不多。检查他抽屉的时候会发现，里面陈列着各种各样的坚果壳子。实际上，对这位大脑机灵的年轻人而言，整个法律就包含在一个坚果壳里。在姜汁饼的差事中有一件并非最不重要，他处理得也很敏捷，那就是，他负责为火鸡和钳子提供蛋糕和苹果。众所周知，抄写法律文件是一个枯燥乏味的苦差事，我的两个抄写员愿意经常用斯皮兹博格斯苹果[①]滋润一下他们的嘴唇，这些东西可以在海关和邮局附近的很多摊位上买到。此外，他们经常派姜汁饼去买那种独特的小饼——又小又扁，又圆又辣——他就是因此而得名的。在一个寒冷的上午，当工作仅仅成了乏味的差事时，火鸡经常会狼吞虎咽地吃掉几十个这样的小饼，似乎这只是威化饼——事实上，一便士可以买6到8个这样的小饼——他笔尖的刮擦声混杂着嘴里吃着的这些脆饼“咔嚓—咔嚓”的咬嚼声。在下午所有这些火爆的失误和慌乱的鲁莽行为中，火鸡有一次把嘴里吃着的一个姜汁饼用唾液润了一下，用来封印一张抵押契据。我那时就有一个很好的理由解雇他，但是他给我鞠了一个东方式的躬，抚慰我说：“请允许我说，先生，没有让你去文具店买胶水，我不是很慷慨吗？”

这段时间，我起初的业务——承办财产转让、权利纠纷事务，起草各种深奥难解的文件——由于接手大法官办公室而大大增加

① 斯皮兹博格斯苹果（Esopus Spitzenburg or Aesopus Spitzenburgh）是一种苹果名，就像中国的红富士苹果。斯皮兹博格斯苹果于18世纪在斯皮兹博格斯、哈得孙和纽约被发现，是美国第三任总统托马斯·杰斐逊最喜欢吃的苹果，他在蒙蒂塞洛（Monticello）种了好几棵这样的苹果树。——译者注

了。现在抄写工作更多了。我不仅让既有的员工加油干，还必须增加帮手。一天上午，由于是夏天，门开着，一位安静的年轻人应聘而来，站在我的办公室门口。我现在还能看见这个身影——苍白，整洁，可怜得令人尊敬，绝望得孤立无援！这就是巴特比。

问了几句他的资质，我就录用了他。很高兴我的抄写员团队里有这么一个出奇安静的人，我认为这在某些方面有益于平衡火鸡反复无常的性格和钳子的火暴脾气。

我应该早点说明一下，在磨砂玻璃折叠门把我的工作场所一分为二之前，这个地方有一半被我的抄写员们占着，另一半是我自己的地盘。根据我心情的好坏，我会把这些折叠门打开或者合上。我决定把折叠门附近的一个角落分配给巴特比，想着让这个安静之人在我的这一边，以便有任何微不足道的小事需要做时叫他方便些。我把他的桌子放在办公室的一扇小侧窗边，通过这扇窗户本来能从侧面看到一部分肮脏的后院和砖头，但是后来由于建起了高楼，目前什么也看不见了，只是透出点光亮。在距离窗格子不到三英尺[①]的地方，这束光从上面照下来，在两栋高大的建筑物之间好像通过一个很小的穹顶口照射下来。此外，我又做出了进一步令人满意的安排，我弄了一扇高高的绿色折叠屏风，把巴特比和我完全隔开，不过他还能听见我的声音。因此，从某种程度上说，个人隐私和社会交往就兼而有之了。

起初，巴特比做了大量的抄写工作。他就好像长期渴望抄写点什么，贪婪地吞食着我的文件，停不下来消化一下。他昼夜不停地在流水线上工作，夜以继日地抄写着。假如他在勤劳的同时能开心点，我就会对他的表现满意了。但是他默默地、脸色苍白地、机械地写个不停。

---

① 1 英尺等于 0.3048 米。——译者注

当然，抄写员的工作之一就是逐字逐句、准确无误地校对自己抄写的文件。一个办公室里有两三个抄写员，他们互相帮着校对彼此的文件：一个人阅读手抄本，另一个人拿着原稿对照。这是一件非常乏味、累人、让人昏昏欲睡的差事。我很容易想象到即使对性格乐观的人来说这都是不堪忍受的。我不相信那位精力旺盛的诗人拜伦能心满意足地和巴特比坐在一起，校对比如说一份五百页、写得乱七八糟、密密麻麻的法律文件。

业务忙的时候，我自己也习惯于时不时地校对一些简短的文件，让火鸡或钳子来帮个忙。我让巴特比坐在屏风后面这么方便的地方，其中一个目的就是让我自己能在这些小事情上给他帮助。我记得，就在他跟我的第三天，在他自己的抄写还不需要校对的时候，由于我正着急完成手头的一件小事，我就突然使唤巴特比。我低头看着桌子上的原件，右手有点哆嗦地拿着抄写的文件，侧身向前，这样巴特比从他的隐蔽处出现时就可以第一时间抓过去，毫不拖延地继续往下进行了。

我叫他的时候，就是以这种姿势坐着，迅速地说明我想让他做什么——也就是说，和我一起校对一份小文件。当巴特比一动不动地坐在他的密室里，用异常温和而坚定的声音回答说“我不愿意”的时候，想象一下我的吃惊，不，我的极度震惊吧！

我默默地坐了一会儿，重振我惊呆了的官能。我突然想到我的耳朵可能欺骗了我，或者巴特比完全误解了我的意思。我用我觉得最清晰的语气重复了我的要求，但是回答也一样清晰：“我不愿意。”

“不愿意，”我机械地模仿他说，非常激动地站了起来，大踏步走过房间，“你什么意思？你神经错乱了吗？我想让你帮助我校对这儿的这张纸——拿着。”我接着把文件塞给他。

“我不愿意。”他说。

我定睛看着他，他的脸消瘦而平静，灰色的眼睛暗淡无光，而且泰然自若，没有泛起一丝激动的涟漪。但凡他有一点不安、愤怒、不耐烦或者傲慢，换句话说，但凡他有任何普通人所有的东西，无疑我都会凶狠地把他从这个办公场所给解雇了。但事实上，哪怕我想到尽快把我的那个苍白的、从巴黎买来的半身西塞罗石膏像扫地出门也做不到解雇他。我站着，盯着他看了一会儿，他继续干自己的活，然后我坐回自己的书桌前。我想，这真是奇怪啊。怎么办呢？但是我的业务繁忙，我最终决定先忘掉这件事，等我将来有空再说。所以我就把钳子从另一个房间叫过来，这页纸很快就校对完了。

这件事发生了几天之后，巴特比抄写完四份篇幅比较长的文件，因为我在大法官法庭上需要把一周的证词都摆在面前，而这是很重要的文件，所以亟须高度准确。一切就绪之后，我就叫隔壁的火鸡、钳子和姜汁饼，想把这四份抄写好的文件放在我的四个员工手中，我读原稿，火鸡、钳子和姜汁饼坐成一排，每人手里拿着一份文件，这时候我叫巴特比来加入这个有趣的团队。

“巴特比！快，我在等着呢！”

我听见一声慢悠悠的椅子腿在没有地毯的地板上摩擦的声音，很快他就出现了，站在他的隐蔽处入口。

“有啥需要吗？”他温和地问。

“这些抄写的文件，这些抄写的文件，”我急匆匆地说，“我们打算校对它们。喏——”我指给他第四份文件。

“我不愿意。”他说，然后轻轻地消失在屏风后面。

有几分钟，我变成了一根盐柱子，站在我这一排坐着的员工面前。我稳了一下神，朝屏风走过去，问这种非同凡响的举止是何道理。

“你为什么拒绝呢？”

“我不愿意。”

换了任何别人，我都会完全陷入可怕的激情中，说出所有轻蔑的话，非理性地把他从我的办公室里扔出去。但是，巴特比身上有种东西不仅奇怪地让我举手投降，而且莫名其妙地感动了我，让我感到困惑不安。我就开始和他理论。

"我们要校对的这些抄写文件是你的。这是在节省你的劳动力啊，因为一次校对就能把你的四份抄写文件都搞定。一般都是这么做的。每个抄写员都要帮助校对他的抄写文件。不是这样吗？你不说话吗？回答我啊！"

"我不愿意。"他回答，语气像笛声一样动听。好像我在跟他说话的时候，他仔细考虑了我的每一项陈述，完全理解我的意思，无法否认不可抗拒的结论；但是，与此同时，他回答的时候心里在想着某种更重要的东西。

"这么说你是下决心不服从我的要求了——基于通常做法和常识提出的要求？"

他很快就让我明白，我对此的判断很有道理。是的，他的决定不可改变。

当一个人受到某种从未有过的、粗暴不讲理的威逼时，他开始怀疑自己最显而易见的想法。他开始模糊地觉得尽管自己的信念也不错，但是所有正义和道理都在对方那里，这种情况并不少见。因此，如果见到态度公允的人，他会向他们求助，以便重新确认自己有些动摇的想法。

"火鸡，"我说，"你怎么看这件事？难道是我不对吗？"

"请允许我说，先生，"火鸡以他最温和的语气说道，"我觉得你是对的。"

"钳子呢，"我说，"你对这件事怎么看？"

"我觉得我应该把他踢出这间办公室。"

(观察力敏锐的读者能在这里看出，这是在上午，火鸡的回答隐藏在礼貌和平静的措辞里，但是钳子回答的措辞就显得脾气暴躁。或者重复一下前面的一个句子，钳子的糟糕情绪上岗了，火鸡的糟糕情绪则下班休息了。)

“姜汁饼呢，”我说，想为自己拉哪怕是年龄最小的人的赞成票，“你对这件事怎么看？”

“先生，我感觉他有点发疯。”姜汁饼咧嘴笑着说。

“你听见他们说什么了吧，”我说，身子转向屏风，“出来吧，履行你的职责吧。”

但是他没有给予任何答复。我非常困惑地想了一会儿。但是我的业务很忙。我再次决定等将来有空再考虑这个困境。没有巴特比的参与，我们就费了点劲把那些文件给校对完了，尽管每校对一两页火鸡就会恭敬地发表他的观点，说这样做事不符合常规；钳子因为脾气不好而扭动椅子，对这个躲在屏风后面的犟驴恨得咬牙切齿，时不时地咒骂他几句。在钳子这儿，这是他第一次也是最后一次没有报酬地为别人做事。

与此同时，巴特比坐在自己的隐蔽处，除了他自己在那里做的事情之外，对一切都无动于衷。

过了几天，这个抄写员被指派校对另一份很长的文件。他最近的奇怪举止让我密切关注他的行为方式。我发现他从来不吃午饭；事实上，他哪儿也不去。据我所知，他从未离开过我的办公室，是那个角落里的常驻哨兵。有一次，尽管才是上午大约 11 点，我就发现姜汁饼朝巴特比的屏风入口走去，好像在悄悄地向那里做手势，我坐在那里看不见。这个孩子总是在离开办公室的时候，手里拿着叮当作响的几个便士，再出现的时候手里就拿着姜汁饼，他把这些东西放在那个隐蔽处，为他的辛苦收取两块小饼的报酬。

这么说，他靠姜汁饼活着啊，我想；恰当地说，他从来不吃午饭；他一定是个素食者；但不是的，他甚至连蔬菜也不吃，他什么也不吃，只吃姜汁饼。于是，我的头脑一直遐想着人完全靠姜汁饼活着有可能产生的影响。顾名思义，姜汁饼含有特殊的生姜成分，而且这是决定其风味的主料。现在来说一说什么是生姜。生姜是一种辛辣刺激的东西。巴特比辛辣刺激吗？一点也不。那么姜味对巴特比没有产生影响。也许他本来就不愿意它产生任何影响。

消极抵抗对一个诚挚的人而言是最糟糕的。如果一个遭到抵抗的人还算仁慈，而抵抗的人在自己的消极状态中又完全没有危害，那么前者在心情比较好的时候，就会善意地努力用想象力去理解用判断力无法解决的问题。即便如此，在大部分时间里，我还是尊重巴特比和他的行为方式。可怜的家伙！我想，他并不想捣乱；显然，他并非有意傲慢；他的情况足以表明他的古怪是身不由己的。

他对我有用。我能与他相处。要是我把他赶走了，他会在某个没有那么包容的雇主那里倒霉的，那时候他会受到粗暴对待，也许会被逼到忍饥挨饿的悲惨地步。是的，我能不费力气就获得一个大大的自我好评。对巴特比友好一点；对他的古怪任性迁就一点，这并不费我什么事，而我却能在自己的心里为我的良心积蓄某种东西，这东西最终被证明是一小块甜点。不过我也不是总有好心情。有时候，巴特比的消极反抗也让我生气。我莫名其妙地感觉想让他换一种新的方式反对我，引出他的某种愤怒的火花来回应我的怒火。不过这实际上就像试图用指关节徒劳地在一块温莎牌肥皂上打出火来。然而，一天下午，我体内的邪恶冲动控制住了我，我们随之发生了一场小小的争执。

“巴特比，”我说，“等那些文件都抄完的时候，我要和你一起把它们校对了。”

“我不愿意。”

“怎么回事？你不是要把顽固的奇怪行为坚持到底吧？”

没有回答。

我一把推开旁边的折叠门，对火鸡和钳子激动地大声说：“他第二次说，他不校对他的文件。火鸡，你对此怎么看？”

这是在下午，请记住。火鸡坐在那里，脸像黄铜锅炉一样闪闪发光，他的秃头冒着蒸汽，双手在他的那些沾满墨迹的文件中间晃动着。

“对此你怎么看？”火鸡咆哮着说，“我真想冲到屏风后面，把他的眼睛打肿！”

这么说着，火鸡站起身，双臂摆成拳击的架势。他正要冲过去兑现自己的诺言时，我拦住了他，警惕午饭后不小心激发火鸡的好斗行为所产生的后果。

“坐下，火鸡，”我说，“听听钳子会怎么说。钳子，你怎么看这件事？我立马解雇巴特比是不是有理由啊？”

“请原谅，这由你来决定，先生。我觉得他的举止相当反常，事实上，对我和火鸡二人也不公平。不过这可能只是一时兴起的念头吧。”

“啊，”我大声说，“这么说，你莫名其妙地改变了主意——你现在能心平气和地说起他了。”

“都是因为啤酒，”火鸡大声说，“心平气和是啤酒的影响——钳子和我今天一起吃午饭了。你看我现在多心平气和啊，先生。需要我去把他的眼睛打肿吗？”

“你是指巴特比吧，我猜。不，今天不用，火鸡，”我回答，“请收起你的拳头。”

我把折叠门合上，再次向巴特比走过去。我再次感觉有一种动力诱使我试一试自己的运气。我特别想再次遭到反抗。我记得巴特比从来不离开办公室。

“巴特比，”我说，“姜汁饼不在，请移步去一趟邮局如何（只有三分钟的步行距离），看一看有没有我的信件。”

“我不愿意。”

“你不要去吗？”

“我不愿意。”

我踉踉跄跄地走到自己的桌子旁，坐在那里陷入深思：我盲目的倔脾气又发作了。我让自己遭受这个瘦骨伶仃的穷鬼可耻的反抗，难道我就没有别的办法了吗？——这是我雇来的员工吗？还有别的什么事能比这个更合情合理而他却一定拒绝去做的吗？

“巴特比！”

没有回答。

“巴特比！”声音更大。

没有回答。

“巴特比！”我大声吼起来。

就像一个幽灵愉快地响应魔法的召唤法则，我第三次叫他的时候，他出现在自己的隐蔽处入口。

“到隔壁去，去告诉钳子到我这里来一下。”

“我不愿意。”他尊敬地轻声说，接着温和地消失了。

“很好，巴特比。”我说，语气平静而严肃，很镇静，暗示着某种决心已定的可怕惩罚近在咫尺。这一刻，我差不多就想这么干。但是总体而言，快到我吃午饭的时间了，我想最好还是戴上帽子步行回家，心里满是困惑和痛苦。

我要承认这个事实吗？这很快就会变成我办公室里的一个明确事实，整个这件事可以归结为：一个脸色苍白的年轻抄写员名字叫巴特比，在那里有一张办公桌；他为我抄写文件，按照通常的付款比例，一页对开纸是四美分（一百个字）；但是他一直拒绝校对自己抄写的东西，把这个责任转嫁给火鸡和钳子，这无疑是在嘉奖他们的极端严谨；另外，据说无论以什么理由都不能指派巴特比做哪怕是最微不足道的差事，哪怕是恳求他去做这样一件小事，通常也可以被理解为他不愿意——也就是说，他会断然拒绝。

随着时间的流逝，我变得能和巴特比和睦相处了。他的坚定，他的免于一切耗散，他一直以来的勤奋（除了他选择让自己站在屏风后面陷入沉思），他的极大安静，他在一切情况下不可改变的行为，都让他成了一种有价值的收获。一件最重要的事情就是——他总是在那里——早上第一个到，一整天都在，晚上最后一个走。我对他的诚实有一种奇怪的信任。我感觉在他的手上，我最宝贵的文件会万无一失。有时候，为了我自己心灵的缘故，我肯定也难免突然对他激烈地发作一通。因为一直要牢记这些稀奇古怪的毛病——这些特权和闻所未闻的豁免权，巴特比单方面悄悄制定的契约，作为他继续留在我办公室里的条件——记着这些很难。不时地，由于着急分派棘手的业务，我会不经意间用简短快速的语气招呼巴特比，比如说让他用手指压住红带子的一端，这样我就可以用带子捆绑这些文件。当然，总是从屏风后面传出这个回答——“我不愿意”。那么，一个具有常人弱点的人怎么能不对这种荒谬行径愤怒地大喊大叫呢？——如此不可理喻。然而，不断遭到这样的拒绝只会削弱我坐视不顾的态度。

这里必须声明的是，根据大多数在人口密集的律师事务所大楼拥有办公室的法律界人士的习惯，我的门上有好几把钥匙。第一把钥匙在一位住在顶楼的妇女手里，她每周给我的办公室擦一次玻璃，每天给我的办公室拖地吸尘。第二把为了方便在火鸡那里。有时候，第三把钥匙装在我自己的口袋里。第四把我不知道谁拿着。

喏，一个星期天早上，我刚好去三一教堂听一位著名传教士布道，发现自己到早了，我就想着步行去我的办公室待会儿。幸亏我身上带着钥匙，但是钥匙插进门锁的时候，我却发现里面有东西顶着。我很吃惊，就大声喊出来，出乎预料的是，里面一把钥匙转动了：巴特比的幽灵出现了，他把门打开，瘦削的面孔对着我，穿着烂衬衫，或者说衣衫褴褛，他平静地表示抱歉，但是他当时很忙，而且——暂时不愿意让我进去。简单地说了一两句话之后，他进一步补充说，或许我可以绕着街区转两三圈，那时候他就能把自己的事情处理完。

喏，巴特比完全出人预料的出现，他在星期天上午像个房客一样住在我的律师事务所里，面容枯槁、彬彬有礼、若无其事，而且坚决而镇静，这些对我产生了一种奇怪的影响，我情不自禁地按照巴特比的所愿偷偷地从我自己的地方溜出去了。但是由于我无法反抗这样一位不可理喻的抄写员温和的侮辱，我并不是没有五味杂陈的烦恼 。事实上，主要是他那种美妙的温和态度，不仅让我举手投降，而且从某种程度上让我变得怯懦。因为在当时，我认为一个人平心静气地让他的雇员对他发号施令，命令他从自己的房子里走开，这是一种懦弱的行为。另外，巴特比星期天上午在我的办公室里穿着破烂衣服，或者说衣冠不整，他有可能在干什么呢？我对此也深感不安。有什么不妥之事在发生吗？不，这是不可能的。我连一刻也无法相信巴特比是一个不道德的人。但是他在那里会干什么呢？抄写文件？也不可能，无论他多么古怪，巴特比还是一个非常有礼貌的人。他绝对不会近乎赤身裸体地坐在书桌旁。另外，这是星期天啊：巴特比身上有某种东西让人觉得，他不会做任何凡俗之事而违背了安息日的得体要求。

然而，我的思绪很不平静，出于按捺不住的好奇心，最终我还是走了回去。我把钥匙插进锁里，顺利地打开门进了屋子。没见巴特比。我焦虑地环顾四周，瞥了一眼屏风的背面，但是显然他不在那里。在更仔细地检查了一下这个地方之后，我猜想巴特比一定是在我的办公室里吃喝拉撒睡了不知道多久了，而且是在没有盘子、没有镜子、没有床的情况下。角落里一张带垫子的、摇摇晃晃的旧沙发上隐约有个瘦削斜躺的形迹。我在他的桌子下面发现了一张被卷起来的地毯；空空的炉架下面有一个黑箱子和一把刷子；一张椅子上放着一个锡铁盆、肥皂和一条烂毛巾；一张报纸上有几粒姜汁饼渣子和一小片奶酪。不过，我想，很明显，巴特比一直在把这里当家，独自过着单身汉的生活。突然，我心中掠过这个念头：这是多么悲惨的孑然一身、孤苦伶仃的生活啊！他的贫穷显而易见，但是他的孤独，太可怕了！想想吧。星期天，华尔街就像被遗弃的佩特拉古城一样空无一人。每天晚上这里都是空荡荡的。这个建筑物在工作日充满劳作和生活的嗡嗡声，夜幕降临时便空无一人，整个星期天都很荒寂。而巴特比却在这里安家，是唯一见过所有喧闹之后再看幽静的人——就像天真无邪、脱胎换骨的古罗马将军马略[①]在迦太基的废墟上沉思！

我平生第一次感到一种压倒一切的刺痛的忧郁控制了我。以前，我仅仅体验过一种没有让人不快的悲哀。现在，共同人性的纽带使我不由自主地陷入了忧郁。一种兄弟般的忧郁！因为我和巴特比都是亚当的子孙。我还记得当天那些色彩鲜艳的丝绸和闪闪发光的面孔，人们穿着节日的盛装，像天鹅一样漂游在密西西比河般的百老汇大街上。我把他们与这位脸色苍白的抄写员做了比较，心想：啊，

① 马略即古罗马将军盖乌斯·马略（Gaius Marius，公元前157年—公元前86年），是著名的军事统帅和政治家。——译者注

因为幸福喜欢外露，所以我们就认为这个世界是幸福快乐的；而痛苦则悄悄地躲藏起来，所以我们就认为没有痛苦。关于巴特比的怪异，这些悲哀的想象——无疑是病态而愚蠢的大脑虚构出来的怪物——引出了我的其他一些关于巴特比古怪的想法。不祥的预感盘旋在我的周围。在冷漠的陌生人中间，这位抄写员苍白的身影好像就在我的眼前，裹在一块颤抖的裹尸布里。

突然，我被巴特比锁着的写字台吸引了，看得见钥匙插在锁孔里。

我并不想搞恶作剧，也不想满足不无残酷的好奇心；另外，这张桌子是我的，桌子里面的东西当然也是，所以我就要大胆地看看里面。文件平整地摆放着，一切都放得井井有条。文件格子很深，文件卷宗移开之后，我伸手往深处摸了摸。我立即感到里面有东西，就把它拉了出来——是一块丝绸花手绢，挺沉的，而且打着结。我打开来发现是一张银行储蓄单。

此刻，我回想起我在这个人身上发现的所有这些安静的神秘表现。我记得他从来不说话，除非回答问题；尽管每隔一段时间他都有大量独处的时间，但我从来没有看见过他读书——不，他甚至连报纸都不读；他总是久久地站着看着窗外，看着他屏风后面那扇苍白的窗户，看着那一堵死气沉沉的砖墙；我敢肯定他从来没有去过任何食堂或者餐厅；他苍白的脸色清楚地表明，他从来没有像火鸡那样喝啤酒，或者甚至像其他人一样饮茶、喝咖啡；特别是，据我所知，他从来没有去过任何地方，从来没有外出散步。事实上，这就是他目前的情况。他谢绝说出自己是谁，或者从哪里来，或者他在这个世界上有什么亲戚。尽管这么瘦，这么苍白，但他从来没有抱怨过身体不好。而且更有甚者，我记得他有种自己觉察不到的苍白氛围——我该怎么称呼它呢？——某种苍白的傲慢氛围，要不然就是浑身有一种严肃的矜持，这肯定让我产生了敬畏之情，所以我才乖乖地顺从了他的各种古怪行为，不敢让他为我临时做哪怕是最不起眼的事情，即使我可能从他长时间的一动不动中知道，他在屏风后面一定是站在那里面对着沉寂的砖墙在沉思默想。

围绕所有这些事情，再把它们与最近发现的事情放在一起，也就是他把我的办公室当成自己的住处、自己的家，他的病态情绪，围绕所有这些事情，一种审慎的感觉开始掠过我的心头。我最初的情绪是纯粹的忧郁与最真诚的怜悯；但是在我的想象中，随着巴特比的孤独变得越来越严重，我的忧郁就融入了恐惧，我的怜悯也融入了嫌弃。想到或者见到一定程度的不幸会唤起我们最美好的感情，但在某些特殊情况下，超出这个限度就不会了，这既真实又可怕。有人认为这是因为人心固有的自私，这些人这么想就错了。它源于对过度治疗和器质性疾病的绝望。对一个敏感的人而言，同情总是痛苦的。最后，当这种同情被认为无法产生有效的帮助时，常识总会让心灵去摆脱它。那天早上我所看到的一切让我明白，这个抄写员成了内心无法医治的精神错乱的牺牲品。我可以对他的身体施以援助，但是他的身体并没有让他感到痛苦；他的心灵在遭难，而我却无法触及他的心灵。

那天上午，我没有按原计划去三一教堂。不知什么原因，我在当时见到的这些情况让我没有资格去教堂。我步行回家，想着我该拿巴特比怎么办。最终，我这么决定——第二天上午，我打算平静地问他几个问题，问一下他的过往之类的问题，如果他到时候谢绝公开而客气地回答（我猜他会不愿意），那么除了我欠他的钱之外，我会再给他 20 美元钞票，告诉他现在我已经不再需要他的服务了；但是如果我能在其他任何方面帮助到他，我会很高兴这么做，特别是如果他想回老家，无论在哪里，我都愿意帮忙支付路费。另外，到家后，任何时候如果他需要帮助，只要他写封信，他就一定会得到我的答复。

第二天上午到了。

“巴特比。”我说，轻轻地呼唤屏风后面的他。

没有回答。

“巴特比，”我说，语气更加温和，“到这里来吧，我不打算让你做你不愿意做的任何事情了——我只是希望和你说说话。”

听到这句话，他静静地滑入我的视野。

“你能告诉我，巴特比，你出生在哪里吗？”

“我不愿意。”

“你能告诉我任何有关你个人的事情吗？”

“我不愿意。”

“可是你有什么合理的反对意见可以和我说说吗？我对你心怀友爱啊！”

我说话的时候，他并没有看我，但是他的目光却一直盯着我的西塞罗半身像，这个雕塑就在我的身后，离我的头顶大约有六英寸[①]高的距离。

“巴特比，你回答我呀？”我说，等了好久他也没有回答，在这期间他面无表情，只有他苍白无力的嘴唇发出了最微弱的震颤。

“我现在不愿意回答。”他说完退回自己的隐蔽处。

我承认我内心相当脆弱，但是他在这种情况下的态度让我很烦恼。这种态度中似乎不仅埋伏着某种蔑视，而且考虑到他从我这里接受的不可否认的善意和宽容，他的任性也似乎有些不知好歹。

我再次坐下来想我该怎么办。由于他的行为让我受辱，我已经决定一进办公室就解雇他。然而，我奇怪地感到有某种迷信的东西

① 1英寸等于0.0254米。——译者注

在敲击我的心房，阻止我实现这个目的，如果我胆敢对这个最孤独的人说出一句狠心话，我就会把自己骂得狗血喷头，骂自己十恶不赦。最后，我亲切地把椅子拉到他所在的屏风后面，坐下来对他说："巴特比，没关系的，不说你的历史也罢；但是让我作为一个朋友来恳请你，尽可能遵守办公室的规则吧。现在就答应吧，你会帮忙校对明天或者下一天的文件。总之，现在就答应吧，一两天之后，你就会开始稍微通情达理一点——就这么答应吧，巴特比。"

"我现在不愿意稍微通情达理一点。"他温和而可怕地回答。

就在这时，折叠门打开了，钳子走了过来。由于他的消化不良比以往更严重，他好像夜里休息得很不好，这会儿正难受。他无意中听到巴特比最后的那些话。

"不愿意，嗯哼？"钳子咬牙切齿地问，"如果我是你，我倒是愿意选他，先生，我会满足他的所有意愿，这头犟驴！请问，先生，他现在的这种不愿意是怎么回事啊？"

巴特比一动不动地站着。

"钳子先生，"我说，"我愿意你这会儿退出去。"

不知怎么回事，我最近在各种不是很恰当的场合也开始不由自主地使用"愿意"这个词了。想到我和这个人的交往已经严重影响到我的精神状态，真是不寒而栗啊！还有什么进一步的、更深刻的怪诞行为不会发生呢？这种担心并非没有影响到我最终采取的措施。

钳子看起来很生气，脸色阴沉，他在离开的时候，火鸡温柔地、恭敬地走了过来。

"请允许我说，先生，"他说，"昨天我在这里琢磨巴特比，我认为如果他每天愿意喝一夸脱[①]上好的啤酒，可能会对他大有裨益，能帮助他校对他的文件。"

---

① 1夸脱约为0.95升。——译者注

“看，你也用这个词了。”我说，稍微有些激动。

“请允许我说，先生，什么词？”火鸡问，恭敬地把自己挤在屏风后面这个被压缩的空间里，他这么做的时候，我就紧挨着巴特比。“先生，什么词？”

“我愿意一个人待在这里。”巴特比说，好像因为自己的隐私被围攻而受到了冒犯。

“就是那个词，火鸡，”我说，“就是那个词。”

“哦，是愿意吗？哦，是——奇怪的词。我自己从来不用它。不过，先生，正如我所说，如果他只是愿意——”

“火鸡，”我打断他的话，“请你退出去吧。”

“哦，当然，先生，如果你愿意我退出去的话。”

当他打开折叠门撤退时，坐在桌子旁的钳子瞥见了我，问我是愿意用蓝色抄写纸还是白色。他对“愿意”这个词丝毫没有拿腔作调的调皮意思。我心想，我必须摆脱一个疯子，从某种程度上说，他即使没有改变我们的思想，也已经改变了我本人和员工们的说话方式。但是我觉得谨慎的做法就是不要立即解雇他。

第二天我发现巴特比什么也不做，只是站在窗前对着那堵死墙冥想。我问他为什么不写，他说他已经决定不再写了。

“哎呀，喏，这是怎么回事啊？下一步怎么办啊？”我大声说，“不再写了吗？”

“不再写了。”

“什么原因呢？”

“你自己不明白是什么原因吗？”他淡漠地回答。

我定睛看着他，发现他的目光黯淡无光，呆滞无神。我突然想到，他在刚来的几周时间里，在窗口暗淡的光线里非常勤奋地抄写，可能已经暂时损害了他的视力。

我很感动，说了一些安慰他的话。我提议说，他在一段时间里不再抄写肯定是明智的，我督促他抓住到室外进行健康锻炼的机会。然而，他并没有这么做。几天后，在我的其他员工不在场的情况下，我急需要邮寄几封信，巴特比没有任何别的事可做，他肯定会比平常少一点不通融，会把这些信送到邮局去的吧。但是他断然拒绝了。我只好克服了极大的不便自己去了。

又过了几天。我说不好巴特比的眼睛是不是好些了。从一切外在情况看，我认为是好了。但在我再次问他眼睛是不是好些了的时候，他免开尊口回答。他无论如何都不抄写了。最后为了应付我的督促，他告诉我，他已经永远放弃抄写工作了。

"什么！"我大声说，"假如你眼睛彻底好了——比以前任何时候都棒——难道你也不抄写吗？"

"我已经放弃抄写了。"他回答，轻轻地退到一边。

他一如既往是我的办公室里的常客。不仅如此——如果可能的话——他变得比以往更常在。怎么办呢？他在办公室里什么也不做，他为什么还要待在这里呢？事实很清楚，现在他已经成了我的一块磐石，不仅没法当项链用，而且磨得我的脖子生疼难忍。不过我同情他。当我说由于他本人的原因，引起了我的不安时，我说的不是真话。如果他说出哪怕是一个亲戚或者朋友的名字，我就会立即写信督促他们把这个可怜的小伙子带到某个方便的安静居所。但是在这个宇宙里，他好像很孤独，绝对孤独，就像大西洋中的一块沉船残骸。最终，与我的业务相关的需要战胜了所有其他考虑。我尽可能礼貌地告诉巴特比，六天之内他必须无条件地离开这个办公室。我警告他，其间，我会采取措施，再找别的办公地点。如果他本人愿意先行一步搬走，我愿意提供帮助。"在你最后离开我的时候，巴特比，"我补充说，"我会负责你离开后不至于完全没有供给。从现在开始六天时间，记着哈。”

那个期限结束的时候，我瞄了一眼屏风后面，看看吧，巴特比还在那里！

我系上大衣扣子，控制了一下情绪，慢慢地朝他走去，碰碰他的肩膀说：“时间到了，你必须离开这个地方。我为你感到难过，这是钱，但是你必须走。”

“我不愿意。”他回答，仍然背对着我。

“你必须走。”

他一声不吭。

我现在非常相信这个人一贯的诚实。他经常把我粗心大意掉在地板上的六便士和先令放回原处，因为我在这些不起眼的琐事上总是漫不经心。接下来，整个过程并没有让人觉得有什么大不了的。

“巴特比，”我说，“我账上欠你 12 美元。这里有 32 美元，多出来的 20 美元是你的了。你会拿吗？”我把钞票递给他。

但是他一动不动。

“那么，我就把钱放在这里了。”我把钱放在桌子上的镇纸下面。接着我拿起帽子和手杖朝门口走去的时候，我平静地转过身补充说：“巴特比，你把你的东西从这个办公室搬出去之后，自然要把门锁上——因为现在只有你在，其他人都出去了——如果你愿意，就把钥匙放在垫子下面，这样我早上来的时候就能拿到。我不会再见到你了，所以就此道别。如果今后你在新的地方有什么我能帮助的，一定写信告诉我。再见，巴特比，祝你平安。”

但是他一个字也没有回应，就像某个废弃的寺庙的最后一根柱子，他站在除了他否则就是空无一人的房间里，沉默而孤独。

我步行回家，满腹心事，我的虚荣战胜了我的怜悯。在我摆脱巴特比的这个巧妙安排中，我不能不对自己感到很满意。我称它

“巧妙”，而且任何心平气和的思想者都会这么想。我漂亮的安排过程似乎在于绝对平静。没有庸俗的胁迫，没有虚张声势，没有愤怒恐吓，没有在楼里来回大步流星地走，发出激烈的指令，让巴特比收拾铺盖走人，离开他的可怜陷阱。没有这类做法。没有大声要求巴特比离开——就像一个差劲的天才可能会做的那样——我假设了他必须离开的理由，我不得不说的所有话都建立在这个假设之上。我越想我的这个步骤，就越为之着迷。然而，第二天早晨刚醒来，我就有各种怀疑——我在虚荣心的烟雾中睡着了。一个人最清醒、最聪明的时候是在他早上刚醒来的时候。我的步骤似乎和以前一样精明——但仅仅是在理论上。在实践中如何证明——困难重重。假设巴特比的离开的确是一个美丽的想法，但是这种假设毕竟只是我自己的，不是巴特比的。要紧的不是我是否已经假设他会离开我，而是他是否愿意离开。他这个人讲“愿意”，不讲“假设”。

早餐后，我步行到市中心，为正反双方的可能性辩论着。我一会儿觉得这会是一个惨败，会发现巴特比一如既往地活在我的办公室里；下一分钟又似乎肯定我会看到他的椅子是空的。我就这么不停地来回转。在百老汇大街和运河街的拐角处，我看到一群激动的人站在那里在严肃认真地交谈着。

“我打赌他不会。”我经过的时候听到一个声音说。

“不会走吗？——好！”我说，“押上我的钱。”

我正本能地把手伸进口袋里去掏钱，我想起了今天是选举日。我偶然听到的话并没有提巴特比，而是在说某个市长职位的候选人的成败。可以说，在我专注的思考中，在我的激动中，我已经想象出整个百老汇大街都在和我一起分享和争论同一个问题。我继续往前走，非常感恩这条街上的喧嚣遮蔽了我一时的健忘。

我故意比平时到办公室的时间早了点。我站在门口听了一会儿，一切都很安静。他一定走了。我试着拉门把手，门是锁着的。是的，我的操作流程已经见效了。事实上，他一定消失不见了。不过成功中夹杂着某种悲哀：我几乎为自己的辉煌成就感到难过。我在门垫子下面摸索着巴特比放在那里给我的钥匙，我的膝盖偶然碰到一扇门板，发出的声音算是打招呼了，一个声音从里面回应我——“稍等，我正忙着呢。”

是巴特比。

我犹如五雷轰顶。有一会儿，我站在那里，就像很久以前，在一个晴朗的下午，弗吉尼亚州那个嘴里叼着烟斗被夏天的闪电劈死的人，他是在自己温暖敞开的窗口被劈死的。在那个梦幻般的下午，他身子一直探在外面，直到有人碰了他一下，他才倒了下去。

“还没走！”我最后自言自语。尽管我非常焦虑烦躁，但是我完全无法逃避，只能再次服从这个神秘莫测的抄写员对我的支配。我慢慢地走下楼梯，走到街上，在街区溜达的时候，在闻所未闻的困惑中，我想着下一步该怎么办。真的把这个人扔出去，我做不到；把他骂走，也不管用；报警是一个不愉快的想法；不过，允许他享受对我的巨大胜利——这个我也无法想象。怎么办？或者，什么也不能做，关于这件事，我还有什么可以假设的吗？是的，像以前一样，可能我曾经假设巴特比会离开，所以现在我就回忆般地假设他已经离开了。为了合法地执行这个假设，我可以赶快走进办公室，假装根本没有看见巴特比，径直向他走去，仿佛他是空气。在异常的情况下，这样一个过程像是正中要害的一击。巴特比几乎不可能接受我运用假设原则。但是再一想，这个计划能成功似乎很可疑。我决定再和他讨论一下这件事。

“巴特比，”我说着走进了办公室，表情平静而严肃，“我很不开心，我很痛苦，巴特比。我把你想得太好了。我本以为你有绅士的素质，本以为在任何微妙的困境中，稍微暗示一下就够了——简而言之，一个假设。但是我好像是被欺骗了，哎呀！”我补充道，自然地感到很吃惊：“你还没有碰这个嘛！”我指着前一天晚上放在那里的钱。

他什么也没有回答。

“你是离开我，还是不离开我？”我这会儿突然激动起来，朝他走过去。

“我不愿意离开你。”他回答，轻轻地强调着“不”字。

“你有什么权力待在这里？你付房租吗？你给我交税吗？这是你的财产吗？”

他什么也没有回答。

“你现在准备好继续抄写吗？你的眼睛康复了吗？你今天上午能否给我抄写一小片纸，或者帮忙校对几行文件，或者移步去一趟邮局？简而言之，你能做任何事情为你拒绝离开这个地方提供一点理由吗？”

他静静地退回他的隐蔽处。

我现在处在一种焦虑怨恨的状态，所以我想暂时不要流露感情是最谨慎的做法。巴特比和我单独在办公室里。我记得不幸的亚当和柯尔特的悲剧就发生在后者的办公室里，当时那里没有别人。当时，可怜的柯尔特因为被亚当可怕地激怒了，鲁莽地允许自己疯狂激动，就不知不觉地匆忙采取了致命行动——一个肯定只有行动者本人才后悔的行动。想到这件事，我总觉得那次的争吵假如发生在大街上，或者在一个私人住宅里，就不会是那样的结局了。独自待在一栋建筑物的一间没人的办公室里，这种环境完全没有人性化的家庭联系——无疑，一间没有铺地毯的办公室显得尘土飞扬，没有生机——肯定是因为这个原因，大大地增加了倒霉的柯尔特易怒的绝望感。

但是在巴特比这件事上，当这个充满怨恨的老亚当在我心中出现、诱惑着我的时候，我就把他抓住扔掉了。怎么回事呢？哎呀，仅仅是通过回忆神圣的规约："我赐给你们一条新命令，乃是叫你们彼此相爱。"是的，曾经就是这个救了我。除了更高尚的顾虑，慈善事业通常也是按照一个非常明智而谨慎的原则运行的——对拥有这个原则的人是一个巨大的保障。人们因为嫉妒、愤怒、仇恨、自私、精神傲慢这些原因而犯罪，但是，我没有听说过有人曾经因为美好的慈善而犯下凶残的谋杀罪。那么，如果没有更好的动机，仅仅是利己都会让所有人去从事慈善和人道援助。无论如何，在提及的这种情况下，我通过仁慈地分析他的举止努力平息我对这个抄写员的愤怒。可怜的小伙子啊，可怜的小伙子啊！我想，他并不想怎么样，另外，他已经很不容易了，应该得到宽容。

我也立即试着让自己忙碌起来，与此同时安抚自己的沮丧心情。我努力想象上午这个时间可能会比较符合他的意愿，巴特比会从他的隐蔽处走出来，沿着某个已经决定了的前进路线往门的方向走过来。但是，没有。12 点半到了；火鸡开始脸上放光，把墨水瓶打翻，整个人变得很恶毒；钳子则缓和下来，变得安静而礼貌；姜汁饼大声嚼着他的午间苹果；巴特比一直站在他的窗口，面对那堵死墙，陷入最深的冥想。这会有人相信吗？我应该对此有所表态吗？那天下午，我离开办公室，没有再多说一句话。

几天过去了，在这段时间里的闲暇之余，我研究了一下《爱德华论意志》和《普利斯特里论需要》。这些书在这种情况下让人感觉很有帮助。渐渐地，我悄悄说服自己我的这些与巴特比有关的麻烦早已是命中注定的了，巴特比是最智慧的天命为了某种神秘的目的而安排给我的，这不是像我这样的凡夫俗子所能理解得了的。是的，巴特比啊，你就待在你的屏风后面吧，我想，我不会再打扰你了，你和这些旧椅子一样无害又无声；简言之，当我知道你在这里的时候，我的隐私感十足。至少我懂得了隐私感，感觉到了它，我触及了我的生活目的，我就心满意足了。其他人可能制定更高尚的目标；但是我在这个世界上的使命，巴特比，就是在这段时间里为你提供办公室，你感觉待多长时间合适就待着吧。

假如不是我的同行朋友们在拜访这些房间时主动把一些不宽容的话强加给我，我相信这种明智而幸福的心态会一直持续下去。但情况总是这样，不开明的思想不断摩擦，最终把更慷慨之人最好的决心也给磨损了。我在想这件事的时候觉得，到我办公室来的人肯定会对不可思议的巴特比的异常表现感到吃惊，难免抛出一些对他的居心叵测的观察。有时候，一位与我有业务往来的律师来我办公室拜访我，发现只有巴特比一个人在，就想从他那里得到有关我的准确消息，但是巴特比不听他的闲扯，一直站在屋子中央一动不动。所以，看了一会儿他那种站姿之后，这位律师就只好离开，和来的时候一样茫然无知。

此外，在开听证会的时候，满屋子都是律师和证人，如果在场的某个律师先生忙得不可开交，发现巴特比完全无所事事，就会叫他去一趟他的（这位法律先生的）办公室给他取些文件。巴特比会立即拒绝，和以前一样啥也不干。于是，这位律师会很吃惊地转向我。我能说什么呢！我终于明白，在我的整个同行圈子里，大家都在私下议论这个奇观，就是我在办公室里留着的这个怪物。这让我很不安。我想到他可能是个长寿之人，不顾我的权威一直占着我的办公室；让我的来访者感到困惑；败坏我的职业声誉；让这个办公场所笼罩在一种普遍的阴霾中；他节衣缩食（因为无疑他一天只花半美分），一直让身心保持一致，可能最后比我活的时间还要长。由于他一直占着我的办公室，他会要求这个地方的所有权；由于所有这些阴郁的预感越来越占据我的头脑，我的朋友们又不断地对我屋子里的这个幽灵说些残酷无情的话，我发生了很大的变化。我决定鼓足所有的勇气，永远摆脱这场难以忍受的噩梦。

然而，在进行这个复杂计划、达到这个目标之前，我首先只是向巴特比提议他最好永远离开。我用平静而严肃的口气提议让他认真地、通情达理地考虑一下这个想法。但是他对这个想法考虑了三天之后通知我说，他的最初决定保持不变；简而言之，他仍然愿意和我同在。

我要怎么办呢？现在我自言自语，全副武装。我要怎么办呢？我该怎么办呢？我应该如何对待这个人或者说幽灵呢？良心会怎么说呢？让自己摆脱他，我必须这么做；走，他应该走。但是，怎么能呢？你不会把他这个可怜的、脸色苍白的、消极被动的人扔出去吧？你不会把这个无助的人扫地出门吧？你不能用如此无情的行为让自己名誉扫地吧？不，我不会这么做，我不能这么做。我宁愿让他生生死死都在这里，然后把他的遗体砌进砖墙里。要是你，你会怎么做呢？无论你如何威逼利诱，他就是岿然不动。他把你给他的贿赂压在你桌子的镇纸下面。简而言之，他显然就是愿意依附于你。

那么就得去做些重要的、不同寻常的事啊！什么！你肯定不会让警察把他抓去，把这个无辜的脸色苍白之人送进监狱吧？你有什么理由能让这种事情发生呢？——一个流浪汉，是他吗？什么！他一个流浪汉，一个游荡者，拒绝让步？这是因为他不会是个流浪汉，于是，你才想把他当成流浪汉吗？这也太荒唐了。没有可见的谋生手段：我在那里养着他。又错了：毫无疑问，他确实养着自己，那是唯一不容反驳、任何人都能提供的证据，他有养活自己的手段。再没别的了。既然他不离开我，我就必须离开他。我要改变我的办公地点，我要搬到别处去，我要合理地通知他，如果我在新的办公地点发现他，到时候我会把他当作一个一般的擅自闯入者起诉他。

第二天我就依章办事，我对他说:“我发现这里的办公地点离市政厅太远了，空气不新鲜。简言之，我打算下周搬办公室，不再需要你的服务了。我现在告诉你这一点,是为了你可以另外找地方。”

他没有回答，也没说什么。

在指定的日子里，我雇了马车和人来办公室搬家，由于几乎没有家具，几个小时就把东西搬完了。在整个过程中，这位抄写员一直站在屏风后面，屏风是我让最后搬走的东西。它被扯下来，像一页大纸被卷起来，留下他一动不动地站在光秃秃的办公室里。我站在门口看了他一会儿，内心有种东西在谴责我。

我又进来，手插在口袋里——而且——我的心提到嗓子眼儿。

“再见，巴特比，我要走了——再见，上帝以某种方式保佑你，拿着这个。”我往他手里塞了个东西，但是这东西掉在地板上。于是——说起来很奇怪——我让自己摆脱了那个我一直渴望摆脱的人。

我用了一两天就在新地方安顿下来了，我把门锁上，走廊里任何脚步声都会让我心惊胆战。我出去无论时间多短，在返回办公室的时候，在开门之前，我都会在门口驻足片刻，用心倾听。但是这些担心都是多余的，巴特比从来没有靠近过我。

我以为一切都进展顺利，直到一个看起来心烦意乱的陌生人来找我，问我是否租用过华尔街第——号的办公室。

满怀不祥的预感，我回答说“是”。

“那么先生，”这位律师陌生人说，“你要为你留在那里的那个人负责。他拒绝抄写，他拒绝做任何事情，他说他不愿意，他拒绝离开那个地方。”

“很抱歉，先生，”我说，态度很镇静，但内心很恐惧，“但是，真的，你提到的这个人，你让我为之负责的这个人跟我一点关系都没有——他既不是我的亲戚，也不是我的学徒。”

“看在上帝的分上，他是谁啊？”

“我肯定无法告诉你。我对他一无所知。以前我曾雇他做抄写员，但是有段时间了，他什么也不为我做。”

“这样的话，我会处理他的——再见，先生。”

几天过去了，我没再听到什么消息，尽管我时常感到有一种做慈善的冲动，想去看看那个地方，看看可怜的巴特比，但是说不清楚的紧张阻止了我。

我终于感觉，到目前为止我和他的一切都结束了；又过了一周，我仍然没有得到进一步的消息。但是第二天，我正要进办公室，就发现几个人等在我的门口，处在高度紧张兴奋的状态。

“就是这个人——他来了。”领头的那个人大声说，我认出他就是此前单独来见我的那位律师。

“你必须把他带走，先生，”他们中的一个身材魁梧的人一边向我走过来，一边大声说。我认识这个人，他是华尔街第——号的房东。“我实在忍无可忍了，这些先生都是我的房客。B 先生——”他指着这位律师，“已经把他赶出了办公室，他现在总是在大楼里出没，白天坐在楼梯的扶手上，夜里睡在大楼的入口处。每个人都在关心这件事，员工们纷纷离开办公室，有些人担心会有暴徒破坏。你必须采取行动，而且不能延误。”

我被这股激流吓得目瞪口呆，从它面前撤退，乐于把自己锁在我的新办公室里。我徒劳地坚持说，巴特比跟我一点关系也没有——就像跟任何其他人没有关系一样。没有用——人们知道我是最后一个和他有关系的人，他们认为我对此负有责任，真是可怕。由于担心被报纸披露（就像任何在场的人隐约受到威胁那样），我考虑了一下这件事，最后说如果这位律师让我在他（这位律师）本人的房间里，悄悄地与这个抄写员见个面，我那天下午就会尽我所能帮助他们摆脱他们抱怨的那个讨厌之人。

爬上楼梯，来到我以前常到的地方，巴特比静静地坐在楼梯槽处的扶手上。

“你在这里干什么呢，巴特比？”我问。

“坐在扶手上啊。”他温和地回答。

我示意他进律师的房间，这个人刚刚离开了我们。

“巴特比，”我说，“从办公室被辞退之后，你一直就占着这个入口，你注意到没有你已经成为我很苦恼的原因了？”

没有回答。

“现在两件事必须做一件：要么你必须做点什么，要么就必须对你做点什么。现在你想做哪种工作？你愿意给人继续抄写吗？”

“不，我不愿意做任何改变。”

“你想在一家干货店做个职员吗？”

“那种工作限制太多了。不，我不愿意做职员，不过我也没啥特别要求。”

“太多限制，”我大声说，“哎呀，你一直都在限制自己啊！”

“我不愿意当职员。”他反驳道，好像立即要把那个小问题解决了。

“酒吧工作适合你吗？不需要太费眼力。”

“我根本不喜欢，正如我以前说过的，尽管我没有特别要求。”

他罕见的多言给了我启发，我回到这个指控上。

“哦，那么你愿意到处旅行为商人要账吗？那会增进你的健康。”

“不，我愿意干点别的。”

“那么作为一个旅伴去欧洲，用你的谈话让某个年轻人开心——这适合你吗？”

“一点也不。我没有觉得那有什么确定的东西。我喜欢稳定，但是我没有特别要求。”

“那么你会稳定的，”我大声说，这会儿完全失去了耐心，在我与他所有让人恼火的交往中，我简直是第一次勃然大怒，“如果在天黑之前你不离开这个地方，我就会觉得一定要——我真的一定要——要——要——要自己离开这个地方！”我的话结束得很荒唐，不知道能用什么可能的威胁来吓唬他，把他的岿然不动变成屈尊俯就。由于对所有进一步的努力都感到绝望，我正要突然离开他，最后一个想法出现在我的脑海里——一个以前不是完全没有被允许出现过的想法。

“巴特比，”我说，用我在这种很激动的情况下所能想象到的亲切语气，“你现在愿意和我一起回家吗？——不是去我的办公室，而是去我的住处——一直待在那里，直到我们能最终从容地为你做出个妥善的安排。走，咱们现在就出发，马上走。”

“不，目前我不愿意做任何改变。”

我什么也没说，但是事实上，我突然快速逃走，躲着每一个人，从大楼里冲出来，沿着华尔街向百老汇大街跑去，跳进第一辆公共马车，很快就躲开了追赶。一旦冷静下来，我就清楚地意识到，我现在已经把能做的都做了，不管是房东和房客们的要求，还是我自己想帮助巴特比，对他负责，保护他避免遭受粗暴对待。现在我要努力做到彻底无忧无虑、心平气和。在这种努力中，我的良知证明我是正确的；尽管的确并没有我希望的那么成功。由于害怕那个愤怒的房东和他的那些被激怒的房客再找到我，我就把我的生意交给钳子，有几天我坐在四轮轻便马车里，在这个城市的上东区游荡，穿过郊外，跨越到泽西城和霍博肯，像个逃犯一样探访曼哈顿城和阿斯托里亚。事实上，这段时间我几乎就住在我的四轮轻便马车里。

我回到办公室的时候，天哪，房东的便条就放在我的桌子上。我用颤抖的双手打开便条。房东通知我说，他已经报警把巴特比当作无业游民送进了纽约市“坟墓”监狱。另外，由于我比任何人都了解巴特比，他希望我去那里一趟，对事实做一个恰当的陈述。这些信息对我产生了相互矛盾的影响。我先是很生气，但是最后几乎同意了。这位房东精力充沛、立即行动的决断性格使他采取了我没有想过我自己会决定采取的措施；不过作为一个最后的求助，在这种奇怪的情况下，这似乎是唯一的计划了。

我后来了解到，这个可怜的抄写员，当被告知他必须被送进监狱时，没有做任何反抗，而是以他苍白的、一动不动的方式，静静地默许了。

一些有同情心和好奇心的旁观者加入了这场集会。前面是一名警察，扭着巴特比的胳膊。这个静静的队列穿过正午人声鼎沸的街道上所有的噪声、炎热和欢乐。

就在同一天，我收到去纽约市“坟墓”监狱的照会，或者说得更准确一点，去司法厅的照会。在寻找正确的官员时，我说了来访的目的，并被告知我描述的这个人就在里面。于是我就跟这位公务员确认，巴特比是一个绝对诚实的人，不过有些莫名其妙的古怪，要好好地同情他。我把知道的都说了，最后建议考虑一下让他留在里面，对他的监禁尽可能宽容些，直到能做点不那么严厉的事——尽管我事实上几乎不知道做什么。无论如何，如果不能做其他决定，这个济贫院就必须收留他。然后，我就请求见一面。

由于他没有受到什么有损名誉的指控，举止非常安详而且无害，他们允许他在这个监狱里自由活动，特别是在封闭的草坪庭院里活动。所以我就在那里找到了他，他独自站在这个庭院里最安静的角落，他的脸对着一堵高墙，从周围那些监狱窗户的狭窄缝隙里，我想我看到了杀人犯和小偷们的眼睛都在盯着他看。

“巴特比！”

“我认识你，”他说，没有回头看，“我什么也不想和你说。”

“不是我把你送到这里来的，巴特比，”我说，对他暗示的怀疑深感痛苦，“而且对你来说，这也不算是一个很糟糕的地方。你来这里也是无可厚非的。而且你看，这个地方也不是人们想得那么糟糕。你瞧，那里有蓝天，这里有青草。”

“我知道身在何处。”他回答，但是不再多说什么，所以我就离开了他。

我再次回到走廊的时候，一个系着围裙、大块头、像肉球似的男人跟我搭讪，用拇指朝肩膀后面指着说——“那是你的朋友吗？”

“是的。”

“他想挨饿吗？如果想的话，那就让他靠监狱的饭菜活着吧，就是这样。”

“你是谁？”我问，在这样一个地方，我不知道怎么理解这样一个非官方发言人的意思。

“我是办伙食的人。这里的这些有朋友的先生都雇我给他们供应好吃的东西。”

“是这样吗？”我问监狱看守。

他说是这样。

“哦，那么，”我说，把一些银币塞到这个送饭的人（他们这么叫他）手里，“我想让你特别关注一下我的朋友，把你能弄到的最好的午餐给他吃。你一定要尽可能礼貌地对待他。”

“给我引见一下，好吗？”这位送饭人看着我说，表情似乎在说他迫不及待地想有机会给他饭食样本。

想着这会对这个抄写员有好处，我就默许了，问了这个送饭人的名字之后，我就和他一起走到巴特比身边。

“巴特比，这是卡特利茨先生，你会发现他对你很有用。”

“为你效劳，先生，为你效劳，”送饭人说，系着围裙的身子深深地鞠了一躬，“希望你在这里过得愉快，先生——宽敞的地方——凉爽的公寓套房，先生——希望你在这里跟我们待一段时间——试着过得愉快吧。先生，卡特利茨夫人和我很高兴在卡特利茨夫人的私人房间里陪你吃午饭，可以吗？”

“我今天不愿意吃午饭，”巴特比说，转过身去，“这对我不合适，我不习惯吃午饭。”这么说着，他慢慢地走到草坪的另一边，继续保持面对那堵死墙的姿势。

“这是怎么回事啊？”送饭人说，很惊讶地瞪着眼问我，“他有点奇怪，不是吗？”

“我觉得他有点精神错乱。”我悲哀地说。

“精神错乱？精神错乱是这样吗？哦，我发誓，我还以为你的那个朋友是个假斯文先生呢！他们总是脸色苍白，体态优雅，他们这些假斯文。我没法不同情他们——没法不同情啊，先生。你知道门罗·爱德华兹[①]吗？”他动人地补充说，然后停下来。接着，他把手同情地放在我的肩上，叹了口气说，“他是在星星监狱里得肺结核去世的。如此说来，你不认识门罗了？”

“不，我在社会上从来不和骗子打交道。不过我得走了。照看一下那边我的朋友吧，你不会吃亏的。再见。”

这之后没几天，我又获准去“坟墓”监狱。我穿过走廊去找巴特比，但是没有找到他。

“我刚才还看见他从他的牢房里出来呢，”一个狱吏说，“他可

① 门罗·爱德华兹（Monroe Edwards，1808—1847）：美国奴隶贩子，1842 年因伪造罪和诈骗罪被判刑 10 年，1847 年死于狱中。——译者注

能去院子里溜达去了。”

因此，我就朝那个方向走去。

“你是在找那个沉默寡言的人吗？”另一个狱吏经过我身边时问。“他在那里躺着呢——睡在院子那边。我看见他躺下还不到20分钟。”

整个院子非常安静。一般犯人进不来。四周的墙都非常厚实，把一切声音都挡在外面。埃及建筑那种沉重的忧郁压在我的心头，但是脚下这块被囚禁的土地却长着柔软的草皮。这里似乎是永恒的金字塔中心，由于某种奇怪的魔法，小鸟在里面落掉的草籽从裂缝里奇迹般地发出芽来。

我看见憔悴不堪的巴特比，他奇怪地蜷缩在墙根，侧身躺着，双膝向上弯曲，头枕在冰冷的石头上。我听了一下，但是他一动不动；接着我走近他，弯下身子，看见他的那双蒙眬的眼睛在睁着，不然的话，他就好像是正在熟睡。某种东西促使我碰了碰他。我摸了摸他的手，一阵刺痛的震颤从我的胳膊传到脊椎，到达双脚。

现在那个送饭人的圆脸偷偷地在看我。“他的午饭准备好了，他今天还不吃午饭吗？或者他从来就不吃午饭吗？”

“不吃午饭活着。”我说，并合上了那双眼睛。

“什么！——他在睡觉，不是吗？”

“愿他安息吧。”我自言自语地说。

我没有必要再往下继续讲这个故事了。想象力会及时补充可怜的巴特比的葬礼的简单仪式。但是在和读者道别之前，请允许我说，如果这个小故事让他颇感兴趣，唤醒了有关巴特比是谁的好奇心，以及在我这位叙事人认识他之前，他过的是一种什么样的生活，我只能回答说，我也同样好奇，但是却根本没法满足这个好奇心。不过，我不知道是否应该泄露一个小谣传，我是在这个抄写员去世几个月之后才听到的。我永远也无法确定有什么根据，所以究竟有多真实，我现在也说不清楚。但是由于这个模糊的传闻，无论多么悲哀，我对此并非没有奇怪的联想兴趣，其他一些人可能也会这样，所以我就简单地提一下。这个传闻是这样的：巴特比曾经在华盛顿的死信办公室做过下级职员，因为管理变动被突然免职了。当我认真思考这个传闻时，我无法充分表达那些震慑我的感情。死信！听起来不像是死人吗？想一想，一个人由于天性和不幸而容易产生病态的绝望，还有什么工作比不断处理死信、把它们分类焚毁更能强化这种绝望感呢？这些信件每年都会整卡车地焚烧。有时候，这位脸色苍白的职员从叠着的纸的外面捡到一枚戒指——本该戴上这枚戒指的手指此时可能已经在坟墓里腐烂了；一张慈善机构寄来的加急钞票——它要救济的那个人可能再也不吃饭、不挨饿了；为那些绝望而死的人带去谅解；为那些绝望而死的人带去希望；为那些因无法缓解的灾难而窒息的人带去好消息。在担当生活的信使时，这些信件却奔向了死亡。

啊，巴特比！啊，人性！

（代显梅译，李哲校）

作品赏析

人性的觉知与遗失

德国哲学家雅斯贝斯在《时代的精神状况》一书中指出，人一旦与过去和周围世界的纽带割裂，人就不再“成其为人”[①]。在第一

① 卡尔·雅斯贝斯:《时代的精神状况》，王德峰译，上海译文出版社，2013，第36页。

次世界大战的废墟中，雅斯贝斯反思西方社会在工业化过程中的非精神化现象，提醒人们由竞争和利益驱动的现代生活必然会蚕食人的精神领域，崇尚科学技术的现代文明将给人类造成无法弥补的精神损失。生长于纽约市的赫尔曼·麦尔维尔，比雅斯贝斯提前近80年感受到现代人的精神灾难，在《抄写员巴特比：一个华尔街的故事》中，他用律师老板作为叙事人，用对巴特比这个精神的化身自始至终的困惑不解，生动地演绎了现代人的精神悲剧。叙事人是巴特比悲剧的见证人，他渴望帮助巴特比又深感无力，整个故事就围绕他的人性觉知与遗失展开，深刻地揭示了在一个利益驱动的社会里，人正常的精神需要成了难以满足的奢望。

一、物化世界·商业理性·诡辩术

故事发生在纽约市办公大楼二层的律师事务所里，讲述了几个被机械抄写工作异化了的现代人的日常相处：老板理所当然地遵循着严苛的商业运行机制，以利益为导向经营着自己的法律业务，他的两个职员跟随他日复一日做着一成不变的抄写校对工作，一个大约12岁的少年在办公室里当差，除了两位职员无伤大局的坏脾气之外，大家相安无事，一片祥和，没有人注意到这里潜伏的精神危机和人际关系危机，直到巴特比的到来。

巴特比最初的勤奋工作、诚恳待人和节衣缩食的生活习惯像一面镜子，映照出这个小环境里的病态现象。首先，这是一个物化了的世界，这种物化从办公室三位职员相互的昵称中得到了证明，“火鸡”“钳子”“姜汁饼”，这些非人的名称暗示了他们物化了的待人方式。此外，叙事人老板对人的比喻也存在明显的物化倾向，比如他认为已故的美国富豪约翰·雅各布·阿斯特的名字“听起来就像金条发出的碰撞声，丁零作响”；他把巴特比类比作一把“旧椅子”；他在描写火鸡涨红的脸庞时说，“他的脸就像填满圣诞节煤炭的炉架那样闪闪发光”。作为老板，叙事人的物化意识自然影响着下属们的价值取向，也解释了他们之间的相处模式。

物化世界的第三个明显标志就是叙事人“有用即真理”的商业理性。他之所以能对火鸡下午的怠慢和钳子上午的暴躁以及巴特比的非暴力抵抗行为宽容忍耐，根本原因就像他坦承的那样，火鸡的情况是“他对我在很多方面还是一个非常有价值的人”，钳子的情况是“尽管他有很多失败和惹我生气的行为，就像他的同胞火鸡一样，但钳子对我是一个很有用的人”。巴特比更是老板不舍得放走的工作机器：“一件最重要的事情就是——他总是在那里——早上第一个到，一整天都在，晚上最后一个走。”可见，“有用”不仅是叙事人说服自己谅解他人的理由，也是他劝慰巴特比接受送饭人的理由——“你会发现他对你很有用”，还是他劝导送饭人的诱饵——“照看一下那边我的朋友吧，你不会吃亏的”。

贯穿故事始终的是叙事人在商业理性与人道精神之间的挣扎，时而商业理性占上风，让他变得思路清晰，行动决断；时而人道精神取胜，让他优柔寡断，难以定夺，“尽管我非常焦虑烦躁，但是我完全无法逃避，只能再次服从这个神秘莫测的抄写员对我的支配。我慢慢地走下楼梯，走到街上，在街区溜达的时候，在闻所未闻的困惑中，我想着下一步该怎么做”。他的苦恼与困惑极大地唤起读者的共鸣，我们不得不承认，叙事人并非冷血无情。作为一个商业社会中的律师事务所老板，他首先要对自己的业务成败负责，盈利赚钱确保律师事务所的正常运营是他的商业理性，这似乎无可厚非。

值得注意的是，叙事人在故事中几次提到他身后的那尊西塞罗半身雕塑，这无疑暗示了这位古罗马律师和雄辩家与叙事人之间的隐喻关联：能言善辩是律师的职业特点。读者之所以能站在叙事人一边，主要原因是他巧妙设置的修辞技巧，以及他力争说服读者接受其观点的雄辩逻辑。这些都需要读者去仔细分辨和斟酌，方能形成读者自己对整个故事的独立判断。

叙事人的修辞技巧首先表现在，他作为律师维护自身利益、推卸责任的职业本能和叙述诡计。在巴特比拒绝离开办公室的时候，叙事人之所以留他是因为这样做对自己有利，如他自己承认的，是巴特比让他对隐私感和人生目的有了明确的意识；在决心把巴特比扫地出门的时候，他为了推卸自己的道德责任，除了不断强调巴特比的“不可理喻”和“不知好歹”之外，还强调同行暗示巴特比可能对他的业务往来产生不良影响。更有一个深层的原因，那就是，他想到注重身心统一的巴特比可能会比他长寿，将来会抢占他的财产，“由于所有这些阴郁的预感越来越占据我的头脑，我的朋友们又不断地对我屋子里的这个幽灵说些残酷无情的话，我发生了很大的变化。我决定鼓足所有的勇气，永远摆脱这场难以忍受的噩梦”。至此，叙事人就成功地让读者相信，赶走巴特比是一个心智健全之人迫不得已的选择，既没有社会义务上的失策，更没有良心道德上的愧疚。

巴特比被赶出办公室之后仍然在办公大楼里出没，叙事人答应前去协商也是出于个人利益的考虑：“由于担心被报纸披露（就像任何在场的人隐约受到的威胁那样），我考虑了一下这件事。”巴特比死后，叙事人又给读者补充巴特比以前在死信办公室的工作经历，再一次为自己的良心开脱：“死信！听起来不像是死人吗？想一想，一个人由于天性和不幸而容易产生病态的绝望，还有什么工作比不断处理死信、把它们分类焚毁更能强化这种绝望感呢？”因此，在驱逐巴特比的行为和巴特比的死亡之间，叙事人的良心免责可以说是证据确凿，难以反驳。

简言之，在对待员工尤其是巴特比这件事上，叙事人的法律诡辩和叙述技巧使他的慈善行为熠熠生辉，成功掩盖了他的物化意识和商业理性透出的冰冷算计和情感杀伤力。既然巴特比代表着“身心统一”、“节衣缩食”的生活方式、“隐私感”、“生活目的”等这些叙事人非常欣赏的精神层面的东西，那么决定彻底摆脱巴特比显然就意味着叙事人彻底与自己的精神世界和良知告别。

二、在匆忙生活节奏中遗失的人性

按照叙事人的自我辩解，他本性善良，处世谨慎，是匆忙的都市生活让他身不由己地眼看巴特比深陷“精神错乱”的泥潭而无能为力，并为此困惑不已。为了突出巴特比的与众不同，突显他的到来给这个办公室带来的人性化影响，叙事人在巴特比出现之前，先详细交代了自己的优秀品质、律师事务所的室内外工作环境和自己的其他雇员们，并解释说：“要充分了解即将出场的主要人物，这样的描写至关重要。”

在这里，除了巴特比之外，包括叙事人在内都没有真实姓名，唯独巴特比有名字，但却没有姓氏，这就暗示了都市生活的碎片化和非人化。无家可归的现代人既没有过去和家庭，也没有未来和希望，甚至没有当下身份，他们唯一的选择就是把生命的能量在工作中消耗殆尽，这也是为什么叙事人一开始就告诉读者：“我无法写出巴特比的全部生活。”甚至当他直接问巴特比的过去和家庭情况时，巴特比也无从谈起。办公室物理空间的接近换来的是心理距离的疏远，同事之间视若陌路、视若空气，大家只是为了生存不得不走到一起。这就是滕尼斯在《共同体与社会》中所说的“社会”，一个因权宜之计而组合起来的缺乏内聚力的集体，没有自由选择，自然就缺乏情感纽带[①]。

大部分时间里，读者似乎和叙事人一样更愿意忘记巴特比刚来律师事务所时的工作表现，更愿意集中在他后来的种种反常行为和不可理喻上。为了更好地理解巴特比的后来变化，至少有三点值得我们注意：第一，既然叙事人已经告诉我们，抄写工作极其乏味，那么初来乍到的巴特比为什么还要“夜以继日”抄写呢？第二，既然巴特比日夜不停地工作既不利于健康又得不到老板的认可，叙事人怎么能期待他“开心点”呢？第三，当巴特比不顾身体损害，希望用“默默地、脸色苍白地、机械地”抄写工作获得老板的尊重和信任落空时，他温柔地拒绝继续合作是否在情理之中？当我们对这几点提出疑问时，叙事人对巴特比的非人性要求就自然显现出来了。

从这个意义上讲，巴特比的“我不愿意”是对一个冰冷、机械、非人化的社会的拒绝和抗争，这种抗争迅速影响了他周围的小圈子。叙事人不得不承认，“从某种程度上说，他即使没有改变我们的思想，也已经改变了我本人和员工们的说话方式”。叙事人发现，“不知怎么回事，我最近在各种不是很恰当的场合也开始不由自主地使用‘愿意’这个词了”“巴特比身上有种东西不仅奇怪地让我举手投降，而且莫名其妙地感动了我，让我感到困惑不安。”这种影响正是人性在一个非人化的环境中被唤醒之后引起的困惑不安。叙事人曾说办公室“这种环境完全没有人性化的家庭联系”，因此当他在星期天看到巴特比以办公室为家时，“我平生第一次感到一种压倒一切的刺痛的忧郁控制了我……共同人性的纽带使我不由自主地陷入了忧郁。一种兄弟般的忧郁！”可见，巴特比像其他人一样默默付出时，他的老板把这看成是当然之事，而在他试图为非人化的工作环

① 斐迪南·滕尼斯:《共同体与社会》，张巍卓译，商务印书馆，2019。

境增添某种人情味时就引起了老板的反思和痛苦，这就是精神力量的冲击力。

巴特比持之以恒的抗争使老板本来稳固的道德预设开始松动，在不得不利用更换办公地点来摆脱巴特比时，叙事人不是迫不及待地离开这个怪人，而是“站在门口看了他一会儿，内心有种东西在谴责我”，“我又进来，手插在口袋里——而且——我的心提到了嗓子眼儿”。就这样，叙事人因匆忙的都市生活麻木了的人性被巴特比的不妥协行为再次唤醒，然而，遗憾的是，被唤醒的人性不得不再次遗失在匆忙的都市节奏中。叙事人对巴特比的怪异行为的观察与理解可谓透彻，“所看到的一切让我明白，这个抄写员成了内心无法医治的精神错乱的牺牲品。我可以对他的身体施以援助，但是他的身体并没有让他感到痛苦；他的心灵在遭难，而我却无法触及他的心灵”。我们不由地问：叙事人真的如其所说，对巴特比的心灵磨难无能为力吗？答案似乎是否定的。

在故事的进展中，每当叙事人想要认真考虑巴特比的反常行为时，他都会以“我的业务很忙”为借口，立即把巴特比的需要抛到脑后，直到下一次巴特比再次拒绝他分派的工作任务，这恐怕才是他失去“触及”巴特比心灵的根本原因。第一次遭到巴特比的拒绝时，叙事人说：“我的业务繁忙，我最终决定先忘掉这件事，等我将来有空再说。”第二次遭到巴特比的拒绝时，叙事人再次说：“我非常困惑地想了一会儿。但是我的业务很忙。我再次决定等将来有空再考虑这个困境。”可见,不是叙事人没有办法触及巴特比的心灵，而是他根本没有时间去想如何触及巴特比的心灵。在巴特比第二次拒绝叙事人让他校对文件时，叙事人发现，“他回答的时候心里在想着某种更重要的东西”。显然，这里所说的“某种更重要的东西”是巴特比对被老板和同事们忽略了的人性的要求和坚守，然而遗憾的是，叙事人在匆忙中把人性遗失了。

叙事人认为，被他驱逐的巴特比看起来“就像某个废弃的寺庙的最后一根柱子”。“寺庙”是精神信仰的神圣所在，“最后一根柱子”暗示，在纽约这个商业大都市中，巴特比是精神信仰的唯一代表。可见，他对巴特比的情感要求——“我不愿意”是从内心接纳和憧憬的。然而，这个寺庙却是“废弃的”，因为在叙事人看来，在一个商业理性占上风的社会里，巴特比却要求精神生活，提出情感和人性的要求，就像要求荒芜的冬天开出花来，这注定是不合时宜的奢望，是已经被人类的物质欲望淘汰了的人文理想。“共同人性的纽带”就这样在叙事人代表的商业利益算计中断裂了。在这个失去人性的世界上，在叙事人眼中，巴特比的处境是“他好像很孤独，绝对孤独，就像大西洋中的一块沉船残骸”。孤独岂止是巴特比一个人的存在体验？巴特比的与众不同之处仅仅在于，他是唯一的申诉者和抗争者。

三、情感需要与孤独之死

根据现代美国人本主义心理学家马斯洛的需求层次理论，人有生理需求、安全需求、尊重需求、社交需求和自我实现需求。这五种需求只有从低级到高级渐次递进，人才能全面健康地度过自己理想的一生。然而，在华尔街的律师事务所里，不要说普通员工的五种需求仅仅停留在第一个阶段，就连叙事人这位老板的需求似乎也难以升级，大部分时间里，他也和他的员工们一样身不由己地被卷入商业竞争的大潮，没有闲暇去顾及业务之外的精神滋养。

巴特比使用的“prefer”一词有“喜欢”和“愿意”的意思，意指人的情感偏好和自主选择，提示着人在生理需求之外的更高需求和自主性。然而，纽约作为一个完全商业化的大都市，华尔街作为一条金融商业街，都已经完全非精神化了，所以故事的副标题“一个华尔街的故事”，可以被解读为，在一个非精神化的环境里，一个有精神需要的人的不幸遭遇。故事的悲剧不在于没有人意识到自己和周围世界已经完全被商业化、非人化了，而在于即便有人出现，提醒这个非人性的现实，人们也仍然执迷不悟，把吹哨人看作异类加以驱逐。更可悲的是，叙事人不断为自己返回麻木不仁的非人化状态进行辩护：“有人认为这是因为人心固有的自私，这些人这么想就错了。它源于对过度治疗和器质性疾病的绝望。”就这样，巴特比和他的精神需要被界定为“病态情绪”和“精神错乱”，就像瘟疫一样，一旦被感染就有生命危险，因此人们避之唯恐不及，房东和新老板就是这样看待巴特比的滞留的，所以直接把他送进纽约市的“坟墓”监狱。

福柯在《疯癫与文明》一书中指出，在一个病态的社会里，健康的人成了异类[①]。福柯坚信，疯癫不是疾病，而是随时间而变化的一种异己感。余华曾以鲁迅的《狂人日记》为例说明，伟大作家的疯狂主人公都有自己严密的逻辑，而小作家的疯子仅仅是语无伦次、思想混乱而已。巴特比作为华尔街的异类，被判定为“精神错乱”的疯子，但他在表达自己的精神和人性需要时，显然有着自己清晰的思维逻辑。当巴特比在办公室里努力做他的抄写工作、拒绝校对和跑差时，他与老板之间的交流一直是“平静地”“温和地”，礼貌而安详，但当他决定不再抄写时，描述他说话的副词换成“淡漠地”。从温和到淡漠，从消极抵抗到决意拒绝，这是巴特比对一个冰冷机械世界的逐渐摒弃。叙事人这样概括巴特比的行为特征——“他这个人讲‘愿意’，不讲‘假设’”。换言之，他是一个注重精神需要之人，而不是一个理性算计之人。

① 米歇尔·福柯：《疯癫与文明》，刘北成、杨远婴译，三联书店，2012。

从巴特比苍白优雅的出场到他在“坟墓”监狱中因绝望而绝食死去，时间不到半年。令人困惑的是，巴特比在停止工作之后，甚至在叙事人换办公地点之后，仍然坚决拒绝离开这个地方。他到底在留恋什么？是曾经在这里得到过叙事人对他的关心和宽容？还是因为他无家可归，只能滞留此地？他为什么拒绝叙事人带他回家或者帮他安排任何其他工作？他又为什么拒绝叙事人在“坟墓”监狱为他安排优惠的伙食？面对一个不可理喻又无法改变的现代世界，与他的能言善辩的老板相比，巴特比终究是沉默的，他的无限心事最终被他带进了坟墓，仅仅留下了叙事人在故事中的无端猜测和故事结尾处的无力感叹：“啊，巴特比！啊，人性！”叙事人作为巴特比悲剧的见证人，只能眼睁睁地看着这个年轻生命先他这个老年人而去。巴特比带着对人性的要求和对缺乏人性的现代世界的绝望，悄然而决绝的离开表明，他周围那个繁花似锦的世界已经变成了一片精神荒漠和人间地狱。

四、结语

麦尔维尔的故事在浪漫主义、现实主义、现代主义乃至后现代主义之间自由穿行。第一，麦尔维尔的生活和创作始于美国内战前的浪漫主义时期，但在《抄写员巴特比》这个故事中，他却把视线转入他生长其中的纽约市这个现代金融中心——一个冷漠功利的精神荒原，一个充满机遇和财富梦想的大都市。在这样一个城市里设置一个富有同情心与好奇心的老板，这便是作家的浪漫主义余韵。第二，这个故事中丰富的现实主义元素显而易见：华尔街的摩天大楼里狭小的工作空间，一线天的窗外视野，人际关系的紧张，苛刻的房东和律师同行之间的竞争，监狱里恶劣的饭菜和利欲熏心的伙夫，等等，哪一个不是现实到骨子里？第三，本故事的现代主义特色表现为叙述的不确定性和主人公巴特比的孤独异化感。在故事的开始，叙事人就告诉我们，这是一个“模糊的报道”，在故事的最后一段，叙事人再次回到“报道”中，他强调巴特比在死信办公室的工作经历是他道听途说的传闻。巴特比的过去和心理活动是不透明的，就像华尔街和监狱共有的死墙是不透明的一样，而巴特比恰好就站在死墙前陷入沉思，乃至最后死在一堵死墙脚下，其中，人的异化感和不确定的叙述方式都属于现代主义文学。第四，本故事的后现代主义文学特色意味着，这是一个荒诞的世界，有情有义之人（如巴特比和叙事人）没有出路，不是困惑焦虑就是绝望而死，而那些麻木不仁或投机取巧之人（如房东和伙夫）却能滋润地活着。巴特比之死是他为要求有做人的尊严而付出的沉重代价，是他对一个物化世界的拒绝。叙事人的人性被巴特比的真诚和抗争激活，却在匆忙的生活节奏中把它遗失了。

第三章

信号员（1866）

查尔斯·狄更斯

作者简介

查尔斯·狄更斯（Charles J.H. Dickens，1812—1870）生于英国朴次茅斯市郊的一个海军职员之家。童年由于家境贫困而辍学，曾做过童工、律师事务所学徒、录事、法庭记录员和记者等职业。1837 年，狄更斯发表第一部长篇小说《匹克威克外传》，一时间声名远扬，可以毫不夸张地说，整个英国为之痴迷，这就为他的现实主义文学创作打下了良好的基础。狄更斯的一生著作等身，15 部长篇小说和大量的短篇小说及游记随笔充溢着作家的人文主义精神，明确表达了他追求社会正义、坚守情感价值、谋求人类和谐相处之道、憎恶功利主义价值观的态度。

狄更斯的文学作品文风朴实，情感真挚，特别关注底层人的生活，写出了卑微劳动者的艰辛与尊严。狄更斯的文学创作紧扣时代的命脉，切入英国社会的深层问题，如济贫所问题、城市卫生问题、投机发财心理、童工问题等，充满了社会批判精神。狄更斯早期的小说通俗流畅、幽默泼辣，又充满感伤情调，但他后期的作品明显反映出创作主题的深化、技艺方面的成熟和写作技巧的实验。《马克思恩格斯全集（第十卷）》一书指出，“现代英国的一批杰出的小说家，他们在自己的卓越的、描写生动的书籍中向世界揭示的政治和社会真理，比一切职业政客、政论家和道德家加在一起所揭示的还要多”。英国20世纪马克思主义文化批评家雷蒙·威廉斯在《关键词：文化与社会的词汇》一书中也高度赞扬狄更斯，认为他通过其作品揭示了工业革命和社会变革对普通人的影响，展现了人性的多面性和社会的复杂性。

扫码获取小说英文原文和录音

译　文

“喂！下面的人！”

他听到一个声音在叫他，他站在自己的信号房门口，手里拿着一面旗子，旗面绕在短短的旗杆上。从这个地方的实际情况看，人们会认为，他应该知道这个声音来自何处；我几乎就站在他头顶上方的陡峭墙头上，但是他并没有抬头看我，而是转过身朝铁路的方向看去。他这样做让人感觉很不寻常，尽管我根本说不出什么原因。不过，我知道这种不同寻常足以引起我的注意，虽然他的身子在下面深沟的阴影里看起来很渺小，而我的身体在他的上方，沐浴在耀眼的落日余晖中显得很高大，但我却手搭凉棚想把他看个究竟。

“喂！下面的人！”

他从铁路方向又把身子转过来，抬头看见站在他上方的我。

“有没有路让我能走下去跟你说说话呢？”

他抬头看着我没有回答，我低头看着他，没有再问他那个没用的问题，为的是不要对他逼得太紧。就在这时候，天地之间有一种模糊的震颤，很快就变成了一种强烈的震动，扑面而来的冲击力让我突然后退，好像要把我拽下去似的。这辆火车从我身边快速经过，蒸汽喷在我的身上，随后在周边慢慢散开，我再次低头往下看，发现他把火车经过时打信号的旗子又收了起来。

我又一次问路。他这时停顿了一下，似乎在全神贯注地看我，之后用他卷起来的旗子指了指一个距离我两三百码、和我在同一高度的地方。我冲着下面对他喊道：“好的！”就往那个地方走。我仔细看了看周围，发现一条开凿粗糙、蜿蜒曲折的下坡路，于是就顺着这个坡道下来了。

这坡道是由石头铺成的，黏湿而陡峭，转弯非常突兀，我越往下走就越感觉坡道的黏湿。也是这个原因，我觉得这段路让我有足够的时间回思，他在指路时那种犹豫不决或勉为其难的奇怪表情。

我顺着这条弯路往下走，再见到他的时候发现他站在刚刚经过的那辆火车的铁轨中间，样子好像在等我出现。他左手托着下巴，右手跨过前胸托着左胳膊肘，那种期待又警惕的表情让我不由驻足片刻，满心诧异。

我继续往下走，走到与铁路高度相同的地方，离他更近了的时候，我发现他是一个脸色蜡黄的人，胡须漆黑，眉毛颇浓。他的信号房是我见过的最荒僻、最凄凉的地方。两边湿淋淋的锯齿状石头墙只有一线天的视野，其他风景全被遮蔽了。从一边看过去仅仅是这个大地牢的曲折延伸，另一边在昏暗的红灯下视野有限，只能看见一条黑乎乎的隧道更昏暗的入口处。这个巨大的隧道里空气很少，沉闷，令人望而却步。这个地方阳光难以照射进来，因此有一股土腥、死寂的味道。冷风袭来，我浑身打战，似乎离开了一个正常的世界。

我走得几乎能碰到他的时候，他还是一动不动地站着。即使这时候，他的眼睛仍然没有从我身上移开，他退后一步并举起了手。

“我刚才从上面往下看的时候，这个偏僻的哨所引起了我的注意。”我说。我猜一位访客算是稀客吧，一位稀客不会不受欢迎吧。他从我身上只看见一个一生足不出户、终得闲暇之人，这个人对这些伟大的工作突发兴致。想到这里，我就跟他说话了，但是我对自己的用词没有任何把握；除此之外，我不愿意挑起任何话头，因为这个人身上有种东西让我没有信心。

他朝隧道入口处附近的那盏红灯很奇怪地看了一眼，又仔细看了一下周围环境，好像那里有什么东西不见了，接着他看着我。

“那盏灯是你的一部分职责吗？是不是？”

他声音低沉地回答——“难道你不知道它是吗？”

仔细看着他直勾勾的眼神和阴郁的脸色，有个可怕的念头出现在我的脑海里，这是一个幽灵，而不是一个人。我开始寻思他的大脑是否受到了感染。

这次轮到我后退一步了。但是在这样做的时候，我发现他的眼里有一种怕我的神色。这让那个可怕的念头消失了。

“你看着我的样子，”我强颜欢笑地说，“你好像很怕我。”

“我刚才有些纳闷，”他回答，“我是不是以前见过你。”

“在哪里？”

他指着自己刚才在看的那盏红灯。

“在那里吗？”我问。

他定睛看着我，回应道（但没有声音）："是的。"

"伙计，我在那里干什么呢？不过，即便有可能，我也从来没有去过那里，这一点你大可以放心。"

"我感觉可以放心了，"他说，"是的，我敢肯定我可以放心了。"

他的态度像我的态度一样恢复自然了。他对我的话应答自如，表述得当。他在那里的活多不多？是的，也就是说，他要承担足够的责任；他和他的实际工作——动手的活——都要求精准，警觉；除此之外，他几乎没有别的事可做。切换信号，修信号灯，不时地转动一下这个铁柄①，他在那堵陡峭的墙面下要做的就是这些了。我对那些漫长孤寂的时光似乎感触良多，而他能说的只是这是他的日常生活节奏，他已经习惯了。他在下面这个地方自学了一门语言——假如一看就明白，并对其发音有粗浅的认识，算是学习了这门语言的话。他也处理分数和小数，试着学一点代数，但是他从孩提时代起就对数字不在行。在值班的时候，他是不是一直都需要待在这个空气潮湿的隧道里？他能不能离开那些高高的石头墙，走到地面上晒晒太阳呢？哎呀，那还要看时间和机会吧。在铁路上，有些情况没有其他情况轻松，白天和晚上也是一样，有些时候没有其他时候轻松。天气晴朗的时候，他的确会找机会稍稍走出这些低矮阴暗的地方；但是无论什么时候，他都有可能被电铃召唤，这时，听着是否有电铃响会让他倍感焦虑，没有我想得那么轻松。

他把我带进他的信号房，里面生着火，有一张办公桌，桌子上放着一个公务簿，他在上面做一些记录，还有一台电报机装置，上面有拨号盘、机面、指针和他提到的小电铃。我相信他会原谅我这

① 19世纪的英国火车信号灯，通过用不同颜色的透光片改变灯光。这里的"this iron handle"应该是指信号旗的铁把柄。——译者注

么说——他受过良好的教育，并且（我希望这样说没有冒犯到他）也许他受的教育比这份工作需要的还要多，他发现这种稍微有些不匹配的情况对大部分人来说都很普遍。他听说在贫民习艺所和警察机关甚至在军队这个孤注一掷的行业里，情况都是这样。他知道在一切了不起的铁路职工中情况也大致如此。他年轻的时候学的是自然哲学，听过讲座（但愿我能相信，坐在那间小屋里——他难以做到）；但是他信马由缰，错失良机，一路下跌，从未东山再起。他对此毫无怨言，他自食恶果，再努力已为时晚矣。

我在这里长话短说的一切，他都心平气和地说了出来，表情沉重而忧郁地关照着我和火。他不时地说一声“先生”，尤其在提到自己年轻的时候，好像要让我明白他别无他求，只愿我接受他的这种状况。他的话几次被小电铃打断，他不得不读取信息并作答复。有一次，他必须站在门外，在一列火车经过的时候，他展开一面旗子，同司机交谈几句。我发现他在执行任务时相当精准警惕，会突然停止说话，直到任务完成。

简言之，我本应确信这个人干这一行再安全不过，只是他同我说话的时候有两次脸色突然黯淡下来，停下来去看那个并没有发出声响的小电铃，打开信号房的门（门关着是为了挡住不健康的潮气），朝外面隧道入口处的红灯张望。这两次，他都是带着那种无法言说的表情回到火炉旁，那种表情在我们相距甚远的时候我就注意到了，却说不清到底是怎么回事。

我起身离开他的时候说：“你几乎让我觉得，我算是见过一个心满意足的人了。”

（恐怕我得承认，我这样说是为了让他说话。）

“我相信过去我总是心满意足的，”他用刚开始说话时的那种微弱的声音回话，“不过现在我心烦意乱了，先生，我现在心烦意乱啊。”

假如他能，他是会记得这些话的。不过他既然说了，我便赶快接话。“为何事烦心呢？有什么烦心事吗？”

“很难说，先生，非常非常难说。如果你再来看我，我会尝试告诉你的。”

“我肯定是想再来看你的。哦，什么时候合适呢？”

“我明天一早下班，晚上 10 点再回来值班，先生。”

“那我晚上 11 点来吧。”

他向我表达了谢意，和我一起走到门口。“我会打白光灯，先生，”他用独特而低沉的声音说，“你自己在上面找路。千万别喊！你在上面的时候，千万别喊！”

他的举止似乎让我觉得这个地方更加寒冷，不过我只说了一句“没问题”。

“你明天晚上下来的时候不要喊！咱们临别的时候我再问你一下，今天晚上你为什么要喊‘喂！下面的人！’呢？”

“天知道，”我说，“我喊是想说——”

“不是想说，先生。就是这些话，我很清楚。”

“就算是吧。我说了，毫无疑问，因为我看见你在下面。”

“没有别的什么原因吗？”

“还能有别的什么原因呢？”

“你一点儿也没有觉得是某种超自然的力量让你这么做的吗？”

“没有啊。”

他跟我道了晚安，并举起了灯。我沿铁路的方向前行（一列火车正从后面开过来，我感到很不舒服），最后找到那条小路。上去比下来要容易些，我顺利回到了自己住的旅馆。

第二天晚上，远处的钟声敲响 11 下的时候，我准时赴约。我正好走到那条锯齿状路的第一个岔口，他亮着白灯正在下面等我。

“我没有喊,”我们走近的时候，我说，“我现在可以说话了吗？”

“当然可以，先生。”

“啊，晚上好。握手。”

“晚上好，先生，握手。”我们肩并肩走到他的信号房，进去并关上门，在炉火边坐了下来。

“我已经决定了，先生,”我们刚坐下，他就俯下身来说道，声音只比耳语略微高一点，“你不要再问我有什么烦恼。昨晚我把你错当成另外一个人了。这使我心烦意乱。”

“把我当成另外一个人的错误让你心烦意乱吗？”

“不是。是另外一个人。”

“谁？”

“我不知道。”

“像我吗？”

“我不知道。我根本没有看见他的脸。左胳膊挡着脸，右胳膊挥舞着——使劲地挥舞着。就像这样。”

我盯住他的动作，他带着激情使劲打着手势，意思是说:“看在上帝的分上，赶快离开铁轨吧！”

“一个月夜,”他说，“我就坐在这里，听到一声喊叫，‘喂！下面的人！’我立刻站起身，从这扇门看出去，发现我说的另一个人就站在隧道附近的红灯旁，就像我刚才给你演示的那样挥着手。这声音好像在嘶哑地喊着，‘当心啊！当心啊！’接着又说，‘喂！下面的人！当心啊！当心啊！’我抓起灯把它调成红光，就向那个人影跑过去，一边喊，‘怎么啦？出什么事啦？在哪里啊？’它就站在黑森森的隧道外面。我离它非常近，奇怪它为什么总是用袖子挡着眼睛呢。我直接冲了上去，正要伸手把它的袖子拉开，它就突然不见了。”

“钻进隧道里去了吗？”我问。

“没有。我继续往里跑了500码。我停下来，把灯举过头顶，看到那些测量距离的数字，潮湿的污渍在弓形隧道的墙体上隐隐地流淌着。我用比进来时更快的速度跑出去（因为我非常讨厌这个压在我头顶上方的地方），我带着自己的红色信号灯围绕这个红灯看了一圈，爬上铁梯到顶端的站台上，然后又走下来，跑回到这里来。我朝前后两个方向都发了电报，‘警报已经发出。出什么事了吗？’两边都回复说，‘一切正常’。”

我极力抵抗着那种毛骨悚然的感觉，就像有个冰冷的手指顺着我的脊背慢慢地滑过。我告诉他，那个人影一定是他产生的幻觉，这些人影源于脆弱的神经疾病导致的视觉功能失调。众所周知，它们常常困扰着病人，有的病人明白他们痛苦的本质，甚至在自己身上做试验来证实这种本质。“至于那个想象中的喊声嘛，”我说，“在我们这样低声说话的时候，只需要听一下这奇异的山谷里的风声，听一下这一把荒野的竖琴，它是电报电缆发出的声音啊。”

这都没问题，我们坐在那里听了片刻之后，他回答说，他对风和电线应该有所了解——因为他经常在这里度过漫漫冬夜，独自一人，留意观察。不过，他恳求说他的话还没有说完。

我请他原谅，他碰碰我的胳膊，慢慢地补充了这些话——

“那个影子出现不到六小时，这条铁路上就发生了令人难忘的事故，不到十个小时，死伤者就从隧道里被抬到那个人影站立的地方。”

我浑身战栗，胃里发呕，但极力克制着这种感觉。我回答说：“不可否认，这是一个不可思议的巧合，令他印象深刻。但毫无疑问，这些匪夷所思的巧合的确时常发生，在谈到这个话题时必须对这些巧合加以考虑。”当然，我必须承认，我补充说（因为我觉得我看见他打算用反对来给我施加影响):“有常识的人一般不会让偶然发生的事情影响自己对生活的正常判断。”

他再次恳求说，他的话还没有说完。

我也再次请他原谅，为不时地打断他、让他产生表达的不便而感到抱歉。“这件事,”他说，又把手放到我的胳膊上，空洞的双眼向身后看了一下，“这只不过是一年前的事了。六七个月之后，我刚从这场意外和震惊中恢复过来。一天早上天刚蒙蒙亮，我站在门口朝那盏红灯的方向看去，又看见了那个幽灵。”

他停了下来，定睛看着我。

“它喊了吗？”

“没有，沉默不语。”

“它挥手了吗？”

“没有。它靠在灯柱子上，双手举在脸前。就像这样。”

我再次看着他的动作。这是一个哀悼的动作，我在坟墓的石像上见过这种姿势。

“你走过去了吗？”

“我进屋里坐下，部分原因是想整理一下思绪，部分原因是它让我感到晕眩。我再次走到门口的时候，天已经亮了，幽灵不见了。”

“可是，接下来没有什么事吧？没有因为这个现象发生什么事吧？”

有两三次，他都用食指碰了碰我的胳膊，每次都狠狠地点了点头。

“就在那天，一辆列车从隧道里开出来的时候，我发现靠我这边的车窗里似乎有些手和人头挤成一团，什么东西在挥舞着。我看见之后就及时向司机发出信号：停车！他关掉油门，踩下刹车，但列车仍然冲出去 150 多码。我从后面跑着跟上去，就在我跟着火车跑的时候，听见可怕的尖叫声和哭喊声。一位年轻漂亮的女士在一节车厢里瞬间死去，被抬到这里，就放在你我之间的这块地板上。”

我从他指的地板向他看去，不由自主地把椅子往后推了推。

“真的，先生，真的。事情完全像我给你说的这样发生了。”

我真不知道说什么才好，为什么要说，我口干舌燥。风和电缆以凄厉的长啸声继续着这个故事。

他接着说：“瞧，先生，请注意这个，想一想我是多么困惑不安。一周前这个幽灵又来了，并且不时地出现。”

“在那盏灯的地方吗？”

“在那盏危险信号灯的地方。”

“它看起来要干什么呢？”

他尽可能更激动、更用力地重复先前那个“看在上帝的分上，赶快离开铁轨！”的手势。

他继续往下说：“它让我不得安宁。它痛苦地对我喊话，一叫就是很多分钟，‘下面的人！当心啊！当心啊！’它站着向我挥手，按响了我的小电铃——”

我抓住这句话，说：“昨天晚上我在这里的时候，它也按响了你的电铃，所以你就走到门口去了，是吗？”

“响了两次。”

“哦，瞧，”我说，“你的想象力是怎样误导你的啊。当时我的眼睛就盯在电铃上，耳朵听着铃声，我是个大活人，那两次根本就没有响。除了车站正常与你在联系业务的时候响铃，没有其他铃声。”

他摇着头：“在这件事上，我从来没有搞错过，先生，我从来没有把幽灵的铃声和人的铃声弄混过。幽灵的铃声在铃上造成奇怪的震动，只有它才那样，而且我并没有说眼睛能看见铃动。我并不奇怪你没有听见，不过我听见了。”

“你往外看的时候，幽灵看起来就在那里是吗？”

“它是在那里。”

“两次都在吗？”

他坚定地重复：“两次都在。”

“你现在和我到门口去找一下好吗？”

他咬了咬下嘴唇，好像有点不情愿，不过还是站了起来。我打开门，站在台阶上，他站在门口。危险信号灯就在那里，那里就是阴郁的隧道入口处，那里就是隧道路堑又高又湿的石墙。星星高悬在这一切之上。

“你看见它了吗？”我问，尤其注意他的面部表情。他两眼突出，极目张望，不过我认真往同一个地方看的时候可能也和他差不多。

“没有，”他回答说，“它不在那里。”

“对呀。”我说。

我们再次走进屋里把门关上，各就各位。我正在想如何利用这个有利时机的时候——如果称得上是一个有利时机的话，他却理所当然地继续这个对话，很有把握，好像我们之间不存在事实这个严肃的问题，所以我感觉自己在谈话中丝毫不占优势。

“到这会儿你就完全明白了吧，先生，”他说，“使我烦恼不堪的问题是，幽灵意味着什么呢？”

我告诉他，我不确定自己完全明白了。

“它在警告什么呢？”他若有所思地问，眼睛盯着炉火，只是不时地抬起眼睛看看我。“有什么危险吗？危险在哪里？这条铁路线上的某个地方笼罩着危险，某个可怕的灾难将要发生。根据前面发生的事情可以知道，第三次是毫无疑问的了。不过，这对我肯定是一种挥之不去的残酷折磨。我该怎么办呢？”

他掏出手帕，擦去发烫的脑门上的汗珠。

“假如我往一边或者两边发电报警示‘危险’，又说不出理由，”他搓着双手继续说，“我会遇到麻烦的，一点儿好处都没有。他们会认为我疯了。事情会是这样——电报：‘危险！当心啊！’回复：‘什么危险？在哪里？’电报：‘不知道，但是看在上帝的分上，当心啊！’于是他们找人把我换掉。除此之外，他们还能怎么做呢？”

他心灵的痛苦看着就让人心疼。这是一个有良知的人遭受的精神折磨，他被一种人命关天、难以名状的责任感压得喘不过气来。

“它第一次站在‘危险信号灯’下面的时候，”他接着说，把黑头发往后捋了捋，双手又伸到前面来不断地揉搓着太阳穴，苦恼万分，“为什么不告诉我那件事要在哪里发生呢？——如果一定要发生的话？为什么不告诉我怎样才能避免呢？——如果能避免的话？它第二次来的时候遮着脸，为什么不告诉我‘她要死了，让他们把她留在家中’呢？如果这两次它来的时候，只是为了告诉我它的警告是真的，让我为第三次做好准备，那么它现在为什么不清楚地警告我呢？而我，上帝帮帮我吧！我只不过是这个孤寂的车站里一个可怜的信号员！这个幽灵为什么不去找有声望、有信誉而且有行动能力的人呢？”

看到他这个样子，我明白，为了这个可怜人，也为了公共安全，我现在必须做的事就是让他的思绪平静下来。因此，我把我们之间讨论的这个是否属实的问题完全撇开。对他来说，无论是谁，一旦彻底履行职责就必须干好，至少他可以感到安慰的是，他虽然不明白那些让人困惑的幻觉，但他明白自己的责任。我这样做，远比努力说服他放弃自己的执念有效果。 他变得平静了。夜越来越深，那些发生在他值班时的偶然事故越发揪着他的心，要求他更多的关注。因此，我凌晨两点钟才离开他。我提出来在这里陪他一夜，但是他不允许。

当我爬上那条小路的时候，不止一次回望那盏红灯，我不喜欢它，假如让我在它下面睡觉，我也会睡不安稳，我没有理由隐瞒这些。我也不喜欢接连发生的这些事——交通事故和女孩送命。我也没有理由隐瞒这一点。

但是我考虑最多的是，作为这个秘密的知情人，我下一步该怎么行动呢？我已经证实这个人聪明机警、勤勉严谨；但是在这种心境下，他能坚持多久呢？虽然他处境卑微，但是他仍然信念坚定，那么我（比如）是不是愿意在他有可能继续执行无误的事情上冒一下生命危险呢？

我一直觉得，假如我没有事先和他坦诚相见、为他找一个折中方案，而是把他给我说的事告诉他公司的上司们，我会感觉出卖了他。我最终决定提出陪他去看当地最好的医生（而不是暂时为他保守秘密），听听医生的建议。他告诉过我，第二天夜里他的值班时间会有变化，日出后一两个小时他下班，日落后不久他再回来值班。我按照这个时间如约回来。

这是一个美丽的夜晚，我早早出来享受美景。太阳还没有完全落山的时候，我穿过隧道路堑顶部附近的一条田间小路，心里盘算着再走一个小时，半小时往前走，半小时返回来，这样就到去我的信号员小亭子的时间了。

在我继续溜达之前，我走到路堑的边缘，机械地往下看——我就是在这个地方第一次看见他的。我无法形容那种突如其来的战栗，因为就在隧道的入口处，我看见一个人影正用左袖子遮着眼睛，右胳膊使劲地挥舞着。

压在我心头的那种难以名状的恐惧很快就消失了，因为我很快就看清楚那的确是一个人，还有另外几个人站在不远处，他似乎正在给他们演示刚才的手势。危险信号灯还没有点亮，人们用木头支架和防水油布靠着灯柱子搭起了一个我从没见过的矮棚子。它看起来不比一张床大多少。

我本能地感觉出事了——内心闪过一丝自责的恐惧，由于自己撇下那个人，没让人去给他做个检查或者纠正他的行为，从而造成了可怕的灾难——我以最快的速度冲下路堑。

“出什么事了吗？”我问那些人。

“今天早上信号员送了命，先生。”

“不是那个住在信号房里的人吧？”

“正是，先生。”

“不是我认识的那位吧？”

“如果你认识他，先生，你会认出他的，”刚才给另外几个人说话的那个人说，他严肃地脱帽致意，提起帆布的一角，“因为他的面容相当平静。”

“啊，怎么会发生这样的事？怎么会发生这样的事？”当棚子的门再次关上时，我问完这个人又问那个。

“他是被火车头撞倒的，先生。全英国没有谁比他更熟悉自己的业务了。可是不知怎么回事，他没有离开铁路的外轨。大白天的，他点亮了信号灯，手里还提着灯。火车从隧道里开出来的时候，他的背正对着它，它把他给撞倒了。那个人就是司机，他正在说明情况。请告诉这位先生，汤姆。”

司机身穿粗布黑衣，退回隧道入口处原来站的地方。

“我正在隧道里拐弯，先生，”他说，“我看见他在隧道这一头，就好像在望远镜里看见他似的。我已经来不及减速了，何况我知道他非常小心。可他好像并没有听见汽笛响，所以火车朝他开过来的时候，我就把汽笛关了，我用最大的声音对着他喊。”

“你是怎么喊的？”

"我说，'下面的人！当心啊！当心啊！看在上帝的分上，离开铁轨吧！'"

我大吃一惊。

"啊！当时太可怕了，先生。我一直不停地朝他喊着，我用这只胳膊挡着眼睛不去看，用这只胳膊一直挥舞到最后。可一点儿用也没有。"

我不用拖长这个故事去详述任何一种奇异的情况了，在结束这个故事的时候，我可以指出这个巧合：火车司机发出的警告不仅和不幸的信号员跟我反复说过的那些折磨他的话碰巧一样，而且与我本人——不是他——说过的话碰巧一样，火车司机的手势和只有我本人才知道的信号员模仿过的手势一模一样。

（代显梅译，史晓雅校）

作品赏析

底层人的不幸

一、引言

1865 年 6 月 9 日，一列火车从巴黎开往伦敦，在路过一座桥梁时意外坠入峡谷，七节车厢只有第一节幸免于难。53 岁的英国小说家查尔斯 · 狄更斯当时就坐在第二节车厢里，这节车厢幸运地连着第一节车厢，另一头悬垂在大桥下面，狄更斯奇迹般逃生，毫发无损。事故造成 10 人死亡，40 人受伤，这就是著名的斯泰普尔赫斯特火车事故（the Staplehurst accident）。这起事故的主要原因是工长约翰·本奇（John Benge）看错了列车时刻表，事后被问起事故何以发生时，他承认，“啊，实话告诉你吧，先生，我看错了时间，我把周六当成周五了。”[①]工长为此坐了6个月的监狱，出狱后在农场干活，但是这起事故死伤惨重，本奇难逃良心愧疚，晚年住进精神病院。狄更斯亲历的这次火车交通事故可能是他的《信号员》的故事原型。

桥中央就是狄更斯当时坐的头等车厢，事故后车厢被放回铁轨上

关于这个故事的另一个来源的说法是，1861年8月25日，由于信号员误读了电报信号，对过往的三列火车发出了错误信号，造成火车在隧道里相撞，酿成176人受伤、23人死亡的重大交通事故，这就是当时英国最惨烈的克莱顿隧道铁路事故（The Clayton Tunnel rail crash）。艺术源于生活，无论是克莱顿隧道铁路事故，还是狄更斯亲身经历的铁路事故，作为文学家的狄更斯带着人文主义的关怀，在《信号员》中似乎绕到了铁路事故的背后，去探索当事人误报信号的主客观原因，表达他对底层人命运的关怀，从而启发读者去关注事故关涉的诸多社会问题。

① www.charlesdickenspage.com/staplehurst-railway-crash-1865.html#:~:text=1%20%20Some%20later%20reports.

二、信号员的困扰

《信号员》不足万言却把一个科技（火车）时代底层人的悲剧命运刻画得淋漓尽致，属于狄更斯晚年的上乘之作。国外学者多从创伤视角去解读狄更斯亲历的火车事故造成的创伤记忆在该故事中的投射，或从精神病学的角度分析信号员的幻觉与其死亡之间的必然联系[①]。然而，需要注意的是，作为批判现实主义作家的狄更斯即便运用奇幻书写，他关心的依然是现实问题，是机械时代底层人的孤独无助处境及其毁灭性后果。当信号员这个本该为过往列车发出警示信号的人在岗位上出现了幻觉时，公共安全和个人安全自然就难有保障了。

故事的叙事人偶然在隧道入口处的路堑上方发现正在值班的信号员。初次见面，他就感觉信号员的表现“很不寻常”。第二天晚上与信号员的深入交流让他了解到信号员的苦恼与困惑，但是他认为这是信号员长期幽居深山潮湿孤独的环境所造成的精神失常，于是决定改天带他去看心理医生。然而，第三天傍晚叙事人如约前来的时候却发现，信号员已经被火车撞死，火车司机向信号员发出的警示手势和呼喊声，竟然和信号员此前看到的幽灵手势以及叙事人对信号员打招呼的话如出一辙。这些奇异的巧合让故事笼罩在一种毛骨悚然的氛围中，困扰着叙事人和读者。

故事情节并不复杂，却因为引入超自然元素而扑朔迷离，使读者和信号员一起陷入不可捉摸的惶恐中。更为诡异的是，当信号员梦魇般的遭遇还没有水落石出之时，他本人便被身后开来的火车头撞死。故事在这里戛然而止，读者再次陷入更大的困惑与不安中，耳畔回响着信号员百思不得其解的苦恼与困惑：“幽灵意味着什么

① David Ellison. “The Ghost of Injuries,” <https://www.tandfonline.com/loi/rtpr20>.

呢？”“它在警告什么呢？”“有什么危险吗？危险在哪里？这条铁路线上的某个地方笼罩着危险，某个可怕的灾难将要发生。根据前面发生的事情可以知道，第三次是毫无疑问的了。不过，这对我肯定是一种挥之不去的残酷折磨。我该怎么办呢？”信号员在孤独凄凉的困境中向叙事人和读者发出绝望的呐喊。

令人遗憾的是，叙事人作为信号员的精神困境的见证人，他不仅没有能力帮助信号员解答萦绕心头的困惑，他还以科学的理性态度坚决否认幽灵的存在，努力证明信号员的所见所闻只是他个人精神失常产生的幻觉，这让信号员更加困惑，促使他怀疑自己的直觉力。最终，在火车头开来的关键时刻，信号员误以为又是幽灵的呼唤和自己的错觉，因此就没有躲开飞来的横祸。由此可知，信号员的不幸不是看见并听见了幽灵的警告，而是在一个相信科技理性的时代，没有人相信超自然力量的存在，更没有人相信幽灵的警告和交通事故之间有什么必然的联系，没有人与他对危险的直觉有任何共鸣，就像叙事人断然否定他的所见属实一样。

“喂！下面的人！”这是狄更斯在经济飞速发展的英帝国盛世，为正在遭受身心磨难的底层人发出的呼救：请关注责任重大、精神高度紧张、生活单调枯燥的底层人的生存现状吧！因为它不仅关涉底层人自身的安危，更关涉底层人所肩负的公共安全责任。幽灵的三次出现都紧跟着事故与死亡的发生，这个幽灵显然是对机械劳作和潮湿封闭的工作环境发出的警示信号。

三、神秘的幽灵，真实的悲剧

这个故事借叙事人的旁观者视角冷静客观地呈现问题，让信号员、叙事人，还有事故现场的几个见证人和读者都深陷问题的迷宫里，就像被火车喷出的浓雾包围一样。然而，随着故事的结束，随着读者对故事细节的回味，迷雾逐渐散去，悲剧的实质也逐渐显现出来。无论幽灵的出现和警示多么神秘莫测，底层人恶劣的生存环境、他们失语的不幸和深刻的无力感以及悲惨的结局都清楚无误地呈现在读者面前。

信号员的命运是工业化时代底层人生存状况的真实写照。信号员所见的神秘现象其实并不神秘，在信号员不自知的潜意识里，他对周边环境的生理不适感和精神生活的孤寂感，都幻化成一个阻拦飞速行驶的时代列车的隐喻手势，幻化成一个双手捂脸、悲伤不已的绝望动作。遗憾的是，那些不在社会底层的人们（如叙事人）如何能听懂信号员的绝望呐喊呢？叙事人听到信号员告诉他见到幽灵的烦恼时，他的第一反应就是理性分析和竭力规劝，继而决定带他去看心理医生，而不是去理解信号员的幻觉背后存在的危机警示。

叙事人与信号员的对话是理智与情感的对话，是科学与文学的冲突，是因为处境的差异让他们无法达成共识的交往错位。叙事人甚至警告信号员，“有常识的人一般不会让偶然发生的事情影响自己对生活的正常判断”。可见，对叙事人而言是偶然发生的事，对信号员却是生活的常态。当信号员发出的危险信号无法被叙事人恰当地接受时，看似没有科学依据的幽灵现象就成为时代列车枕木下埋藏的定时炸药，没有人性关怀的工业和工业发展脆弱得不堪一击。

故事以叙事人的问候——“喂！下面的人！”开始，到信号员回忆两次幽灵给他的警告——“下面的人！当心啊！当心啊！”结束，再到火车司机最后对信号员发出的呼喊——“下面的人！当心啊！当心啊！”，贯穿着叙事人—幽灵—火车司机不谋而合的一句“下面的人！”信号员受幽灵三次显现和两次巧合的交通事故的极大困扰，精神恍惚，却被叙事人提示，他的幻觉只是精神问题，而不是真实存在什么危险，所以才出现了第三次交通事故。

“信号员”这个身份具有很好的隐喻作用：信号员站在火车时代的前列，无论是他的工作性质还是他的生活环境都真实地表现了底层人的非人境遇。当一个人脱离了家庭和社会环境，长年累月生活在孤寂荒凉、潮湿阴暗的山谷里，且与之打交道的仅仅是一台电报机时，他的身心健康问题就很严重了。幽灵的一再出现可以被看作是信号员无法说清却能深刻感受到的生存危机与精神焦虑的外化，从精神层面上看，它不是疾病，而是一个存在的悲剧现实。

狄更斯在这个故事中触及的底层人问题，不像文化批评家斯皮瓦克所质疑的“底层人能说话吗？”[①],而是一种更深层的底层人的不幸。狄更斯似乎在问：即便底层人能说话，是否有人能认真对待他们所说的话？假如亲眼见到信号员的不幸处境的叙事人，都无法相信他所说的话与现实问题有什么关系，他的幽灵见闻仅仅被叙事人科学地解释为“脆弱的神经疾病导致的视觉功能失调”，那么那些如信号员所说的“有声望、有信誉而且有行动能力的人”又如何能相信他所警告的危险是真实存在的呢？这就解释了为什么幽灵只对信号员显现，这是苦难的幽灵，是危险的幽灵，是灾难的幽灵。假如没有置身其中，谁又能感同身受呢？

通过信号员的不幸，狄更斯邀请读者一起思考一个棘手的社会问题：在一个适者生存的丛林社会中，代表底层人的信号员假如对官方吐露真言，正如他本人告诉叙事人的，他只会被公司当作疯子辞退，被关进疯人院，他的岗位会立即补充进新的人选。叙事人判定他的精神出了问题便是典型的社会裁决。近百年之后，福柯在《疯癫与文明》的前言中说：“人们出于这种疯癫，用一种至高无上

① 斯皮瓦克（Gayatri C. Spivak，1942—）是当今世界首屈一指的文学理论家和文化批评家，西方后殖民思潮的主要代表之一，此处所指详细内容可以参考她的论文《底层人能说话吗？》。

的理性所支配的行动把自己的邻人禁闭起来，用一种非疯癫的冷酷语言相互交流和相互承认。”[①] 福柯认为，疯癫是理性对非理性的裁决，疯癫与理性的对立不是天然的，而是近代社会产生的特殊现象。于是，疯癫在理性话语的系统统治中彻底失语。在本故事中，首先，信号员从行动上被他的社会禁闭在一个非人的工作环境中；其次，叙事人对信号员遭遇鬼魂的理性裁决，导致信号员直接失语继而失聪，他的悲剧也就在所难免了。

四、迟到的关怀

故事的叙事人显然是一位知识分子，他在观光途中偶然发现信号员的存在与烦恼，在短短三天时间里见证了信号员的无助与悲剧。从见到信号员开始，他就对这个荒野中的同胞表现出异乎寻常的同情与好奇：他不仅发现信号员的表情异常、信号房“是我见过的最荒僻、最凄凉的地方”，而且感受到“这个地方阳光难以照射进来，因此有一股土腥、死寂的味道。冷风袭来，我浑身打战，似乎离开了一个正常的世界”。通过叙事人敏锐的感受力，信号员恶劣有害的生存环境一目了然，也为幽灵的出没营造了恰当的氛围。

从叙事人对信号员居住环境的仔细观察和详尽描写，从他对信号员心理活动的揣测，从他在信号房里倾听信号员对他推心置腹的交流，从他决定带信号员去看心理医生，从他对信号员的理解与共情——“他心灵的痛苦看着就让人心疼。这是一个有良知的人遭受的精神折磨，他被一种人命关天、难以名状的责任感压得喘不过气来”——都可以看出，这是一位富有同情心和理解力的观察者。然而，这种同情心和理解力却不幸掺杂着冰冷的科学理性和居高临下的优越态度，这就是为什么叙事人的救助注定成为迟来的关

① 米歇尔·福柯:《疯癫与文明》，第1页。

怀。叙事人的自视甚高表现在，他想当然地认为，信号员的感知力和表达力比他实际的生存困境更差，“我对那些漫长孤寂的时光似乎感触良多，而他能说的只是这是他的日常生活节奏，他已经习惯了”。显然，叙事人认为自己对痛苦有比信号员更敏锐深刻的觉察力。他不知道的是，他们之间并没有感知力的差异，而仅仅表现在他们对事物的不同表达方式上——正是信号员对自己的危险处境的极度敏感，他才看到了幽灵的不断出没，而这恰是叙事人无法感同身受的现实。

故事中有一个细节不容忽略：叙事人第一次见到信号员就发现“这是一个幽灵，而不是一个人”，而信号员本人则三次亲眼见到幽灵，这之间的关联至关重要。幽灵是向信号员报警的信使，而信号员同样是向叙事人报警的信使，但是叙事人对信号员遭遇幽灵的反馈却充满了科学理性，而信号员对幽灵的出现则浮想联翩。叙事人的理性分析直接扼杀了信号员与外界交流自己的危机意识的希望，叙事人诱导信号员否定了直觉经验的合理性。自然地，面对信号员的悲剧，叙事人深感无力。

事实上，叙事人面对信号员悲剧的无力感是作者狄更斯对其时代灾难的无力感的投射。在狄更斯亲历的火车事故发生后的第四天，他在给朋友托马斯·米顿的信中写道：“无法想象这些车厢的毁损情况，或者人们在下面所承受的非同寻常的重压，或者他们在钢铁木头泥水中被卷成螺旋形的各种惨状。我不想在事故调查中接受询问，我不想写它。哪种办法都没用，我似乎只能谈谈我自己，当然，我宁可不说。”[①] 也许正是狄更斯的这种面对灾难的无力感，才使他安

---

① Graham Storey, Margaret Brown, and Kathleen Tillotson (eds), *The Letters of Charles Dickens: Volume 11: 1865–1867* (New York: Oxford University Press, 2000), pp. 56–57.

排叙事人只能成为灾难的见证人而不是救助者。叙事人的迟到似乎提出了这样一个问题：科技的迅猛发展不会因为幽灵的警告（以及信号员的呐喊）而放慢脚步，由此造成的个人不幸和社会灾难，岂止是叙事人计划用心理治疗所能解决的？

五、结语

英国是欧洲最先进入现代化的国家，其重要标志之一便是火车的开通。火车不仅给这个国家带来了巨额财富，而且从根本上改变了人们的生活方式。宁静的田野里蜿蜒开过长蛇似的火车，火车喷着滚滚的浓烟，发出凄厉的长啸，终止了农民自给自足的田园梦想，把他们从熟悉的家乡带向陌生的远方，带向未知的生活。由于早期铁路技术不成熟和协调不到位等原因事故频发，铁路事故成为当时英国作家的重要题材之一[①]。在《信号员》中，狄更斯透过铁路交通事故揭示底层人悲惨的生存状况。1870 年 6 月 9 日，就在狄更斯亲历的火车事故发生五年后的同一天，这位年仅 58 岁的小说家溘然长逝。这个惊人的巧合使美国现代作家丹·西蒙斯写成了悬疑小说《谋杀狄更斯》。故事从狄更斯的好友威尔基·柯林斯的角度讲述了作家在生命的最后几年发生的种种神秘现象。如果《信号员》中的神秘现象是狄更斯对英国机械化时代非人性发展的揭露，那么作者本人生活中的神秘现象则是对人类有限的认知力和无限欲望的警示。

---

① 比如盖斯凯尔夫人的《克兰福镇》(1853)和威尔基·柯林斯的《无名氏》(1862)都涉及铁路事故，狄更斯也早在《董贝父子》(1848)中就描写了铁路对环境造成的破坏。

第四章

真品（1892）

亨利 · 詹姆斯

作者简介

亨利 · 詹姆斯（Henry James，1843—1916）生于美国纽约市的一个知识分子家庭。他的祖父创造了足够的物质财富，使詹姆斯父子两代人可以自由地追求自己的梦想，不用为养家糊口而操劳，这也决定了他作品中的人物大多是免除了人生劳役的有闲阶级。詹姆斯从小就跟随父母往返于欧美世界，巴黎、伦敦、罗马等地的画廊、废墟、博物馆都是他最佳的文化艺术课堂，这培养了他的审美文化情趣，让他从骨子里反感商业文化和竞争机制。作为移居英国的美国作家，詹姆斯以旁观者的文化视角，以个人主义的世界观，观察和书写了欧美文化之间的冲突，以及英国在特殊的历史时期呈现出来的不同价值观之间的冲突。作为现实主义与现代主义之间的过渡性作家，詹姆斯以其

对小说艺术的重视超越了传统现实主义小说的范式，避免了唯美主义的自娱自乐。在叙事艺术上，詹姆斯把传统小说的外聚焦与现代小说的内聚焦完美地结合起来，形成了他的故事多层次、多声部的艺术表达效果。在思想上，他深受英国文化批评家马修·阿诺德的影响，并把阿诺德的文化信念转化为自己的艺术信仰。今天，在文化交往与文明互鉴成为人类进步不可或缺的组成部分的前提下，詹姆斯的文学作品是了解英语小说艺术与欧美思想融合的最佳文本。

译　文

扫码获取小说
英文原文和录音

一

当门房的妻子（那时候她负责应门）通报说“先生，有一位先生和夫人到访”时，那些天我一直盼着——日有所思夜有所梦吧——我脑海里立即就出现了找我画像的人。这一次，两位访客确实是来找我画像的，不过却不是我期待的那种付报酬的顾客。不过，一开始并没有任何迹象表明，他们可能不是来付钱请我画像的。男士 50 多岁，身材高大挺拔，胡须略微有些灰白，身穿一件非常合体的深灰色外套，我以专业眼光注意到了这两点——我所说的专业不是指理发师，也不是指裁缝——这让我感觉他是一位名人，如果名人总是引人注目的话。我早就注意到一个真相，一个外表光鲜的人不会是一位名流。我看了这位夫人一眼，不由得想起这个悖论：她看起来太出众了，不像一位“大人物”。再说了，人们也不会一次见到两位名人同时出现。

他们俩谁也没有立即开口说话——而是互相看着对方，有意拖延时间，这表明他们都希望给对方一个先开口说话的机会。他们显然很不好意思，他们站在那里，让我来打破僵局——我后来发现，这是他们所能做到的最切实可行的事情了。这样一来，他们的窘态反倒帮了他们的忙。我之前就见过一些人，他们对于自己想要被画在画布上这么庸俗的事情简直难以启齿，但我的新朋友们的顾虑似乎无法打消。不过,这位先生大可以说“我想要一幅我妻子的画像”，而这位女士也大可以说“我想要一幅我丈夫的画像”。也许他们不是夫妻——这自然会让事态更加复杂。又或者他们想要一幅双人画像——那样的话，他们就应当带第三个人来把话说明白。

“我们是里韦特先生介绍来的。”这位夫人终于开口了，她的脸上隐约有一丝微笑,就像一块湿润的海绵擦过一幅积满灰尘的画作，同时也让人隐约看出她那已经消逝了的美貌。她和她的同伴一样身材高挑笔挺，年龄比他要小十岁。她的脸上虽不带任何表情，却也展露出她的忧愁来，她那用淡妆修饰过的鹅蛋形脸庞带有岁月侵蚀的痕迹。岁月的手笔曾在她的身上肆意挥洒，却只是起到了化繁为简的作用。她苗条而僵直，衣着考究，深蓝色的衣料上装点着口袋、纽扣和垂饰，一看就知道她和她丈夫用的是同一个裁缝。这对夫妇身上有一种无法形容的体面而节俭的气质——显然，他们花钱不多却买到了很多奢侈品。假如我是他们的一种奢侈品，那我就应当考虑一下我的条件。

“啊，是克劳德·里韦特举荐了我吗？”我问。我还说，他真是好心，不过我心想，他只画风景画，所以这也不算什么牺牲了。

夫人紧紧地盯着先生，先生把整个房间看了一遍。然后，他盯着地板看了一会儿，轻轻抚摸着胡子，愉快地看着我说：“他说你是最佳人选。”

“只要有人要我画像，我都会尽力而为的。”

“是的，我们很乐意。”这位夫人急切地说。

“你是说两人一起画吗？”

我的来访者交换了一个眼神。“如果你要为我画像的话，我想价钱一定翻一倍吧。”这位先生吞吞吐吐地说。

“哦，是的，画两个人物的费用自然比画一个要高。”

“我们希望能付报酬。”丈夫坦白地说。

“你们真是太好了。”我回答，很感激这种不常见的体恤——我本来以为他的意思是要付钱给画家的。

这位夫人似乎感到事情有些不对劲。“我们的意思是说，为插图付报酬——里韦特先生说你可以把一个人放进插图里。”

“把人放进——插图里吗？”我同样一头雾水。

“给她画素描，你知道的。”这位先生红着脸说。

直到这时候我才明白克劳德·里韦特给我帮的是什么忙了；他告诉他们，我为杂志、故事书以及描绘当代生活的素描画册绘制黑白插图，因此需要雇用大量模特。这是真的，不过同样真实的是——我现在可以承认，我的志向到底是让我应有尽有，还是一无所有，我让读者自己去猜测吧——我无法把成为一位伟大的肖像画家后的各种荣誉抛在脑后，更不用说丰厚的报酬了。我的“插图”是我的饭碗，但我指望另外一种不同的艺术（在我看来它永远是最有趣的东西）能给我带来不朽的声誉。我也指望它发财，这并不丢人，但从我的来访者希望免费“被画”的那一刻起，我的发财梦就更加遥不可及了。我很失望，因为从画肖像画这个意义上说，我已经把他们弄明白了。我已经弄懂了他们是来干什么的了——我已经知道自己要做什么么了。我后来想，假如他们知道我心里的某种想法，他们是绝对不会喜欢的。

“啊，你是——你是——哦——？”我一缓过神来就开始问。我怎么也说不出“模特”这个寒碜的词:它似乎和眼前的情形太不相称了。

“我们没有多少经验。”这位夫人说。

“我们得干点事，所以我们想，你这一行的艺术家可能用得上我们。”她丈夫把话说开了。他进一步说，他们认识的画家并不多，于是他们就先去找里韦特先生，抱着试试看的态度——当然他是画风景画的，但有时也在风景画里加上人物。也许我记得——他们几年前在诺福克郡[1]的一个地方结识了里韦特先生，当时他正在那里写生。

“我们过去也经常写生。”这位夫人暗示。

“这很尴尬，不过我们绝对需要做点事。”她丈夫接着说。

“当然，我们已经不很年轻了。”她承认，脸上露出了一丝惨淡的笑容。

她丈夫说我不妨多了解一下他们的情况，于是他从一个整洁的新皮夹子里——他们用的东西都是最新样式——取出了一张名片递给我，那上面印着“莫纳克少校”。尽管这几个字让人印象深刻，但它们并没有增加我对他们的了解，不过我的来访者此刻补充道：“我已经离开了军队，我们又不幸失去了自己的钱。事实上，我们现在手头非常拮据。”

“这种情况很难应付。”莫纳克夫人说。

他们显然是希望谨慎行事——小心不要因为自己是贵族阶级而神气十足。我觉得他们愿意承认这是他们的某种不足，同时我猜，从根本意义上讲——逆境中的安慰——他们也有他们的优点。他们确实有，不过，这些优点在我看来主要是在社交方面。例如，他们可以帮忙让客厅显得体面些。但是，客厅一向是一幅画，或者说应当是一幅画。

由于他妻子刚才提到了他们的年纪，莫纳克少校便说：“我们主要是因为身材不错才自然想到进这一行。我们会让自己继续保持

① 诺福克郡（Norfolk）位于英格兰东部，濒临北海。——译者注

好身材。”我马上看出，身材的确是他们的强项。他所说的“自然”并没有显得很自负，反倒照亮了这个问题。“她有最好的身材。”他继续说，同时朝妻子点了点头，仿佛是晚餐后轻松愉悦的闲聊，省去了拐弯抹角的表达。就像我们真坐在那里喝酒一样，我只能回答说，这并不妨碍他自己的身材也很好。这又让他接着说：“我们原本想，如果你需要画我们这样的人，我们可能就是这样。尤其是她——你知道的，她就是书中的淑女。”

他们把我逗乐了，为了得到更多的乐趣，我尽量接受了他们的观点，虽然我有些尴尬地发觉自己在鉴别他们的形体时，好像他们是出租的牲口或者有用的黑人，我本来想着和这两个人只能在一种隐性批评关系中相遇，于是我好好审视了莫纳克夫人，以便能尽快给出肯定的答复——“哦，是的，一位书中的淑女！”她特别像一幅糟糕的插图画。

“如果你喜欢的话，我们可以站起身来。”少校说。随即他就在我面前站了起来，派头十足的样子。

我一眼就能估量出他的身高——他身高六英尺两英寸[①],有着完美的绅士外表。任何一家正在组建的俱乐部都可以聘请他站在显眼的橱窗里，充当招揽顾客的招牌。我立刻感到他们来找我会错失适合他们的职业，他们肯定能在广告方面派上更好的用场。我当然不知道具体的细节，但我能看出他们会让别人发财——我不是说他们自己发财。马甲制造商、旅馆老板或肥皂销售商都能利用他们的形象赚钱。我能想象把“我们一直用它”这句广告词别在他们的胸前会取得极佳的效果，我还想象到他们的形象会帮助餐馆迅速推广一桌菜肴。

① 1 英尺可换算成 30.48 厘米，而 1 英尺等于 12 英寸，因此少校的身高大致有 1.88 米。——译者注

莫纳克夫人坐着不动，不是出于傲慢而是因为羞怯，随即她丈夫就对她说：“站起来，亲爱的，展示一下你有多棒。”她顺从地站了起来，但她不需要站起来就能展现出来。她走到画室尽头，然后又红着脸走回来，有些慌乱地眨着眼睛，不住地往她丈夫这边看。这让我想起在巴黎时无意间看到的一幕——我当时和一位戏剧家朋友在那里，他的一部戏剧即将上演——这时候，一位女演员来找他，请他给她一个角色。她在他面前走来走去，就像莫纳克夫人刚才所做的那样。莫纳克夫人做得也同样好，但我克制住没有喝彩。看到她这样的人申请一份报酬如此低廉的工作，我感到很奇怪。她看起来好像每年能有一万英镑的收入。她丈夫曾用这样一个词来形容她：按伦敦流行的说法，她本质上是一位典型的“优雅”女士。她的身段“好”得引人注目、无可挑剔。对于她这个年龄的妇女来说，她的腰出奇地细；另外，她的手肘也弯曲得很标准。她让头保持一种传统的角度，但她为什么到我这里来呢？她应当在一家大商店里试穿短上衣。恐怕我的来访者不仅一贫如洗，而且很“文艺”——如果是这样，事情就比较复杂了。当她再次坐下来时，我向她表示感谢，并说一个画家最看重的就是模特保持安静的能力。

“噢，她能保持安静的，”莫纳克少校说。然后他诙谐地补充道，“我总让她保持安静。”

“我不是一个讨厌的、坐立不安的人，不是吗？”莫纳克夫人问她的丈夫。

他把答案告诉了我。“也许提一下没什么不妥——因为我们应该公事公办，不是吗？——我娶她的时候，她是有名的雕塑般的美人。”

“哎呀，亲爱的！”莫纳克夫人可怜兮兮地说。

“我肯定得需要一些表情。”我说。

“当然！”他们都大声说。

“而且我猜你们知道你们会很累的。”

“哦，我们从不觉得累！”他们急切地大声说。

“你们有任何实践经验吗？”

他们犹豫了——他们面面相觑。“人们给我们拍过照片——很多照片。”莫纳克夫人说。

“她的意思是，那些人叫我们拍照。”少校补充道。

“我明白了——因为你们相貌不凡。”

“我不知道他们是怎么想的，不过他们总是跟踪我们。”

“我们总是不花钱就能得到照片。”莫纳克夫人微笑着说。

“我们要是带几张照片来就好了，亲爱的。”她丈夫说。

“我不确定我们还有没有剩下的照片。我们把大量照片都送人了。”她对我解释说。

“上面还有我们的亲笔签名和类似的东西呢。”少校说。

“商店里能弄到你们的照片吗？”我开了一句无伤大雅的玩笑。

“哦，有的；她的照片——以前总能弄到。”

“现在没有了。”莫纳克夫人眼睛看着地板说。

二

我可以想象他们在展示的照片上写上“类似的东西”，我也相信他们的字写得很漂亮。很奇怪，我这么快就能对有关他们的一切胸有成竹。如果说他们眼下穷得连先令和便士都要挣的话，那么他们之前也没有多么宽裕。好看的容貌曾经是他们的资本，他们也愉快而充分地把这个资源当成了他们的事业。他们一脸茫然，脸上的那种深沉智性的平静，说话时那种令人愉快的语气，都是二十年间出入乡间宅第赋予他们的特质。我能看出，莫纳克夫人经常坐在那些洒满阳光的客厅里，四处散落着她没有阅读的杂志；我能看出，她在潮湿的灌木丛中散步，无论干什么，无论散步还是骑马，她的装束都很得体；我能看出，少校协助拍摄的华丽封面和他的那些讲究的服装，深夜里他穿着这些衣服，在吸烟室里和人们谈论那些封面；我能看出，他们的打底裤和防水衣、时髦的花呢和地毯、成捆的手杖、成箱的钓具和整齐的雨伞；我仿佛还能看出他们仆人的模样和他们的各种行李紧挨着放在乡村火车站站台上的情形。

他们给的小费不多，但他们讨人喜欢；他们自己什么也不做，但他们很受欢迎。这两个人无论在什么地方都那么好看，他们满足了人们对身材、容貌和“外形”的普遍喜好。他们俩对此心知肚明，但并没有产生愚蠢或者是庸俗的想法，因此他们尊重自己。他们并不肤浅，他们全情投入，并保持这种状态——这一直是他们的特长。有品位的社交人士必须得有某种特长。我可以感觉到，即便是在一间沉闷的屋子里，人们也能指望他们带来欢乐的气氛。目前出了点事——不管是什么事，让两个本来就收入不多的人更加囊中羞涩了，少得不能再少了——于是他们不得不做点什么来挣点零用钱。朋友们虽然喜欢他们，但不愿意供养他们。他们身上有某种代表信用的东西——他们的着装、举止和典型；但如果信用是一个空空如也的大口袋，偶尔从里面发出硬币碰撞的“叮当”声，那么也得能听见“叮当”声才行。他们想让我帮忙促成这件事。幸而他们没有子女——我很快就凭直觉猜到了。他们也许还希望我们的关系保密，这就是为什么要画“身材”——画脸会暴露他们。

我喜欢他们——他们很单纯；如果他们合适，我没有异议。但不知为什么，尽管他们尽善尽美，我却无法轻易相信他们。他们毕竟是外行，而我平生最讨厌的就是外行。除了不喜欢外行之外，我还有一个特点——与真东西相比，我天生更喜欢表现出来的东西：

真东西的缺点往往在于缺乏表现的余地。我喜欢表现出来的东西，这样我才会感到有把握。至于它是否真实则是一个次要的而且几乎是没用的问题。还有其他的考虑，首先，我已经有了两三个模特，特别是一个有一双大脚、穿着羊驼毛外套的年轻女子。她来自基尔本[①],她在这几年中定期来为我的插图画当模特,我对她仍然——也许有点不上档次——很满意。我坦诚地向这两位访客说明了目前的情况，但他们准备的预防措施比我预料的要多。他们已经判断好自己有机会，因为克劳德 · 里特维告诉过他们，有一位当代作家——一位举世罕见的小说家——正计划出版一套精装版作品集[②]，这位作家长期以来被庸俗的大众所冷落，却被有心的读者所珍爱。（我还有必要提到菲利普 · 文森特这个名字吗？）这位作家有幸在人生的迟暮之年看到了希望的曙光，接着就是一种更高层次批评的全部光亮——在公众一方，这种批评的确是一种赎罪的方式。这个被提及的版本由一位有品位的出版商筹划，实际上是一种高级补偿行为；为这个精装版增色的木刻版画则代表了英国艺术界对英国文学最独立的一位代表的敬意。莫纳克夫妇向我坦言，他们希望我能让他们参与到我的事业中来。他们知道我要为这套书的第一本《拉特兰 · 拉姆齐》画插图，但是我也必须向他们说明，我能不能为这套书剩下的书画插图——第一本书的插图就是个测试——取决于我让出版商满意的程度。如果满意度有限，我的雇主们就会毫不犹豫地解雇我。所以，这对我来说是一个关键阶段，我自然在做特别的准备，如果需要，在各处物色新人，确保选用最好的典型。不过我也承认，我希望能定下两三位优秀模特来帮助我完成所有的角色。

“我们是不是必须得经常——哦——穿特别的衣服？”莫纳克

---

① 基尔本（Kilburn）是伦敦的一处贫民聚居区。——译者注

② 原文为法语 *édition de luxe*。——译者注

夫人怯生生地问。

“啊，是的——那是一半的工作内容。”

“那需要我们提供自己的服装吗？”

“噢，不用，我有很多。画家喜欢什么衣服——他的模特们就得穿上——或者脱下——什么衣服。”

“你的意思是说——哦——是同样的吗？”

“同样的？”

莫纳克夫人又看着她的丈夫。

“哦，她只是想知道，”他解释说，“这些服装是否是公用的。”我不得不承认，它们是公用的，我还进一步提到其中有些衣服（我有很多沾着油渍的上个世纪的衣服），在一百年前就已经被穿过了，被活生生的、沾着世间污垢的男人和女人穿过了。“只要合身，我们穿什么都行。”少校说。

“哦，我来安排——这些衣服跟画相匹配。”

“恐怕我更适合现代作品，我会按照你的要求穿上那些衣服的。”莫纳克夫人说。

“她家里有好多衣服，它们也许适合当代生活。”她丈夫接着说。

“我可以想象一些场景，你在里面会显得十分自然。”我确实可以想见，把那些陈旧的道具重新胡乱拼凑一番——我努力为这些故事画插图，而不用硬着头皮去阅读它们——这位好夫人也许能为故事中的乏味情节增光添彩。但是我不得不回到这个事实，也就是，就这份工作而言——每天机械的苦差事——我已经有足够的人手了，现在和我一起工作的模特完全够用。

“我们原以为我们可能会更像书中的有些人物。”莫纳克夫人站起身来，温和地说。

她丈夫也站起身来，他站在那里看着我，眼神中隐约流露出一种凄楚的神色，这种神情在他身上让人动容。“难道这样不会事半功倍吗？有些时候，有——哦——有——”他欲言又止，他想让我帮他把他想说的意思表达出来。但我无能为力——我不知道。于是他尴尬地说了出来:“真品，一位绅士，你知道的，或者是一位淑女。”我正准备表示大致同意——我承认他说得很有道理。这能给莫纳克少校以鼓励，他忍住了一声哽咽，恳请地说：“太难了——我们什么都试过了。”这声哽咽引起了共鸣，他妻子再也受不了了。我还没有反应过来，莫纳克夫人就又跌坐在沙发上放声大哭起来。她丈夫坐在她身边，握住她的一只手，于是她很快就用另一只手擦干了眼泪，她抬起头来看我的时候，我感到有些尴尬。“无论多讨厌的工作我都申请过了——等待过——祈祷过。你可以想象，我们从一开始就有多糟。秘书之类的工作比申请一个贵族爵位都难。我什么都肯干——我身强力壮，可以干信差或者煤矿装卸工人。我愿意戴一顶金色镶边帽子在男士服装店门前给人开马车门；我愿意在火车站搬运行李箱；我愿意当邮差。但他们都不正眼看你一眼：已经有成千上万和你本人一样好的人在干这项工作了。那些喝过好酒、拥有猎犬的绅士现在沦落为可怜的乞丐了！”

我尽可能安慰他们，我的客人很快就平复了情绪，同时我们商定哪天找一个小时试一试。我们正商量着，门开了，彻姆小姐拿着一把湿漉漉的雨伞走进来。彻姆小姐每次都要先乘公共马车到梅达谷[①]，然后再步行半英里[②]。她看上去有点头发蓬乱，身上溅了些雨水。每次看到她进门，我都会想到她本人虽然微不足道，但是她

① 梅达谷（Maida Vale）是英国伦敦西部的一个富人住宅区，位于帕丁顿(Paddington)北面、圣约翰伍德(St John's Wood)西南和基尔本(Kilburn)南面，在埃奇韦尔路（the Edgware Road）的梅达谷有许多建于维多利亚时代和爱德华时代的豪宅。——译者注

② 1英里约为1 609.34米。——译者注

装扮成别人的能力却不容小觑，这件事多奇怪呀。她既是身材瘦小的彻姆小姐，又是浪漫故事里的一位身材丰满的女主角。她只不过是一个满脸雀斑的伦敦东区女子，但她能扮演从淑女到牧羊女的所有角色。她有这种才能，正如她有一副好嗓子或一头长发一样。她不会拼写，喜欢喝啤酒，但她有两三个“优点”——有经验，有本领，有天生的智慧，还有不同寻常的敏感力和对剧院的热爱。她还有七个姐妹，但她对所有事情的尊重却少得可怜，尤其是对“h”[①]的发音。我的来访者们首先看到她那把湿漉漉的雨伞，由于他们追求无懈可击的完美，他们就对这把湿雨伞皱了皱眉头。他们来了以后雨就下起来了。

“我浑身都湿透了，公共马车上有一大堆人。你要是住在车站附近就好了。”彻姆小姐说。我要求她尽快做好准备，她就走进了她经常换衣服的那个房间。在她出来之前，她问我这次她要装扮哪个人物。

“是俄国公主，你不知道吗？”我回答，“就是那位有一双‘金色眼睛’、身穿黑色天鹅绒衣裙的公主，我给《廉价》杂志那篇冗长的东西画的那个角色。”

“金色眼睛？哎呀！”彻姆小姐大声说，我的同伴们目送她走进去。每逢她迟到，她总能在我还没来得及转过身就把自己装扮好了。我有意让我的来访者再留一会儿，好让他们看到她，从而明白我对他们的要求会是什么。我提到她完全符合我对一个优秀模特的要求——她确实非常聪明。

“你觉得她看着像俄国公主吗？”莫纳克少校略显惊慌地问道。

“是的，在我让她像的时候。”

“哦，如果你不得不使她像——！”他敏锐地推断说。

① 在伦敦东区的口音中，词首的“h”通常被省去不发音。——译者注

“你最多能要求这些，还有很多人是不可塑的材料。”

“好吧，现在这里正好有一位淑女”——他面带劝说的微笑，挽起他妻子的胳膊——“她是一位现成的淑女！”

“哦，我不是俄国公主。”莫纳克夫人有点冷淡地抗议道。我能看得出来她认识几位俄国公主，而且不喜欢她们。这时候就出现了一种复杂的情况，而我和彻姆小姐一起工作时从来不用为此担心。

那位身穿黑色天鹅绒服装的年轻女子出来了——礼服已经是铁锈色了，低垂在她瘦削的肩膀上——她那冻得发红的手里还拿着一把日本扇子。我提醒她，在我正在画的那个场景中，她得从一个人的头顶上方看过去。“我忘了那人是谁，不过没关系。只要是从一个人的头顶上看过去就行。”

“我宁愿从一个炉子上看过去。”彻姆小姐说，然后她就站到炉火旁边。她摆好了一副高挑的姿态，头稍微向后倾斜，扇子向前垂着，以我带着偏见的眼光看，她看上去至少显得高贵而迷人，富有异国情调和危险气息。她这样摆着姿势的时候，我陪莫纳克夫妇走下了楼。

“我想我也能做到那样。”莫纳克夫人说。

“哦，你觉得她很寒碜，但你必须考虑艺术的炼金术。”

然而，他们离开的时候显然更安心些，其理由是他们是真品，有着显而易见的优势。我想象得到他们看不上彻姆小姐。我返回楼上的时候把他们的来意告诉她，她拿他们取笑了一番。

“好吧，如果她能当模特儿，我就能去记账，”我的模特说。

“她确实有淑女的派头。”我回答，不经意间说了句火上浇油的话。

“那对你会更糟糕，这意味着她不会变通。”

“她可以给那些流行小说做模特。”

“哦，对，她可以给它们做模特！”我的模特儿幽默地说，“难道它们没有她还不够糟糕吗？”我经常对彻姆小姐和蔼可亲地抨击这些小说。

三

为了说明这类作品中的一个秘密，我才第一次试用莫纳克夫人做模特。她丈夫和她一起来，以便有需要时他能帮上忙——很清楚，他一般都愿意和她一起来。起初我纳闷这是不是出于“礼节”的缘故——他会不会心存妒忌然后从中作梗？这个想法太讨厌了，如果真是这样的话，我们的交往就会立即画上句号。但是我很快就明白这里面并没有什么名堂，他陪伴莫纳克夫人的原因（除了有可能会派上用场之外）很简单，因为他没有别的事可做。她一旦不在他身旁，他就无所事事了——她从来就没有离开过他。我正确地判断出，在他们的困境中，他们的紧密团结是他们的主要安慰，这种团结无可挑剔。这是一桩真正的婚姻，鼓励了犹豫不决的人，挑战了悲观者。他们的住址很卑微（我事后想起来，认为他们只有这一点是真正专业的），我可以想见少校独自一人留在陋室里的不幸情景。有妻子在身边，他还能忍受——没有妻子在身边，他肯定受不了。

他很机智，在自己派不上用场的时候，不会努力讨好别人，所以当我专心工作、无暇闲聊时，他就静坐一旁等待。可是我喜欢听他说话——只要他不妨碍我，他的讲话会让我的工作显得不那么机械，也不那么不同寻常。在家里听他讲话既节省了外出的开支，又享受了出门的兴奋。其中只有一个障碍——他和他妻子认识的人，我好像一个都不认识。我猜想，在我们的交谈中，他一定非常纳闷，不知道我到底认识谁。他对此没有一点头绪，所以我们也就没有在这个问题上细究。我们把谈话的范围限制在皮革甚至烈性酒上——

马具和马裤制造商，怎样才能以便宜的价格买到上好的干红葡萄酒，还有“优质火车”和小猎物的习性这些事情上。他对火车和猎物的知识让人瞠目结舌，他竟然集火车站站长和鸟类学家于一身。当他不能谈论大事的时候，他就能愉快地谈论小事。由于我不能陪他回忆上流社会的生活，他可以轻而易举地把谈话降低到我的水平。

一个可以轻易征服我的人却要如此急切地讨好我，这一点让人动容。他照看着炉火，并且对火炉的通风也自有看法，我虽然没有问他，但我看得出他认为我的许多安排都远非高明。我记得我对他说过，假如我富裕，我会付给他工资，让他教我如何生活。有时候他会无端发出一声叹息，意思可能是：“哪怕给我一间像这样光秃秃的旧房子，我也能把它弄出个花样来！”每当我用他做模特的时候，他就单独过来，这说明女性更勇敢些。他的妻子可以独自忍受一人待在二楼，而且她一般会更加谨慎；各种小矜持表明，她明白我们的关系最好明确地保持在职业范畴内——不让这种关系滑入社交性质。她希望始终明确一点：她和少校受我的雇佣，而不是接受我的培训。如果她承认我更胜一筹，那么我就该自安其位，她绝不认为我有资格和她平起平坐。

她很紧张地坐着，全神贯注，几乎可以纹丝不动地坐上一小时，就像坐在摄影师的镜头前一样。我看得出她经常被人拍照，但不知为什么，她这种适合拍摄的习惯却不适合我绘画。起初，我非常喜欢她的淑女气质，在描绘她的曲线时，我满意地发现，这些线条多么优美，它们能把我的铅笔引领多远。但是画过几次之后，我开始发现她无法摆脱过于僵硬的姿势。无论怎么画，我的画看起来都像是一张照片或一张照片的复制品。她的姿态没有多样化的表达——她本人也没有多样化的意识。你也许说这是我的事，只是让她摆姿势的事。不过，我安排她摆出各种能想到的姿势，但是她努力抹去这些姿势的区别。当然，她永远是一位淑女，而且是同一位淑女。她是真品，是一成不变的真品。有些时候，她沉着的自信让我感到压抑，她认为自己是货真价实的真品。她和丈夫与我交往的所有行为方式都在暗示，我真是三生有幸。与此同时，我发现自己正在努力创造接近她的人物类型，而不是让她改变自己的形象——比如，这种灵活办法对可怜的彻姆小姐来说就不是不可能的。无论我如何安排，不管我如何小心谨慎，她在我的画中呈现出来的形象都显得过高——这让我身陷困境，因为我把一位迷人的女士画成了身高七英尺，这也许是由于我的身高有些相形见绌，但这与我心目中的人物形象相去甚远。

少校的情况则更糟——我无论如何都不能让他低一点，所以我只有画身材魁梧的人物时才用他。我喜欢多样化和广阔的范围，珍视人的偶然表现和能说明性格的特征，我想精心塑造人物，最讨厌受一种类型支配的危险。我曾为此和一些朋友争论过——我和他们分道扬镳了，因为他们认为画家不得不这样做。如果类型是美的——请看拉斐尔和列奥纳多[①]——那么奴役只能是一种收获。我既不是列奥纳多，也不是拉斐尔；我也许只是一位年轻莽撞的现代探索者，但是我认为一切都可以牺牲，唯有特性不能牺牲。当他们声称令人痴迷的形式可以轻易成为特性时，我反驳道："谁的特性？"可能我的反驳有些肤浅，它不可能是所有人的特性——最终可能谁的特性也不是。

画过莫纳克夫人十几次之后，我比之前更清楚地认识到，像彻姆小姐这样一位模特的价值恰恰在于她没有鲜明的特征，当然另一个事实是，她的确拥有一种神奇的、不可思议的模仿才能。她平时

① 拉斐尔·桑西（Raffaello Santi，1483—1520）和列奥纳多·达·芬奇（Leonardo da Vinci，1452—1519）都是文艺复兴时期意大利的著名画家。——译者注

的表现就像一块幕布，根据要求拉起来，呈现一场精彩的演出。这种演出只是启发性的，但聪明人一点就透——生动而美丽。有时候，虽然她本人相貌平平，但我甚至觉得她的表现美得过于单调乏味。我曾责备她说，我照她的形象勾勒出的人物都千篇一律地（愚蠢地[①]，我们过去常这么说）优雅。这简直把她气坏了，因为她最引以为傲的就是她觉得她能扮演毫无共同之处的人物。每当这时候，她就会指责我毁了她的“名声”。

由于我的新朋友常来造访，这种奇怪的调侃次数就有所减少。彻姆小姐很抢手，从不缺少工作，所以我偶尔推迟雇用她也不用担心，这样我就可以自在地试用莫纳克夫妇了。开始，画真品当然很有趣——画莫纳克少校的裤子很有趣。虽然他在画上像个庞然大物，但他的裤子是真品。画他妻子垂在背上的长发——它们简直像数学公式一样整齐——她紧绷的姿态中格外“优雅”的紧张感都很有趣。她特别适合摆出那些侧过脸去或者是半遮面的姿势，她能摆出很多淑女的背影和后方侧影。[②] 当她挺直身子站着时，她很自然地就摆出了宫廷画师笔下王后和公主的那种姿态，所以我不由得想，为了发挥她的长处，我能否让《廉价》杂志的编辑出版一本真正的皇室传奇，名字就叫《白金汉宫的故事》？不过，有时候，真品和赝品也会相遇，我的意思是说有时候彻姆小姐如约前来，或是在我手头工作繁忙的日子里，她来找我预约时遇到她招人妒忌的竞争对手。然而，他们这一方并没有遇到她，因为他们没怎么注意到她，就像她是一个女佣不被注意一样。这并不是故意怠慢，只是因为他们还不知道怎么结交同行。我猜他们假如知道，是愿意和她打交道的——或者至少少校愿意。他们没法谈公共马车——他们一向是步

① 原文为法语 *bêtement*。——译者注

② 原文为法语 *profits perdus*。——译者注

行；他们不知道还能试着谈别的什么东西——彻姆小姐对优质火车或便宜干红葡萄酒不感兴趣。况且，他们一定感到——从空气中——她在取笑他们，暗地里嘲笑他们不知道怎样当模特。如果她有机会表达自己信任的限度，她是不会藏着掖着的那种人。另外，莫纳克夫人认为她不整洁，要不然她为何煞费苦心地对我说——这对莫纳克夫人来说是不经常发生的——她不喜欢邋遢的女人呢？

有一天，我的年轻女士碰巧和我的其他模特们都在画室里（她甚至在方便的时候会过来聊个天），我请她帮忙备茶——她对这件事很熟悉，我经常请我的模特们帮忙备茶——因为我生活拮据，没有雇人帮忙做家务。他们喜欢摆弄我的东西，并趁机休息一下，他们有时还弄碎我的瓷器——我给他们的感觉是不拘小节。这件事过后，我再见到彻姆小姐时，她竟然因为这件事跟我吵闹，这让我非常吃惊——她指责我说，我这是有意在羞辱她。她当时面对我无礼的要求并没有表示愤怒，反而显得十分乐意帮忙，而且感到很有趣，她享受着这个喜剧：她问坐在一旁面无表情、一言不发的莫纳克夫人，她的茶里要不要放奶油和糖，她在问这个问题的时候带着夸张的假笑。她努力拿腔作调——仿佛她也想充当真品，直到我担心我的客人会生气。

哦，他们下定决心不生气，他们令人感动的耐心表明，他们非常需要这份工作。他们总是一连几个小时坐着等待，毫无怨言，直到我准备画他们。他们每次回来都期望能派上用场，如果派不上用场，他们也会欣然离开。我常把他们送到门口，看他们以怎样非凡的气度离去。我试着为他们找其他工作——我把他们介绍给了几位画家，但他们没有“接受”，其中的原因我能够理解。我焦虑地意识到，经过这些失望之后，他们对我更依赖了。他们认为我最能表现他们的形态，这让我感到很荣幸。对于画家，他们不够优美，而那个时候还没有那么多严肃的黑白插图工作者。此外，他们还看中了我向他们提过的那个重大项目——他们暗下决心，要为我给我们优秀的小说家所画的插图提供恰当的精品。他们知道，在这项工作中，我将不需要任何服装效果，也不需要过去时代的不必要的昂贵饰品——一切都将是当代的、讽刺的、可能还是上流社会的。如果我能让他们参与进来，他们的未来就有了保障，因为这项工作当然会耗时很久，他们也会有一份稳定的工作。

一天，莫纳克夫人独自一人前来，她丈夫没有陪在她身边——她解释说，他有事必须去城里一趟。当她和往常一样紧张而僵硬地坐在那里时，传来了一阵敲门声，我立刻就辨识出那是一位失业模特的低声恳求。紧接着，一个年轻男子走了进来。我一眼就看出他是个外国人，事实证明他是意大利人，除了我的名字以外，其他的英语他一概不认识，但是当他念出我的名字时又好似把其他英语都包含在内了。当时我还没有去过他的国家，也不通晓他的语言，但由于他并不缺少表达方式——哪个意大利人缺少呢？——以致只能依靠语言来表达自己的意思，所以他便通过熟悉而优雅的模仿告诉我，他正在找一份我面前的这位女士所从事的工作。一开始我并没有被他打动，我一边继续画画，一边发出粗鲁的声音，表示不感兴趣和拒绝。然而，他站在原地，并没有纠缠不休的意思，他的眼睛里流露出一种说不出的、狗一般忠诚的神情，简直到了天真无礼的地步——他的举动就像一个忠实的仆人（他可能已经在这个家中干了好多年了）受到了不公正的怀疑。突然间，我发现他的这种神态和表情构成了一幅画，于是我让他坐下，等我腾出手来再说。他那听从我吩咐的神态里又有一幅画，我边工作边观察，发现在他仰着头、惊异地环顾画室高高房顶的样子里又有更多幅画呼之欲出，他俨然是在圣彼得大教堂里，在胸前画着十字祈祷。于是，我还没画完莫纳克夫人就对自己说："这家伙也许是个破了产的卖橘子小贩，但他是个珍宝。"

当莫纳克夫人离开时，他像闪电般迅速穿过房间去给她开门，他站在那里注视着她，目光专注而清澈，就像被年轻的比阿特丽斯迷住了的青年但丁[①]。在这种情况下，我从来都没有坚持不要英国用人，我感觉他既有仆人的素质（我需要一个，但又不能付钱让他只做仆人），又有模特的素质。总之，我下定决心，如果他同意干两份工作，我就收留这位机灵的冒险家。他一口答应了，而我也没有后悔自己的鲁莽（因为我对他一无所知）。事实证明，他是一位虽然散漫却富有同情心的仆人，他还有着绝妙的姿势感。[②]这种感觉是未经雕琢的，是本能的。这种快乐的本能引领他来到我的家门口，帮他拼出了我的名字，它就钉在门上的名片上。他对我没有任何了解，只是从外面看到我高高的北窗的形状，猜到我的地方是一间画室，而一间画室里肯定会有一位画家。像其他巡回者一样，他漂泊到英国来碰运气，刚上岸的时候和一个伙伴一起推着一辆绿色的小手推车卖一便士的雪糕。雪糕融化了，合伙人也坐着火车离开了。我这位年轻人身穿一条紧身黄裤子，裤子上有淡红色的条纹，他的名字是奥兰特。他面色蜡黄却很好看，我让他换上我的几件旧衣服之后，他看上去就像是个英国人。他和彻姆小姐一样出色，如果需要的话，她也能看着像个意大利人。

四

莫纳克夫人和丈夫再回来的时候，她发现奥兰特已经就位了，

---

① 但丁在青年时爱慕的女孩名为比阿特丽斯（Beatrice），在《神曲》（*La Divina Commedia*）的《炼狱篇》（Inferno）的结尾，比阿特丽斯接替了向导维吉尔（Virgil），将诗人但丁引入天国。——译者注

② 原文为法语 *sentiment de la pose*。——译者注

我觉得她的脸微微抽搐了一下。她觉得很奇怪，一个不起眼的流浪汉怎么会是她的那位仪表堂堂的少校的竞争对手呢？她首先嗅到了危险气息，因为少校忙着谈论逸闻趣事还未曾察觉到。奥兰特手忙脚乱地给我们上茶（他从未见过如此奇怪的沏茶步骤），这时候我想她对我的看法好了一些，因为我终于有了一个“权威人士”。他们看了我用这个权威人士做模特画出来的几幅画，莫纳克夫人暗示说，她怎么也想不到他竟然是这几幅画的模特。“瞧你照我们画出来的画，看上去简直和我们一模一样。”她提醒我，带着胜利的微笑。我意识到这正是他们的缺陷。当我用莫纳克夫妇做模特时，不知怎么回事，我无法摆脱他们——以进入我想要表现的人物，而我一点也不希望我的模特能在我的画里被认出来。彻姆小姐从来没有被认出来过，莫纳克夫人认为我恰当地把她给藏了起来，因为她很粗俗。如果说画上的她失去了真实的样子，那也只不过是失去了一个升天的死者——换来的更是一个天使。

那个时候，我已经着手为那一套伟大的全集的第一部《拉特兰·拉姆齐》创作插图了，也就是说，我已经画了十几幅插图了，其中几幅是在少校和他妻子的协助下完成的，我已经把它们寄给了出版商审核。我已经提到过，我和出版商达成的共识是，这一次，我可以按照自己的意愿完成工作，他们把整本书中的插图都交给我负责；但我能不能为其余各卷书画插图还要视情况而定。坦率地讲，有时候，手边有真品的确是一种安慰，因为《拉特兰·拉姆齐》中有一些人物与他们很相似。可以想象，书中有些人物和少校一样身姿挺拔，有些女士和莫纳克夫人一样衣着时尚。书中描写了大量的乡间宅第生活——作者确实是以一种细腻的、富于想象的、讽刺的、笼统的方式在描写这种生活——书中还提到了许多穿着灯笼裤和苏格兰短褶裙的人物。有些事情我必须从一开始就确定下来。比如说，男主人公的确切相貌，还有女主人公非同寻常的面容。作者当然给了我一点提示，但其中还有阐释空间。我信任莫纳克夫妇，坦诚地把我在做的事情告诉了他们，提到了我尴尬的处境和要做的抉择。“噢，用他吧！”莫纳克夫人看着她的丈夫温柔地说。“除了我的妻子，你还能找到更合适的人选吗？”少校问，带着目前普遍存在于我们之间的那种令人舒服的坦率。

我没有回应这些话的义务——我只有安置我的模特们的义务。我心里并不轻松，也许还有点胆怯，于是我迟迟没有解决这个问题。这本书如同一幅巨大的画布，还有很多别的人物，我一开始就把一些与男女主人公无关的片段排除掉了。一旦我确定了他们的模特，我就必须坚持下去——我不能让我的主人公在一处身高七英尺，在另一处又只有五英尺九英寸高。我大体上倾向于后者，尽管少校不止一次提醒我，他看上去和别人一样年轻。我确实可以在把他转化成插图人物时做些适当的调整，让人难以看出他的年龄。自然而率真的奥兰特已经跟我相处了一个月，其间我再三让他明白，他那种意大利本土热情洋溢的风格会给我们进一步的交往造成不可逾越的障碍，此后我恍然间意识到他具有主人公的潜质。虽然他只有五英尺七英寸高，但其余的几英寸都是潜在的，是可以画出来的。一开始，我几乎是偷偷地在试着画他，因为我真的担心我的其他模特们会对我的这一选择评头论足。如果他们认为彻姆小姐不过是个骗局，那么对于一个由与真品相去甚远的意大利街头小贩扮演的英国公学出身的主人公，他们又会做何感想呢？

如果说我有一点害怕他们，并不是因为他们欺负我，或者他们已经在我们的关系中占据了压迫性的地位，而是因为在他们令人怜悯的礼貌得体和衣着常新的外表下，他们热切地把全部的希望都寄托在我的身上。因此，当杰克·霍利回国时我非常高兴：他总是给我非常好的建议。他自己画得不好，可是在恰如其分地指出别人的缺点这一方面没有人能比得上他。他已经离开英国一年了，他去了某一个地方——我不记得是哪里了——这使他的眼光焕然一新。我非常畏惧这种新眼光，但我们是老朋友。他离开几个月之后，一种空虚感悄悄地潜入了我的生活。我已经有一年没有躲闪过他导弹一般的批评了。

他带着新眼光回来了，但还是穿着那件黑天鹅绒旧上衣，他在我的画室里度过第一个夜晚，我们一起抽烟直到深夜。他自己没有创作什么画，他只是有了新眼光，所以我腾出地方，摆开我的那些小作品。他想看看我为《廉价》画了些什么，但他对我给他看的东西感到很失望。至少伴随着香烟的烟雾一同从他唇齿间发出的两三声叹息似乎表达了这层意思，他正舒适地躺在我的大沙发上，跷起二郎腿，看着我新近的画作。

“你怎么回事？”我问。

“你怎么回事？”

“没怎么，我只是有些糊涂。”

“你确实糊涂。你都有些精神错乱了。你这种新爱好是什么意思呢？”紧接着，他满脸不屑地把一幅画扔给我，这幅画上恰好画的是我的那两位气质不凡的模特儿。我问他是不是觉得这幅画画得不好。他回答，考虑到我一直告诉他关于我想要达到的那种效果，他觉得这幅画糟透了。不过我没有跟他计较，我急切地想知道他到底是什么意思。画中的两个人物看起来过于高大了，但我想这并不是他的意思，因为也许他并不知道，在某种程度上，我可能就想要呈现这种效果。我坚持说，自从上次我的工作方式有幸得到他的赞扬之后，我一直都保持这种工作方式。“好吧，但某个地方一定有很大的漏洞，”他回答，“等一下，我会把它找出来的。”我期待他能找出来，要不然他的新眼光还能发挥到什么地方呢？但是他最终没能说出个所以然来，只是含糊地说了一句："我不知道——我不喜欢你的这些类型。"对他这样一个从来都只和我讨论绘画技巧、运笔方向和价值奥秘的评论家来说，这个回答实在是太差劲了。

"在你刚才看的这些画里，我觉得我画的人物类型都很美。"

"哦，他们不行！"

"我有一对新模特。"

"我看出来了。他们不行。"

"你很肯定吗？"

"当然——他们很愚蠢。"

"你是在说我愚蠢吧——因为我原本应该找时间解决这个问题的。"

"你解决不了——用这种人做模特的话。他们是什么人？"

我把他需要知道的都告诉了他，接着他无情地宣布："这些人就应该被扫地出门。"①

"你从来没有见过他们，他们非常好。"我同情地反驳道。

"没有见过他们？哎呀，你把最近用他们做模特的所有作品都给毁了。这就是我想见到的他们。"

"其他人没有说过一句反对的话——《廉价》杂志的人很满意。"

"其他人都是傻瓜，而《廉价》杂志的那些人是最傻的傻瓜。得了吧，时至今日，你就别再假装对公众，尤其是对出版商和编辑们抱有美好幻想了。你不是为了这些动物工作的——而是为了真正懂行的人，为那些懂艺术的人②，因此，如果你自己都无法为了自己走正道，那就为我走正道吧。你从一开始就努力追求某种东西——

① 原文为法语 *Ce sont des gens qu'il font mettre a la porte*。——译者注

② 原文为意大利语 *coloro che sanno*。——译者注

那是一种非常好的东西。但刚才这句蠢话可不包括在内。”接下来，我和霍利谈起了《拉特兰·拉姆齐》和它可能给我带来的其他业务，他声称，我必须重新回到我原来的船上，要不然我就会沉入水底。总之，他用的是那种警告的口吻。

我注意到了这个警告，但我没有把我这两位朋友扫地出门。他们固然让我很烦恼，但正是他们使我烦恼这个事实告诫我，不要仅仅因为厌烦就牺牲他们——万一他们还能为我派上用场呢。当我回顾这一阶段的时候，我觉得他们已经在我的生活中占据了不小的位置。我的眼前浮现出他们大部分时间在我的画室里的情景，他们靠墙坐在一张旧天鹅绒长椅上以免碍事，看上去就像是皇家接待室里的两个耐心的廷臣。我确信他们之所以在冬天最寒冷的几周里在这里坚守阵地，是因为这样就节省了他们自家的炉火。他们的新衣服逐渐失去了光泽，让人没法不觉得他们成了被救济的对象。每当彻姆小姐来的时候，他们就会离开，然而当我开始《拉特兰·拉姆齐》的插图工作之后，彻姆小姐来得很频繁。他们设法心照不宣地向我表示，他们认为，我找她是为了画出书中的底层生活，我就让他们那么去想吧，因为他们尝试研读过这部作品——书就放在画室里——但没有发现它仅仅描写了最上层的社交圈。他们翻阅了我们这个时代最杰出的小说家的作品，但其中的许多章节他们都没有读懂。我不顾杰克·霍利的警告，仍然时不时地抽出一个小时的时间来画他们：要辞退他们还有的是时间，如果我非辞退他们不可，也要等到寒冬过后再说。霍利已经认识了他们——他在我的火炉旁见到了他们——并认为他们是荒唐可笑的一对。在得知他是个画家之后，他们就试着接近他，也想让他看看他们是真品；但他却站在大房间的另一边看着他们，仿佛他们远在千里之外：他们代表了英国的社会制度中他最反感的东西。像他们这样的人，因循守旧，身穿闪亮的漆皮，他们脱口而出的话会打断交谈，根本无权待在画室里。画室是一个学习观察的地方，你又怎么能透过一对羽毛床垫去观察呢？

他们给我带来的主要不便就是，一开始，我不好意思让他们发现我那个机灵的小仆人已经开始为我做《拉特兰·拉姆齐》的模特了。他们知道我已经够古怪的了（这时候，他们已经准备容忍艺术家们的古怪行为了），因为我本可以用一位蓄着络腮胡子、有资历的模特，却从街上捡来个外国流浪汉。但过了一段时间以后，他们才知道我对他的才艺给予了多高的评价。他们不止一次发现他在摆姿势，但他们从未产生过怀疑，以为我是要用他画一个在街头演奏手风琴卖艺的人。有几件事他们从来没有猜到过，其中之一便是，小说中有一幕引人注目的场景，需要一个男仆短暂出场，我想让莫纳克少校来扮演这个男仆。我一再推迟这件事，我不愿让他穿上男仆的制服——况且也很难找到适合他身材的制服。终于，在冬末的一天，我正忙着画他们看不上的奥兰特（他能在顷刻之间就领会我的意思），当我正在为自己回归正道而满心欢喜时，他们走了进来，少校和他的妻子，带着他们那种空洞的社交笑声（能让他们笑的东西越来越少了），像是乡间的访客——他们总让我产生这种联想——从教堂出来之后穿过庄园，接着被劝留下来吃午饭。午饭吃完了，不过他们还可以留下来喝茶——我知道他们想留下来。然而，我画画的兴致正高，我不能让我的创作热情冷却下来，也不能让我的作品等着，我让我的模特去备茶，再说天色已经逐渐暗下来了。于是，我问莫纳克夫人，是否可以请她把茶水摆出来——听到这个请求她的脸瞬间涨得通红。她和丈夫对视了片刻，两人之间传递着无声的信息。紧接着，他们愚蠢的举动便结束了，他那令人愉快的机敏中止了这个愚蠢的举动。我必须补一句，我不仅不同情他们受伤的自尊心，反而想要给它一个尽可能彻底的教训。他们两个人一起忙活着，拿出了茶杯和茶碟，烧开了壶里的水。我知道他们觉得自己好像在伺候我的仆人，于是当茶备好之后，我说了一句:“请给他倒一杯吧，他累了。”莫纳克夫人给他端来了一杯茶，而他从她手里接过茶的时候，就像一位参加宴会的绅士，胳膊肘下还夹着一顶软礼帽。

后来我忽然意识到，她为我做了一次巨大的努力——而且是以一种高贵的精神做出了努力——所以我得补偿她。从那之后，我每次见到她都在想要怎么补偿她。我不能为了帮他们再继续做这件错事了。对，这是件错误的事情，以他们为模特画的那些作品的类型是错误的——现在不只是霍利一个人这么说了。我寄了一大批为《拉特兰 · 拉姆齐》画的插图，但我收到的却是比霍利更直截了当的警告。我为之工作的那家出版社的艺术顾问认为，我的许多插图画都不符合他们的期望。这些插图画中的大多数都是以莫纳克夫妇为模特画出来的男女主人公。我不想再深究他们期待的是什么这个问题了，我觉得照这样下去，我肯定得不到为其余各卷书画插图的工作了。绝望之余，我一心扑在彻姆小姐身上，我让她把她的全部本领都施展出来。我不仅公开让奥兰特扮演我的主人公，而且有一天早上，当少校走进来看我是否需要他做完他上周开始为《廉价》的一个人物做模特的工作时，我告诉他，我改变主意了——我要用我的人来画。听到这话，我的来访者脸色苍白，他站在那里看着我。“他就是你心目中的英国绅士吗？”他问。

我很失望，很紧张，我想继续我的工作，于是我气恼地回答:“啊，我亲爱的少校，我不能为了你，自己被毁了吧！”

他又站了一会儿，随后一言不发地离开了画室。他走后，我深深地吸了一口气，因为我对自己说，我应该不会再见到他了。虽然我并没有明确地告诉他我面临作品被拒绝的风险，但让我感到生气的是，他并没有感受到空气中弥漫着灾难的气息，没有和我一起认清我们徒劳的合作的寓意。这个教训就是，在艺术欺骗性的氛围中，即便是最高贵、最受尊重的人也会因为没有可塑性而失败。

我不欠我这两位朋友的钱，但我后来又见到了他们。三天后，他们又一起来了。在当时的情况下，这一事实有些悲剧意味。在我看来，这证明他们在生活中已经找不到别的事情可做了。他们已经在一次沮丧的商讨中把这件事情反复推敲过了——他们已经消化了这个坏消息，接受了他们没有被选上为这一套小说做模特这个事实。如果他们连做《廉价》的模特都对我没有用处的话，那么他们的作用似乎就难以确定了，因此我一开始就只能觉得，他们是宽容地、体面地前来道别的。这使我暗中高兴，我没有时间跟他们闹一场，因为我已经安排我另外的模特们摆好姿势了，我正在专心致志地画一幅画，希望它能给我带来荣誉。我从书中的一个章节联想到了这幅画面：拉特兰·拉姆齐把一把椅子拉到阿尔特米西亚的钢琴凳旁边，对她说了一些非同寻常的话，这时候，她显然正在弹奏一首很有难度的乐曲。我之前就画过彻姆小姐弹钢琴——她知道如何摆出一副格外诗意的优雅姿态。我想让这两个人物"构成"一幅情感热烈的画面，而我的小个子意大利模特已经完美地领会了我的构想。这一对玉人活灵活现地出现在了我的眼前，钢琴已经被拉了出来。这是一幅青春交融、情意绵绵的迷人画面，我只需要捕捉住它，把它画下来。我的两位访客站在一旁看着，我扭过头去朝他们友好地打了个招呼。

他们没有做出回应，但我已经习惯了无声的陪伴，于是我继续做我的工作，只是对终究没能打发掉他们而略感不安（尽管因为感觉这至少是理想的画面而心情激动）。正在这时，我听到莫纳克夫人甜美的声音在我耳边响起，或者说从我的头顶上方传来:“要是她的头发做得稍微再好看一点就好了。”我抬起头来看，她正奇怪地目不转睛地盯着彻姆小姐，后者背对着她。“你不介意我动一下她的头发吧？”她继续说——这个问题让我吃了一惊，我本能地害怕她会伤害这个年轻姑娘。她用一瞥使我安心——那目光我终生难忘，我承认我真希望自己能把它画下来——接着，她走到我的模特身边。她把一只手放在她的肩上，同时弯下腰来对她轻声说了几句话，那姑娘明白了她的意思，感激地表示同意，于是她快速整理了几下她那蓬乱的卷发，彻姆小姐的头部顿时大放光彩。这是我见过的最具有英雄气质的贴身服务之一。随后莫纳克夫人转过身去，低声叹了口气，她环顾四周，好像在找些事情做。她以一种高贵的谦卑弯下腰来，从地板上捡起一块从我的颜料盒里掉下来的脏抹布。

与此同时，少校也在找事做，他走到画室的另一头，看到我吃完早餐的餐具还没有人清理，也没有被收走。“我说，我能不能在这里派上用场呢？”他用压抑不住的颤抖声音问我。我笑了一声表示同意，我这笑声恐怕听起来很尴尬。于是，在接下来的十分钟里，我一边工作，一边听到瓷器的轻微碰撞声，汤匙和玻璃杯微弱的叮当声。莫纳克夫人在一旁协助她丈夫——他们把我的餐具全部清洗干净，然后把它们放好。他们走进我那间小小的洗碗间，后来我发现他们把我的刀擦得干干净净，我为数不多的盘子也被擦得前所未有的锃亮。我突然感到，他们所做的事情正在潜移默化地说服我，我得承认，我的画模糊了——画面晕染了。他们接受了自己的失败，却无法接受自己的命运。他们在那条反常而残酷的法则面前困惑地低下了头。根据这条法则，真品远没有赝品珍贵，但他们不想挨饿。既然我的仆人是我的模特，那么我的模特也可以做我的仆人。他们愿意转换角色——其他人将扮演淑女和绅士，而他们则可以干活。

他们仍然可以留在画室里——这是他们向我发出的强烈而无声的呼吁，请求我不要把他们赶出去。“雇用我们吧，”他们想说——“我们什么都肯干。”

当这一切浮现在我眼前时，灵感消失了——铅笔从我的手里掉了下来。我让模特摆的姿势被糟蹋了，我把模特们打发走，他们显然也很困惑和震惊。然后，屋子里只剩下我和少校夫妇，我经历了一个很不舒服的时刻。少校把他们的乞求汇成一句话：“我说，你知道——就让我们为你干活吧，行吗？”我不能——看着他们把我的泔水倒掉，真是太可怕了，但我假装自己能，我留他们干了大约一周时间。后来我给了他们一笔钱，让他们离开了。我再也没有见过他们。我得到了为其余各卷书画插图的工作，不过我的朋友霍利一再说，少校和莫纳克夫人给我造成了永久伤害，使我成了二流艺术家。果真如此的话，我甘愿付出代价——为了这份记忆。

（李哲译，代显梅校）

作品赏析

艺术家即真品

亨利·詹姆斯的短篇小说《真品》原作只有一万余字，“真品”二字却出现了十二次之多，这是一个值得重视的重复。故事的开始，插图画家正在为一位优秀小说家的作品画插图，莫纳克夫妇[①]相信自己是货真价实的贵族“真品”，是理想的“绅士”和“淑女”的模特儿人选。遗憾的是，他们以僵硬呆板的姿势和刚愎自用的观念

① “Monarch”这个词的英文意思是“君主”，提示着他们的贵族身份。——译者注

给艺术家的插图画带来了“永久伤害”，也给艺术家增加了良心的负担。在模特的职业竞争中,他们不得不输给两个既没有社会地位、又没有文化品位的年轻人。故事以画家不得不解雇莫纳克夫妇而收场，作为叙事人的插图画家虽然明知外行的模特对他的插图画造成了无法弥补的损害，却无怨无悔地说“为了这份记忆”，他“甘愿付出代价”。艺术家的矛盾情感带给读者极大的困惑，让我们不得不跳出自称是“真品”的莫纳克夫妇的价值判断，思考一个关键问题：谁有资格成为故事中的“真品”？

一、艺术的炼金术

“艺术的炼金术”是叙事人对莫纳克夫人的提醒和呼吁，包含着艺术家对艺术创作自由和艺术家对生活的重塑能力的双重诉求。艺术创作的自由在故事中首先表现为叙事人的艺术理想与现实的冲突——他梦想成为一名肖像画家，却为了生计不得不画插图，但这并不影响他坚守艺术而对模特（可以被看作生活原材料的隐喻）挑选取舍的能力；还表现为，面对莫纳克夫妇的外行干预，他坚决捍卫了艺术创作的自由，展示了艺术家对模特的重塑能力。

叙事人从肖像艺术的理想降格到插图画的现实，暗示着精英文化向大众文化的妥协。一般而言，肖像艺术追求人物形象的逼真效果，属于对现实的模仿和呈现。从经济角度看，绘画对象通常有足够的财力，因此肖像画报酬丰厚；从文化角度看，肖像画家可以从绘画对象高雅的言谈举止中获得创作灵感，扩展自己的文化视野；从社会角度看，绘画对象通常是社会名流，肖像画家可以从他们那里获得足够的尊重和发展机遇。

相比之下，插图画家的创作自由就非常有限，插图画是一种依附性较大的工作，它取决于杂志的品位和人物角色的双重限定。从插图画的社会流通来看，插图画不像肖像画被珍藏在画廊里或贵族的沙龙里，供独具慧眼的专业人士欣赏，而是随杂志流落于大众市场。这种薄利多销的批量生产使它失去了肖像画独一无二的尊贵地位。所以，身为插图画家的叙事人一开始就说："我无法把成为一位伟大的肖像画家后的各种荣誉抛在脑后，更不用说丰厚的报酬了。我的'插图'是我的饭碗，但我指望另外一种不同的艺术（在我看来它永远是最有趣的东西）能给我带来不朽的声誉。"

遗憾的是，19 世纪后半叶的英国艺术家就像贵族莫纳克夫妇一样正走着经济上的下坡路，为稻粱谋，他们不得不丢开自己理想和擅长的事情，前者从肖像画转入插图画，后者从高雅的文化沙龙屈尊来到简陋的画室里。小说的最后，当叙事人看到一向具有强烈文化、阶级优越感的贵族夫妇为了生计，竟然抢着干琐碎肮脏的保洁工作时，他心中涌起无限的悲悯之情——"他们在那条反常而残酷的法则面前困惑地低下了头。根据这条法则，真品远没有赝品珍贵，但他们不想挨饿"。显然，这是高雅艺术和贵族文化的双重跌落，"同是天涯沦落人"的共情让叙事人泪眼模糊。这种伤感让一向主导詹姆斯小说的理性冷色调顿时具有了情感的温度。这种惺惺相惜的共情构成了故事的强度，成为故事的高潮，也点出了小说对商业社会忽视文化真品和艺术真品的批判与惋惜。

与莫纳克夫妇在生活面前的被动屈从相比，插图画家一如既往地坚守艺术创作的自由，他没有被生活所打败，更没有被莫纳克夫妇这样的艺术外行所误导。莫纳克夫妇期待艺术对生活的忠实模仿，坚信自己是理想的贵族模特儿，在塑造贵族形象这一点上最有资格指导艺术家，这种自信让插图画家的创作备受干扰。叙事人发现莫纳克夫人"无法摆脱过于僵硬的姿势"，他最终不得不无奈地承认"她是真品，是一成不变的真品"，"少校的情况则更糟——我无论如何都不能让他低一点”。插图画家称自己是“一位年轻莽撞的现代探索者”，他努力避免千篇一律的“类型”，旨在塑造丰富多样的“特性”。在这方面，彻姆小姐和奥兰特作为生活原材料的象征，满足了插图画家对理想模特儿的需要。他们在做模特儿的时候沉默不语，完全听凭插图画家的摆布和塑造，正如叙事人所说，“一个画家最看重的就是模特保持安静的能力”，因为模特的安静可以让艺术家自由地运用想象力，发挥自己的创造力。

从插图画家对模特儿的要求看，艺术真品的产生需要两个基本条件，那就是艺术家的创作自由和艺术家对生活的重塑能力。插图画家的艺术主张正是亨利 · 詹姆斯本人对现实主义文学的超越。在《小说的艺术》(1884)一文中，詹姆斯认为，“小说是作家对生活的个人印象”“艺术在本质上是一种选择，不过它是一种以典型性和全面性为目标的选择”[①]。在本故事中，莫纳克夫妇只是个案，只有插图画家才能表现贵族的普遍性，因此詹姆斯提倡作家去描写“真实的氛围”,而不是机械地描摹现实[②]。詹姆斯对艺术家选择能力的强调和插图画家提倡的“艺术的炼金术”如出一辙，这就把艺术家面对生活时被动屈从的状态提高到创造者的高度。从这个意义上说，如果《小说的艺术》是詹姆斯的现代小说艺术宣言，那么《真品》便是这个宣言的故事演绎。

二、文化的包容性

《真品》不仅是一个有关艺术自由的寓言，而且是一个有关文化融合的寓言。作为现代艺术的探索者，插图画家理想的文化兼具高雅的审美品位和自觉的文化能力。故事的开始，借助插图画家敏

① Henry James, “The Art of Fiction”, *Literary Criticism,* Vol. I, p.52, 58.

② Ibid, p.53.

锐的观察视角，我们对莫纳克夫妇体面的外表、含蓄的谈吐、优雅的举止都有了深刻的印象。透过艺术家的慧眼，读者看到，莫纳克夫妇脸上“那种深沉智性的平静，说话时那种令人愉快的语气，都是二十年间出入乡间宅第赋予他们的特质”。继而，叙事人连续用五个“我能看出”在想象中勾勒这对夫妇曾经在乡间享受过的深夜漫谈、在花丛中的闲庭信步、丰富多彩的旅行生活。在艺术家敏感的心灵和精微的意识探照灯下，高雅文化的品质尽收眼底。

在插图画家看来，莫纳克上校就是高雅文化的化身。他绅士风度十足，总是对妻子陪伴左右；他处世老练，知情识趣，他让插图画家感到“在家里听他讲话既节省了外出的开支，又享受了出门的兴奋”。他的话题包罗万象，他对“‘优质火车’和小猎物的习性”尤其在行，所以插图画家说“假如我富裕，我会付给他工资，让他教我如何生活”。然而，上校的文化素养并没有帮助他赢得好运，反而成了他找工作的极大障碍，这正是画家意识到的贵族文化的衰落之痛。因此，当叙事人不得不用画家的眼睛判断他们是否有当模特儿的潜质时，“我有些尴尬地发觉自己在鉴别他们的形体时，好像他们是出租的牲口或者有用的黑人”。生活把莫纳克夫妇逼到如此落魄低贱的地步，因此艺术家为自己的强权审视感到“内疚”，这种内疚是对他们所代表的审美品位的尊重、理解和同情。

然而，在插图画家看来，莫纳克夫妇的落魄不仅在于商业社会对贵族文化和精神生活的漠视，更有贵族文化自身的寄生性和特权意识这两个痼疾。首先，莫纳克夫妇有大多数贵族好逸恶劳的习性。他们利用自己漂亮的外形和优雅的谈吐赚取朋友们的好感和慷慨，这种寄生生活（无论寄生于祖产还是寄生于朋友）对在爱默生的超验个人主义氛围中长大的美国作家而言，肯定是不可思议的，甚至非常让人讨厌。这也解释了为什么叙事人明知道莫纳克夫人给奥兰特沏茶很屈辱，却故意让她不仅沏茶而且把茶端给他的模特，叙事人对此的解释是，“我不仅不同情他们受伤的自尊心，反而想要给它一个尽可能彻底的教训”。其次，贵族文化的特权意识在莫纳克夫人身上暴露无遗。在画室里，她想当然地把彻姆小姐和奥兰特看作仆人，因此从来不和他们说话。莫纳克夫人甚至蔑视自己的雇主——“她希望始终明确一点：她和少校受我的雇佣，而不是接受我的培训。如果她承认我更胜一筹，那么我就该自安其位，她绝不认为我有资格和她平起平坐”。莫纳克夫人的这种优越感在画室这个表明她已经走投无路的地方，在画家这个最能欣赏和同情他们的人面前显得荒唐可笑，甚至有些不知好歹了。

这种顽固的阶级优越感和好逸恶劳的生活习惯，解释了贵族文化在 19 世纪后半叶逐渐走向衰落的合理性。莫纳克夫妇僵化的思想就像他们作为模特儿的僵直，这种僵化注定使他们在生活中走投无路，让他们所代表的文化越来越没有生机。也许只有在故事的结尾，当他们最终认识到生活“反常而残酷的法则”，认识到生存竞争的严峻性时，他们才不得不放下毫无意义的虚荣心和臭架子，才能接受在劳动中不分贵贱、在社交中不分等级的现代民主生活原则。简言之，插图画家不仅能欣赏莫纳克夫妇所代表的高雅文化的审美品位，而且对他们的文化排他性也给予了讽刺性的挖苦和批评。

三、艺术家的观察力和创造力

从艺术家对莫纳克夫妇的言谈举止中透露出来的审美品位的欣赏看，文化品位不仅属于贵族文化的承载者莫纳克夫妇，更属于贵族文化的鉴赏者——插图画家。这种鉴赏力表现在，画家不仅能欣赏莫纳克夫妇的审美品位，洞悉他们过去的尊贵生活和现在落魄处境之间的反差，而且能觉察出他们身上贵族文化的瑕疵。可以说，叙事人对莫纳克夫妇的警惕不仅是画家对不合格的模特儿的职业怀疑，而且有他对贵族文化的劣根性的清醒认识。

故事的最后，莫纳克夫人为彻姆小姐整理头发这个举动寓意深刻："她把一只手放在她的肩上，同时弯下腰来对她轻声说了几句话，那姑娘明白了她的意思，感激地表示同意，于是她快速整理了几下她那蓬乱的卷发，彻姆小姐的头部顿时大放光彩。"它意味着只有当高雅文化对生活采取尊重和接纳的态度（而不是鄙视和拒绝）时，生活才能接受文化的改造。画室给莫纳克夫妇上了生动的一堂人生课，让他们低下了特权阶级高昂的头颅，懂得尊重和接纳他人，也象征性地剔除了贵族文化傲慢的污垢。消除了等级观念的莫纳克夫人不但被代表粗糙无序生活的彻姆小姐所接纳，也给艺术家带来了创作灵感——"她用一瞥使我安心——那目光我终生难忘，我承认我真希望自己能把它画下来"。

总结插图画家对莫纳克夫妇自诩为贵族"真品"的鉴别，可以看出，在艺术家的眼里，文化是没有阶级差别的，它只与品位有关。贵族文化的痼疾——好逸恶劳让贵族阶级坐吃山空，特权意识又让他们看不到底层人的苦难和优点，贵族阶级在文化上的故步自封和不思悔改注定要被历史所淘汰，这是19世纪后期已经接受了达尔文进化论的欧美艺术家们普遍意识到的自然规律。一种文化要想保持活力必须具有自省、自察、自我纠正的能力，就像在小说的最后，莫纳克夫妇不得不为生计所做的调整，他们不再认为体力劳动是对贵族尊严的冒犯和践踏，认识到自食其力的生活才是一个人立足于世的真正骄傲。只有在这样的时刻，莫纳克夫妇的贫穷和不被社会接纳才真正赢得了插图画家的尊重和同情。

值得注意的是，莫纳克夫妇生活观念转变的原因除了生活的逼迫之外，还有艺术家冒着自己的插图画遭受“永久损害”的危险对他们怀有的极大耐心和宽容。由此看来，艺术家才是“真品”的代表：他不以画插图为羞耻的明智生活态度，他既能欣赏莫纳克夫妇的文化品位，又能欣赏劳动者彻姆小姐和奥兰特的生存适应能力，并架起了两个阶级走向彼此的桥梁，象征性地弥合了高雅文化与通俗文化之间的隔阂。因此，可以说，真正的文化首先是对生活的理解与接纳，然后才能对它进行改造和重塑。如果“真品”意味着艺术的重塑能力、高雅的鉴赏品位、灵活的适应能力和兼收并蓄的包容心，那么插图画家自始至终就具有这些“真品”的素质。因此，他才有望创造出艺术的真品，把肖像画家的梦想和艺术标准带入插图艺术，将谋生手段与艺术理想融为一体，不仅完成了对旧文化（以贵族夫妇为代表）的改造，也完成了对新生活（以彻姆小姐与奥兰特为模特的插图人物）的重塑，他以自己的艺术创造力和文化整合力成为本故事中的真品。

四、结语

这个故事之所以设置插图画家为第一人称叙事人，主要原因是：面对生活，艺术家看到的最多，感受的最多，思考的最多，表现的最多。画家对贵族文化表现出的敏锐辨别力，对莫纳克夫妇深厚的同情心，对生活和艺术深刻的理解力和创作力，都使他当之无愧成为“真品”。也许画家以莫纳克夫妇为模特的插图画暂时受到了负面影响，但是对需要生活体验的插图画家而言，这种社会交往和这份难忘的记忆就是他的精神财富，会极大丰富他的艺术创作内涵。画室作为社会的一个审美角落，艺术家在这里象征性地完成了他对贵族文化的矫正和对底层文化的提升。当他认识到艺术在生活中发挥的这种引导作用和重塑能力时，他就最好地履行了自己作为知识分子的社会职责。从这个意义上说，这份记忆弥足珍贵，这个代价必不可少。

第五章

埃米·福斯特（1901）

约瑟夫·康拉德

作者简介

约瑟夫·康拉德（Joseph Conrad，1857—1924）是波兰裔英国作家，出生于沙俄统治下波兰的一个贵族家庭。17岁逃亡法国开始其航海生涯，后来在一艘英国商船上工作了16年，1886年加入英国国籍。1896年，康拉德结束了航海生涯，专心从事文学创作，先后出版了《水仙号上的黑家伙》《吉姆老爷》《黑暗的心》等13部长篇小说和28部短篇小说，还有2篇回忆录。康拉德的故事大多以海洋为背景，描写了在一个无神的世界里，个人的意志与精神如何经受最严酷的考验。作为一名浪迹天涯的水手和移民作家，康拉德为英语文学增添了一种独特的悲剧情调和现代人的忧患意识，这也让他成为西方现代主义文学的先驱。他的叙事风格和人物塑造对很多现代作家（如劳伦斯、海明威、福克纳

等）都产生了深远的影响。从20—21世纪发生的世界大战和部落仇杀、种族清洗等人道主义灾难来看，康拉德的故事和非虚构作品具有一种令人震撼的预言力，他像霍桑一样因为深刻洞察人性的弱点而预见到人类灾难的持续性发生，并且痴迷于对主宰个体命运的各种力量的不懈探索，这些力量包括自然力量和社会环境与个人因素。康拉德和詹姆斯的小说艺术都具有印象主义绘画的效果，但就对人类悲剧命运的认识而言，康拉德更有一种世界主义意义上的深远境界。

扫码获取小说英文原文和录音

译 文

肯尼迪是一位乡村医生，住在东湾海岸的科尔布鲁克镇。高地从小镇的红色屋顶后面拔地而起，把古色古香的商业街挤到拦海堤的墙边。拦海堤的外面是绵延数英里的海滩，巨浪有规律地冲刷着贫瘠而荒芜的鹅卵石海滩，布伦齐特村黑沉沉地坐落在这片水域的另一边，像树丛里的一座尖塔。更远处，一座灯塔的垂直柱子标示着陆地的尽头，远远地看起来，比一支铅笔大不了多少。虽然布伦齐特村的后面地势平坦，但这个海湾得到了大海很好的庇护，偶尔会有船只由于逆风或天气恶劣在此停泊。你站在布伦齐特村“船舶客栈”的后门，在你的正北方1.5英里远的地方就是轮船停泊处。附近有架废弃的风车从土丘上方伸出它破烂的叶片，这个土丘不比垃圾堆高多少，还有一座马特洛炮塔[①]蹲在海岸警卫队小屋以南半

① 马特洛炮塔（Martello tower）有时也可简单称作“马特洛”，是英国在19世纪修建的一系列圆形炮塔，用以守卫帝国的海岸线。该防御工事主要分布在英格兰东海岸和南海岸以及爱尔兰的东海岸。随着19世纪后期手持器械的发展，马特洛炮塔因功能过时被弃用，现在多作为旅游景点被保存下来。——译者注

英里之外的水边，风车和马特洛炮塔都是小船的船长们所熟知的。这些都是官方的航海标志，表明这片海滩是可靠的航海海域的尽头。它在英国海军部的航海地图上呈现出一个不规则的由点勾连的椭圆形，圈里标有几个“6”的数字，中间印着一个小锚，图例显示这一带全是“泥浆和贝壳”。

高地的坡顶高出科尔布鲁克教堂的方塔，山坡上绿意盎然，周围被一条白色小路环绕着。顺着小路往上走，你就来到一片开阔平坦的山谷，牧场和树篱形成的绿色谷地向内陆延伸，紫色和流动的线条是视野尽头的风景。

我的朋友肯尼迪就在这个谷地行医，下至布鲁齐特村和科尔布鲁克镇，上达 14 英里之外的丹福德集市都是他的服务范围。他早先在海军部队里做过外科医生，后来做一位著名旅行家的旅伴，那时很多大陆内部尚有未经探索之地。他研究动植物的论文使他在科学界小有名气。他现在成了一名乡村医生——自愿选择。我想，他思想的穿透力就像腐蚀剂一样，已经摧毁了他的抱负。他的机敏来自科学的训练，一种调查研究的习惯，一种无法平息的好奇心，它使人相信每一个谜团里都包含着一个普遍真理的微粒。

多年以前，我从国外回来，他邀请我过去和他同住，我欣然应允了。但他不能扔下自己的病人整天陪着我，于是就带我一起出诊——有时一个下午要走上 30 英里左右的路程。我在路边等他；马儿抬头去够高处长满叶子的枝条，我坐在高高的双轮马车上，听见肯尼迪的笑声从某个田舍半开的门里传出来。他那由衷的爽朗笑声让人以为是从哪个身型比他大两倍的人身上发出来的呢。他举止敏捷，长着一张古铜色的脸庞，一双灰色的眼睛饱含着深切的关爱之情。他能让人与他自由交谈，在倾听他们的故事时，他总是带着极大的耐心。

一天，我们骑马从一个大村子里出来，走到一条背阴的小路上时，我看到左手处有一间低矮的黑色房屋，窗户上配着菱形的窗格子，藤蔓攀爬在山墙上，屋顶铺的是鹅卵石，一些蔷薇花开在小门廊上方的那个摇摇欲坠的棚架子上。肯尼迪在人行道旁边勒住马。一个女人站在阳光里，正把一条滴水的毯子甩过横系在两棵老苹果树中间的一条绳子。短尾巴、长脖子的栗色马儿猛地扯了一下医生的左手，想松松自己脖子上的缰绳，医生戴着厚厚的狗皮手套的手震动了一下，这时医生隔着树篱高声喊道："埃米，你的孩子好吗？"

我这才得空看到她那张阴沉的脸红了起来，不是满脸通红，而是扁平的双颊像被人狠狠地抽了一巴掌。她身形矮胖，稀疏的、灰褐色的头发在后脑勺挽成一个紧紧的发髻。她看起来很年轻。她的呼吸明显变得急促，声音微弱，听起来有些怯懦。

"他很好，谢谢你。"

我们又策马小跑了起来。"你的一位年轻病人。"我说；医生漫不经心地用鞭子轻轻地抽打着马儿，咕哝着说："她丈夫曾经是。"

"她看起来像个迟钝之人。"我懒懒地说。

"正是，"肯尼迪回答，"她非常被动，你只要看看她垂在短胳膊下方那双红彤彤的手，还有那双迟钝而突出的棕色眼睛就会知道她头脑的惰性——这惰性使人觉得她永远都不会受到想象力引起的任何惊奇感觉的搅扰。不过，谁又能保证不会出现这种情况呢？无论如何，正如你所看到的，她有足够的想象力坠入爱河。她是艾萨克·福斯特的女儿，这人原来是个小农场主，后来沦为牧羊人。这么不走运要从他和他的鳏夫父亲——一个富裕、性情刚烈的牧场主的厨娘私奔说起。他的父亲气得把他的名字从遗嘱中剔除了，听说还威胁说要他的命。但这桩足以创作一部希腊悲剧的陈年往事却是源于他们相似的性格。还有别的一些悲剧不那么难以启齿，甚至还透着一种微妙的凄美，源自不可调和的差异，还有对不可理解之事的恐惧。那恐惧悬在我们所有人头上——悬在我们所有人头上啊……”

疲惫的栗色马儿减速慢行，太阳红彤彤的边缘在澄净的天空中亲切地贴着一片犁过的高地的平滑的顶部，正如我无数次看过它贴着远方海平面的那种景象。被翻耕过的土地呈现出均匀的褐色，散发着玫瑰色的光芒，仿佛是从粉末状的泥土中流溢出来的无数农民辛勤劳作化成的血红小珠。灌木丛的边上来了一辆由两匹马拉着的四轮货运马车，正沿着山脊缓缓向前滚动。它高居我们的头顶上方，高过天际线，遮蔽了红色的太阳，硕大威武，像是巨人的战车，由两匹传奇般的骏马拉着缓慢前行。领头马前面的那个人笨拙的身影投射到无垠的背景上，显出一股英雄般粗鲁的气概。车夫的鞭梢在蓝天下抖动着高高扬起，肯尼迪开始说话了。

“她是一大家子里最大的孩子。十五岁的时候，家里人打发她去新仓农场帮工。我给史密斯夫人、也就是农场主的太太看病，在那里第一次见到这个姑娘。史密斯太太长相文雅，一只尖尖的鼻子，她让这个姑娘每天下午穿着黑衣服。我不知道她身上哪一点吸引了我的注意力。有些人的脸引人注意不过是因为它们总体上缺乏明确性，就像是在一片迷雾中，你仔细查看一个形状不明的东西，却发现那不过是一个毫不稀奇的路标。我从她身上发现的唯一奇怪现象就是，她说话总是稍显迟钝，不过虽说讲话前有点结巴，但说出第一个字之后就流畅了。如果跟她讲话严厉点，她就会不知所措，但她的心眼儿再好不过了。从没听说她讲过哪个人的坏话，而且她对任何活物都很温柔。她对史密斯先生、史密斯太太恪尽职守，对他们的猫呀、狗呀，还有金丝雀呀，都尽心尽力。至于史密斯太太的那只灰鹦鹉，它的稀奇古怪在她身上施展了积极的魅力。然而，当那只奇异的鸟儿被猫袭击、学着人喊救命的时候，她却捂着耳朵跑到院子里去了，没能阻止这桩罪行发生。对史密斯太太而言，这是她愚钝本性的又一个证明。话说回来，她这个人毫无魅力，由于史密斯是个众所周知的轻浮人，这一点倒成了她的一大优势。她那双近视眼会因为一只老鼠被夹住而热泪盈眶。还有一次，几个男孩看见她跪在湿草地上帮助一只受困的蛤蟆。一个德国人曾说过，没有磷就没有思想。[①] 如果此言不虚，那么，没有一定的想象力就不会有善良之心，这个说法就更有道理了。她有一点儿想象力，甚至超过了理解苦难和怜悯之心所需要的想象力。在特定情况下，她坠入情网就毫无疑问地说明了这一点，因为你需要想象力才能形成美的观念，你需要更多的想象力才能在不熟悉的人身上发现你的理想。

"她是如何拥有这个天赋，又是如何维护这个天赋的，真是一个难解之谜。她出生在这个村子里，从未到过科尔布鲁克镇以外的地方，也许到过丹福德集市。她在史密斯家生活了四年。新谷仓是个孤零零的农场，离公路有 1 英里远，她满足于日复一日地看着同一片田野、山丘、高地，树木和篱笆，农场里的四个男人一成不变的脸——日复一日，月复一月，年复一年。她从未表现出与人交谈

---

① "没有磷就没有思想"（without phosphorus, no thought）是荷兰生理学家、哲学家摩莱萧特（ Jacob Moleschott）的名言。摩莱萧特和德国医生及哲学家路德维希 · 毕希纳（Ludwig Büchner）、瑞士博物学家卡尔 · 福格特（Karl Vogt）同属于"庸俗唯物主义"（唯物主义的一个派别），这是一种更为彻底的唯物主义。他们认为物质不仅是世界的本原，而且精神或意识等也是物质的。比如，像摩莱萧特"没有磷就没有思想"一样，福格特则认为思想是脑髓的分泌物。在本故事中，作者误认为这句话出自德国人之口，可能有两个原因：一是摩莱萧特本人曾是德国利奥波第那科学院的成员，作者可能误以为他是德国人；二是发现磷元素的是 17 世纪的一位名叫亨尼格 · 布兰德（Hennig Brand）的德国炼金术士，有可能作者误以为是他讲了这句话。——译者注

的愿望，而且我好像觉得她都不知道怎么微笑。有时，在一个晴朗的星期天下午，她穿上最好的衣服和一双结实的靴子，戴上一顶帽檐上插着黑羽毛的大灰帽（我见过她穿着这身华服），手里抓着一把异常细长的阳伞，翻过两个梯磴儿，越过三块田地，走过两百码的路——从来没有超出这个范围。福斯特家的小屋就伫立在那里。她经常帮助母亲给小一点的孩子们倒茶，清洗陶瓷器具，亲吻小家伙们，然后就返回农场。这就是一切。一切休息，一切变化，一切消遣。她好像从来都没有想过别的东西。接着她就恋爱了。她爱得安静而倔强——也许还很无助。爱来得缓慢，但是一旦到来，就成了一种势不可挡的符咒。这是古人理解的爱情：一种无法抵抗、命运攸关的冲动——一种鬼迷心窍的感觉！是的，一张脸、一个人的出现让她不幸地神魂颠倒、六神无主，就像一个异教徒在快乐的天空下的偶像崇拜——她最终从那种神秘的忘我中，那种着魔、流放中被一种像是害怕一个难以名状的野兽一样的忧惧惊醒了……”

太阳低垂在西边的天际，辽阔的草地镶嵌在高地的外围护墙里，呈现出一种华丽而阴郁的景象。一种无处不在的悲哀像是受一曲哀伤的乐曲激发，从寂静的田野里弥散开来。与我们擦肩而过的那些人脚步缓慢，不苟言笑，低垂着双眼，就像不堪重负的忧郁大地使他们步履蹒跚，双肩耷拉，目光下垂。

“是的，”医生回应我的话，“人们会以为大地遭到了诅咒，在她所有的子民中，这些离她最近的孩子身体笨重，步态僵硬，他们的心好像被锁链捆绑着。但在这条路上，在这些沉闷悲伤的人中间，你本来是可以看见一个轻盈灵巧、长胳膊长腿的家伙的。他身材挺拔如青松，浑身有一种昂扬向上的东西，好像内心很快乐。也许这只是一种对照的力量，但是当他经过一个这样的村民身旁时，他的脚底好像沾染不到路面的尘埃。他翻越田野里的梯磴儿，大步流星地走过这些山坡，使人老远就能注意到他和他的那双神采奕奕的黑眼睛。他和周围的人迥异，他行动自由，目光温柔——有点受到惊吓的样子。他的橄榄色皮肤、他的优雅举止、他的人情味都使我想起山民的本性。他来自那里的山区。”

医生用鞭子一指，站在那个斜坡的最高处，从路边一个公园里连绵起伏的树梢上方看过去，海平面远远地出现在我们的视线下方，像一座巨型大厦里镶嵌着深色波纹状的地板，小径闪烁着宁静的光辉，消失在天边一片清澈的水域里。一艘看不见的汽船上烟雾迷蒙的光芒像哈气在镜子上形成的薄雾，消失在清晰的地平线上。靠近海岸线的地方，一艘商船的白帆好像慢慢从树枝下方自行松绑，漂浮在没有树叶的海面上。

“海湾船难吗？”我问道。

“是的。他是一个船难逃生者，一个从中欧来的可怜移民。他本来是去美国的，在暴风雨中被冲上岸来。对他这样一个对这个地球一无所知的人而言，英格兰还是一个没有被发现的国家。他后来才知道它的名字。据我所知，当他在黑暗中爬过海堤、翻到堤坝的另一边时，他本来是指望在这里看见野兽或者野人的，他没有被淹死就是另外一个奇迹了。但他像一只落网的动物一样本能地挣扎，这盲目的挣扎把他扔到一片田野里。事实上，在经受了连续不断的猛烈打击、竭尽全力的努力和数不胜数的恐惧之后，他还能屹立不倒，他一定比他看起来要坚强得多。后来，他用他的那种奇怪得像幼童说话般的蹩脚英语跟我谈他自己，他相信上帝，以为自己已经不在人世了。的确——他补充说——他怎么能知道呢？他划着小船在抗击风雨，最终爬到几只绵羊中间，它们在树篱下面的避风处紧紧地蜷缩在一起。绵羊们四散跑开，在黑暗中咩咩地叫喊。岸上任何熟悉的声音都会让他欢喜不已。那时一定是凌晨两点了。这就是我们所知道的他如何上岸的所有经过了，尽管他抵达的时候并不是没有人看见。只是他的那些可怕的同伴们那天上岸要比他晚得多……”

医生收紧缰绳，舌头弹出“嗒嗒—嗒嗒”的声音，我们骑马小跑着下山了。接着我们几乎是直接拐了个急转弯，拐进大街，“嗒嗒—嗒嗒”地踩着路上的石子到家了。

那天深夜，肯尼迪一扫闷闷不乐的情绪回到这个故事上。他抽着烟斗，从长长的房间一头踱到另一头。一盏台灯把所有的光都集中在他书桌上的那些报纸上。我坐在敞开的窗子旁，经过炎热无风的一天之后，我看见雾蒙蒙的大海安静地躺在月光下，散发着清冷的光辉。没有沙沙作响的声音，没有水花泼溅的声音，没有鹅卵石撞击的声音，没有脚步声，没有从地下传来的叹息声——除了攀爬的茉莉发出的香味，没有任何生命迹象。肯尼迪的声音从我身后传来，穿过宽大的窗框，消失在外面寒冷且壮丽的寂静中。

“……古代的沉船事件让我们熟悉很多苦难。船难的逃生者通常在即将溺水之际被救起，却悲惨地饿死在荒芜的沙滩上。其他人惨死或者被奴役，和一些人一起度过危险岁月。对这些人而言，他们的陌生让人生疑、厌恶或者害怕。我们读到过这些事，他们非常可怜。确实，一个人发现自己在地球上某个隐蔽的角落，成了一个迷失的陌生人，孤立无援，难以理解，来路不明，这种境况实在很难想象。但对我而言，在世界上所有荒无人烟的地方的所有船难遇险者中，没有一个像我所说的这个人遭受这么悲剧的命运，他是所有遇险者中最无辜的人——被大海冲到这片开阔的海湾，从这扇窗子望出去几乎能看见那个地方。

“他不知道自己所乘坐的轮船叫什么名字。实际上，我们最后发现，他甚至不知道船有名字‘——像基督徒那样’。一天，站在塔尔福德山顶[1]，他望着大海铺展在眼前，极目远眺，沉浸在一种狂野的惊喜中，好像他从未见过眼前这样的景象。也许他真的没有见过。就我能弄清楚的，他是在易北河河口和很多人一起挤上移民船的，当时晕头转向，没有注意周边环境，累得顾不上看任何东西，焦急得顾不上别的。他们从一开始就被赶进二层甲板间舱，并且一直被关在里面。这是个低矮的木屋——他总说——头上有一根木制的横梁，像他家乡的房子那样，不过你得搭梯子才能进去。这房子很大，很冷，潮湿且昏暗，睡觉的地方是一些木箱子，一个摞一个，一路上始终摇摇晃晃的。他爬进其中一只木箱子，和衣而睡，身上穿的是很多天之前离家的时候穿的那身衣服，行囊和手杖放在身边。人们的呻吟声，孩子的哭喊声，水的滴答声，熄灯之后，墙板的'嘎—吱'声不绝于耳。每样东西都被摇晃着，所以人在木箱子里不敢抬头。他和他唯一的伙伴（他说是一个来自同一个山谷的年轻人）失去了联系，外面一直有狂风骤雨的声音——嘭！嘭！他晕船很厉害，甚至严重到他无法祷告的地步。另外，人们也分不清是白天还是黑夜，那个地方似乎一直都是黑夜。

"在那之前，他在火车上坐了很久。他从非常干净的玻璃窗往外看去，看着树木、房屋、田地和一再从他身边飞驰而过的漫长道路，直到看得头发晕。他让我明白，在这段旅途中，他见到了无数人——来自全世界——他们全都穿着有钱人穿的衣服。有一次，他被赶下车，在一间砖房子的长椅上睡了一夜，脑袋下面枕着自己的行李。还有一次，他不得不好多个小时坐在扁平石头铺成的地板上打盹，双膝蜷曲，行囊搁在两脚之间。他头上的屋顶好像是玻璃做的，屋顶高得如果里面长着他见过的最高的山松，空间也够了。蒸汽机从一头开进来，从另一头开出去。人潮涌动，比他在节日里在

---

① 查不到 the Talfourd Hill 这个山，估计是作者虚构的地名。——译者注

下面平原上的加尔默罗会修道院[①]的院子里围观神奇圣像的人还要多。在他离开家之前，他拉着一辆木制手推车，带着他的母亲去过那里——这位虔诚的老妇人想去祈祷，为他的平安立下誓言。他跟我说不清这个地方到底有多大多高，这里充满噪声和烟雾，气氛抑郁，还有铁器撞击的声音，但是有人告诉他，这个地方是柏林。接着铃响了，另一辆蒸汽船开进来，他又一次被带上车，在一片无尽头的平原上前进，放眼望去没有一个小山包，看得他眼睛都累了。又一个晚上，他被关在一间屋子里过夜，这个屋子像是一间漂亮的马厩，地上有一堆稻草。他在人群里守护着自己的行李，没人听懂他说的一个字。清晨，他们被领到一条非常宽阔的浑河的石头岸边，这条河不是从小山中间流出来的，而是从一些像是很大的房子中间流出来似的。河上有一艘汽船，他们都站在上面，挤作一团。直到现在才有很多女人和孩子跟他们挤在一起，吵吵嚷嚷的。下了一阵冷雨，风刮着他的脸，他浑身湿透，牙齿打战。他和从同一个山谷里来的年轻人手拉着手。

“他们本以为会被直接带到美国去，但突然汽船靠到水上一个像巨型房子的东西的侧墙。墙面光滑漆黑，从那里往上，像是从房子的屋顶上长出来一些光秃秃的十字形状的树，非常高。这就是当时他眼前的景象，因为他在此之前从来没有见过海船。这艘船会直接开往美国。人声鼎沸，一切都在摇晃，一架梯子上下倾斜着。他手脚并用地往上爬，很害怕掉到下面的水里，下面的水溅起巨大的

---

① 加尔默罗会是罗马天主教托钵修会之一，12 世纪中叶创建于巴勒斯坦的加尔默罗山，以托钵乞食为生。与方济各会、多明我会和奥古斯丁会并称四大托钵修会。会士须持守“听命”“神贫”“贞洁”“静默”“斋戒”。16 世纪重整而复兴，持守祷告、苦行、缄默不语、与世隔绝等严密戒规。后来又分为“住院会”和“保守会”两派。女修会和男修会分别于 1869 年和 1947 年传入中国。——译者注

浪花。他和他的同伴被分开了，当他落到船底的时候，他的心好像突然溶解了。

“也就是在那个时候，他告诉我，他和三个人中的一个永远失去了联系。出发前的那个夏天，这三个人跑遍了他的家乡山麓丘陵的所有小镇。他们会在集市日坐一辆农用马车前往镇子，在一家旅店或是在犹太人的屋里设立一个办事处。他们有三个人，其中一个留着长胡子，看起来德高望重。他们的脖子上系着红布衬领，袖子上镶着金边，看着像政府官员。他们骄傲地坐在一张长桌子后面。为了不让普通人听见，他们在隔壁屋子里放了一台精巧的电报机，通过这台机器，他们可以和美国皇帝通话。父亲们在门口徘徊，山里的年轻人挤在桌子前不停地问这问那，因为在美国，整年都有每天三美元的工作，还不用服兵役。

“但是，美国皇帝不会招募所有人。噢，不会的！他自己费了好大劲儿才被录取。那个身穿制服、德高望重的人出来进去好几次，为他发电报。因为他年轻力壮，美国皇帝最终以三美元的日薪录用了他。不过很多能干的年轻人都因为路途遥远而退缩了。另外，只有那些有点钱的人才能被录取。因为去美国花销很大，有些人把房子和地都卖了。不过一旦到了那里，一天能挣三美元，如果足够聪明的话，还能找到遍地是黄金的地方。他父亲的房子马上就人满为患了。他的两个兄弟都结了婚，有了孩子。他承诺一年两次从美国寄钱回家。他父亲卖掉一头老奶牛，两匹自己养的花斑山马，还把松林覆盖的向阳坡上开垦出来的一片好牧场卖给了一个旅店的犹太老板，为的是付钱给船上的人——这些人把人们带去美国，在短时间内发财致富。

“他一定骨子里就是个真正的冒险家。在最伟大的征服地球的事业中，有多少事业不都是从幻想远方的真金而卖掉赖以生存的奶牛开始的！现在我用自己的话告诉你的这些事情，基本上都是我在这两三年里零零碎碎听来的故事。在此期间，我从不放弃同他友好交谈的机会。他在告诉我这番冒险故事的时候，雪白的牙齿闪闪发光，乌黑的眸子炯炯有神。开始的时候是以婴儿般的语言急不可待地诉说，后来逐渐习得了这门语言之后就流利多了，总是带着那种唱歌般的温柔颤抖的语调，哪怕是最常见的英文单词也被注入一种奇妙的穿透力，好像它们并非尘世的词语。每当说起那种失魂落魄的、可怕的上船感觉时，他总是沉重地摇一摇头并收住话头。后来，他好像进入了一个无论如何都对事实茫然无知的阶段。毫无疑问，他一定晕船晕得很厉害，很不好受——这个温柔而富有激情的冒险家，由于生性非常敏感，就这样脱离了他熟悉的一切，躺在他的移民铺位上，苦涩地感受着自己的纯粹孤独。接下来，有关他的事情的确凿消息就是，他像一只从海边飞来的乌鸦，一直藏在离诺顿 6 英里、哈蒙德家在路边的猪圈里。这些经历他都不愿意提及：它们好像在他心灵深处烙下了一种既让人惊讶又让人愤怒的阴郁烙印。他到这个地方之后，村里的传言持续了好几天，夜里小屋的风雨板墙重重的敲击声和刺耳的怪叫声都让西科尔布鲁克镇的渔民们备受惊扰。有几个人甚至走出屋子，但毫无疑问，他们在黑暗中相互问候的粗鲁愤怒语气让他突然惊慌失措地逃开了。一定是一阵狂乱帮他爬上了陡峭的诺顿山顶。毫无疑问，第二天一大早，布伦齐特村的一个搬运工发现他躺在路边的草丛里，其实搬运工弯下身子是想看清楚一点，但流浪汉纹丝不动、模样奇怪、在大雨中睡得安稳的样子把他吓退了。又过了些时候，一些孩子惊慌失措地跑进诺顿学校，女校长出来愤怒地与路上一个‘长相可怕的人’交谈。他耷拉着脑袋往后退了几步，然后突然飞也似地跑开了。布拉德利先生的运牛奶的车夫声称，他用鞭子抽打一个毛茸茸的吉卜赛人，这个人从文特家附近一条路的拐角处跳起来要抓他的马缰绳。他狠狠地抽了那个人一鞭子，正好打在他的脸上。车夫说，那个人被打倒在泥里，样子很滑稽，动作比他跳起来的时候还要快，不过他足足跑了半英里才勒住小马。也许这个可怜的冒失鬼特别渴望得到帮助，急需要和人接触，才试图拦住送奶车。后来还有三个男孩子说，他们朝一个奇怪的流浪汉扔石头，那人浑身湿透，满身泥浆，似乎喝得烂醉，在石灰窑旁边的一条狭窄幽深的巷子里游荡。这些说法成了三个村子好几天的谈资，但我们有芬恩太太（史密斯家的车夫的老婆）无可辩驳的证词，她说她看到他从哈蒙德家的猪圈矮墙上翻出来，朝她蹒跚着走过来，嘴里含混不清地大声说着什么，那声音能把人吓个半死。因为婴儿推车里有宝宝在，芬恩太太大声喊着让他走开。当他继续往前走、离她越来越近的时候，她壮着胆子用一把伞敲打他的头，然后她头也不回、一阵风似地推着宝宝跑到村子里的第一户人家。接着，她气喘吁吁地停下来，和正在敲石头的老刘易斯说话。老头摘下黑色钢丝护目镜，哆哆嗦嗦地站起来，朝她手指的方向看去——他们看见他跌倒，自己爬起来，又接着跑，两只长胳膊在头顶上方挥舞着，踉踉跄跄地朝新仓农场跑去了。从那个时候起，他显然就处在他的那种令人费解、让人同情的苦难命运中了。这之后发生在他身上的事情就显而易见了。现在一切都确凿无疑：史密斯夫人深感恐惧；埃米·福斯特与他人的神经性发作不同，她漠然地相信这个人‘没有恶意’；史密斯（他从丹福德的集市回来）发现狗对他本人狂吠不止，后门上了锁，他的妻子在歇斯底里地发作，他非常恼火。一切都是因为这个不幸的、脏兮兮的流浪汉。据说这会儿这个人正潜伏在他的堆谷场里呢。是他吗？史密斯要教训一下这个吓唬女人的人。

“尽管史密斯是出了名的火暴脾气，但当他看到这个难以形容、浑身泥污的家伙盘着腿坐在一堆松散的稻草里、像笼中的狗熊一样前后摇晃着身子时，他停了下来。这时候，这个流浪汉在他面前静静地站了起来，从头到脚都是一团泥巴和污秽。在这个暴风雨的黄昏，到处是狗的愤怒狂吠声，史密斯独自和这个幽灵站在稻草堆里，一种难以名状的陌生感让他感到恐惧。但是当那个人用自己黑乎乎的双手扒开遮盖在脸上的蓬乱长发，就像你拉开两扇窗帘，用他那闪闪发光、感情炽烈、黑白分明的眼睛向外看着他时，这场奇怪的无声相逢着实让他大吃一惊。他后来承认（因为在数年里，这个故事都是这里的人们一个合乎情理的交谈话题）他后退了不止一步。接着，这个人突然说了一通又快又无意义的话，这让史密斯立刻就相信他在不得不和一个逃跑的疯子打交道。事实上，那种印象从来没有完全消失过。时至今日，史密斯从心里一直没有放弃过这个想法，那就是，这个人根本就是个疯子。

“那个家伙走近他的时候，语无伦次地急切地对他说了一大堆话，史密斯（没有意识到自己被称作‘仁慈的大人’，乞求他看在上帝的分上给他提供点食物和住处）一直坚定而温和地跟他说话，并且一直朝另一个院子里后退。最后，他看准时机，慌慌张张地把他猛地一下推进那间木屋，立即就把门闩给插上了。尽管天气很冷，他还是擦了擦额头上的汗。他把一个流浪汉，也许是个危险的疯子关了起来，为社区尽到了责任。史密斯根本不是一个铁石心肠的人，但他的脑子里只容得下这是个疯子的想法。他没有足够的想象力问自己，这个人会不会因为饥寒交迫而死掉。在此期间，这个疯子起初在木屋里大喊大叫。史密斯夫人把自己锁在卧室里，在楼上尖叫。不过，埃米·福斯特却可怜巴巴地在厨房门口抽泣，搓着手嘟囔着说，‘别这样！别这样！’我敢说，那天晚上一个接一个的噪声肯定让史密斯不好过，从门里传出来疯狂而令人不安的叫声更让他心烦意乱。他没能把这个讨厌的疯子和在丹福德集市上流传的东海岸沉船事件联系在一起。我敢说，那天晚上木屋里的人都快疯了。在他停止激动、失去知觉之前，他在黑暗中猛烈地扑来扑去，滚在肮脏的麻袋上，因为愤怒、寒冷、饥饿、诧异和绝望而啃咬自己的拳头。

“他是喀尔巴阡山脉东部的山民，前天晚上在东湾沉没的那艘船是从汉堡来的移民船‘索菲娅·多罗西娅公爵夫人’号，真是骇人听闻的记忆啊！

“几个月之后，我们能从报纸上读到有关假冒‘移民代办机构’的报道，这些机构出现在奥地利较偏远的省份，向斯拉沃尼亚[①]的农民行骗。这些恶棍的目的是侵占可怜无知的农民的地产，他们还与当地放高利贷者串通一气。大多数受害者都在汉堡被运出去。至于那艘船，我就是从这扇窗子观察它的——在一个昏暗的、乌云密布的下午，它扬着小帆靠近港湾。这艘船根据航海地图准确入港，在布伦齐特海岸边防警卫站抛锚。我记得在夜晚来临之前我再次朝窗外望去，看到在参差不齐的深灰色云彩背景下，船上桅杆和绳索的轮廓看起来又黑又尖，像是布伦齐特教堂左边多了一个稍微细小的塔尖。傍晚起了风。半夜里，我躺在床上都能听见可怕的狂风暴雨的声音。

“大概在那个时候，海岸边防警卫队的队员们认为，他们看见锚泊地上一艘汽船的灯光。不一会儿，这些灯光就消失了。但是，在那个天气恶劣、伸手不见五指的夜里，显然另一艘船在海湾寻求庇护，拦腰撞上了这艘德国船（撞出好大一个缺口——后来一个潜水员告诉我——‘大到你可以把一艘泰晤士河上的游艇开进去’），

---

① 斯拉沃尼亚（Sclavonia）指斯拉沃尼亚地区（旧译斯拉夫尼亚），历史上从属于克罗地亚王国。——译者注

接着就不见了，要么毫发无伤，要么损毁严重，谁知道呢。但它离开了，没人知道，没人看见，生死攸关，神秘地消失在海上了。关于这艘船，再也没有任何消息，不过无论她在任何地方的水面上，只要她存在，全世界掀起的呐喊声就会把她找到。

“干净彻底，没有任何线索，悄无声息地进行，就像一桩干净利落的罪行，这就是这场致命灾难的特点。你可能记得，这就是它的臭名昭著之处。风可能使最大声的呼救都无法传到岸边，显然来不及发出遇险信号。这是没有任何紧张不安的死亡。这艘从汉堡来的船顷刻之间就灌满了水，她沉没的时候船身是倾覆的，即使在白天也看不见桅杆露出水面。她不见了，当然，海岸边防警卫队的队员们推测，她要么是脱了锚，要么是在夜间某个时候脱开了缆绳，被吹到海上去了。接着，在涨潮之后，船的残骸肯定有点移位，一些尸体从里面漂了出来，因为一个小孩——一个穿着红色连衣裙的金发小女孩——被冲到马特洛炮塔侧面的岸边。到下午的时候，你可以看见沿着 3 英里长的海滩，黑乎乎的身影和赤裸裸的腿在翻涌的浪花里时隐时现。相貌粗鲁的男人，面容严肃的女性，孩子大多是金发，僵硬的身体滴着水，正被抬往担架上、板条上、梯子上。长长的一队人马经过‘船舶旅馆’的门口，在布伦齐特教堂外面北侧的墙根将尸体放成一排。

“据官方报道，从那艘船上第一个漂上岸的就是那个穿红裙子的小女孩的尸体。但是坊间的说法是，我有个病人是西科尔布鲁克镇的海上劳作者，他告诉我，那天一大早有两个兄弟下海去打理冲上沙滩的大鹅卵石，发现在离布伦齐特村好一段距离的岸上有一艘普通船上又高又干的鸡笼，里面有十一只淹死的鸭子。他们的家人吃了这些鸭子，鸡笼被斧子劈作柴火。很可能有一个人（假设事故发生时他刚好在甲板上）会靠这个鸡笼漂到岸上来。他可能就是这样来的。我承认这不大可信，但是有个人——好几天，不，好几个星期——他就在我们中间，但我们都没有想到，他就是那个那场灾难中的唯一幸存者。即便当这个人自己学会说让人听得懂的话时，他能告诉我们的也寥寥无几。他回忆说，当时他感觉好些了（我猜是在船抛锚之后），黑暗和狂风暴雨让他喘不过气来。这样看来，那天夜里的某个时候他就站在甲板上。但是我们一定不能忘记，他对一切都不熟悉，又晕船，已经被关在下面四天了，对船和大海都一无所知，不知道发生了什么事。他能知道的就是狂风暴雨和黑暗，他能听出绵羊的哀嚎，记得自己的悲惨和痛苦，他吃惊地发现人们既看不见他，也无法理解他，这让他伤心欲绝。他沮丧地发现所有男人都很愤怒，所有女人都很凶猛。他说，他真的像乞丐一样走近他们。但是在他的家乡，即便他们什么也不给，他们也温和地和乞丐说话。在他的家乡，孩子们不会被教向寻求同情的人扔石头。史密斯的策略彻底击垮了他。那个木屋看着像个恐怖的地牢。接下来会怎么处置他呢？难怪埃米·福斯特出现的时候，他就像看到了光明天使的光环。那个女孩惦记着这个可怜人，所以无法入眠。清晨，在史密斯夫妇起床之前，她穿过后院溜了出来。她把木屋的门拉开一半，朝里面看看，递给他半截白面包。'在我的家乡，这种面包只有富人才吃得起。'他常这么说。

"看到这个情境，他慢慢地从所有垃圾、僵硬、饥饿、颤抖、悲惨、怀疑中站了起来。'你能吃下这个吗？'她温柔而胆怯地问道。他一定是把她当成了一位'尊贵的夫人'。他狼吞虎咽地吃着，眼泪掉在面包皮上。突然，他扔下面包，抓住她的手腕，在她的手上印上了一个吻。她没有被吓着。透过他孤苦伶仃的处境，她发现他相貌英俊。她关上门，慢慢走回厨房。再后来，她把这件事告诉了史密斯夫人，后者只是觉得哪怕被那个东西碰一下都会不寒而栗。

“由于这个本能的善举，他再次被带回到新环境的人类关系的范围内。他永远也忘不了——永远。

“就在同一天早晨，斯沃弗老先生（离史密斯最近的邻居）过来提建议，最后把他带走了。他温顺地站在那里，双腿打战，浑身都是半干的泥巴。这两个人围着他，用他听不懂的语言交谈着。史密斯夫人拒绝下楼，直到那个疯子离开这栋房子。埃米·福斯特远远地待在昏暗的厨房里，从敞开的后门向外看。他尽最大努力听从他们的指示。但是史密斯还是满腹狐疑。‘小心啊，先生！这也许是他的诡计呢。’他不断地用警告的语气重复着。斯沃弗先生骑着母马离开的时候，那可怜的家伙谦卑地坐在他旁边，由于虚弱，他差一点从高高的双轮马车后面摔了出去。斯沃弗先生径直把他带回家，刚好那个时候我在现场。

“刚好我在经过的时候，这位老人在家门口用食指向我示意，这个简单的动作把我叫了进去。我当然是下了车。

“‘我这里有个东西。’他咕哝着说，领我去了一个离其他农场建筑物不远的外围建筑。

“就是在那里，我第一次见到了他，在一间低矮的狭长房间里，有马车房那么大。房间里空荡荡的，粉刷成白色，房间的另一头有一个小方孔，上面镶着一块有裂纹的、积满灰尘的窗格子。他仰面躺在一个草垫子上。他们已经给了他两块马毯子，他似乎把剩余的力气都用在清理自己上了。他几乎一言不发，在毯子下面呼吸急促，毯子被拉到下巴上，他那双闪闪发光、焦躁不安的黑眼睛使我想到一只被困在圈套里的小鸟。我在给他做检查时，老斯沃弗静静地站在门口，用指尖来回摸着刮光了胡子的上嘴唇。我给了一些建议，答应送一瓶药过来，自然也问了几个问题。

“‘史密斯在新仓农场的堆谷场抓到他，’老家伙说得深思熟虑，泰然自若，好像对方确实是某种野兽，‘我就是这么见到他的。很神奇，不是吗？现在告诉我，医生——你周游世界——你看我们逮住的这个人是不是有点像印度人？’

“我很吃惊。他长长的黑发飘散在稻草垫的四周，和他苍白的橄榄色面庞形成鲜明对比。我突然想到他可能是巴斯克人。他不一定懂西班牙语，但我试着跟他说了几个我知道的单词，还试了几个法语单词。我弯腰把耳朵贴近他唇边听来的那几句低语完全把我弄糊涂了。那天下午，几位年轻女士从教区长的住宅（她们中有人借助字典阅读歌德，另一位多年潜心研究但丁）来看斯沃弗小姐，她们站在门口尝试对他说德语和意大利语。他在草垫上转过身来，激情澎湃地对她们讲话，她们有点被吓退了。她们承认，那音调悦耳、柔和、有乐感——但是，也许和他的长相联系起来听着就有点吓人了——太容易激动了，完全不像她们听过的所有语言。村里的男孩子们爬上那个斜坡，从那个方形小窗口向里面张望。每个人都想知道斯沃弗先生打算拿他怎么办。

“他只是留着他。

“如果不是斯沃弗先生深受爱戴，他肯定会被说成是一个怪人。他们会告诉你，斯沃弗先生晚上一直坐着看书直到十点，而且他们还会告诉你，他毫不犹豫地开出一张二百英镑的支票。他本人会告诉你，三百年来，斯沃弗家族拥有的土地从这里一直延伸到丹福德。他如今肯定有八十五岁了，但是和我刚见他的时候比起来一点儿也不显老。他是一个了不起的饲养绵羊的人，买卖牛的生意做得也很大。无论什么天气，他都一连数日到几英里之外去赶集，坐在车上，弓着背拉着缰绳驾车。他那稀疏的灰白头发在温暖外套的领子上面蜷曲着，腿上盖一条绿色格子呢毯子。老年的平静给他的举止增添了一份庄重。他的胡子刮得干干净净的，嘴唇薄而敏感，某种严肃而有帝王风度的东西使他的面部表情具有某种高尚的气质。人们知道他会在雨天驾车数英里去看人家花园里的一种新玫瑰，或是村民种出来的大白菜。他喜欢听人说或看人展示‘稀奇’之物。也许正是这个人身上的稀奇吸引了老斯沃弗，也许仅仅是一种无法解释的任性。我所知道的就是三个星期之后，我看见史密斯家的疯子在斯沃弗的家庭菜园里挖土。他们发现他会用铁锹。他光着脚在挖土。

“他的黑头发披散在肩上。我估计那件旧棉布条纹的衬衫是斯沃弗给他的，但他仍然穿着那条从家乡带来的有民族特色的棕色裤子（他被冲上岸的时候穿的就是这条裤子），几乎像紧身衣一样合身，腰上系着一条宽大的皮带，上面镶着黄铜小圆片。他从未冒险进村子。在他看来，他凝视的这片土地似乎被打理得整整齐齐，就像地主房子周围的土地；这些拉车的马的个头让他很吃惊；这些路像是花园里的步行道；人们的样子，尤其是在星期天，说明他们很富裕。他弄不明白是什么让他们铁石心肠，让他们的孩子胆大妄为。他从后门拿到吃食，小心翼翼地双手捧着走到自己的外屋，然后一个人坐在草垫子上，开始吃饭前总用手画十字。白昼很短，睡觉之前，在同一块草垫子旁边，他跪在早早来临的黑暗中大声念诵祷文。无论什么时候见到老斯沃弗，他都会尊敬地九十度弯腰鞠躬，然后站得笔直。这位老人则用手指摩挲着上嘴唇，默默地审视着他。他也会给斯沃弗小姐鞠躬，她勤俭持家——一个宽肩膀、大骨架、四十五岁的女性，衣服口袋里装满了钥匙，灰色的眼睛目光坚定。她信教——人们这么说（而他父亲则是浸理会教堂的一个理事）——腰间系着一个钢制小十字架。这里有多得数不清的布拉德利姓人。她穿一身庄重的黑色衣服，悼念一个住在附近的布拉德利姓人，她大约在二十五年前与这个人订了婚——一个年轻农民，婚礼前夕，他在外出打猎时摔断了脖子。她有一张失聪者不动声色的脸，很少说话，她的嘴唇和他父亲一样很薄，有时候会神秘而反讽地噘起来，让人很诧异。

“这些人就是他所效忠的人。那年冬天，在没有阳光的日子里，令人窒息的孤独似乎从铅灰色的天空落下来。所有的面孔都透着悲伤。他没有一个人可以交谈，也不想去理解一个人。这些人的脸看起来就像来自另外一个世界——那些死去的人们——多年后他总是这么跟我说。我发誓，我拿不准他是否会发疯。他不知道自己身在何处。离他的山区很远的地方——大海另一边的某个地方，他琢磨着，这是美国吗？

“他承认，要不是斯沃弗小姐系在腰间的钢制十字架，他不会知道自己到底是不是在一个基督教的国度里。他常常偷偷地看它几眼，感到很宽慰。这里的一切都和他的家乡不一样！土地和水不一样，路边没有救世主的雕像，就连草也长得不一样，还有树。所有的树都不一样，斯沃弗的房前草坪上那三棵挪威松除外，这几棵树让他想起自己的家乡。有一次，太阳落山之后，有人看见他头抵着其中一棵树的树干，抽泣着自言自语。他坚称，那个时候，它们就像他的兄弟一样。其他一切都是陌生的。你想象一下每天笼罩和窒息在身体外表里的那种存在吧，就像被噩梦中的景象所笼罩和窒息。夜里睡不着的时候，他不断地想起在这片陌生的土地上给他第一块面包吃的那个姑娘。她既不凶猛，也不发怒，也不害怕。他记得她的脸是那么多封闭而神秘、死人般讳莫如深的面孔中唯一的一张能够理解的脸，其他人的脸蕴藏着活人无法理解的知识。我在想，是不是正是她的同情才使他没有自杀呢。不过你瞧！恐怕我是个一贯多愁善感的人，竟然忘了对生命的本能热爱会使人调动一切力量克服不同寻常的绝望。

“他凭智慧把交给他的活都干完了，这使老斯沃弗很吃惊。渐渐地，人们发现他能帮着犁地，挤牛奶，在养牛场喂小公牛，还能帮着放羊。他也开始学说话了，并且学得很快。突然，春天的一个天气晴朗的早晨，他救下了老斯沃弗的外孙女，使她免于夭折。

“斯沃弗的小女儿嫁给了威尔科克斯，他是一位律师，也是科尔布鲁克镇的书记员。他们通常每年来两次，和老人一起住上几天。他们唯一的孩子就是一个小姑娘。那时她还不满三岁，穿着白色小裙子，独自离开房门，蹒跚着穿过梯形花园的草地，翻过一堵矮墙，头朝下掉进院子下面的饮马池里了。

“我们的主人公同车夫正在外面离房子最近的田里犁地，正要转过身来另起一垄的时候，他透过门缝看见，任何其他人都会以为只是个白色东西的轻微颤动。但是他怔怔地瞥了一眼，目光敏捷而深邃，这双眼睛只有在浩瀚的大海面前才畏缩，失去惊人的力量。他光着脚，看起来稀罕得像斯沃弗希望的样子。他把马留在拐弯处，车夫对他有说不出的讨厌，但他一跃而起，大步流星地穿过犁过的田地，突然出现在那个母亲面前，把孩子塞到她的怀里，然后大步走开了。

“饮马池不深，不过尽管如此，如果没有他这么好的眼力，那孩子就完了——她会悲惨地闷死在池塘底部 1 英尺左右的黏稠稀泥里。老斯沃弗慢慢地走到地里，等犁到他身边的时候，他仔细地看着他，然后一言不发地回屋了。但是从那时候起，他们把他的饭摆在厨房的餐桌上。开始，斯沃弗小姐一袭黑衣，一种深不可测的表情，站在客厅门口，看他用餐前画一个大大的十字。我估计也就是从那天起，斯沃弗开始按时付给他工钱了。

“我没法追踪他的每一步进展。他把头发剪短了，在村子里出现，像其他人一样，来回在路上走着去干活。孩子们不再跟在他的后面喊了。他意识到了社会差别，但是很长时间都感到很诧异——

在这么富裕的地方，教堂却这么赤贫。他也不理解教堂在工作日为什么大门紧闭。里面没有什么可以偷的东西，这是怕人们祷告太频繁了吗？大约在那个时候，教区长的住宅格外引起他的注意，我相信年轻女士们试图为他的归依打基础。然而，她们没法改掉他的画十字的习惯，但是他居然拿了那根绳子，上面系着六便士大小的两个黄铜金属片，一个金属小十字架，一块方形肩胛绷带，他把它围在脖子上。他把这些东西挂在床边的墙上，每晚还是能听见他背诵上帝的祷文，用听不懂的语言，语气低沉而热烈，就像他出生以来每天晚上都听见他的老父亲带着一家老小跪在地上所做的那样。尽管他劳作时穿的是灯芯绒衣服，星期天穿着一套邋遢的灰黑色西装，但是不认识的人在路上还是会回头看他。他的异国情调有一种独特而不可磨灭的痕迹。最终人们对见到他也习以为常了，但从来没有习惯他这个人。他轻快的步伐；他黝黑的面孔；他歪戴在左耳朵上的帽子；在温暖的晚上，他习惯把外套搭在肩上，像轻骑兵的土耳其式长袍；他跳过梯磴儿的样子，不是作为一种敏捷表演，而是日常生活中的举动——人们会说，所有这些奇怪行为都是村民们鄙视他、讨厌他的原因。他们不会在吃饭的时间躺在草坪上盯着天看。他们也不会跑到田野里凄厉地唱着阴郁的曲调。很多次，我听见他在山脊后面的斜坡羊道上高声歌唱，像百灵鸟的声音，轻快而高亢，却带着忧郁的音符，回荡在我们这里只听见过鸟叫的田野上。我自己都会大吃一惊。啊！他与众不同：心地单纯，满怀善意，但无人需要。这个流放者像是被移植到了另外一个星球上，和自己的过去隔着巨大的空间，和自己的未来隔着巨大的未知。他那快速而热烈的表达肯定把每个人都吓坏了。‘一个容易激动的魔鬼。’他们这样称呼他。一天晚上，在‘车马酒馆’，他唱起家乡的一首情歌（他喝了点威士忌），这让所有人都感到心烦意乱。他们把他轰下场，他感到很难过。跛脚的车轮工人普雷布尔，胖铁匠文森特，还有其他几个名人都想在晚上安安静静地喝啤酒。还有一次，他想给他们表演怎么跳舞。沙子地板上扬起了烟尘，他一下子跳到酒吧的桌子上，脚后跟并在一起，一只脚蹲在普雷布尔面前，另一只脚伸出去，他发出猛烈而狂喜的大叫，跳起来支着一只脚旋转，手举到头顶，打着响指——一个陌生的马车夫正在那里喝酒，他开始谩骂，把手里拿着的半品脱酒倒在酒吧里。但是，当他突然跳上一张桌子在酒杯中间继续跳舞时，店家干预了。他不想要任何‘酒吧里的杂技表演’。他们抓住了他。一两杯酒下肚,斯沃弗的外国人试着争辩。他被强行驱逐，一只眼睛被打得淤青。

“我相信他感受到了周围人对他的敌意。但他坚忍不拔——身心都坚忍不拔。只有关于大海的记忆让他感到恐惧，就像噩梦中留下的那种模糊恐惧。他的家远在天边，他现在也不再想去美国了。我经常向他解释说，世上没有什么地方遍地是真金，等你去捡。为了他出门，家里已经卖了一头牛、两匹马和一块地。他问，他怎么能两手空空地回去呢？他的眼里常常噙满泪水，他总是把这双泪眼从波光粼粼的无垠大海上收回来，脸朝下趴在草地上。但有时候，他会带着一点胜利的姿态歪戴着帽子，挑战我的智慧。他已经找到了一点自己的真金。那就是埃米 · 福斯特的心。那是‘一颗金子般的心，温柔地对待人们的苦难’，他总是带着坚定的语气说。

“他叫扬克。他解释说是小约翰的意思，但他也总重复说，他是山地人（用他的家乡话发音听起来像古拉尔[①]），于是他就把它当作他的姓氏了。也许这是后世从教区的结婚登记簿中可以找到的关

① 古拉尔（Goorall）:“Goorall”是波兰语“góral”的英语拼法，英语的意思是“高地人”（highlander），泛指居住在高原山区的人。——译者注

于他的唯一踪迹。就写在那里——扬克·古拉尔——是教区长的手迹。还有这个流放者做的弯曲十字架，毫无疑问，这个东西对他来说是整个婚礼仪式中最庄严的部分，是现在唯一留下来保存他名字记忆的东西。

“他的求爱持续了一段时间——自从他在村子里勉强站稳脚跟就开始了。求爱始于他从丹福德集市给埃米买了一条绿色丝带。在他的家乡，人们就是这么干的。在赶集的日子，从犹太人的货摊上买一条丝带。我猜那姑娘不知道该拿这条丝带怎么办，但他似乎认为他的高尚意图不会被误解。

“只有当他宣布要结婚的打算时，我才完全明白，对整个村子来说，由于一百个无关紧要、微不足道的原因，他是多么——我能说让人讨厌吗？——对整个村子来说。村里的每一个老太太都怒火中烧。史密斯在农场附近向他走来，发誓说，如果在附近再看见他就打烂他的头。但是他捻着自己的黑胡髭，摆着一副好斗的架势，朝史密斯瞪着一双又大又凶的黑眼睛，这个誓言也就不了了之了。然而，史密斯对这个姑娘说，她一定是疯了，才跟这样一个头脑肯定出了毛病的人搭讪。尽管如此，黄昏时分，每当她听到果园外面传来几段奇怪而悲伤的哨音，她就会丢下手头正在干的无论什么活——她会撇下正在说话的史密斯夫人——她会跑出去呼应他的召唤。史密斯夫人骂她是个不知廉耻的荡妇。她不回应。她对任何人都不置一词，继续我行我素，装聋作哑。我认为，在这个地方，只有我和她能看到他真正的美。他相貌英俊，举止优雅，风度翩翩，外表有山里人某种粗犷的气质。每当姑娘在休息的日子来看她的母亲，妈妈都会沮丧地怨她。她父亲脾气不好，但他假装不知道。芬恩夫人曾直言不讳地对她说，‘这个人，亲爱的，总有一天会害了你。’事情就这样进展。人们看到他们走在路上，她穿着漂亮衣服不动声色地走着——灰裙子，黑羽毛，结实的靴子，显眼的白色棉布手套，一百码之外都能看见。而他呢，他的外套别致地搭在一边的肩膀上，他在她身旁走来走去，举止殷勤，含情脉脉地看着有着金子般心灵的她。我不知道他是否注意到她是多么平凡无奇。也许在他从未见过的人们中间，他没有这种判断力，又或者他被她怜悯的神圣品质所诱惑。

“与此同时，扬克遇到了大麻烦。在他的家乡，你需要一位长者去说亲。他不知道该怎么往下进行。然而，有一天在田地里的羊群中间（他现在和福斯特都是斯沃弗手下的牧羊人[①]），他向那位父亲脱帽致意，谦卑地介绍自己。‘我想，她真是傻极了才要嫁给你。’福斯特就说了这么多。‘结果，’福斯特常说，‘他戴上帽子，阴沉地瞪着我，像是要割断我的喉咙，他朝狗吹了声口哨就走了，留下我一个人放羊。’福斯特一家自然不想失去这个姑娘挣的薪水：埃米过去总是把所有钱都交给母亲。福斯特从心底反对这桩婚事。他说这家伙很会放羊，但不适合与任何女孩子结婚。别的不说，他总是一个人沿着树篱一边走一边自言自语，简直像个大傻瓜；还有，这些外国人有时候对待女人的方式很古怪。或许他想把她带到什么地方——或者自己跑掉。这件事不牢靠。他苦口婆心地劝诫女儿，说那家伙也许会用某种手段虐待她。她没有回应。村里人都说，那个人好像已经对她做了什么。人们对这件事议论纷纷。这真是令人兴奋，这两个人不顾别人的反对，仍一如既往地一起‘外出散步’。于是，出乎预料的事情发生了。

“我不知道老斯沃弗是否明白，在他的外国雇员心中，他有多

① 牧羊人，原文为under-shepherd，指另一个牧羊人手下级别低一点的牧羊人。在本故事中，扬克作为新手，在经验丰富的福斯特的带领下牧羊。他们两人都属于斯沃弗先生手下的低级别牧羊人。——译者注

少是被当作父亲一样对待的。不管怎么说，他们的关系有一种奇怪的封建意味。扬克要求正式见面——‘而且小姐也来’（他把严肃、耳聋的斯沃弗小姐简单地称作小姐）——这是要得到他们的允许才结婚呢！斯沃弗无动于衷地听着，点头让他走了，然后对着斯沃弗小姐的另一只聪耳大声通报了这个消息。她没有任何惊讶的表示，只是用含蓄而空洞的声音说，‘他确实找不到第二个姑娘嫁给他了’。

“这都是斯沃弗小姐的慷慨解囊。结果在几天之后，人们发现斯沃弗先生赠送给扬克一间小屋（今天早上你见过的那个小屋），还给了 1 英亩[①]地——田地转到了他的名下，成了他的绝对财产。威尔科克斯很快办好了这一契约的手续，我记得他跟我说，他很乐意促成这件事。文件上写着：‘考虑到救了我亲爱的外孙女伯莎·威尔科克斯一命。’

“当然，在那之后，世上再没有什么力量能阻止他们结婚了。

“她继续自己的糊里糊涂，人们看见她晚上出去见他。她痴迷的双眼一眨不眨地看着他有望出现的大路。他自由自在地走过来，屁股一扭一扭的，嘴里哼着家乡的某首情歌。在孩子出生的时候，在‘车马酒馆’里，他情绪高昂，又试图唱歌跳舞，又被拒绝了。人们同情这个女人，她嫁给‘那个揭开匣子盖就跳起来的玩偶’，但他不在乎。现在有个人（他自夸地告诉我）能允许他用家乡话唱歌、说话了，不久他还能教他跳舞呢！

“但是我不知道。对我来说，他走路不像以前那样轻盈了，身体也更沉重了，目光不再敏锐了，毫无疑问，还有想象力。但是我现在觉得，命运之网好像已经在他周围越发收紧了。

“一天，我在塔尔福德山的人行道上碰见他。他跟我说‘女人真古怪啊’。我已经听说过家庭分歧了。人们说，埃米·福斯特开

① 1 英亩等于 4 046.86 平方米。——译者注

始慢慢意识到她嫁给了一个什么样的人。他冷漠地看着大海，视而不见。有一天，他正在门口的台阶上给孩子低声轻唱一首歌，是他山区的妈妈们唱给宝宝的歌，他妻子就把孩子从他怀里夺走了。她好像觉得他在伤害孩子。女人真古怪啊。她反对他在夜里大声祈祷。为什么呢？他盼着这个男孩不久就能跟在他后面大声重复这些祷告，就像他还是个孩子的时候跟在老父亲后面大声重复祷文一样——在他的家乡。而且我发现，他盼着他们的孩子长大，好让他可以讲那种在我们听来让人很不安、热烈而古怪的语言了。他搞不明白为什么他妻子不喜欢这个主意。但是会过去的。他理解地歪着脑袋，轻拍着他的胸口，表示她有一副好心肠：不严厉，不凶猛，对同情保持开放态度，对穷人宽厚而仁慈！

“我若有所思地走开了。我寻思，他的与众不同、他的陌生感起初都是不可抗拒的吸引力，如今遭到抗拒，无法穿透那迟钝的天性。我不知道……”

医生走到窗前，在薄雾中眺望海上寒冷的、浩瀚无垠的壮丽景色，好像要用所有迷失在爱和恐惧激情中的心灵去包围整个地球。

“喏，从生理上讲，”他突然转过身说，“这有可能。这有可能。”

他沉默了好久。然后他接着说——“无论如何，我再次见到他的时候，他病了——肺出了问题。他很坚强，但是，我敢说他没有我料想得那么适应环境。那是个糟糕的冬天，当然，这个山里人的确很想家，同时，抑郁状态让他很脆弱。他上身没穿衣服躺在楼下的沙发上。

“一张盖着黑色油布的饭桌占了小屋一大半的空间。地板上放着一个柳条摇篮，一只水壶在炉架上冒着蒸汽，孩子的衣物晾在炉子围栏上烘烤。房间里很暖和，但是正对着花园的门敞开着，正如你可能注意到的。

“他发烧很厉害，不停地喃喃自语。她坐在桌子对面的一张椅子上，用浑浊的棕色眼睛盯着他。‘你为什么不把他安置到楼上去呢？’我问。她吓了一跳，困惑而结巴着说，‘噢！啊！我不能和他一起待在楼上啊，先生。’

“我给了她一些指导。临走时，我又重申了他应该在楼上卧床休息。‘我办不到。我办不到。他不停地说着什么——我不知道是啥。’她搓着手说。我想起传到她耳朵里的那些不利于他的言论，我眯着眼打量着她。我看着她的近视眼，在她的生命中，那双迟钝的眼睛曾经见过一个迷人的身体，不过她那会儿盯着我看的时候，好像什么也没看见。但是，我看得出她心神不宁。

“‘他怎么了？’她茫然而恐惧地问。‘他看起来病得并不是很重啊，我以前从来没有见过谁看起来是这个样子……’

“‘你是说，’我生气地问，‘他在装病吗？’

“‘我忍不住这么想，先生，’她冷淡地说。她突然把手一拍，朝四下看了看。‘还有孩子。我吓坏了。他刚才想让我把孩子给他，我听不懂他对孩子说的是什么。’

“‘你今天晚上能不能喊一个邻居过来？’我问。

“‘算了吧，先生，好像没有人愿意来，’她喃喃地说，突然显得无精打采，一副听天由命的样子。

“我让她牢记，他需要最精心的呵护，然后不得不走了。那个冬天很多人都病了。‘噢！我希望他别说话！’我正要离开的时候，她轻声说。

“我不知道我当时怎么没有看出来——但是我就是没有看出来，不过当我坐着两轮轻便马车转回来的时候，我看见她在门口徘徊，非常安静，仿佛在考虑从那条泥泞的路上逃跑。

“到了夜里，他发烧加重了。

“他翻身，呻吟，不时地抱怨一句。她坐在自己和沙发之间的饭桌旁，恐惧地看着那个她无法理解的人的一举一动，莫名其妙地感到恐惧，听着每一个声响。他正在向她爬过去。她把柳条摇篮拉到自己的脚边。现在她脑子里一片空白，只有母亲的本能和难以名状的恐惧。

“突然，他苏醒过来，口干舌燥，他想喝口水。但她一动不动，她听不懂，尽管他以为自己说的是英语。他等着，看着她，烧得滚烫,想不通她怎么不说话,不动弹。然后他不耐烦地大声喊道,‘水！给我水啊！’

“她跳了起来，抱起孩子，站着不动。他对她说话，但他充满激情的抗议只是加剧了她对那个陌生男人的恐惧。我相信，他跟她说了很长时间的话——请求，纳闷，恳求，命令——我猜。她说她尽可能忍受着。接着，他勃然大怒。

“他坐起来，可怕地喊出一个字——某个字。然后，他站起来，好像从来没有病过一样，她说。在极度沮丧、愤怒和困惑中，他试图绕过桌子走到她身旁，不过她打开门，怀里抱着孩子跑了出去。她听见他用可怕的声音在她身后的路上喊了两声——逃掉了……啊！在那双眼睛迟钝、模糊的一瞥背后，你应当看到恐惧的幽灵在那个夜里追了她 3 英里半，一直追到福斯特的房门口！我是第二天看到的这一切。

“是我发现他脸朝下、身子躺在水坑里的，就在那扇柳条小门的外面。

“那天夜里，我被叫到村里出急诊，拂晓回家的路上经过这个小屋。门开着。我的助手帮我把他扶进去。我们把他放在沙发上。灯冒着烟，火灭了，暴风雨之夜的寒气从墙上沉闷的黄色墙纸中渗了出来。‘埃米！’我大声喊，我的声音似乎消失在这个空荡荡的

小房子里，仿佛我在沙漠里大声喊着。他睁开眼睛。‘走了！’他清楚地说，‘我只是要水喝——只要一点水喝……’

“他浑身是泥。我给他盖上东西，静静地等着，时不时听到他在痛苦的喘息中挤出一个词。这些词已经不是他自己的语言了。烧已经退了，也带走了他生命的温度。他气喘吁吁的胸膛和闪闪发光的眼睛使我再次想起一头落网的野兽，想起一只落入圈套的小鸟。她撇下了他。她撇下了他——生病——无助——口渴。猎人之矛刺入他的灵魂深处。‘为什么？’他用一种具有穿透力的愤怒声音向那应当负起责任的造物主呼唤。呼呼的风声和瑟瑟的雨声算是应答。

“当我转身去关门的时候，他喊了一句‘仁慈的主啊！’，然后就断了气。

“最终，我诊断他死亡的直接原因是心脏衰竭。他的确是心灰意冷了，否则的话，他也许能挺过这个暴风雨之夜，还有在外面的忍饥挨冻。我合上他的眼睛，驾车离开了。我还没有走出小屋多远，就碰上福斯特从滴着水的树篱中间坚定地走了过来，脚边跟着他的牧羊犬。

“‘你知道你女儿在哪里吗？’我问。

“‘怎么会不知道呢！’他大声说，‘我要和他谈谈，他把一个可怜的女人吓成这样。’

“‘他不会再让她害怕了，’我说，‘他死了。’”

他的棍子敲在泥地上。

“‘还有那个孩子。’

“他沉思了一会儿之后——‘也许这样最好。’

“这是他说的话。她现在什么也没说，关于他只字未提，始终没有。就像他大步流星的矫健身影、他欢乐的声音从这片田野里消失一样，难道他的形象也完全从她的脑海里消失了吗？他无法再出现在她的面前，激发她爱与恐惧的想象力了。她对他的回忆在她迟钝的脑子里就像白色幕布上的一道阴影一样，一闪而过之后就消失了。她住在这个小屋里，给斯沃弗小姐干活。对大家而言，她是埃米·福斯特，而这个孩子就是'埃米·福斯特的孩子'。她叫他'强尼'——意思是小约翰。

"我们说不准，这个名字是否会唤起她的什么回忆。她可曾想起过去？我见她满怀母性温柔的激情，俯身趴在孩子的婴儿床上。小家伙仰面躺着，有点怕我，但很安静，大大的黑眼睛闪烁着跟落入圈套里的鸟儿一样振翅欲飞的神情。看着他，我似乎又看到了另外一个人——那位父亲——他被大海神秘地抛弃，死在惨绝人寰的孤独和绝望中。"

（李园译，代显梅校）

作品赏析

命运之网

作为一位波兰裔英国小说家，约瑟夫·康拉德从小就跟随父母流放异国他乡，1岁时父母相继去世，不得不由舅父抚养长大。在成年的岁月里，他有20余年的航海生涯。这位现代的漂泊者深知居无定所、孤苦无依的生活意味着什么。《埃米·福斯特》讲的就是一个身无分文的船难逃生者的悲剧。故事自始至终围绕"命运之网"这个主题展开。自扬克从沉船的残骸中爬上岸开始，故事的主要叙事人肯尼迪医生就感叹道："从那个时候起，他显然就处在他的那种令人费解、让人同情的苦难命运中了。”后来，扬克被斯沃弗老先生收留，肯尼迪第一次见到他就发现，“他那双闪闪发光、焦躁不安的黑眼睛使我想到一只被困在圈套里的小鸟”，再次呼应扬克在命运之网中挣扎的困境。扬克与埃米结婚之后，肯尼迪发现，“他走路不像以前那样轻盈了，身体也更沉重了，目光不再敏锐了，毫无疑问，还有想象力。但是我现在觉得，命运之网好像已经在他周围越发收紧了”。在故事的结尾处，肯尼迪见扬克最后一面时，再次强调他无法挣脱的命运之网——“他气喘吁吁的胸膛和闪闪发光的眼睛使我再次想起一头落网的野兽，想起一只落入圈套的小鸟”。甚至在扬克死后，肯尼迪见到摇篮中扬克的儿子小约翰，再次联想到命运之网的力量——“大大的黑眼睛闪烁着跟落入圈套里的鸟儿一样振翅欲飞的神情”。可见，无论是鸟儿进入“圈套”这个意象，还是野兽最终“落网”这个意象，“命运之网”构成整个故事的框架，是康拉德透过见多识广的肯尼迪医生的眼睛和感知力与读者交流的作品主题。在这个英文不足 1.5 万字的故事中，“网”（net）出现了三次，“命运”（fate，destiny）出现了三次，“神秘”（mystery or mysterious）出现了八次，足见作家对构成“命运之网”的各种力量的探索。

一、不可掌控的天灾

“命运之网”似乎从扬克生命的一开始就开始编织了，它如影随形地追随着他，无所不在地包围着他，使他像一只落网的小鸟、入笼的困兽，无论他如何挣扎，这张铺天盖地的大网只能是越收越紧。扬克出生在中欧一个偏远落后的小山村，这是命运的第一张网，罩住了他的生存发展空间。由于缺少良好的学校教育和丰富的阅世经验，任何远走高飞的梦想都注定让他轻易地上当受骗。果然，父亲变卖了全家赖以生存的耕牛、马匹和牧场，把他交给移民贩子，交给不可知的未来。

第二张命运之网就是直接导致扬克不幸的沉船事件。他乘坐的汉堡移民船本来已经停泊在岸，却意外遭到另一艘轮船的拦腰撞击，当即船毁人亡，他是这艘船上唯一的幸存者。命运的偶然性和不可预知性就体现在扬克所乘坐的这艘船无辜惨遭撞击上，命运的戏剧性转机也体现在他的侥幸逃生上。

第三张命运之网是扬克敏感的天性，这种多愁善感的性格加重了扬克对不幸遭遇的痛苦感。叙事人告诉我们:“这个温柔而富有激情的冒险家，由于生性非常敏感，就这样脱离了他熟悉的一切，躺在他的移民铺位上，苦涩地感受着自己的纯粹孤独。”这种天性让他在令人窒息的船舱里、在素昧平生的陌生人中间都倍感孤独与凄苦;一个麻木迟钝的心灵也许会好过一点。在岛上安顿下来之后，情感细腻的扬克虽然非常想家，但想到自己两手空空，“无颜见江东父老”，只能打消了回乡的念头；由于这种敏感天性，在村里人蔑视和排斥他的时候，他加倍感受到陌生人的敌意和疏离感；在不幸的婚姻中，他加倍感受到造化弄人；在无法从亲生儿子那里获得安慰和情感寄托时，他对未来加倍地感到绝望。简言之，这种敏感的天性在无法挣脱的命运之网中仅仅带给他更深刻的孤独和绝望体验，最终加速了他的死亡。

第四张命运之网是当地村民的排外情绪，“大难不死必有后福”似乎并不适用于扬克的情况。就在他九死一生爬上岸之后，“他沮丧地发现所有男人都很愤怒，所有女人都很凶猛”。在这个异国他乡的海边村庄里，他被当作疯子和野兽对待，人们厌弃他，躲避他，殴打他。叙事人这样概括扬克孤苦无依的处境:“他与众不同：心地单纯，满怀善意，但无人需要。这个流放者像是被移植到了另外一个星球上，和自己的过去隔着巨大的空间，和自己的未来隔着巨大的未知。”可见，村民的拒绝直接导致了扬克的孤独感，强化了他“前无古人后无来者”的迷惘感和失落感。

第五张命运之网应该是造化弄人的生理需要。在被斯沃弗先生收留之后，扬克靠自己的诚实劳动在村子里体面地安顿下来。这时候，他无法遏制的恋爱冲动让他再次陷入命运之网。肯尼迪对扬克爱上埃米的评价是：“也许在他从未见过的人们中间，他没有这种判断力，又或者他被她怜悯的神圣品质所诱惑了。”这种假设也许能为扬克的错误判断进行开脱，但在谈到埃米被扬克吸引时，叙事人更强调人类无法控制的生命冲动：“爱来得缓慢，但是一旦到来，就成了一种势不可挡的符咒。这是古人理解的爱情：一种无法抵抗、命运攸关的冲动——一种鬼迷心窍的感觉！”可见，在扬克与埃米的结合中，无论是扬克的缺乏明智判断，还是埃米的冲动，都是一种非理性的生理驱动，是两个年轻人无法把控的爱欲的吸引力。

简言之，扬克的出生环境、他偶然遭遇的船难、他敏感的天性、他在他乡遭遇的敌意和排外、他和埃米的生理需求一起编织成主人公的命运之网，是他无法掌控的客观存在。这些力量偶然而强大，由里到外层层密布，限制着扬克的自由行动，消解了他挣脱命运之网的任何可能性和希望。

二、交往错位的人祸

如果前面所说的五种客观因素在扬克的悲剧命运中构成了他无法掌控的“天灾”，那么在既定的生存环境中，扬克与周围人交往的错位所导致的“人祸”同样促成了他的不幸。故事首先凸显了扬克所遇人群的少见多怪、麻木不仁。故事的第一叙事人“我”发现:“与我们擦肩而过的那些人脚步缓慢,不苟言笑,低垂着双眼,就像不堪重负的忧郁大地使他们步履蹒跚,双肩耷拉,目光下垂。”康拉德的语言优美抒情,具有印象主义绘画的视觉效果。作者以文字为刷,为读者描绘出一幅没有灵魂的乡民群像,他们像影子一样悄无声息地掠过大地,留下一股沉郁阴冷的气息。肯尼迪对此的评价是:“人们会以为大地遭到了诅咒,在她所有的子民中,这些离她最近的孩子身体笨重,步态僵硬,他们的心好像被锁链捆绑着。”这些村民构成了扬克所处的陌生世界。在这样一个死气沉沉的生存环境中,天性敏感又能歌善舞的扬克在众人眼中只是“一个容易激动的魔鬼”。

故事通过见多识广的肯尼迪医生来讲述,充满了对异乡人的理解与同情,对命运的思考与感叹:“确实,一个人发现自己在地球上某个隐蔽的角落,成了一个迷失的陌生人,孤立无援,难以被理解,来路不明,这种境况实在很难想象。”由于这些村民对扬克的惧怕与排斥,这个异乡人在新环境中的适应过程就变得更加艰难而漫长,也更令人唏嘘。于是,肯尼迪医生对这种人为的灾难表达遗憾:“船难的逃生者通常在即将溺水之际被救起,却悲惨地饿死在荒芜的沙滩上。其他人惨死或者被奴役,和一些人一起度过危险岁月。对这些人而言,他们的陌生让人生疑、厌恶或者害怕。”如果海上的冒险充满偶然与不测,那么人类的交往本可以是相互融通的。可惜的是,当地村民和扬克都无法迈出这关键的一步。

扬克的问题在于,面对一群他既无法理解更无法接近的陌生人,他很少思考如何改变自己去适应新环境,这可以归因于他和埃米一样都是“对这个地球一无所知”的人,不具备肯尼迪医生那种改变命运的见识。在对新环境的困惑和不满中,他持续的反应是:“这里的一切都和他的家乡不一样!”他始终觉得自己的家乡民风淳朴,宗教信仰虔诚。大部分时间里，他都陷入极大的生存不适中，“他没有一个人可以交谈，也没有希望理解任何人”。如果这些村民对扬克的敌视构成一个冷漠排斥的外在环境，那么扬克面对陌生环境时的顾影自怜就是一个不容忽视的主观因素。

扬克的不思改变同样表现在婚后与埃米的相处中。在流放的凄苦岁月里，埃米对他曾是“光明天使”。然而，婚后两人却暴露出水火不相容的分歧：扬克热情浪漫，能歌善舞，充满活力；而埃米则头脑迟钝，生性胆怯，像其他村民一样孤陋寡闻，冥顽不化。面对两人的矛盾和冲突，扬克只会抱怨“女人真古怪啊”，却没有思考如何适应新生活和新关系。扬克的不思改变让他与新世界的相遇仅仅暴露出“不可调和的差异”，难怪在不幸的婚姻中，他的命运之网只能“越发收紧”了。最终因为文化与水土的双重不适，山里人思乡成疾，在他高烧不退、生命垂危之际，妻子听不懂他的求助语言，他们交往的错位达到高潮，导致他在饥寒焦渴、孤独绝望中心脏衰竭而死。

故事虽然以“埃米·福斯特”命名，扬克却是真正的主人公。扬克临终时对自己的遭遇发出了“为什么？”的困惑与抗争，肯尼迪对此的阐释是：“他用一种具有穿透力的愤怒声音向那应当负起责任的造物主呼唤。呼呼的风声和瑟瑟的雨声算是应答。”这标志着扬克宗教信仰的破灭，也是他对命运的困惑与怨愤。扬克的故步自封帮助他编织了他的悲剧命运之网，这就让作品具有一种理性启示，帮助读者思考个人在神秘的命运面前发挥主观能动性的重要性。

三、悲剧黑暗中的一线光明

意大利文学批评家卡尔维诺曾这样评价康拉德及其故事的底

蕴:“康拉德将世界视为黑暗与充满敌意的东西，可是他以全部人类的力量来对抗，包括人类的道德规则与勇气。面对黑暗、混乱如雪崩般的降临，以及充满神秘与绝望的世界概念，康拉德的无神论人性还是坚守阵营、站稳脚跟……只有那些对人类力量有信念的人，他们相信那些在自己的工作中认出自身高贵性的人，这些人知道康拉德所珍视的‘忠实原则’不只适用于过去而已。”[①]可见，康拉德既认识到外部世界的黑暗和敌意，更相信人类有奋起反抗这黑暗和敌意的力量。在这个故事中，康拉德对人类力量的信任寄托在叙事人肯尼迪医生和斯沃弗老先生身上。他们是扬克悲剧的见证人和同情人，虽然面对强大的命运之网，他们对扬克的帮助显得杯水车薪。对扬克而言，由于主客观原因，他的悲剧在所难免。然而，我们还同时看到了另外两种生命形态：浪迹天涯的肯尼迪医生和固守本土的斯沃弗老先生，他们对陌生人的好奇心和通情达理成为扬克与村民故步自封的鲜明对照，为故事浓重黑暗的悲剧色调增添了一抹亮色，为这个悲剧昭示了一线希望。

为了确保读者对肯尼迪这个主要叙事人的信任，故事包含三个叙述层次：第一叙事人“我”、主要叙事人肯尼迪医生以及第三叙事人扬克。第一叙事人是故事的直接听众，表现出即刻的感受力和关联联想力，也是他在向读者介绍医生的叙述权威。肯尼迪见多识广——“他的机敏来自科学的训练，一种调查研究的习惯，一种无法平息的好奇心，它使人相信每一个谜团里都包含着一个普遍真理的微粒”。肯尼迪的好奇心和求知欲让他在新环境中避免了扬克的孤独感，肯尼迪的医生职业也决定了“他能让人与他自由交谈，在倾听他们的故事时，他总是带着极大的耐心”。这便是肯尼迪作为

① 伊塔洛·卡尔维诺:《为什么读经典》，黄灿然、李桂蜜译，译林出版社，2012，第205页。

主要叙事人的资质——他的广博见识和医生职业赋予他深厚的理解力和同情心，也赋予他无与伦比的观察力和判断力，让他成为可靠的叙事人，也让他有能力把第三叙事人扬克的故事有效地转述过来。

透过肯尼迪医生敏锐的眼睛和敏感的心灵，读者了解到这个海滨小镇的闭塞落后和村民们的古板狭隘。肯尼迪医生与扬克这位外来者不仅能推心置腹地交流，而且能理解和同情扬克孤立无援的处境。肯尼迪医生夹叙夹议的讲述不仅让读者看到扬克的悲惨遭遇，更重要的是，他帮助读者思考和探索神秘莫测的命运力量。决定命运的主客观因素扑朔迷离，似是而非：大海的辽阔与小镇的狭隘、自然的永恒与命运的无常、肯尼迪的包容与村民的排外都形成了鲜明的对比。在强大的命运力量面前，肯尼迪医生仿佛是雨过天晴的彩虹或乌云遮蔽太阳时旁边露出的一线光明，他象征着在另一种生命形式中，自主命运的可能性。

如果周游世界的肯尼迪为扬克树立了如何与陌生世界相处的榜样，那么斯沃弗先生就是村民如何面对外来者的理想形象。这位老先生博览群书，慷慨仁慈，虽然年事已高，却对新生事物保持强烈的好奇心和开放心态："他会在雨天驾车数英里去看人家花园里的一种新玫瑰，或是村民种出来的大白菜。他喜欢听人说或看人展示'稀奇'之物。也许正是这个人身上的稀奇吸引了老斯沃弗。"扬克在这里能获得安身立命的机会，正得益于斯沃弗的好奇与慷慨。他先是收留了扬克，在确定了扬克的智慧和勇敢之后，平等待他，给他发工资，在扬克结婚时赠给他住房和田产。这些举动不仅为扬克凄苦的流放生活增添了一线光明，而且为不同文化的交往提供了可资借鉴的开放态度。

康拉德的悲剧故事之所以没有陷入现代主义文学的虚无，是因为他本人成功消化了移民作家的流放体验，他能把扬克举目无亲的畸零感变成肯尼迪医生丰富多彩的精神世界和移情的想象力，使读者在史密斯夫妇的恐惧与仇外情绪之外还能看到斯沃弗老先生的豁达大度和慷慨行为。与此同时，康拉德用英语进行文学创作，给英语语言带来了异国情调，就像扬克在说英语时“总是带着那种唱歌般的温柔颤抖的语调，哪怕是最常见的英文单词也被注入一种奇妙的穿透力，好像它们并非尘世的词语”。这同样是康拉德在本故事中表现出来的语言魅力。

简言之，从肯尼迪医生与斯沃弗先生为这个悲剧故事增添的一抹亮色来看，无论是漂泊天涯还是固守本土，似乎都不能影响一个人成为自己命运的主宰。在谈到埃米无力架设本土文化与扬克所代表的外来文化之间的交往桥梁时，肯尼迪点评说:“没有一定的想象力就不会有善良之心。”可见，与传统现实主义作家（如狄更斯）的人道主义相比，康拉德和詹姆斯这些现代移民作家更相信，在不同文化的交往中，移情的想象力和好奇心是通向陌生事物、避免人道灾难的必要条件。

四、结语

在西方近现代以来的文学作品中，如伊迪丝 · 华顿的作品，很多主人公为了追求自由和幸福的梦想，不惜远走他乡，甚至自愿流放。但这些作家似乎忘记了，无论在何种文化环境中，人类永远无法摆脱的是记忆与认知局限（这是构成扬克的悲剧命运的主观因素）加诸自身的不幸感，以及来自新环境的敌视和排斥。文化习俗的积重难返成为人的外在锁链，敏感脆弱的天性形成人的内在困扰。该需要多大的勇气和智慧才能像肯尼迪医生那样四海为家呢！该需要多大的幸运和慷慨才能像斯沃弗老先生那样乐善好施呢！一线光明穿透故事浓重的阴郁底色，构成康拉德独特的明暗相衬的悲剧风景。达摩克利斯头顶悬着的宝剑，西西弗斯推石头上山——自古以来，生命的威胁无处不在，挣扎的徒劳随处可见，这不仅是古希腊人对人类命运的寓言表达，更是康拉德笔下现代人的命运体验。

第六章

死者[1]（1907）

詹姆斯·乔伊斯

作者简介

詹姆斯·乔伊斯（James Joyce，1882—1941）出生于爱尔兰都柏林，是现代主义小说的重要代表作家之一。乔伊斯的父亲是坚定的民族主义者，母亲是虔诚的天主教徒。乔伊斯天性敏感，在童年时代就目睹了都柏林在英国统治下战乱不断、民不聊生的状况。1898年，乔伊斯在都柏林大学攻读哲学和语言。乔伊斯一生颠沛流离，大部分时间远离家乡，长期侨居巴黎，并游历欧洲各地，深受自由主义思想的影响。他的小说多描写都柏林下层阶

① 该故事写于1907年，于1914年首次出版。本文选自詹姆斯·乔伊斯的《都柏林人》（*Dubliners*，1914）。乔伊斯在1905年就写成《都柏林人》，但因为被认为包含“粗俗的语言”而遭到出版商的拒绝。1907年写完《死者》后，将其加入《都柏林人》，又先后被出版商拒绝了四次，最终于1914年成功出版发行。

级的日常生活，他年轻时的作品大多表现对爱尔兰民族文化和宗教信仰的不满，以及缺乏思想活力的社会环境对人的精神和信念的麻痹。他的短篇小说集《都柏林人》(1914)和长篇小说《青年艺术家画像》(1916)以大量的内心独白描写底层人生活的不幸和青少年的精神苦闷。《尤利西斯》(1922)是他的代表作，表现了都柏林成年人的孤独与悲观。1904年，乔伊斯在写给出版商的信中谈到《都柏林人》的创作目的时说："我的宗旨是要为我国的道德和精神史写下自己的一章。"[①] 这实际上成了他一生的文学创作目标。在乔伊斯的眼中，处于英国和天主教会双重压迫下的爱尔兰是一个没有希望的国家，而都柏林则是"瘫痪的中心"[②]。他的写作使命就是唤醒爱尔兰人独立自主的意识，引导他们重视道德生活和精神生活。

扫码获取小说英文原文和录音

译文

看门人的女儿莉莉真是忙得脚不沾地。她刚把一位先生领到一楼办公室后面的小食品储藏间，帮他把外套脱下，大厅的门铃就又"丁零—丁零"响了，她只好匆忙穿过露天走廊去迎进另一位客人，好在她不必去照顾女士们。不过，凯特小姐和朱莉娅小姐想到了这一点，所以她们已经把楼上的浴室临时改成了女士更衣室。凯特小姐和朱莉娅小姐在那里聊着，笑着，瞎忙一气，轮流走到楼梯口，隔着扶梯往下看，朝楼下大声喊着，问莉莉是谁来了。

莫肯家的女士们举办的年度舞会向来是件大事。所有认识她们

①② James Joyce, *Selected Letters of James Joyce,* ed Richard Ellmann (New York: Viking Press, 1975), p. 83.

的人都来参加:家庭成员、家庭老朋友、朱莉娅在唱诗班的同事们、凯特的已经长大成人的学生们，甚至还有几个玛丽·简的学生。舞会从来都没有办砸过。在大家的记忆中,多年来舞会一直都很华丽。在她们的哥哥帕特去世之后，凯特和朱莉娅便离开了斯托尼巴特的住所，带着她们唯一的侄女玛丽·简搬进厄舍岛这栋昏暗破旧的房子里，她们租住在粮食批发商富勒姆先生的房子二楼，房主自己住在一楼。光阴荏苒，三十年仿佛一天。玛丽·简当时还是个穿童装的小女孩，现在已是家里的顶梁柱了，因为她在哈丁顿路演奏管风琴。她毕业于爱尔兰皇家音乐学院[①],每年都在古乐厅[②]楼上为学生举办一场音乐会。她的许多学生来自金斯顿和多基一带的上流社会家庭。她的两个姑姑虽然上了年纪，但也尽力分担（经济压力）:朱莉娅尽管已经满头白发，但仍然担任“亚当与夏娃”教堂[③]的首席女高音；凯特身体虚弱，不便四处走动，她就用后屋那架方形旧钢琴给初学者上音乐课。看门人的女儿莉莉是家里的女佣。尽管她们生活节俭，但她们相信要吃好，一切都只要最好的：牛里脊、三先令一磅的茶叶和瓶装的上等黑啤酒。莉莉很少在这些订单上出错，因而和三位女主人相处融洽。她们很挑剔，仅此而已。但是她们唯独不能容忍别人顶嘴。

---

① 音乐学院（The Academy）是爱尔兰皇家音乐学院（Royal Irish Academy of Music）的简称。该学院位于都柏林韦斯特兰街 36—38 号。——译者注

② 古乐厅（The Ancient Concert Rooms）位于都柏林大布伦瑞克街（现皮尔斯街），是都柏林举办音乐会和其他小型娱乐活动的重要场所。爱尔兰文艺复兴时期一些早期戏剧在这里上演。同样出现在《都柏林人》中的《母亲》一篇中。——译者注

③ “亚当与夏娃”教堂（Adam and Eve’s）是都柏林人对圣母无原罪堂（Church of the Immaculate Conception）的昵称。该教堂是由方济各会经营的罗马天主教堂，位于都柏林的商人码头。同样出现在乔伊斯的《芬尼根的守灵夜》中。——译者注

当然，在这样一个夜晚，她们格外注重细节是情理之中的事。十点钟早已过了，加布里埃尔和他的妻子还不见人影。此外，她们还非常担心弗雷迪·马林斯会醉醺醺地出现。她们特别不愿意让玛丽·简的学生们看到他那副烂醉如泥的样子。有时候，人们对他的醉态无计可施。弗雷迪·马林斯经常迟到，不过她们不知道什么事拖住了加布里埃尔，所以她们每隔两分钟就到楼梯口去问莉莉两个人来了没有。

——噢，康罗伊先生！莉莉给加布里埃尔开门的时候说，凯特小姐和朱莉娅小姐以为你们不来了呢！晚上好啊，康罗伊太太。

——我猜她们会这么想，加布里埃尔说，但她们忘了我妻子要花整整三个小时来梳妆打扮。

他站在地垫上把套鞋上的雪蹭掉，这时候莉莉领着他妻子走到楼梯底部，大声喊道：

——凯特小姐，康罗伊太太来了！

凯特和朱莉娅马上颤巍巍地走下昏暗的楼梯。两人分别亲吻加布里埃尔妻子的脸颊，说她一定冻坏了，又问加布里埃尔有没有和她一起来。

——我在这里呢，和邮件一样准时，凯特姨妈！你们上楼去吧。我随后就到，加布里埃尔在黑暗中大声说。

三位女士有说有笑地上楼到女更衣室的时候，他还在继续使劲在地垫上蹭着鞋。薄薄的一层雪花像披风一样堆积在他大衣的肩部，套鞋尖的雪花看起来像外包头。在解开大衣的扣子时，粗呢布料的扣眼因雪变硬而发出“嘎吱—嘎吱”的响声，门外一股寒冷而芬芳的气息从衣服的缝隙和褶皱里溜出来。

——又在下雪吗，康罗伊先生？莉莉问。

她一直把他带到食品储藏间，帮他脱下大衣。加布里埃尔听到她把他的姓念成三个音节，微笑地瞥了她一眼。她身材苗条，正在发育，脸色苍白，头发是干草色。食品间的煤气灯照得她的脸色更加苍白。加布里埃尔看着她长大，她小时候常坐在台阶的最后一级上，护理一个布娃娃。

——是的，莉莉，他回答，估计要下一晚上的雪了。

他抬头望着食品储藏间的天花板。由于人们在楼上的地板上跺脚和来回走动，天花板在颤抖。他听了一会儿钢琴声，又瞅了瞅莉莉，见她正在衣架的另一边仔细叠着他的外套。

——跟我说说，莉莉，他用亲切的语气问，你还上学吗?

——哦，不上了，先生，她回答，我离开学校一年多了。

——喔，这样一来，加布里埃尔快乐地说，我猜在最近的某个好日子里，我们就要去参加你和你的年轻人的婚礼了吧?

女孩回头瞟了他一眼，很痛苦地说:

——现在的男人都是花言巧语的骗子，就想占你的便宜。

加布里埃尔脸红了，感觉好像自己做了错事。他没有看她，踢掉套鞋，忙着用厚手套轻弹他的漆皮皮鞋。

他是个高大健壮的年轻人。红润的脸色一直从脸颊往上延伸，在前额处淡化成几个不成形的淡红色斑块。他脸上的胡子刮得干干净净的，明亮的金丝边眼镜庇护着他敏感而焦躁不安的双眼。他乌黑发亮的头发从中间分开，在耳朵后面梳成一条弯曲的长线，在帽子留下的凹槽下面微微地卷曲着。

他把鞋子擦亮之后站起身来，把他的西服马甲往下扯了扯，使之更贴紧自己结实的身体。接着，他很快从口袋里掏出一枚硬币。

——哦，莉莉，他边说边把硬币塞到她手里，圣诞节到了，不是吗？只是……一点小小的……

他很快向门口走去。

——噢，不，先生！女孩子大声说，跟在他身后，真的，先生，我不要。

——圣诞节日子啊！圣诞节日子啊！加布里埃尔说着，几乎小跑到楼梯口，并向她挥手示意，这不算什么。

女孩子见他已经走上楼梯，就在他身后大声说：

——好吧，谢谢你，先生。

他在客厅外面等华尔兹结束，听着裙子拖拽的声音和脚步来回走动的声音。他仍然在为这个女孩子突然之间愤愤不平的回嘴感到心神不宁。他想用整理袖口和领结来驱散笼罩在心头的阴霾。接着，他从背心口袋里掏出一张小纸片，瞥了一眼他为演讲准备的提纲。他拿不准是否引用罗伯特·勃朗宁[①]的诗句，担心这些诗句超出了听众的理解力。从大家熟悉的莎士比亚或《爱尔兰歌曲集》[②]引用也许更合适。这些男士们不雅地跺鞋跟、拖鞋底的声音都在提醒他，他们的文化不在一个层次上。给他们引用他们不懂的诗句只会让自己显得可笑。他们会觉得他在炫耀自己优越的教育。他会让他们失望，就像他在食品储藏间让那个女孩子失望一样。他开始就把调子定错了。他的全部讲话从头到尾都是个错误，一个彻底的失败。

就在这个时候，他的姨妈们和他的妻子从女更衣室里走出来。两位姨妈都是身材矮小、穿着朴素的老太太。朱莉娅姨妈稍高一英寸。朱莉娅姨妈灰白的头发低垂在耳朵上方，她那张宽大而皮肤松

① 罗伯特·勃朗宁（Robert Browning，1812—1889）是英国维多利亚时期的著名诗人，以细致入微的心理刻画和独特的戏剧独白诗（dramatic monologue）而闻名。——译者注

② “The Melodies”指的是爱尔兰的爱国诗人托马斯·穆尔（Thomas Moore，1779—1852）的诗集《爱尔兰歌曲集》（*Irish Melodies*，1807—1834）。——译者注

弛的脸也是灰白色的，带着深色的阴影。她虽然身材壮硕，站得笔直，但是目光呆滞，嘴巴张开，看起来像一位不知身在何处或者去往哪里的女士。凯特姨妈更活泼些。她的脸色比姐姐的更健康，但脸上所有的褶皱和折痕使她像一个干瘪的红苹果。她的头发依然按老样子盘起来，没有失去熟栗子般的褐色。

她们都真诚地吻了吻加布里埃尔。他是她们最喜爱的外甥，是她们去世的姐姐爱伦和在港务局工作的 T. J. 康罗伊所生的儿子。

——格丽塔告诉我，你们今天夜里不打算坐马车回蒙克斯顿了，加布里埃尔，凯特姨妈说。

——是的，加布里埃尔说，转过头去看他的妻子，我们去年可是受够了，不是吗？凯特姨妈，你不记得了，格丽塔因此得了多重的感冒。车窗一路上都在“咯吱—咯吱”地响，过了梅里昂之后东风就往里面灌。晚会非常开心，格丽塔却患上了令人不快的感冒。

凯特姨妈严肃地皱着眉头，对他说的每个字都点头认可。

——说得对，加布里埃尔，说得对，她说，你必须格外小心。

——但格丽塔，加布里埃尔说，要是依着她，她会在雪地里走回家的。

康罗伊太太笑了起来。

——别管他，凯特姨妈，她说，他就是个讨厌鬼，让汤姆夜里戴绿色墨镜，让他练哑铃，逼着伊娃喝玉米粥。可怜的孩子！她看到玉米粥就觉得恶心！……噢，不过你们一定猜不到他现在又要我穿什么！

她突然放声大笑，瞥了一眼她的丈夫，他那赞赏的幸福目光从她的衣服移到她的脸上和头发上。两位姨妈也开心地笑着，加布里埃尔的牵肠挂肚一直是她们的笑谈。

——套鞋！康罗伊太太说，那是最近流行的东西。只要地面湿了，我就得穿上套鞋。他甚至今天晚上也要让我穿上，但是我不愿意。下次他怕是要给我买潜水衣了。

加布里埃尔局促不安地笑笑，安抚地拍了拍自己的领带，而凯特姨妈几乎笑弯了腰，她是真心喜欢这个笑话。朱莉娅姨妈脸上的笑容很快就消失了，她忧郁的双眼看着自己的外甥。稍停，她问道：

——什么是套鞋，加布里埃尔？

——套鞋，朱莉娅！凯特姨妈大声说，我的天哪！你连套鞋都不知道吗？你把它们穿在你的……你的靴子外面，格丽塔，对吧？

——是的，格丽塔说，是用古塔胶做的东西。我俩都有一双。加布里埃尔说欧洲大陆上人人都穿这个。

——哦，欧洲大陆上，朱莉娅姨妈咕哝着说，慢慢地点了点头。

加布里埃尔皱起眉头，似乎有些生气：

——这根本就没啥稀罕的，但格丽塔觉得好玩，她说“套鞋”这个词让她想起克里斯蒂游唱团①。

——可是，告诉我，加布里埃尔，凯特姨妈机智敏捷地说，你肯定已经找好住处了吧。格丽塔刚才说……

——噢，房间安排好了，加布里埃尔回答，我在格雷沙姆旅馆订了个房间。

——当然，凯特姨妈说，这样再好不过了。那孩子们呢，格丽塔，你不担心他们吗？

——噢，就一个晚上，康罗伊太太说，再说了，贝茜也会照顾他们的。

---

① 该剧团是由美国歌手 E. P. Christy 于 1843 年建立的，主要演出节目是黑脸滑稽剧（blackface minstrelsy），也就是，由化着黑脸妆的白人演员在舞台上模仿黑人的滑稽言行。克里斯蒂游唱团常见的表演中有一首德彪西的《黑娃娃的步态舞》（*Golliwog's Cake-Walk*），其中“Golliwog's”的发音与“goloshes”相似，有可能触发了格丽塔的联想。——译者注

——当然，凯特姨妈又说，有那样一个可以依靠的女孩子真让人欣慰啊！你瞧那个莉莉，我真不知道她最近是怎么了。她完全变了个人。

加布里埃尔正要就这一点问凯特姨妈几个问题，她却突然打住话头目送她的姐姐。朱莉亚正缓慢地走下楼梯，伸长脖子往栏杆外面看。

——嗳，我问你，她几乎是恼火地说，朱莉娅这是要去哪呀？朱莉娅！朱莉娅！你要去哪里？

朱莉娅已经走下一段楼梯，又折回来，态度温和地说：

——弗雷迪来了。

正在这个时候，伴随着一阵掌声，钢琴演奏者弹出最后一串华丽而夸张的音符，宣告这首华尔兹舞曲的结束。客厅的门从里面打开了，走出来几对男男女女。凯特姨妈赶快把加布里埃尔拉到一边，凑到他耳边轻声说：

——悄悄溜下去，加布里埃尔，行行好，帮我看看他是不是头脑清醒。如果他醉了，就别让他上楼来了。我猜他一定是醉了，一定是。

加布里埃尔走到楼梯口，隔着扶手听了听。他听见两个人在食品储藏间里说话。接着他听出了弗雷迪·马林斯的笑声，就动静很大地下楼去了。

——真是松了一口气，凯特姨妈对康罗伊太太说，幸好加布里埃尔在。有他在场，我总觉得更安心一些……朱莉娅，戴利小姐和鲍尔小姐想吃些点心。戴利小姐，谢谢你弹奏的美妙华尔兹，让我们度过愉快的时光。

一个满脸褶皱、蓄着一撮直挺挺的灰白胡子、皮肤黝黑的高个子男人正带着他的舞伴走到这里来，他问道：

——我们也可以吃些点心吗，莫肯小姐?

——朱莉娅，凯特姨妈马上说，这是布朗先生和弗朗小姐。把他们带进去吧，朱莉娅，还有戴利小姐和鲍尔小姐。

——我是一个讨女士们喜欢的男人，布朗先生说。他噘着嘴，翘着胡须，脸上的每条皱纹都露出了笑意。你知道吗，莫肯小姐，她们迷恋我的原因是——

他没有把话说完，但发现凯特姨妈听不见了，就很快把三位年轻女士领到后面的房间里去了。屋子中间并排摆着两张方桌，朱莉娅姨妈和看门人正把一块大桌布在桌子上扯开拉平。餐具柜上摆放着盘子、玻璃杯、一捆捆的刀叉和汤勺。盖上的钢琴盖也被当作餐柜，放着各样佳肴和甜点。两个年轻人正站在角落里一个稍小一点的餐柜旁喝着苦味啤酒。

布朗先生领着三位暂时托他照看的女士们走过去，开玩笑地请她们品尝辛辣、浓烈又甜香的女士潘趣酒。她们说自己从来不喝烈性酒，他便为她们打开三瓶柠檬汁。接着他请其中一位年轻男士腾个地方，拿起醒酒器给自己倒了一大杯威士忌。他试着小啜一口，年轻男士们都尊敬地看着他。

——上帝保佑！他微笑着说，这可是医生的嘱托。

他干瘪的脸上露出更加灿烂的笑容，三位女士开怀大笑，悦耳地回应着他的俏皮话，笑得前仰后合，肩膀神经质地颤抖着。最大胆的那位说：

——噢，嗳，布朗先生，我敢肯定医生从来不会这么嘱咐你的。

布朗先生又抿了一口威士忌，侧身模仿道：

——喏，你们看，我就像那个著名的卡西迪夫人。据传她曾经说过这样的话，“喏，玛丽·格莱姆斯，如果我不喝酒，你就要强迫我喝，因为我感觉我需要啊。”

他滚烫的脸有点过于亲密地向前倾着，带着低沉的都柏林口音，所以三位年轻女士本能地没有回应他的话。弗朗小姐是玛丽·简的学生，她问起戴利小姐刚才弹的那首动听的华尔兹舞曲叫什么名字。布朗先生见没人理他，就转身去找那两位更能欣赏他的男青年去了。

一位脸色红润、穿着三色堇图案衣服的年轻女士走进房间，她兴奋地拍手大声说：

——卡德里尔方阵舞！卡德里尔方阵舞！

凯特姨妈也紧随其后大声说：

——需要两位男士和三位女士，玛丽·简！

——喏，伯金先生和克里根先生在这里，玛丽·简说，克里根先生，你愿意和鲍尔小姐一起跳吗？弗朗小姐，我来给你找个舞伴，伯金先生。哦，这样刚好。

——需要三位女士，玛丽·简，凯特姨妈说。

两位年轻先生问小姐们是否愿意赏光做他们的舞伴。玛丽·简转向戴利小姐，对她说：

——噢，戴利小姐，你真是太辛苦啦，连续为两支舞伴奏，不过今夜我们实在太缺女士了。

——一点关系都没有，莫肯小姐。

——不过我给你找了个好搭档，男高音歌手巴特尔·达西先生。稍后我会请他唱首歌。整个都柏林都对他赞不绝口。

——天籁之音，天籁之音！凯特姨妈说。

当钢琴第二次弹奏第一段舞曲的序曲时，玛丽·简领着她组建的舞队很快就离开了房间。他们刚离开，朱莉娅姨妈就溜达进来，回头朝身后看着什么。

——怎么了，朱莉娅？凯特姨妈忐忑不安地问，谁在那里？

朱莉娅拿着一卷餐巾纸，凯特的问题好像让她吃了一惊，就转身回答：

——不就是弗雷迪嘛，凯特，加布里埃尔和他在一起。

事实上，就在她身后，只见加布里埃尔正领着弗雷迪·马林斯站在楼梯两端之间的平台上。弗雷迪是一个年近四十岁的年轻人，体型和体格与加布里埃尔很像，肩膀圆阔。他的脸肉嘟嘟的，面色苍白，只有厚厚的耳垂和宽大的鼻翼上有些血色。他五官粗犷，塌鼻子，额头又短又凸出，嘴唇肿胀前突。他眼睑下垂，稀疏的头发凌乱不堪，这让他看起来昏昏欲睡。他在楼梯上给加布里埃尔讲了个故事，一边开怀大笑，一边用左拳指关节来回揉搓着左眼。

——晚上好，弗雷迪，朱莉娅姨妈说。

弗雷迪·马林斯问候莫肯小姐们。他讲话时声音中有一种习惯性的哽咽，好像是一种即兴时尚，接着他看见布朗先生在餐柜那边冲他咧嘴笑，就晃晃悠悠地走过去，又小声把刚才给加布里埃尔讲的故事重新讲了一遍。

——他还不是很糟，对吧？凯特姨妈对加布里埃尔说。

加布里埃尔双眉紧皱，但很快又扬起眉毛回答：

——哦，是的，几乎看不出来。

——哎，他真是个可怕的家伙！她说，他可怜的母亲在新年前夕让他发过誓。不过，走吧，加布里埃尔，我们去客厅吧。

在和加布里埃尔一起离开房间之前，凯特姨妈对布朗先生皱了皱眉头，摇了摇食指让他小心，布朗先生点头回应。等她走后，布朗先生对弗雷迪·马林斯说：

——好了，特迪，我给你倒一大杯柠檬汁，让你打起精神来。

弗雷迪·马林斯马上要讲到故事的高潮部分，所以不耐烦地挥挥手拒绝他的提议，但布朗先生为转移弗雷迪·马林斯的注意力，指出他衣着的凌乱之处，接着倒好一满杯柠檬汁递给他。弗雷迪·马林斯的右手忙着整理衣服，左手机械地接过杯子。布朗先生的脸又乐得皱纹密布，他为自己倒了一杯威士忌。弗雷迪·马林斯就要讲到故事的高潮时，突然爆发出一阵刺耳的大笑。他放下那杯还没有品尝、正往外溢的柠檬汁，开始用左拳指关节来回揉搓左眼，在大笑的间歇重复刚才说过的最后一个短语。

在客厅里，玛丽·简正对着安静的观众弹奏学院派风格的钢琴曲，曲子里全是速奏和高难度的曲段，但加布里埃尔听不进去。他喜欢音乐，但她弹奏的这首曲子让他感觉没有曲调，而且他怀疑其他观众是否也听不出曲调，尽管他们恳求玛丽·简为他们演奏点什么。四个年轻人听到琴声就从茶室走出来站在门口，但几分钟后便悄悄地结伴离开了。看来真正欣赏这首曲子的只有两个人，一个是玛丽·简本人，她的手指在琴键上飞舞，在休止符的地方突然跃起，像女祭司在简短的祈祷中摆出的手势；另一个就是凯特姨妈，她站在玛丽·简的身边为她翻乐谱。

打过蜂蜡的地板在枝形吊灯下闪闪发光，加布里埃尔瞧着刺眼，便转而去看钢琴上方的墙壁。墙上挂着两幅画，一幅画着罗密欧与朱丽叶楼台相会的场景；旁边还有一幅，是在伦敦塔被杀的两位王子[①]，是朱莉娅姨妈年少时用红色、蓝色和棕色羊毛线织成的。也许她们小时候上的学校有一年教女孩子做这种手工，因为他妈妈就给他织过一件紫色毛背心做生日礼物，上面绣着一些小狐狸头，配上棕色缎面内衬和紫红色纽扣。奇怪的是，尽管他妈妈常被凯特

① 两位王子在伦敦塔被谋杀，指的是“塔中王子”的历史悬案。据传，理查三世于 1483 年在伦敦塔谋杀了他的两个侄儿，也就是爱德华四世的两个儿子——12 岁的爱德华五世和 9 岁的理查王子，但该指控没有任何证据佐证。——译者注

姨妈看作莫肯家最聪明的人，但她并没有音乐天赋。一直以来，凯特和朱莉娅都为她们的这位不苟言笑、庄重而威严的姐姐感到骄傲。她的照片被摆放在壁镜前。照片中，她把一本书摊在膝盖上，正在给康斯坦丁指着书中的某个地方，康斯坦丁身穿海军制服躺在她的脚边。儿子们的名字都是她给起的，因为她非常重视家庭生活的体面。多亏她，康斯坦丁现在已经是巴尔布里根教区的高级助理牧师；也多亏她，加布里埃尔在皇家大学获得了学位。想到母亲面色愠怒地反对他的婚姻，他的脸上就掠过一丝阴影。她说过的那些轻蔑的话仍然让他耿耿于怀。有一次，她还说格丽塔有乡下人的精明，但格丽塔根本不是那种人。她在他们蒙克斯顿的房子里长期生病期间，都是格丽塔在照顾她。

他知道曲子已经接近尾声，因为玛丽·简又弹起了开始的旋律和每小节后面的速奏。在等待钢琴曲结束的时候，他心头的怨恨渐渐平息下来。这首曲子以高音区的一段八度颤音和最后低音区的一个深沉的八度音结束。玛丽·简红着脸在热烈的掌声中害羞地慌忙卷起乐谱逃出了客厅。其中拍手拍得最起劲的就是站在门口的那四个年轻人，乐曲刚开始的时候他们就溜到摆放点心的房间里去了，曲终时才又转回来。

方块舞①安排好了。加布里埃尔发现他的舞伴是艾弗斯小姐。她是一位举止坦率、非常健谈的年轻女士，满脸雀斑，棕色的眼睛向外凸出来。她没有穿低领紧身胸衣，衣领前别着一枚刻有爱尔兰纹章的大胸针，上面刻着爱尔兰图案和格言。

当他们进入各自的站位后，她突然开口说：

——我可是对你有意见啊！

---

① 方块舞（lancers）是一种由八队或十六队跳的方阵舞（quadrille）——来自《柯林斯词典》。——译者注

——对我吗？加布里埃尔说。

她严肃地点了点头。

——怎么了？加布里埃尔问，看着她庄重的举止不由地笑了。

——加·康是谁？艾弗斯小姐问，定睛看着他。

加布里埃尔脸红了，正要皱起眉毛假装没有听懂，她单刀直入地说：

——噢，别假装清白无辜了！我已经知道你为《每日快报》撰稿啦。喏，难道你不觉得脸红吗？

——我为什么要觉得脸红呢？加布里埃尔问，眨了眨眼，努力微笑。

——哦，我为你感到羞愧，艾弗斯小姐直率地说，你竟然为那种报纸写文章。真没想到你居然是个西不列颠人[①]。

加布里埃尔脸上露出困惑的表情。他确实给《每日快报》每周三的文学专栏写文章，领取十五先令的报酬。但这肯定不会让他成为亲英分子。比起那张微不足道的支票，他更乐于得到那些能让他写评论的书。他喜欢抚摸新书的封面，翻动新印的书页。几乎每天下课后，他都会沿着码头散步，逛逛附近的二手书店，比如单身汉步行街的希基书店、阿斯顿码头的韦伯书店或者梅西书店，还有后街上的奥克罗西斯书店。他不知道该如何应付她的指责。他想说文学高于政治。但他们是多年的好朋友，人生道路也是平行的，先是大学同学，后来又一起当老师：他不能冒险对她说空话。他只好继续眨巴着眼睛，努力微笑，并支支吾吾地低声说，他看不出写书评与政治有什么关系。

轮到他们交叉换位时，他还是心绪茫然、心不在焉的样子。艾

① 这是爱尔兰人对亲英派爱尔兰人的贬称，因为他们认同英国文化，相信爱尔兰只是英国西部的一个区域。——译者注

弗斯小姐赶快热情地握住他的手，温柔而友好地说：

——当然了，我刚才只是开玩笑。来吧，我们现在该换舞伴了。

又轮到他们一起跳舞时，她谈起大学问题[①]，加布里埃尔感觉更自在了。她的一个朋友给她看过他写的勃朗宁诗歌评论。她就是从这里发现的那个秘密，不过她非常喜欢那篇评论。接着她又突然说道：

——噢，康罗伊先生，今年夏天，你想和我们一起去阿伦群岛[②]远足吗？我们要在那里待整整一个月。出来到大西洋旅行一定很棒。你应该来呀。克兰西先生要来，还有基尔凯利先生和凯瑟琳·卡尼。如果格丽塔也来的话就更好了。她来自康诺特[③]，对吧？

——她的家人来自那里，加布里埃尔没好气地说。

——不过，你会来的，对吧？艾弗斯小姐说，热切地把温暖的手放在他的胳膊上。

---

① 爱尔兰人的主要宗教是天主教，而爱尔兰最好的大学——都柏林圣三一大学隶属新教。在 19 世纪，大学问题指的是天主教徒学生为争取平等的教育机会进行抗争。在 20 世纪初，大学问题包含两层意思：一是天主教徒学生为争取平等的教育机会继续进行抗争，二是当时的爱尔兰大学是否接纳女学生这个问题。——译者注

② 阿伦群岛（The Aran Isles）位于爱尔兰西海岸高威湾口，由伊尼什莫尔岛、伊尼什曼岛和伊尼希尔岛三个岛屿和一些小岛组成。爱尔兰西部地区多为乡村聚落，地势崎岖，普遍使用传统语言盖尔语。相较都柏林和其他东部地区，其受英国文化渗透较少。爱尔兰文艺复兴时期，西部地区成为传统文化与民族主义势力发展的重要阵地。阿伦群岛和后文提到的高威郡，即格丽塔过去生活的地方，都属于该地区。——译者注

③ 康诺特（Connacht）其英文也写作“Connaught”，位于爱尔兰西北部，是爱尔兰四省之一，阿伦群岛和高威郡都在该省内。另一位爱尔兰作家萧伯纳（George Bernard Shaw）曾在他的戏剧《英国佬的另一个岛》（*John Bull's Other Island*, 1904）中提到“Connaught”这个词的英语发音与“未教化的”（untaught）一词相似，而其盖尔语的发音与“软帽”（bonnet）类似，故试图提醒读者英语语言中存在着对爱尔兰广泛而根深蒂固的蔑视。——译者注

——事实上，加布里埃尔说，我刚刚安排好要去——

——去哪里？艾弗斯小姐问。

——哦，你知道，每年我都和一些朋友骑自行车旅行，所以——

——可是去哪里呢？艾弗斯小姐问。

——唔，通常我们去法国、比利时或德国，加布里埃尔笨拙地说。

——你们为什么去法国和比利时，艾弗斯小姐说，而不是去自己的国家看看呢？

——嗯，加布里埃尔说，一方面是想要和这些语言保持联系，一方面是想有所变化。

——难道你不需要和自己的语言——爱尔兰语——保持联系吗？艾弗斯小姐问。

——啊，加布里埃尔说，如果你提到这一点，你知道的，爱尔兰语不是我的语言。

他们旁边的人都转过身来听这个盘问。加布里埃尔紧张地左顾右盼，在这种严酷的拷问下努力保持良好的风度，这让他的额头泛起一阵红晕。

——难道你就不能去看看自己一无所知的土地、自己的人民和国家吗？艾弗斯小姐继续问。

——哦，坦率地说，加布里埃尔突然反驳道，我讨厌自己的国家，讨厌透了！

——为什么？艾弗斯小姐问。

加布里埃尔没有回答，因为他的反驳让自己很激动。

——为什么？艾弗斯小姐又问。

他们得一起穿梭对舞。由于他没有回答她，艾弗斯小姐便亲切地说：

——当然了，你回答不上来。

为了掩饰自己内心的烦乱，加布里埃尔热情洋溢地参与舞会。他有意避开艾弗斯小姐的眼睛，因为他看到她脸上酸溜溜的表情。但当他们在长长的队列中再次相遇时，他吃惊地发现自己的手被她紧紧地攥着。她皱着眉头困惑地盯着他看了一会儿，直到他露出笑容。当队列正要再次动起来的时候，她踮起脚尖在他耳边悄声说：

——西不列颠人！

方块舞结束后，加布里埃尔走开，到房间的一个偏远的角落里去了，弗雷迪·马林斯的母亲坐在那里。她是个白发苍苍的老太太，身材矮胖，虚弱无力。她的嗓音和她儿子的一样有点哽咽，说话稍微有点结巴。已经有人告诉她弗雷迪来了，而且几乎没有醉。加布里埃尔问她旅途是否顺利。她和她结了婚的女儿住在格拉斯哥，每年来都柏林一次。她满足地回复，旅途一帆风顺，船长对她非常照顾。她还提及女儿在格拉斯哥的漂亮房子，以及他们在那里的所有朋友。她的舌头在漫谈时，加布里埃尔试图从脑子里把刚才他和艾弗斯小姐的所有不愉快记忆都抹去。当然，艾弗斯小姐，这个女孩子或者女人，或者无论她是什么身份，她都是个狂热分子，但凡事都要适可而止吧。也许他不该那样回答她。然而，她无权当众称他是西不列颠人，即便是开玩笑也不行。她故意让他在所有人面前出丑，责问他，还用那双兔子似的眼睛盯着他不放。

他看见妻子穿过跳华尔兹舞的一对又一对舞伴向他走来。走到他跟前时，她附在他耳边说：

——加布里埃尔，凯特姨妈想知道，你愿意像往常一样帮忙切鹅肉吗？戴利小姐负责切火腿，我负责切布丁。

——好啊，加布里埃尔说。

——华尔兹一结束，她就先把年轻人送进去，这样我们就可以用那张桌子干活了。

——你刚才跳舞了吗？加布里埃尔问。

——当然了。你没看见我吗？你刚才和莫莉·艾弗斯吵什么呢？

——没吵什么啊！怎么了？她这么说的吗？

——差不多吧。我正在想办法请那位达西先生给大家唱首歌，我觉得他蛮自负的。

——没吵架，加布里埃尔闷闷地说，只不过她要我去爱尔兰西部旅行，我说我不想去。

他妻子激动地紧握双手，跳了一下。

——噢，去吧，加布里埃尔，她大声说，我真想再到高威去看看。

——你想去就自己去吧，加布里埃尔冷冷地说。

她看了他一会儿，然后转身对马林斯太太说：

——这可真是个好丈夫啊，马林斯太太。

她又穿过人群回去的时候，马林斯太太还在对加布里埃尔讲苏格兰的名胜景点和秀丽风光，根本没有留意格丽塔的打岔。马林斯太太的女婿每年都带他们去湖区钓鱼。她女婿是个钓鱼能手。有一天，他钓到了一条漂亮的大鱼，旅馆的人还帮他们把鱼烹饪好当晚餐呢。

加布里埃尔几乎没听见她在说什么。晚餐时间快到了，他又开始想他的演讲和引文。当他看到弗雷迪·马林斯穿过房间来找他母亲的时候，便把椅子让给他，自己退到窗口的斜墙边。房间已经打扫干净了，从后面的房间里传来盘子和刀叉的碰撞声。那些还留在客厅里的人们看起来跳舞跳累了，三三两两地悄声交谈着。加布里埃尔用温暖颤抖的手指敲着冰凉的窗玻璃。外边一定很冷吧！现在一个人出去散步，先沿着河边走走，然后穿过公园，该有多惬意啊！雪落在树枝上，在惠灵顿纪念碑的顶部形成一顶明亮的雪帽子。在那里散步，一定会比在餐桌前惬意多了！

他快速浏览了一遍他的演讲提纲：爱尔兰人的好客、悲伤的回忆、三女神[①]、帕里斯[②]以及勃朗宁的诗句引用。他在心中默默地念着他写在评论文章里的一句话："一个人感觉自己正在聆听一段让思想备受煎熬的音乐。"艾弗斯小姐称赞过这篇评论。她说的是真心话吗？在她的政治宣传背后，她真的有自己的生活吗？在今天晚上之前，他们之间并无任何恶感。他不安地想，她会在餐桌旁、在他讲话时用挑剔的眼睛看着他。也许看到他的演讲出差错时，她都不会为他感到难过呢。他忽然想到一个好主意，顿时信心大增。他会在演讲中暗指凯特姨妈和朱莉娅姨妈："女士们，先生们，我们中间正在衰落的一代也许有自己的不足，但是我认为，他们身上还保留着好客、幽默和仁慈的美好品质，而这些似乎是我们中间正在成长起来的、严肃的、受过高等教育的新一代人所缺少的。"非常好，后面这句话是针对艾弗斯小姐的。而他的两位姨妈不过是孤陋寡闻的老太太，有什么好在乎的呢！

房间里传来一阵窃窃私语声引起了他的注意。布朗先生正在殷勤地陪朱莉娅姨妈从门口进来，她低头微笑着倚在他的胳膊上。参差不齐的掌声也伴随她来到钢琴旁，于是玛丽·简在琴凳上坐下，朱莉娅姨妈敛起笑容，半转过身来，好让屋里所有人都听清楚她的声音。掌声渐渐平息下来。加布里埃尔听出了这个序曲。它是朱莉娅姨妈的拿手老歌——《为婚礼盛装打扮》——的序曲。她的嗓音洪亮而清澈，情绪饱满地合着烘托氛围的钢琴速奏，尽管她唱得很

---

① 美惠三女神（The Three Graces）即希腊神话中宙斯和欧律诺墨所生的三个女儿——阿格拉伊亚、塔利亚和优芙洛西尼，分别代表光辉（Brilliance）、青春（Bloom）和欢乐（Joy）。——译者注

② 帕里斯（Paris）即特洛伊王子帕里斯，普里阿摩斯之子。——译者注

快，但她连最小的装饰音都没有漏掉。只听歌声、不看歌手的表情就能让人感受到并分享到一种在快速且安稳的飞行中所带来的兴奋之情。歌曲结束时，加布里埃尔和大家一起热烈鼓掌，从看不见的餐桌上也传来了响亮的掌声。这些掌声听起来格外真诚，朱莉娅姨妈禁不住双颊泛红，弯腰把签有她名字缩写的陈旧皮质歌本放回乐谱架子上。弗雷迪·马林斯为了听得清楚些，一直歪着头。大家都停止鼓掌时他还在拍手喝彩，并兴高采烈地跟他母亲说话，他母亲则一脸严肃地慢慢点头表示赞同。最后他在不能鼓掌的时候猛地站起身，匆匆穿过房间向朱莉娅姨妈走去，双手握着她的手摇来摇去，说不出话来，或者他的嗓子哽噎得难以表达自己。

——我刚才告诉我妈妈，他开口说，您唱得太好了，我从来没有听过您唱得这么好，从来没有。真的，我从来没有听过您的嗓音像今夜这么好。喏！您相信我说的话吗？千真万确。我发誓，我以我的荣誉担保，千真万确。我从来没有听过您的嗓音这么清新，这么……这么清新、清晰，从来没有。

朱莉娅姨妈笑容可掬，把手从他的抓握中抽出来，轻声说了些客气话。布朗先生朝她摊开双手，以演出主持人向观众介绍天才的方式对身边的人说：

——朱莉娅·莫肯小姐，我的最新发现！

他正为自己的俏皮话开怀大笑时，弗雷迪·马林斯转身对他说：

——唔，布朗，如果你是认真的，那么你的发现可能比较糟糕。我只能说，我来这里这么久了，从来没有听她唱得有今天的一半好。这是肺腑之言。

——我也这么想，布朗先生说，但我认为她的歌声进步很大。

朱莉娅姨妈耸了耸肩，带着谦恭的骄傲说：

——说起嗓音，三十年前，我的嗓子还真不错呢！

——我经常跟朱莉娅说，凯特姨妈强调，在唱诗班里，人家对她根本不重视。可是我说不动她。

她转过身，像是恳请大家主持公道，去劝说这个倔强的孩子，但朱莉娅姨妈凝视前方，脸上露出追忆往事时的淡淡笑容。

——不，凯特姨妈继续说，她不肯听任何人的劝说，像个奴隶一样给唱诗班干活，一天到晚，一天到晚。圣诞节早上六点钟就去了！这一切都是为了什么呢？

——可是凯特姑妈，这不是为了上帝的荣耀吗？玛丽·简在琴凳上转过身子微笑着问。

凯特姨妈生气地冲着侄女说：

——我知道什么是上帝的荣耀，玛丽·简，但是教皇把一辈子在那里当牛做马的女人赶出来，安置一些狂妄自大的小男孩顶替她们，我可不觉得这是什么荣耀。我想教皇这么做是为了教会的利益。但这是不公平的，玛丽·简，这是不对的。

她越说越激动，还想继续替自己的姐姐鸣不平，这一直是她的心病，但玛丽·简眼看跳舞的人都回来了，就若无其事地岔开话题说：

——好了，凯特姑妈，你这是给布朗先生找话柄呢，他可是另一个教派的信徒。

凯特姨妈转向布朗先生，见他正因为别人提起他的教派而咧着嘴笑呢，就赶紧说道：

——噢，我并没有质疑教皇的公正。我不过是个糊涂的老太太，不会冒昧做这种事。但我们的日常生活中，存在着礼貌与感激这样的美好品质。如果我是朱莉娅，我就会直接跟希利神父当面去说……

——另外，凯特姑妈，玛丽·简说，我们真的都饿了，我们饿的时候容易争吵。

——渴了的时候也会，布朗先生补充说。

——所以我们最好还是去用餐吧，玛丽 · 简说，过会儿再讨论。

在客厅外的楼梯口，加布里埃尔看到妻子和玛丽 · 简正劝艾弗斯小姐留下来吃晚饭。但艾弗斯小姐决意不肯留下，她早就戴好帽子，正在扣外套的扣子。她一点也不觉得饿，而且已经待得太久了。

——只要再等十分钟，莫莉，康罗伊太太说，不会耽误你时间的。

——随便吃点什么吧，玛丽 · 简说，你跳了半天舞。

——我真的不能，艾弗斯小姐说。

——恐怕你玩得一点也不开心吧，玛丽 · 简无奈地说。

——我向你保证，非常愉快，艾弗斯小姐说，但现在你真的得让我走了。

——可你怎么回家呢？康罗伊太太问。

——哦，到码头就几步路。

加布里埃尔迟疑片刻说道：

——如果你愿意的话，艾弗斯小姐，如果你真的非得走，我可以送你回家。

但是艾弗斯小姐挣脱了他们。

——我可不答应，她大声说。看在上帝的分上，你们赶快进去吃晚饭吧，别管我了。我完全能照顾好自己。

——哎呀，莫莉，你真是个奇怪的女子，康罗伊太太直率地说。

——再见[①]，艾弗斯小姐一边跑下楼梯，一边大声笑着说。

玛丽 · 简望着她的背影，露出困惑不悦的表情，康罗伊太太倚

---

① 原文为爱尔兰语 *Beannacht libh*，是英文“Farewell”（再见）的意思。——译者注

着楼梯栏杆听着大门口的声音。加布里埃尔暗自思忖，她的突然离开是不是他造成的。不过她看上去心情不错：她离开的时候大笑着。他茫然地盯着楼梯。

这个时候，凯特姨妈踉跄着从餐厅里走出来，近乎绝望地绞着双手。

——加布里埃尔在哪里？她喊道，加布里埃尔到底去哪里了呀？所有人都在等着他呢，晚餐都要开始了，鹅肉还没有切呢！

——我在这里呢，凯特姨妈！加布里埃尔大声回答，突然活泼起来，如果需要，我随时可以把一群鹅给剁碎。

一只酱色大肥鹅摆在桌子的一端。另一端，一张装饰着欧芹细枝图案的皱纸上放着一只大火腿，已经剥掉外皮，撒满干面包屑，胫骨处缠着一圈精美的褶纸边。火腿旁边还有一大块加香料的牛肉。桌子两端之间是一些平行摆放的配菜：两小碟堆得高高的果冻，一红一黄；一只浅底盘子盛满牛奶冻和红色果酱；一个绿叶形状的大盘子，盘把手是根茎状，上面堆着紫葡萄干和去了壳的杏仁；在另一个同样的盘子里，士麦那无花果堆成整齐的长方形；一盘撒着碎肉豆蔻的蛋奶沙司；一小碗由金银纸包装的巧克力和糖果；一只玻璃花瓶里装着一些长芹菜茎。桌子中央摆放着一个水果盘，盘子里是堆成金字塔形状的橘子和美洲苹果，两只矮胖的老式雕花玻璃酒瓶放在两边，像哨兵守护着一个水果摊子，一只酒瓶里装着波特酒，另一只装着黑雪莉酒。合上盖子的方形钢琴上放着一个黄色大盘子，里面是招待客人用的布丁。盘子后面是三排烈性黑啤酒、麦芽酒和矿泉水，按照瓶子的颜色分类，前两排是黑瓶子，带有棕色和红色标签，第三排是白瓶子，数量最少，瓶子中间系着绿色装饰带。

加布里埃尔大大咧咧地坐在餐桌的首位，看了一眼切肉刀的刀刃，然后坚定地把自己的叉子切进鹅肉里。他现在感到相当自在，不仅因为他是个切肉行家，还因为他最喜欢做的事莫过于坐在丰盛餐桌的首位了。

——弗朗小姐，我给你哪一块呢？他问道，鹅翅，还是鹅胸？

——一小片鹅胸就好。

——希金斯小姐，你呢？

——噢，什么都可以，康罗伊先生。

当加布里埃尔和戴利小姐交换着几盘鹅肉、火腿和加香料牛肉时，莉莉端上来一盘用白色餐巾包裹着的热乎乎的面土豆，挨个分给每位客人。这是玛丽·简的主意，她还建议给鹅肉涂上苹果酱，但凯特姨妈觉得什么蘸料都不加的烤鹅最好吃，她不希望自己在伙食上降低标准。玛丽·简关照她的学生，确保他们得到最好的切片。凯特姨妈和朱莉娅姨妈把钢琴盖上的瓶子打开拿过去，把黑啤酒和麦芽酒分发给男士们，把矿泉水递给女士们。用餐期间一片混乱，屋里一片欢声笑语——点菜和回应的吵闹声，刀叉的碰撞声，还有开启软木塞和玻璃塞的声音。加布里埃尔刚分完切好的鹅肉，还没来得及自己享用就开始切第二轮了。在众人的大声抗议下，他灌下一大口黑啤酒作为让步，他也觉得切肉这活儿太累了。玛丽·简静静地坐下来吃饭，但凯特姨妈和朱莉娅姨妈仍在桌子周围转来转去，有时一前一后，有时挡着彼此的路，随意给对方发号施令，还互不理睬。布朗先生恳求她们坐下来用餐，加布里埃尔也恳求她们，但她们说有的是时间，所以最后弗雷迪·马林斯站起来，在一片欢闹声中抓住凯特姨妈，把她猛一下按到座位上。

等到大家都吃得差不多了，加布里埃尔笑着说：

——喂，如果哪位想要点俗人所说的鹅肚皮里的填料，无论是先生还是女士，都请告诉我。

大家齐声催他快点开始进餐，莉莉也端上为他预留的三个土豆。

——好吧，加布里埃尔亲切地说，又喝了一口手边的酒。女士们，先生们，请暂时忘掉我的存在吧。

他开始用餐，不再参与席间交谈，莉莉收拾盘子的声音被谈话声盖过了。大家聊天的主题是正在皇家剧院演出的歌剧团。男高音巴特尔·达西先生是个肤色黝黑、留着时髦的小胡子的年轻人。他对剧团的首席女低音大加赞赏，但是弗朗小姐却认为她的表演风格很庸俗。弗雷迪·马林斯说，在欢乐剧院的哑剧[①]第二部分里，有个扮作黑人酋长的演员，他的嗓音是他听过的最好的男高音之一。

——你听过他唱歌吗？他隔着桌子问巴特尔·达西先生。

——没有，巴特尔·达西先生漫不经心地回答。

——因为，弗雷迪·马林斯解释道，我很想听听你对他的看法，我觉得他的嗓音很洪亮。

——真正的好东西只有弗雷迪才能发现，布朗先生亲切地对餐桌上的人说。

——为什么他不能有一副好嗓子呢？弗雷迪·马林斯厉声问，难道就因为他是个黑人吗？

没有人回答这个问题，玛丽·简又把话题引到正统的歌剧上。学生送了她一张《迷娘曲》[②]的票。当然，这个剧很好，她说，但它却让她联想到可怜的乔治娜·彭斯[③]。布朗先生追溯到更早的时候，谈到过去那些常来都柏林的意大利歌剧团——蒂金斯、伊玛·德·穆

---

① 哑剧（pantomime）：一种不用台词、通过身体或面部动作进行的无声表演，合唱团会在幕间休息时演唱故事的内容。文中的盖伊提剧院或欢乐剧院（the Gaiety theatre）位于爱尔兰都柏林南金街，靠近圣史蒂芬绿地。——译者注

② 《迷娘曲》（*Mignon*）指歌剧《迷娘曲》，改编自歌德的小说《威廉·迈斯特的学习时代》（*Wilhelm Meister's Apprenticeship*, 1795—1796）。——译者注

③ 乔治娜·彭斯（Georgina Burns，1859—1932），19 世纪末 20 世纪初英国著名的女高音歌唱家，伦敦人。——译者注

尔兹卡、坎帕尼尼，著名的特雷贝里、朱格利尼、拉韦利、阿兰布罗。他说，那时都柏林还有些真正好听的歌剧。他还提到老皇家剧院的顶层旁听席是如何每夜都座无虚席的。说到有一天晚上，一个意大利男高音在谢幕前连唱五次《让我像士兵一样倒下》①,而且每遍都唱了一个高音 C。最后说到，顶层旁听席的小伙子们有时候会头脑发热，卸下首席女高音演员乘坐的马车的马，自己拉着马车一路走街串巷把她送回酒店。为什么现在不再上演那些气势恢宏的老歌剧了呢？他问道，像《迪诺拉》和《卢克雷齐娅 · 波吉亚》，因为找不到唱这些歌剧的好嗓子了，这就是原因。

——哦，是吗？巴特尔 · 达西先生说，我倒是觉得当今的好歌手不比过去的差。

——他们都在哪里呢？布朗先生轻蔑地问。

——在伦敦、巴黎、米兰，巴特尔 · 达西先生热情地说，比如说，我认为卡鲁索就唱得很好，至少和你提到的那些人相比并不逊色。

——也许吧，布朗先生说，但我可以告诉你，我对此深表怀疑。

——噢，我愿意不惜一切代价去聆听卡鲁索的歌唱，玛丽 · 简说。

——对我而言，一直在剔骨头的凯特姨妈说，世界上只有一位男高音。我的意思是，只有他能让我开心。不过我猜你们大概谁也没有听说过他。

——他是谁呢，莫肯小姐？巴特尔 · 达西先生礼貌地问。

——他的名字，凯特姨妈说，叫帕金森。我在他的全盛时期听过他歌唱，他的高音真是男歌手里最清澈透亮的。

——真奇怪啊，巴特尔 · 达西先生说，我从来没有听说过他。

---

① 《让我像士兵一样倒下》(*Let Me Like A Soldier Fall*) 为歌剧《玛丽塔娜》(*Maritana*) 中的一首歌曲。歌曲的原始乐谱只要求中音 C，文中提到的五个高音 C 是那位意大利男高音的即兴演唱。——译者注

——是的，是的，莫肯小姐说得对，布朗先生说，我记得听人说过老帕金森，但他对我来说太遥远了。

——一个嗓音清脆悦耳、甜美柔和的英国男高音，凯特姨妈热情地说。

加布里埃尔用完了餐，那块大布丁被端上桌子。叉勺的碰撞声再次响起。加布里埃尔的妻子舀出一勺又一勺的布丁，然后用盘子装着传给大家。中途的时候，玛丽·简再添上些覆盆子或橘子果冻，或牛奶冻和果酱。布丁是朱莉娅姨妈烤制的，在座的客人们都交口称赞。她自己还说布丁的颜色不够黄呢！

——哎呀，莫肯小姐，布朗先生说，我希望你觉得我的棕黄色够了，因为你知道，我全身上下都是棕黄色[①]啊！

除了加布里埃尔，所有男士都吃了一些布丁，以示对朱莉娅姨妈的敬意。加布里埃尔从来不吃甜食，所以芹菜就留给了他。弗雷迪·马林斯也拿了一根芹菜茎，配着布丁一起吃。他听人说，吃芹菜对血液大有益处，而他又正好在接受医生的治疗。晚饭期间一直沉默不语的马林斯太太忽然开口说，她儿子大约一个星期之后要去梅勒雷山修道院[②]。接着，大家便聊起梅勒雷山修道院，说那里的空气多么让人精神焕发，那里的修道士多么热情好客，从不向客人索要一分钱。

——你们的意思是，布朗先生难以置信地问，一个人可以去那里住下，像住旅馆一样，吃喝玩乐，然后一分钱不给就走人了吗？

——哦，大部分人在离开修道院的时候都会捐点钱，玛丽·简说。

① 英文“brown”有棕黄色之意，与布朗先生（Mr. Browne）的姓氏同音，布朗先生在拿自己的姓开玩笑。——译者注

② 梅勒雷山修道院（Mount Melleray Abbey）是一座创建于 1833 年的特拉普派修道院，坐落在爱尔兰沃特福德郡卡波昆小镇旁的诺克米尔唐山区，以治疗酗酒而闻名，马林斯去这里或许也是为了戒酒。——译者注

——我真希望我们的教派也有这样一个慈善机构，布朗先生坦率地说。

他听说修道士们从来不说话，凌晨两点起床，睡在棺材里，感到非常诧异。他问起他们这么做的原因。

——那是修道院的规定，凯特姨妈坚定地说。

——是的，但为什么呢？布朗先生问。

凯特姨妈又说那是规定，仅此而已。布朗先生看起来还是不大理解。弗雷迪·马林斯尽自己所能跟他解释，说那里的修道士试图为外界所有罪人犯下的罪过赎罪。这个解释也不够清楚，布朗先生咧着嘴笑，继续问：

——我很喜欢这个主意，不过在舒服的弹簧床上和在棺材里不都是睡觉吗，有什么区别呢？

——棺材，玛丽·简说，是为了提醒他们记住自己的最后归宿。

由于这个话题已经变得阴郁凄凉起来，餐桌上一片寂然，这期间只听马林斯太太小声含糊地对邻座说：

——那些修道士都是很好的人，很虔诚的人。

葡萄干、杏仁、无花果、苹果、橘子、巧克力和各种甜食在席间传递着。朱莉娅姨妈还邀请所有客人喝点波特酒或雪莉酒。开始，巴特尔·达西先生什么都不喝，但他的一个邻座用胳膊肘推了推他，和他耳语了几句，他才把杯子斟满。最后几杯酒倒完后，谈话便逐渐停止。接着是一阵沉默，只有喝酒的声音和令人不安的椅子挪动声。三位莫肯小姐都低头看着桌布。有人咳嗽了一两声，几位男士轻轻拍着桌子，示意大家保持安静。安静下来之后，加布里埃尔把椅子往后推了推，站起身来。

拍桌子的声音立即变大以示鼓励，接着完全停下来。加布里埃尔把颤抖的手指按在桌布上，对大家紧张地笑了笑。面对一排扬起的脸，他抬头向枝形吊灯看去。一首华尔兹钢琴曲响起，他能听见裙摆扫过客厅门的声音。也许有人正站在外边码头上的雪地里抬头凝视着这扇灯火通明的窗户，聆听这首华尔兹舞曲呢！那里的空气非常清新吧。远处公园里的树上都堆满了雪。惠灵顿纪念碑戴着一顶闪闪发光的雪帽子，照亮了西边15英亩白茫茫的原野。

他开始演讲了：

——女士们，先生们。

——像往年一样，今夜我的使命是完成一项令人愉快的任务，但我担心自己拙嘴笨舌，实在难以胜任。

——不，不！布朗先生说。

——但无论如何，今夜我只好请你们把我的诚意看作我的行动，仔细听一会儿，我会努力说几句话，向你们表达我此刻的心情。

——女士们，先生们，这不是我们第一次聚在这个好客的屋檐下，围坐在这张好客的餐桌旁边。这不是我们第一次受到盛情款待——或者我最好还是说，成为某些女士们热情好客的受害者。

他用手臂在空中画了一个圈，然后停下来。大家对着凯特姨妈、朱莉娅姨妈和玛丽·简或是放声大笑或是微微一笑，她们也都高兴得满脸通红。加布里埃尔更加大胆地继续说：

——一年又一年，我愈加强烈地感受到，我们的国家没有任何传统比热情好客更让我们感到光荣，更值得我们尽力去守护。在现代国家中，就我的经验所及（我到过国外很多地方），这个传统是独一无二的。也许有的人会说，它对我们而言只不过是一个缺点，没什么好夸耀的。但是在我看来，即便如此，它也是一种高贵的缺点，一种我相信会在我们中间长期存在的缺点。至少有一件事我是肯定的，那就是，只要这个屋檐下还住着我前面提到的这几位心地善良的女士——我衷心希望在未来很多年里她们能一直住在这里——真正热情好客的爱尔兰传统就会在我们中间生生不息，我们的祖先把这个传统传递给我们，我们必须把这个传统传递给我们的后代。

餐桌周围响起一阵低语声，人们发自内心地表示赞同。加布里埃尔忽然想到，艾弗斯小姐不在这里，她已经失礼地离开了，于是他自己更加自信地说：

——女士们，先生们。

新一代青年正在我们中间成长起来，受到新思想、新原则的激励。他们严肃热情地对待这些新思想，我相信，即使这种热情被误导，但总体上也是真诚的。但我们生活在一个怀疑一切的时代，如果我可以用个短语，那就是一个思想备受煎熬的时代。有时候，我担心尽管新一代人受过教育或高等教育，但他们可能缺少上一代人的仁慈、好客和善意体贴的幽默。今夜，听着以前所有那些伟大的歌唱家的名字，我必须承认，我似乎觉得我们生活在一个不太宽容的时代。而过去的那些日子，毫不夸张地说，可以被称作是海纳百川的日子。如果那些日子一去不复返了，那么至少我希望在未来类似这样的聚会上，我们仍然能骄傲而深情地提到它们，我们仍然能记住那些死去的伟人，这个世界不会愿意让他们的好名声就此消逝。

——是，是！布朗先生大声说。

——加布里埃尔继续说，声音变得更加柔和起来，然而在聚会上，我们的脑海里总会产生一些悲哀的想法：怀念过去，怀念青春，想到世事无常，思念那些缺席的友人。我们的人生道路上充满了这样的悲伤回忆。如果我们总是对过去念念不忘，我们就会在生活中失去继续奋斗下去的勇气。我们所有人都肩负着生活的重任，都有我们的情感所系。这些都要求我们，并且正当地要求我们去付出艰苦卓绝的努力。

——因此，我不会留恋过去。今天晚上，我不会用任何沉重的道德说教来打扰各位。我们在这里短暂相聚，离开了日常生活的喧闹和紧张。我们以朋友的身份相见，作为同事带着美好的友情，而且从某种程度上说，奔向真正的同志[①]情谊。作为她们的客人，该怎么称呼她们呢？——都柏林音乐界的三位女神。

听到这儿，全场掌声雷动，笑声大作。朱莉娅姨妈徒劳地挨个问邻座，让人家告诉她，加布里埃尔说了些什么。

——他说我们是美惠三女神，朱莉娅姑妈，玛丽·简说。

朱莉娅姨妈听不懂，但她抬起头来微笑地看着加布里埃尔。加布里埃尔继续以同样温和的语气说：

——女士们，先生们。

——今夜我无意扮演帕里斯在另一种情况下扮演的角色[②]。我不会在她们三个人当中做出抉择。这是一项招人嫉妒的工作，也超出了我可怜的能力。因为当我轮番看着她们的时候，我看到的是：我们的第一位女主人，她的好心肠，她的也太好了的心肠已经成为所有认识她的人的口头禅；或者她的姐姐，她具有青春永驻的天赋，今夜她的歌声让我们所有人惊讶，获得神启；或者最后一位同样重要的、也是最年轻的女主人，她才华横溢，令人愉快，勤奋努力，她是世界上最好的侄女。女士们，先生们，我承认我不知道该把奖颁发给谁了。

---

① “同志”原文为法语 *camaraderie*，来自法语的 camarade，也是英文 comrade 的来源，意思是“朋友或伙伴”。——译者注

② 希腊神话中，帕里斯被卷入赫拉、雅典娜和阿芙洛狄忒关于奥林匹斯山最美女神之争，最后他把金苹果送给了阿芙洛狄忒。——译者注

加布里埃尔低头看了一眼他的姨妈们，发现朱莉娅姨妈满面笑容，凯特姨妈热泪盈眶，他赶快结束了演讲。他殷勤地举起一杯波特酒，在座的每个人都期待地用手指托着酒杯，他大声说道：

——让我们一起为三位女士干杯吧。祝她们健康、富有、长寿、幸福、兴旺，祝她们长期保持各自职业生涯的自豪和靠自己努力赢得的地位，也祝她们在我们心中永远拥有受人尊敬和爱戴的地位。

所有客人都站了起来，手里端着酒杯转向三位坐着的女士，在布朗先生的带领下齐声高唱：

因为他们是开心快乐的家伙，
因为他们是开心快乐的家伙，
因为他们是开心快乐的家伙，
没有人否认。

凯特姨妈毫不忌讳地掏出手帕擦眼泪，甚至朱莉娅姨妈也好像很动容。弗雷迪·马林斯用吃布丁的叉子打着节拍，唱歌的人们朝彼此转过身来，仿佛在开一场音乐研讨会，他们加强了语气唱道：

除非他撒谎，
除非他撒谎。

接着，他们再次转身面向女主人们唱道：

因为他们是开心快乐的家伙，
因为他们是开心快乐的家伙，
因为他们是开心快乐的家伙，
没有人能否认。[①]

随之而来的喝彩声一次又一次被晚餐室门外的许多其他客人响

---

① 一首英文流行祝酒歌（*For He's a Jolly Good Fellow*），改编自法国歌曲《马尔堡去打仗》（*Malbrough s'en va-t-en guerre*）。——译者注

应并且翻新。弗雷迪·马林斯像个指挥官一样高举着叉子在指挥。

凌晨刺骨的寒风吹进了她们站着的大厅，凯特姨妈说：

——谁来把门关上。马林斯太太会冻死的。

——布朗还在外边呢，凯特姑妈，玛丽·简说。

——布朗真是无处不在啊，凯特姨妈压低声音说。

玛丽·简被她说话的语气逗乐了。

——是啊，玛丽·简淘气地说，他殷勤着呢。

——他像煤气一样整个圣诞节期间都在这里安装[①]，凯特姨妈用同样的语气说。

这次她自己和气地笑了，又赶快补充道：

——不过，叫他进来吧，玛丽·简，然后把门关上。但愿他没听见我说的话。

正在这时候，大厅的门开了，布朗先生从门口的台阶上走进来，笑得好像心都要炸开了。他穿着一件绿色长大衣，袖口和领子镶着仿阿斯特拉罕羔羊皮，头戴一顶椭圆形皮帽子。他指着远处积雪覆盖的码头，从那里传来绵长刺耳的汽笛声。

——特迪会把都柏林所有的出租马车都叫到的，他说。

加布里埃尔从办公室后面的小食品储藏室走出来，在吃力地穿着外套，他扫视了一眼大厅，说：

——格丽塔还没有下来吗?

——她正在穿衣服呢，加布里埃尔，凯特姨妈说。

——谁在上面弹钢琴? 加布里埃尔问。

——没有人。他们都离开了。

——哦，不，凯特姑妈，玛丽·简说。巴特尔·达西和奥卡拉

① 原文直译为“像煤气一样被安装在这里”（laid on here like the gas），用来形容布朗先生在圣诞期间无处不在，就像都柏林的煤气一样，四处供应，躲都躲不掉。——译者注

汉小姐还没有走呢。

——反正还有人在摆弄钢琴，加布里埃尔说。

玛丽·简瞅了一眼加布里埃尔和布朗先生，打了个寒战说：

——看到你们两位绅士裹得那么严实，我也觉得好冷啊。我真不希望看到你们赶在这个时辰回家。

——可这会儿我最想做的，布朗先生坚决地说，就是在乡间轻快地漫步，或者轻车快马在乡间狂奔。

——我们家原来有一匹良马和一辆双轮轻便马车，朱莉娅姨妈伤心地说。

——那个令人难忘的约翰尼，玛丽·简说，然后笑了起来。

凯特姨妈和加布里埃尔也跟着笑了。

——哎呀，约翰尼有什么好玩的吗?

——已故的帕特里克·莫肯，也就是我的外公，加布里埃尔解释说，晚年大家都叫他老先生，他做熬胶工作。

——噢，诺，加布里埃尔，凯特姨妈笑着说，他有一个淀粉磨坊。

——好吧，不管是胶水还是淀粉，加布里埃尔说，老先生有一匹马，名字叫约翰尼。约翰尼经常在老先生的磨坊里干活，拉着磨一圈又一圈地走。一切都很好。不过这会儿到了约翰尼的悲剧部分。有一天，天气晴朗，老先生觉得他想驾车高标准出行，到公园里去参观一个阅兵仪式。

——愿上帝宽恕他的灵魂吧！凯特姨妈悲悯地说。

——阿门，加布里埃尔附和道，像我说的那样，老先生给约翰尼套上马具，戴上自己最好的礼帽，系上自己最好的硬领结，神气十足地驶出他家的祖宅，我记得那栋房子应该在后巷附近。

大家打趣加布里埃尔的举止，甚至包括马林斯太太。凯特姨妈说：

——噢，嗳，加布里埃尔，他真的不住在后巷。那里只有磨坊。

——那就是从他家的祖宅出发吧，加布里埃尔继续说，驾着约翰尼出发。事情进展得一直都很顺利，直到约翰尼看到比利王的雕像[①]：不知道它是爱上了比利王的坐骑，还是以为自己又回到了磨坊，反正它开始围着雕像转圈。

加布里埃尔在大家的笑声中穿着胶套鞋，模仿约翰尼在大厅里转了一圈。

——它转了一圈又一圈，加布里埃尔说，老先生是一位高傲自大的人，他不禁怒火中烧。“往前走啊，先生！你是什么意思，先生！约翰尼！约翰尼！多么离奇古怪的行为！这匹马真是不可理喻！”

加布里埃尔的模仿引得众人捧腹大笑，但笑声忽然被大厅里响亮的敲门声打断了。玛丽·简跑过去开门，进来的是弗雷迪·马林斯。弗雷迪·马林斯把帽子紧紧地戴在后脑勺上，冷得耸起了双肩。他在外边忙活了半天，累得气喘吁吁，浑身冒汗。

——我只能叫到一辆马车，他说。

——噢，我们在码头那里会再找到一辆的，加布里埃尔说。

——是的，凯特姨妈说，最好别让马林斯太太站在风口了。

马林斯太太在儿子和布朗先生的搀扶下走下门前的台阶，好不容易才坐上马车。弗雷迪·马林斯也跟在后面爬进去了，在布朗先生的指挥下，花了很长时间才把他母亲安顿好。马林斯太太终于舒舒服服地安顿好了，弗雷迪·马林斯邀请布朗先生也坐进去。混乱的说话之后，布朗先生上了马车。车夫把毯子铺在膝盖上，弯腰询

---

① 比利王（King Billy）指英国王威廉三世，他在爱尔兰击败了试图夺回王位的前国王詹姆斯二世。詹姆斯二世当时获得法国国王路易十四和爱尔兰天主教徒的支持。威廉三世在博因河战役（1690）中大败詹姆斯二世，成为爱尔兰新教徒的偶像“比利王”。雕像原坐落于都柏林市中心的学院绿地，受尽民族主义者的虐待，现已被拆除。狂热的民族主义者甚至也对比利王所骑、后来摔死他的那匹马心怀厌恶。——译者注

问地址。更乱了，弗雷迪·马林斯和布朗先生都把头探出车窗，给车夫指着不同的方向。问题在于不知道沿途在哪里可以把布朗先生放下。凯特姨妈、朱莉娅姨妈和玛丽·简站在台阶上参与讨论，她们各执一词，互相反驳，开怀大笑。弗雷迪·马林斯更是笑得说不出话来。他冒着碰掉帽子的风险，不断地把头从车窗里伸进伸出，告诉他母亲讨论的进展。最后布朗先生冲着一脸茫然的马车夫大声喊，他的喊叫声盖过了大家乱哄哄的笑声：

——你知道三一学院在哪里吗？

——知道，先生，车夫说。

——好，先把马车赶到三一学院门前停下，布朗先生说，然后我们再告诉你去哪里。你现在听明白了吗？

——明白了，先生，车夫说。

——那就像鸟儿一样飞往三一学院吧。

——是的，先生，车夫说。

马车夫策马前行，在一片欢声笑语和道别声中，马车沿着码头“嘎吱—嘎吱”地出发了。

加布里埃尔没有和其他人一起待在门口。他站在大厅的阴影里，抬头凝视着楼梯。一个女人正站在第一段楼梯的拐弯处，也在阴影里。他看不见她的脸，但能看见她裙子上赤褐色与橙红色相间的图案，阴影把它变成黑白色。那是他的妻子。她正倚在楼梯上，侧耳倾听着什么。加布里埃尔对她异常安静的样子感到惊讶，也竖起耳朵仔细听着。但他只能听见前门台阶上的笑声和吵闹声，听见钢琴弹奏的几个和弦和一个男声唱出的几个音符。

他一动不动地站在大厅的阴暗处，努力听清楚这声音唱的是什么歌，同时注视着他的妻子。她的气质优雅而神秘，仿佛是某种东西的象征。他暗自思忖，一个女人站在楼梯的阴影里，听着远方的音乐，这象征着什么呢？如果他是画家，他会把她的那种神态画下来。在昏暗的背景中，蓝色毡帽使得她的古铜色头发格外醒目，裙子上的深色镶边把浅色图案衬托得更加显眼。如果他是画家，他会把这幅画命名为《远方的音乐》。

大厅的门关上了，凯特姨妈、朱莉娅姨妈和玛丽·简走回大厅，不停地笑着。

——哎呀，弗雷迪是不是很差劲？玛丽·简说，他这人真是太糟糕了。

加布里埃尔不说话，指了指他妻子站立的楼梯。现在大厅的门已经关上了，歌声和钢琴声听得更清楚了。加布里埃尔举手默示，让她们保持安静。歌曲像是古老的爱尔兰小调，演唱者似乎对歌词和自己的嗓音不是很有把握。由于距离太远，加上演唱者的声音沙哑，歌声显得幽怨而凄凉，伴随着伤感的歌词，旋律若隐若现：

啊，雨水落在我浓密的头发上，
露水打湿了我的肌肤，
我的宝贝冰冷地躺在……①

——哦！玛丽·简惊呼，唱歌的人是巴特尔·达西，他一晚上都不肯张嘴。啊，我一定得让他在走之前唱一首歌。

——噢，是得这样做，玛丽·简，凯特姨妈说。

玛丽·简匆忙穿过其他人跑向楼梯，但她还没来得及赶到，歌声就停止了，钢琴也突然合上了。

——啊，太遗憾了！她大喊，他要下楼吗，格丽塔？

加布里埃尔听到妻子说了声是，然后看见她朝他们走来。她身

---

① “啊，雨水落在…… 我的宝贝冰冷地躺在……”（O, the rain falls on...babe lies cold）是爱尔兰传统歌谣《奥赫里姆姑娘》副歌部分的歌词。这首歌讲述了一位来自卡波昆的年轻少女被格里高利勋爵引诱，并与他生下一个孩子，后被无情抛弃的故事。——译者注

后不远处就是巴特尔·达西先生和奥卡拉汉小姐。

——喔，达西先生，玛丽·简嚷着，你真是太吝啬了，我们都正听得入迷，你的歌声却戛然而止了。

——我整个晚上都和他待在一起，奥卡拉汉小姐说，还有康罗伊太太。他告诉我们，他患了重感冒，唱不了歌。

——哦，达西先生，凯特姨妈说，这可真是个弥天大谎。

——难道你听不出我的嗓音嘶哑得像乌鸦叫吗？达西先生粗暴地说。

他匆匆地走进食品储藏间，穿上大衣。其他人对他的粗鲁言语很是诧异，一时间相对无言。凯特姨妈皱起眉头示意大家不要再提这个话题。达西先生站在那里皱着眉头，仔细把围巾在脖子周围裹紧。

——都怪这天气，朱莉娅姨妈停了一会儿说。

——是的，大家都感冒了，凯特姨妈立刻附和道，无一幸免。

——我听说，玛丽·简说，我们有三十年都没有下过这么大的雪了；今天早晨，我在报纸上看到爱尔兰全境都在下雪呢。

——我喜欢雪景，朱莉娅姨妈忧伤地说。

——我也是，奥卡拉汉小姐说，我觉得，如果圣诞节地上没有铺一层雪，就不是真正的圣诞节了。

——但可怜的达西先生不喜欢这场雪，凯特姨妈微笑着说。

达西先生从食品储藏间出来，全身裹得严严实实的，大衣纽扣也扣得紧紧的。他带着歉意向他们讲述了他患感冒的经过。大家都表示遗憾，给他出谋划策，并劝他小心夜里的寒气以免再伤到嗓子了。加布里埃尔观察他的妻子，她没有参与谈话。她正站在落满灰尘的扇形窗下面，煤气灯的火照亮了她浓密有光泽的古铜色头发。几天前，他曾看到她在炉火边烘干这一头秀发。她还保持着同样的姿势，好像没有意识到周围的谈话。终于，她向他们转过身来，加布里埃尔看到她脸色红润，眼睛闪闪发光。他心中突然涌起一阵喜悦之情。

——达西先生，她说，你刚才唱的歌叫什么名字？

——它叫《奥赫里姆姑娘》，达西先生说，但我记不清了。怎么了？你知道这首歌吗？

——《奥赫里姆姑娘》，她重复着，我不记得它的名字了。

——它的曲调很好听，玛丽·简说，可惜今夜你的嗓子不在状态。

——喂，玛丽·简，凯特姨妈说，别烦达西先生了。我可不能再让他生气了。

她看到大家都准备出发了，便把他们领到门口，在那里互道晚安：

——好啦，晚安，凯特姨妈，感谢您，这真是个愉快的夜晚。

——晚安，加布里埃尔。晚安，格丽塔！

——晚安，凯特姨妈，非常感谢。晚安，朱莉娅姨妈。

——噢，晚安，格丽塔。我刚才没看见你。

——晚安，达西先生。晚安，奥卡拉汉小姐。

——晚安，莫肯小姐。

——再次道别。

——大家晚安。一路平安。

——晚安。晚安。

黎明的天依然昏黑。一道暗淡的黄色光芒笼罩着房屋与河流，天空似乎在不断地下坠。脚下到处是雪融化后的泥泞，只有屋顶上、码头的护墙上、划分地界的金属栏杆上堆着一条条一块块的积雪。路灯在浑浊的空气中红红地燃烧着，河对岸的“四法院”[①]大

① 四法院（Four Courts）是都柏林地标性的法院建筑，最初由大法官法庭、国王合议庭法院、财政法院、普通民事法院组成，因而被称为“四法院”。在19世纪末的法院系统重组中，这些法院被合并为一个爱尔兰高等法院，但建筑保留了其历史名称。——译者注

楼在阴沉的天空下显得很吓人。

四法院大楼

她和巴特尔·达西先生走在加布里埃尔前面，胳膊下面夹着一个棕色包裹，里面装着宴会上穿的鞋，她双手提起裙子以免沾上雪泥。她的姿态不再优雅，但加布里埃尔的眼睛里依然闪烁着幸福的光芒，血液在血管中奔腾，纷杂的思绪涌入大脑：骄傲、快乐、温柔、勇猛。

她走在他的前面，看起来那么轻盈，那么挺拔，他想悄悄地追上她，搂住她的肩膀，在她耳边说些痴傻的情话。她看起来这么柔弱，他想保护她不受伤害，然后与她单独待在一起。夫妻私密生活的点点滴滴像星星一样在记忆的长河里闪烁着。一个淡紫色的信封放在他的早餐杯子旁，他用手摩挲着它，鸟儿在常春藤上叽叽喳喳地叫着，阳光透过窗帘照进来，网状的微光在地板上闪烁着：他幸福得吃不下东西。他们站在拥挤的站台上，他把车票塞进她戴着手套的温暖的掌心里。他和她伫立在寒风中，透过一扇带栅栏格子的窗户往里看，一个男人正在熊熊燃烧的火炉旁制作瓶子。天气寒冷。她的脸离他的脸很近，在冷空气里散发着芳香。她突然冲炉子旁的男人喊道：

——火旺吗，先生？

但那个人因为火炉的噪声没听见。这样也好。他也许回答得很粗鲁呢。

一阵更加温柔的快乐感从他心里溜出来，沿着他的动脉有暖流在涌动。他们共同生活的那些瞬间，不为人知也永远无人知晓，如同星辰柔和的光芒，突然迸发并照亮了他的记忆。他渴望唤醒她对那些美好时光的记忆，让她忘掉他们一起度过的无聊生活，让她只记得那些令他们心醉神迷的瞬间。他觉得岁月并没有磨灭他或她的心灵。他们的孩子、他的写作、她的家庭操劳都不能让他们的灵魂温柔的光芒熄灭。那时候在写给她的一封信中，他这样说："为什么这样的词语对我好像乏味而冰冷呢？难道是因为没有任何字眼足够温柔以表达你的名字吗？"

就像来自远方的音乐，时隔多年，他写下的这些话从过去回到眼前。他渴望与她单独在一起。等其他人都离开了，等他和她回到旅馆的房间，那时候，他们两人就能单独在一起了。他会轻轻地呼唤她的名字：

——格丽塔！

也许她不会马上听到，她会正换着衣服。但他声音中的某种东西会触动她。她会转过身来看他……

在酒馆街的拐角处，他们遇到一辆马车。他很高兴它发出"咔嗒—咔嗒"的声音，这样他就不用说话了。她正望着窗外，看起来有些疲惫。其他人也只偶尔说几句话，指着窗外的某个建筑或街道。在黎明灰蒙蒙的天空下，马儿单调地向前飞奔，拖着"嘎—吱"作响的旧车厢。加布里埃尔又和她坐在一辆马车里了，飞奔着去赶船，飞奔着去度蜜月。

当马车驶过奥康奈尔桥[1]时，奥卡拉汉小姐说：

——人们都说，每次路过奥康奈尔桥都会看到一匹白马。

——这次我看见一个白人，加布里埃尔说。

——在哪里？巴特尔·达西先生问。

加布里埃尔指着那座白雪覆盖的雕像[2]，亲切地冲雕像点点头，挥挥手。

——晚安，丹，他愉快地说。

马车停在旅馆前，加布里埃尔跳下车，不顾巴特尔·达西先生的反对，付了车钱，还多给了车夫一先令小费。那人敬了个礼，说道：

——祝您新年快乐，先生。

——你也是，加布里埃尔和蔼地说。

她下车站在路边的石阶上跟大家道别时，在他的胳膊上靠了一会儿。她轻轻地倚在他的胳膊上，就像几个钟头前和他跳舞的时候那样轻轻地倚在他的胳膊上。那时候，他觉得自豪而幸福，为她独属于他而感到幸福，为她的优雅风度和贤妻仪态而感到自豪。但现在，在重新激起那么多回忆之后，一碰到她的身体，她的美妙、神奇、芳香的身体，他就禁不住浑身涌起一股强烈的欲望。趁她沉默不语，他拉起她贴紧自己身体一边的胳膊。他们站在旅馆门口的时候，他觉得他们已经逃脱了生活与责任，逃脱了家庭与朋友，怀着狂野而

---

① 为纪念爱尔兰民族领袖奥康奈尔修建的桥。奥康奈尔（Daniel O'Connell，1775—1847），爱尔兰民族英雄，被称为“解放者”。他毕生致力于通过和平手段实现爱尔兰独立，是 19 世纪上半叶爱尔兰罗马天主教教徒公认的政治领袖。奥康奈尔桥位于都柏林市中心，通往奥康奈尔街，两人居住的格雷沙姆旅馆就在这条街上。——译者注

② 此处的“雕像”是一座 40 英尺高、用来纪念奥康奈尔的铜像。下文的“丹”也指丹尼尔·奥康奈尔。——译者注

灿烂的心情奔赴一段新的冒险旅程。

大厅里，一个老人坐在一把大椅子里打瞌睡，椅背顶端突出来像个帽兜。他在办公室里点上一支蜡烛，领他们上楼。他俩默默地跟在他身后，脚步轻轻地、慢慢地踩在铺着厚地毯的楼梯上。她在看门人的后面低着头往上爬楼梯，单薄的双肩弯成曲线，像是在负重前行，裙子紧紧地裹在她的身体上。他本可以猛地伸出双臂抱住她的屁股，搂着她一动不动，但他的双臂由于想抓住她的欲望而颤抖，他只能用指甲使劲掐着掌心才勉强遏制住身体狂热的冲动。看门人在楼梯上停下脚步，处理了一下他那只快要熄灭的蜡烛。他们也停下来，站在他下面的一级楼梯上。寂静中，加布里埃尔能听见熔化的蜡油落进烛盘的声音，还有自己的心脏撞击肋骨的“砰—砰”声。

看门人领着他们穿过楼道，打开一个房间的门。他把那支摇曳的蜡烛放在梳妆台上，又问明天早上几点叫醒他们。

——八点，加布里埃尔说。

看门人指着电灯的开关，咕哝了一些道歉的话，但加布里埃尔打断了他。

——我们不需要光。街上照进来的光足够了。喂，他指着那只蜡烛补充道，你还是行行好，把那个漂亮的物件拿走吧。

看门人再次把蜡烛拿起来，但他动作迟疑，对加布里埃尔的新奇想法感到诧异。他嘟囔着道了句晚安就走了出去。加布里埃尔旋即把门锁上。

街灯幽灵般的光照进屋里，从窗户照到门口。加布里埃尔把大衣和帽子扔到长沙发上，穿过房间走到窗前。他向下看了看街道，以便平复一下自己的心情。接着他转过身来，背着光靠在衣柜上。她已经摘掉帽子，脱下外套，正站在一面旋转穿衣镜前解开腰上的搭扣。加布里埃尔停了一下，注视着她说道：

——格丽塔！

她缓慢地从镜子前转过身来，沿着那道光向他走去。她的脸色如此凝重，如此疲惫，加布里埃尔说不出话来。不，还不是时候。

——你看起来很累，他说。

——我是有点，她答道。

——你觉得不舒服，还是虚弱？

——没有，累了，仅此而已。

她继续走到窗边，站在那里向外看。加布里埃尔又等了一下，由于担心羞怯将征服自己便突然说：

——顺便说一句，格丽塔！

——什么事？

——你知道那个可怜的家伙马林斯吗？他匆忙说道。

——知道啊，他怎么了？

——唉，可怜的家伙，他毕竟是个体面人，加布里埃尔用一种不自然的嗓音接着说。他把我借给他的一英镑硬币还给了我，其实我真的没指望他还。可惜他不能躲开那个布朗，因为他真不是个坏人。

这时候，他气得浑身发抖。她为什么看起来如此心不在焉呢？他不知道要怎么开始才好。她是不是也在为什么事生气呢？要是她主动转向他或者走到他身边就好了！照她现在这个样子，跟她亲热是野蛮的。不，他必须先在她眼中看到某种热情。他渴望把握住她的异常情绪。

——你什么时候借给他的这一英镑？她停顿了一下问道。

加布里埃尔竭力控制住自己才没有破口大骂那个醉醺醺的马林斯和那一枚金镑。他真想从心灵深处对她呐喊，渴望把她的身体紧紧地搂到他的怀里，渴望征服她。但他说道：

——哦，是在圣诞节，在亨利大街的圣诞贺卡店开张的时候。

他正处在怒火与欲望交织的亢奋中，没有注意她从窗前走过来。她在他面前站了一会儿，奇怪地看着他。然后，她突然踮起脚尖，把手轻轻地搭在他的肩膀上，吻了他一下。

——加布里埃尔，你真是个慷慨之人，她说。

她突如其来的亲吻和那句离奇有趣的措辞使他高兴得浑身发抖。他把手放在她的头发上，把她的头发向后抚平，手指几乎没有碰到头发。她洗过的头发柔顺而光亮。他满心的幸福都要溢出来了。当他有所期盼时，她正好主动来到他跟前。也许他俩一直心有灵犀呢！也许她也感觉到了他内心的强烈欲望，所以就产生了顺从的心情。既然她这么轻易就投入了他的怀抱，他倒奇怪自己刚才为什么这么羞怯。

他站在那里，双手抱着她的头。接着，一只胳膊迅速滑过她的身体，把她拉入怀抱。他温柔地说：

——格丽塔，亲爱的，你在想什么呢？

她沉默不语，也没有完全倒在他的怀里。他再次轻声问：

——告诉我，你在想什么呢，格丽塔？我想我知道是怎么回事。我知道吗？

她没有立即回答，接着她说话了，眼泪夺眶而出：

——噢，我在想那首歌——《奥赫里姆姑娘》。

她挣脱他的怀抱，跑到床边把两只胳膊搭在床的栏杆上，把头埋了进去。加布里埃尔怔怔地站在原地，过了一会儿才跟过去。经过那面穿衣镜的时候，他看见自己的整个身影：宽阔而丰满的衬衫前襟，每次在镜中看到总让自己困惑不已的那种表情，还有他闪闪发光的金丝边眼镜。他在离她几步远的地方停下来，说道：

——那首歌怎么了？为什么会让你哭了呢？

她抬起头，像个孩子一样用手背抹掉眼泪。他不自觉地用更温柔的语气说话。

——为什么呀，格丽塔？他问。

——我想到一个人，很久以前，他经常唱那首歌。

——那个很久以前的人是谁呢？加布里埃尔微笑着问。

——他是我过去和奶奶住在高威的时候认识的一个人，她说。

加布里埃尔脸上的笑容消失了。他心头逐渐堆积起阴沉的怒气，沉闷的欲火开始在他的血管里愤怒地发起光来。

——是你曾经爱过的人吗？他反讥地问。

——他是我以前认识的一个男孩子，她回答，叫迈克尔 · 富里。他过去常唱那首歌——《奥赫里姆姑娘》。他身体不好。

加布里埃尔不说话了。他可不想让她觉得他对那个病恹恹的男孩子感兴趣。

——我还能清楚地记得他的样子，她停了一会儿说，他长着那样一双眼睛——深邃的大眼睛！眼中是那样的表情——那样的表情！

——哦，那么，你爱他吗？加布里埃尔说。

——在高威的时候，她说，我们经常一起外出散步。

一个念头掠过加布里埃尔的脑际。

——也许这就是你想和那个艾弗斯小姐一起去高威的原因吧？他冷漠地说。

她看着他，惊讶地问：

——去那里干吗？

她的眼神让加布里埃尔很尴尬。他耸了耸肩说：

——我怎么知道？说不定是去看他呗。

她从他那里移开视线，顺着那道光线静静地向窗子看去。

——他死了，她最后说，他死的时候只有十七岁。年纪轻轻就死了，是不是很可怕？

——他是干什么的？加布里埃尔问，仍然讽刺挖苦。

——他在煤气厂工作，她说。

加布里埃尔感到自己被羞辱了，不仅因为他的反讽落了空，而且因为他从死人中唤起了这个人，一个在煤气厂工作的男孩。在他满脑子回忆的都是他们夫妻的私密生活的时候，在他满怀柔情、喜悦和欲望的时候，她却一直在脑海里拿他和另一个人做比较。一种对自己的羞耻感劈头盖脸向他袭来。他看见自己成了一个滑稽可笑的角色——一个给姨妈们跑腿得一两便士的小听差，一个神经质的、善心泛滥的感伤主义者，对着一帮俗人高谈阔论，粉饰自己滑稽的欲望，他在镜中瞥见的那个可怜愚蠢的家伙。他本能地转身背对着光线，生怕她看见他额头上灼烧的羞耻心。

他试图维持那种冷冰冰的质询语气，但当他说起话来的时候，声音却显得谦卑而淡漠。

——我猜你爱过这位迈克尔·富里，格丽塔，他说。

——我那时跟他很要好，她说。

她的声音模糊而悲伤。加布里埃尔现在感觉，试图把她引到他曾想引导她去的地方是多么徒劳枉然啊。他抚摸着她的手，也伤感地说：

——他得的什么病，死得这么早，格丽塔？肺痨，对吗？

——我想他是为我而死的，她回答。

这个回答使加布里埃尔突然感到一阵模糊的恐惧，仿佛在他即将获胜的时候，某个难以捉摸、报复心强的东西故意与他作对，在那个模糊的世界里召集力量来对付他。但他凭借理性挣脱了这种恐惧，继续轻轻地抚摸着她的手。他没再提问，因为他觉得她会自己说出来的。她的手温暖而潮湿，对他的抚摸没有一丝回应，但他继续摩挲着它，正如在那个春天的早晨，他抚摸着她写给他的第一封信。

——那是在冬天，她说，大约初冬的时候，我正要离开奶奶家到这里的修道院来。当时他在高威的住处生着病，不能出门。人们已经写信告知了他在奥特拉德的家人，他们说他的病每况愈下，或者诸如此类的话吧。我一直都没搞清楚。

她停了一会儿，叹了口气。

——可怜的家伙，她说，他很喜欢我，他是个非常温柔的男孩。我们常一起外出散步。你知道的，加布里埃尔，乡下人都爱这么做。要不是身体不好，他就打算去学唱歌了。他有一副好嗓子，可怜的迈克尔 · 富里。

——唔，后来呢？加布里埃尔问。

——到了我该离开高威、启程去修道院的时候，他病得更厉害了。人们不准我见他，所以我给他写了封信，说我要去都柏林，夏天回来，希望那时候他能好转。

她稍停片刻，控制好自己的声音，然后继续说：

——后来，在我离开前的那个夜里，我在修女岛[①]我奶奶的家里收拾行李，忽然听到小石头砸窗户的声音。窗户上湿漉漉的什么也看不见，所以我就跑下楼，从后门溜进花园。那个可怜的家伙正浑身颤抖着站在花园的另一头。

——你没让他回去吗？加布里埃尔问。

——我恳求他赶快回家，也告诉他，他这样淋雨会死的。可是他说他不想活了。我现在还能清清楚楚地看见那双眼睛！他就站在花园围墙尽头的一棵树下。

——他回家了吗？加布里埃尔问。

——是的，他回去了。我刚到修道院一个星期，他就死了。他

① 修女岛（Nuns' Island）：高威郡的一片区域，不是真的岛屿，是嘉勒修女会修道院的所在地。——译者注

被埋在他的家乡奥特拉德。啊，那天我听到噩耗，他死了！

她停下来，哭得泣不成声。她再也控制不住自己激动的心情，扑倒在床上，把脸埋在被子里轻轻啜泣。加布里埃尔犹豫不决地握着她的手，握了一会儿之后，又因为不愿打搅她的悲恸，便温柔地放下她的手，悄悄地走到窗前。

她睡熟了。

加布里埃尔斜靠在胳膊肘上，心平气和地看着她蓬乱的长发和半张着的嘴，听着她沉沉的呼吸声。这么说，她生命中有过那么一段罗曼史：一个男人为她而死。现在想到自己，她的丈夫，在她的生活中扮演着无足轻重的角色，他几乎不再感到痛苦。他观察着她熟睡的样子，仿佛他和她从来没有作为夫妻一起生活过。他好奇的目光久久地停留在她的脸庞和头发上，当他想到她初露少女之美的样子时，一种对她的奇异的、友爱的怜惜之情进入他的心灵。他甚至不想对自己承认她的脸不漂亮了，但他知道，这已不再是迈克尔·富里为之勇敢赴死的那张脸了。

也许她没有把一切告诉他。他的目光移向那个胡乱放着她衣服的椅子。一条衬裙的丝带垂在地板上。一只靴子直立着，柔软的靴帮塌了下去；另一只靴子躺在旁边。他为自己一小时前的意乱情迷感到诧异。它源于何处？它来自姨妈家的晚宴，他的那个愚蠢的演讲，酒精和跳舞，大厅门口道别时的嬉笑玩闹，沿河踏雪散步的愉快心情。可怜的朱莉娅姨妈！她很快也会成为一缕幽魂，与帕特里克·莫肯和他的马的幽魂相见。在她唱《为婚礼盛装打扮》时，他曾捕捉到她脸上闪过的那种憔悴的神情。也许不久之后，他将坐在同一个客厅里，穿一身黑丧服，把丝绸帽子端放在膝盖上。百叶窗会拉下来，凯特姨妈坐在他身边，脸上涕泗纵横，哽咽着跟他说朱莉娅是怎么去世的。他得冥思苦想几句宽慰她的话，但最终也只能说出一些蹩脚没用的话。是的，是的，这种事很快就会发生了。

屋里的空气让他感觉肩膀冷飕飕的。他小心翼翼地伸开手脚钻进床单下面，躺在妻子身边。他们一个接一个都在成为亡魂。与其随着年龄的增长黯然凋零，不如在激情的全盛光辉中勇敢地迈进另一个世界。他在想，躺在他身边的她多年来如何在心中深锁着她的爱人慷慨赴死的那个形象。

加布里埃尔热泪盈眶。他自己从来没有对任何女性产生过那样的感情，但他知道，这种感觉一定是爱。他眼里的泪水越积越多。在昏暗中，他仿佛看见一个年轻人站在一棵滴着雨水的树下。其他人的身影也在附近。他的灵魂已经抵达居住着大量死者的地方了。他能意识到，却无法理解他们任性而闪烁不定的存在。他自己的身份消失在一个难以捉摸的灰色世界里：这个坚固的世界本身，这些死者曾经建造并生活其中的世界正在融解、衰落。

窗玻璃上响起几下轻轻的敲打声，吸引他去看窗户。又开始下雪了。他睡意蒙眬地看着银白昏暗的雪花在街灯下斜斜地飘洒下来。该是他动身去西部旅行的时候了。是的，报纸上说得对：整个爱尔兰都在下雪。雪花飘落在黑沉沉的中部平原的每一寸土地上，飘落在光秃秃的山丘上，轻轻地飘落在艾伦沼泽上，再往西，轻轻地飘落在香农河奔腾不息的黑色波浪里。雪花也飘落在山丘上孤寂的教堂墓地的每一个角落，那里安葬着迈克尔·富里。雪厚厚地堆积在弯曲的十字架和墓碑上，吹积在墓园小门的护栏矛尖上，吹积在光秃秃的荆棘上。他听着雪花隐隐约约地在整个宇宙间穿行飘落，就像他们最后时刻的降临，隐隐约约地落在生者和死者的身上，他的灵魂渐渐地失去了知觉。

（张奥苒译，代显梅校）

作品赏析

生死之间的雪花

乔伊斯的短篇小说《死者》虽语言简洁，却包含着丰富的爱尔兰文化元素和重大的人生主题。主人公加布里埃尔把爱尔兰优秀的民族传统归结为“好客、幽默与仁慈”，这同样是乔伊斯展现在故事中的晚会的亮点——他透过这束光照亮了现代世界的认知盲区，照亮了这个“怀疑一切的时代”、这个“思想备受煎熬的时代”。透过这束光，他引导他的主人公加布里埃尔逐渐走向自我觉悟。在故事的最后，主人公意识到，雪花悄无声息地穿越整个宇宙，一视同仁地飘落在生者与死者共在的大地上，他感受到大自然强大的整合力量。于是，他万般纠结的心事顿时烟消云散，他学会了与祖国、与过去、与现在、与自己达成和解。这是一篇于无声处听惊雷的生命哲学录，在主人公貌似礼貌而安静的外表下，无时不上演着跌宕起伏的内心冲突，他的心智成长就在这些冲突中逐渐完成。

一、生死之间的冲突

这个故事共分四部分：凯特姨妈家的圣诞舞会，主人公对过去的矛盾情结，格丽塔对迈克尔·富里的回忆引发主人公的精神危机，主人公在死者和雪花的启示下完成了自己的生命顿悟。

故事的精彩之处在于，透过主人公、文学批评家加布里埃尔的“敏感而烦躁不安的眼睛”，读者体会到生死之间的冲突与交融，看到主人公生命的顿悟时刻。在凯特姨妈家的圣诞舞会上，加布里埃尔对生死之间的冲突的觉察从一进门就开始了。看门人的女儿莉莉因为失恋而愤愤不平地对他说:“现在的男人都是花言巧语的骗子,就想占你的便宜。”从莉莉的怨恨中可以看出,一种情感的丧失并没有真正成为过去,而是正在折磨着这个妙龄少女,并且波及知情的主人公——“加布里埃尔脸红了,感觉好像自己做了错事”。这件不经意间就会被忽略的小事成为舞会上各种冲突的前奏。接着,主人公在姨妈家的壁镜前看到母亲的照片,勾起他对已故母亲的不愉快回忆——“想到母亲面色愠怒地反对他的婚姻,他的脸上就掠过一丝阴影。她说过的那些轻蔑的话仍然让他耿耿于怀”。死者仍然活在当下,继续伤害着生者,生死之间的冲突在欢声笑语的舞会上涌动。

舞会上的第三个冲突是布朗先生对曾经来到都柏林演出的世界各地的著名歌剧演员赞赏有加,对时下的歌剧演员无比轻蔑,他认为现在之所以不上演“那些气势恢宏的老歌剧”是因为“找不到唱这些歌剧的好嗓子了”。这种昨是而今非的态度伤害了舞会上年轻的歌唱家巴特尔·达西先生,他毫不客气地反驳道:“我倒是觉得当今的好歌手不比过去的差。”由于老辈人把新一代歌唱家置于过去的歌唱家之下,达西先生深受伤害,所以在晚会上拒绝唱歌,并且在舞会结束后对女主人凯特姨妈“粗暴地”说:“难道你听不出我的嗓音嘶哑得像乌鸦叫吗?”达西先生的愤懑是对死者压迫活人的坚决抗争。

晚会上的第四个生死之间的冲突表现为,艾弗斯小姐狂热的民族主义思想与加布里埃尔的自由主义思想之间的冲突。对主人公而言,狭隘的民族主义思想是一种僵死且过时的狂热情感,是对私人生活的剥夺和道德绑架。加布里埃尔是一位自由主义者,他熟悉法国、德国、比利时这些欧陆国家的语言与文化,对自己的国家和语言比较生疏，这对艾弗斯小姐而言是不可饶恕之罪："难道你就不能去看看自己一无所知的土地、自己的人民和国家吗？"这种公开的指责不但没有唤起主人公的负疚感，反而让他心生不快，他心想："她无权当众称他是西不列颠人，即便是开玩笑也不行。"对主人公而言，这种自诩的爱国主义破坏了同事之间的情意，导致了人际关系危机。

生死之间的冲突在故事中的高潮是，舞会结束后，达西先生在楼上唱的一首老歌，唤醒了格丽塔对死者迈克尔·富里的温馨回忆，以及这种回忆所带来的主人公的心理破防——"在他满脑子回忆的都是他们夫妻的私密生活的时候，在他满怀柔情、喜悦和欲望的时候，她却一直在脑海里拿他和另外一个人做比较。一种对自己的羞耻感劈头盖脸向他袭来"。当他得知这个死者曾经为他的妻子英勇赴死时，加布里埃尔更是恐惧自己遭遇了无法还击的对手——"仿佛在他即将获胜的时候，某个难以捉摸、报复心强的东西故意与他作对，在那个模糊的世界里召集力量来对付他"。

简言之，无论是逝去的情感和过时的思想，还是死去的人，过去都仍然深刻地活在当下，影响着活着的人的生活与情感。对死者无处不在的阴影的强烈意识，使加布里埃尔从舞会上志得意满的成功人士逐渐跌入自我身份瓦解的绝望深渊，让他不得不承认自己对死者的无知、对祖国的无知、对妻子的无知，乃至对自我的无知。这位在晚会演讲中竭力肯定过去、赞扬死者的学者最终受到过去和死者反讽式的伤害，更让他在对过去的重新认识中获得了精神的洗礼。

二、生死之间的交融

如果死者或过去对现在仍然具有不可磨灭的影响力，就像加布里埃尔所说的，这是一种令人"无法理解"的"任性而闪烁不定的存在”，那么热情好客的爱尔兰民族传统便可以被看作是过去与现在的健康联结，它在凯特姨妈家每年一度的舞会上生动地表现出来。这个舞会具有很大的社会包容性，它把不同年龄、不同职业、不同文化水平、不同信仰的人聚集在一起。这个幽默而好客的人性化传统帮助人们及时化解矛盾，激发每个人的生活热情和集体意识，这才是爱尔兰人需要倍加珍惜的民族精神纽带，所以加布里埃尔在演讲中说：“我们的祖先把这个传统传递给我们，我们必须把这个传统传递给我们的后代。”

凯特姨妈家的圣诞节舞会正是对这个传统的最好实践，加布里埃尔在舞会上的表现也是对这一传统的最好传承。饭桌上丰盛的佳肴和餐具的碰撞声、舞会上的欢声笑语和老少两代人的思想交锋一起把人间烟火烘托到顶点，让加布里埃尔感到生活的浓烈意味。然而，也正是在这种花团锦簇的生活表象之下，主人公始终都能感受到死者与生者的冲突，他的情绪也因为这些冲突而阴晴不定，他无比渴望从这个令人窒息的生活场景里逃出去，到大自然里呼吸一口新鲜空气：“外边一定很冷吧！现在一个人出去散步，先沿着河边走走，然后穿过公园，该有多惬意啊！”然而，他选择留下来，并努力弥合生死之间的裂隙，他为姨妈们当听差，为客人们切鹅肉，为晚会的友好氛围做着自己力所能及的贡献。他给失恋的莉莉塞了一枚硬币，委婉地表示对她的安慰和情感支持；虽然对母亲的不快记忆让他难以释怀，但他同时也意识到正是母亲的严格要求才使他们兄弟两人事业有成；他虽然对行将就木的姨妈们的笨拙表现略有失望，但他努力欣赏她们身上散发出来的人性光辉，并把这些美好品质与爱尔兰的优秀传统结合起来；他对粗鲁无礼的艾弗斯小姐虽然非常反感，但是他自始至终都保持优雅礼貌的风度，并在故事的最后决定去爱尔兰西部旅行。由此可见，死者对活人并非纯粹的伤害，过去并非没有留下有益的影响。主人公移情的想象力帮助他实现了生死之间的交融。

对爱尔兰优秀传统的肯定和实践最终化解了主人公对祖国的反感情绪，正如他在演讲中所说："一年又一年，我愈加强烈地感受到，我们的国家没有任何传统比热情好客更让我们感到光荣，更值得我们尽力去守护。在现代国家中，就我的经验所及（我到过国外很多地方），这个传统是独一无二的。"这种意识唤起了他的民族自豪感，这与他在舞会上断然告诉艾弗斯小姐，爱尔兰语不是自己的语言，他对这个国家"讨厌透了"形成了鲜明的对比。加布里埃尔移情的想象力不仅让他超越了自鸣得意的任性，而且让他在演讲中化解了生死之间的冲突。他一方面表达对过去的尊重："如果那些日子一去不复返了，那么至少我希望在未来类似这样的聚会上，我们仍然能骄傲而深情地提到它们，在我们仍然能记住那些死去的伟人，这个世界不会愿意让他们的好名声就此消逝。"同时，他并没有忘记理解和鼓励新一代人："如果我们总是对过去念念不忘，我们就会在生活中失去继续奋斗下去的勇气。我们所有人都肩负着生活的重任，都有我们的情感所系。这些都要求我们，并且正当地要求我们去付出艰苦卓绝的努力。"在怀念过去和经营现在的平衡中，加布里埃尔的演讲和这个聚会从实践和理论两方面打通了生者与死者的阻隔，维护了人类精神的健康纽带——"我们在这里短暂相聚，离开了日常生活的喧闹和紧张。我们以朋友的身份相见，作为同事带着美好的友情，而且从某种程度上说，奔向真正的同志情谊"。这句话再次说明"热情好客"是消除矛盾冲突的润滑剂，是连接生死的黏合剂。

正是因为加布里埃尔在社交生活中、在演讲中表现出来的这种宽容对待过去与现在的态度，他才能在发生精神危机的时刻化险为夷，及时摆脱毁灭性的负面情绪带给他的伤害与绝望感，最终做到了让自己心怀大爱的心灵与窗外漫天飞舞的雪花共舞，让自己无限纠结的心事随雪花一起融化在天地万物的和谐中，融化在千姿百态的宇宙万象中。简言之，生死之间的交融让主人公获得了身心的统一，让他实现了与祖国和解、与社会和解、与妻子和解、与自己和解。

三、雪花飞舞中的领悟

故事的最后一部分是主人公整个晚上思绪变化的高潮与认知飞跃。在这个雪花飞舞的黎明时刻，在经历了一系列的情感挫折，尤其是得知妻子心中还装着初恋情人时所产生的狂乱嫉妒激情和身份迷失之后，加布里埃尔看着熟睡的妻子，他移情的想象力再次活跃起来——“他好奇的目光久久地停留在她的脸庞和头发上，当他想到她初露少女之美的样子时，一种对她的奇异的、友爱的怜惜之情进入他的心灵”。这种友爱之情帮助他重新面对死者以及这段启封的往事，重新衡量死者对眼前生活的价值和意义。这种理性反思帮助主人公看清了激情和爱之间的本质区别：艾弗斯小姐的爱国激情和自己对妻子的情欲其实都不是真爱，都是由盲目而狂热的虚荣心主导的占有欲望。

在主人公看来，艾弗斯小姐的爱国仅仅意味着加入爱国主义组织，在国内到处旅行，这让他不由地怀疑:“在她的政治宣传背后，她真的有自己的生活吗？”显然，对他而言，爱国首先在于热爱自己和身边的人，而艾弗斯小姐这位职业政治活动家既没有个人生活，也不顾及他人的情感——她在舞会上当众谴责主人公，而且是唯一提前离开舞会的客人。因此，加布里埃尔认为，他有一句演讲词就是专门“针对艾弗斯小姐的”，即“我们中间正在衰落的一代也许有自己的不足，但是我认为，他们身上还保留着好客、幽默和仁慈的美好品质，而这些似乎是我们中间正在成长起来的、严肃的、受过高等教育的新一代人所缺少的”。显然，艾弗斯小姐的爱国仅仅是空洞的口号，她本人并不具备爱尔兰传统的优秀品质，她更没有兴趣在舞会上欣赏和实践这些品质。

同样，加布里埃尔对妻子的感情从晚会上到妻子入睡之后也经历了一次质的变化。舞会上，带着妻子前来赴宴的主人公显然是一个自信满满、幸福而骄傲的丈夫，他为拥有如此美丽优雅的女士而骄傲。回到旅馆之后，在得知妻子心中埋藏的这个秘密时，他无比愤怒和沮丧，紧接着，他运用理性出离一己之私，运用移情的想象力，深刻反省自己的情欲并非真爱，而是一晚上外界的各种刺激使他热血沸腾。“他在想，躺在他身边的她多年来如何在心中深锁着她的爱人慷慨赴死的那个形象。”妻子心中的死者“慷慨赴死的那个形象”深深地感动了他，更是教育了他，让他自愧不如，也让他摆脱了嫉妒和羞辱这些负面情绪，让他懂得了什么是真爱——“加布里埃尔热泪盈眶。他自己从来没有对任何女性产生过那样的感情，但他知道，这种感觉一定是爱”。

正是富里为爱英勇赴死的精神，让加布里埃尔再次想起爱尔兰民族的伟大传统，所以他再次选择与死者和解：“他自己的身份消失在一个难以捉摸的灰色世界里：这个坚固的世界本身，这些死者曾经建造并生活其中的世界正在融解、衰落。”这句话里至少有两层意思：一是，加布里埃尔在意识到富里表现出来的这种伟大精神时，他感觉自己的身份意识消融在富里所代表的这种优秀的民族传统中了；二是，他发现这个曾经由死者参与建设的坚固世界“正在融解、衰落”。前一层意思是加布里埃尔小我的消失，后一层意思是他对优秀传统正在消失的忧虑，就像他在演讲中所说的——“我们生活在一个不太宽容的时代。而过去的那些日子，毫不夸张地说，可以被称作是海纳百川的日子”。所幸主人公的民族情感已经觉醒，他自己已经成为这个优秀传统的欣赏者和传承人。

从主人公在妻子熟睡之后的反躬自省来看，他变得宽容豁达了，他打碎了那个自鸣得意、以自我为中心的小知识分子形象，让自己与爱尔兰民族的优秀品质保持一致。在对待妻子的隐秘情感时，他表现出宽宏大量、同情理解的品质。如果他在晚会上还隐藏着格格不入的疏离感和知识分子自视甚高的优越感，仅仅在他的演讲也就是理论层面实现了生死交融的理想，那么现在他变得身心统一，生与死在他心中再没有隔阂，理论与实践达到了高度的统一。

在加布里埃尔入睡之前，他意识到“该是他动身去西部旅行的时候了”。这句话包含至少三层含义：首先，爱尔兰的“西部”是爱尔兰传统文化和民族主义爱国运动的重要阵地，去西部旅行意味着对民族文化的回归。他发现爱尔兰民族的热情好客、幽默与仁慈的传统仍然在爱尔兰人的日常生活中传承，他发现迈克尔 · 富里的勇敢行为震撼着他，提醒他对自己妻子和自己情感的无知。于是，他决定去重新认识自己的祖国，去真正亲近自己的文化。其次，他突然发现自己对身边的妻子并不了解、缺少真爱，去西部妻子家人所在的地方，也是加深对妻子了解的途径。最后，西部是妻子和富里的初恋所在地，他可以以一个旁观者的身份去感受真爱的力量，以便在未来的日子里更好地爱自己的妻子。这时候的他已经进入一种天地和谐的思想境界中——“他听着雪花隐隐约约地在整个宇宙间穿行飘落，就像他们最后时刻的降临，隐隐约约地落在生者和死者的身上，他的灵魂渐渐地失去了知觉”。窗外漫天飞舞的雪花表达着他的辽阔境界和宇宙意识，他的心灵和世界一样进入一种静谧而安详的和谐状态。在雪花的飞舞中，他领悟到爱与和谐才是生命的要义。

四、结语

《死者》创作于 1907 年，是《都柏林人》（1914）这部短篇小说集的最后一篇点睛之作，实现了乔伊斯的文学思想与精神境界的双重提升。如果《都柏林人》的基调是呈现爱尔兰沉闷的社会氛围和都柏林人的精神麻痹，以此表现爱尔兰民族的文化惰性，那么《死者》就摆脱了这个认知怪圈，走向思想境界的升华。这个故事不仅像大部分现代主义作家那样书写现代人普遍的精神危机与孤独异化感，更重要的是，它展示了主人公如何从精神危机和孤独异化感中涅槃重生，将生死之间的矛盾纠结变为生死之间的和谐共在。主人公的宽广胸襟随着漫天飞舞的雪花扩展到宇宙的每一个角落，飘洒在生者与死者共在的大地上。这种宇宙视角，这种对生者与死者的接纳态度，就是对爱尔兰民族文化传统的最佳继承。主人公的名字“加布里埃尔”（Gabriel）在基督教中是守护天使之一，其职责是传达神的旨意，守护人类，使人类免受邪恶的侵害。本故事的同名主人公通过不断的认知蜕变和情绪净化，逐渐弥合了生者与死者之间的根本分歧。生死之间的和解不仅帮助他平安度过了精神危机的时刻，而且让他与爱尔兰优秀的民族文化传统融为一体。

第七章

理想之家①（1921）

凯瑟琳·曼斯菲尔德

作者简介

凯瑟琳·曼斯菲尔德（Katherine Mansfield，1888—1923）出生于新西兰惠灵顿的一个银行经理家庭。维多利亚时代的文化习俗和新西兰的自然环境共同铸成了曼斯菲尔德的生命底色。曼斯菲尔德 15 岁进入牛津大学皇后学院学习法语、德语和音乐课程，18 岁回到新西兰进入惠灵顿皇家音乐学院继续学习音乐。1908 年 7 月，她以一个作家的身份定居伦敦，正式开始其文学创作生涯。1912 年，她认识了评论家兼编辑米多尔顿·默里，二人志趣相投，成为终生伴侣。第一次世界大战中，凯瑟琳的弟弟在军事演习中身亡，加

① Katherine Mansfield, *The Garden Party* (New York: Modern Library, 1922), pp.237–247.

上其他朋友战死疆场，这些损失都加剧了她的丧失感，激活了她对新西兰的怀旧感情，同时，她还因自己的远行而对父母充满了负疚感。曼斯菲尔德的创作信念是如实地描写生活，她的故事大多描写中产阶级的家庭生活，在日常的细节处洞察人际关系的危机和个人精神的孤独疏离感。曼斯菲尔德被誉为20世纪杰出的英语短篇小说家，她对英语短篇小说的贡献在于她独树一帜的叙述艺术，可以从中看出俄罗斯文学尤其是契诃夫的短篇小说对她的影响。她善于以素描的手法描绘人物的言谈举止，用意识流的手法呈现人物隐蔽的内心活动，这些精湛的艺术技巧为英语短篇小说增添了独特的风采。

扫码获取小说英文原文和录音

译　文

那天傍晚，尼夫老先生挤出旋转门，走下三级宽阔的台阶，来到人行道上，生平第一次感觉自己太老了，与春天格格不入了。春天——温暖、热切、烦躁不安的春天——就在那里，在金色的阳光下等他；当着所有人的面，急切地向他跑过来，吹着他的白胡子，温柔地挽着他的胳膊。他不能再见她了，不能了；他不能再像年轻人一样勇敢地面对，然后大步流星地走开。他累了，尽管夕阳依然灿烂，可他还是奇怪地感到寒冷，浑身发麻。他突然没有了力气，不再有心情去承受这欢快活泼的动作了。这一切让他感到茫然。他只想静静地站着，想挥动手杖赶走这恼人的春天，想说："你给我走开！"突然之间，他感到像往常那样跟人打招呼都很费劲——轻轻地用手杖碰一下自己的软毡帽——跟他认识的所有人打招呼，他的朋友、熟人、店主、邮差、司机。随着这个手势投过去的欢快一瞥、亲切的眨眼都仿佛在说“我比你们任何人都强”——但是，尼夫老先生根本做不到了。他步履沉重，高高地提起腿，仿佛像在水一样又沉又硬的空气中穿行。看起来像回家的人群从他身边匆匆而过，电车发出“当啷—当啷”的响声，轻便马车“咔嗒—咔嗒”作响，活跃而时髦的出租马车又稳又快地向前行驶，那种无所顾忌、公然挑衅的冷漠只有在梦中才会发生……

这一天，办公室里一如往常，没有什么特别的事情发生。午饭后，哈罗德一直没有回来，将近四点的时候才出现。他去哪里了？他在忙什么呢？他现在没有打算让父亲知道。尼夫老先生刚好在前厅送客时，哈罗德慢悠悠地走进来，完全像平时的样子，优雅而帅气，独特而可爱的微微一笑让女人着迷。

啊，哈罗德真是太英俊了，显然是太英俊了，一直以来，这就是问题所在。男人没有权利长这样的眼睛、这样的睫毛、这样的嘴唇，真是不可思议啊！他母亲、姐妹和仆人在这方面，若说他们把他敬若神明也不为过。他们崇拜哈罗德，无条件地原谅他。他的确从小就需要他们的原谅：十三岁那年，他偷了母亲的钱包，拿走了钱，把赃物藏在厨师的卧室里。想到这里，尼夫老先生用手杖狠狠地敲击着马路牙子。但是他想，不只是家人溺爱哈罗德，所有人都惯着他。他只需要一个眼神、一个微笑，就能让人对他俯首帖耳。所以他希望在办公室也继续保持这个传统。哼，哼！这可行不通。经营任何企业——即便是生意兴隆、根基雄厚、涉及大宗交易的企业——都非同儿戏。如果一个人不能全心全意地投入，那么他的生意必然会一败涂地。

夏洛特和姑娘们总是劝他把公司全部交给哈罗德，劝他退休，把时间用在享受生活上。享受生活！在政府大楼外面的一片古老的棕榈树下，尼夫老先生突然收住脚步！享受生活！晚风轻抚，树叶在黑暗中沙沙作响。他闲坐在家里，抚弄着拇指，总是不由自主地感觉，自己毕生的经营正从哈罗德优美的手指间溜走、解体、消失，而哈罗德还在微笑……

“父亲，你为啥这么不可理喻呢？你根本不需要再去办公室呀。人们总说你看起来心力交瘁，这让我们大家多难堪啊。这里有别墅和花园。你要是——要是——乐意有点变化，一定会很开心的。或者你培养个业余爱好啥的。”

洛拉宝贝也紧跟着语气傲慢地说：“人人都该有个业余爱好，不然生活还怎么过啊。”

“好吧，好吧！”他吃力地爬上通往哈考特大街的斜坡时，禁不住苦笑了一下。他倒想知道，如果他追求业余爱好，洛拉、她的姐姐们和夏洛特的处境会怎么样呢？业余爱好无法支付城里的住宅和海边的独栋别墅，还有他们的马、高尔夫和音乐室里供她们跳舞用的六十基尼的留声机。不是他不情愿给她们买这些东西。不，她们都是既聪明又漂亮的女孩子，夏洛特也是个了不起的女人。她们自然要追求时尚。事实上，城里没有哪一家的房子比他们家的更受欢迎，没有哪一家像他们家这样有这么多的享受。尼夫老先生在吸烟室里把雪茄盒推给桌子对面的客人时，多少次他都听到人家夸他的妻子、他的姑娘们，甚至他本人。

“你们真是一个理想之家啊，先生，理想之家。就像人们在书本中读到的或者在舞台上看到的一样。”

“没什么，老弟，”尼夫老先生回答，“抽根雪茄吧，我觉得你会喜欢的。如果你愿意去花园里抽，我敢说，你会发现女孩子们在草坪上玩呢。”

人们说，这就是这些女孩子不愿意嫁人的原因了。她们本来是可以嫁人的，但是她们在家里太惬意了，她们在一起的时候太幸福了，姑娘们和夏洛特。哼，哼！好吧，好吧！也许是这样……

这时候，他已经走过时髦的哈考特大街，来到拐角处的这栋房子——他们的房子。车库的大门被推开了，车道上印着轮子刚碾过的辙痕。他面对着这栋粉刷成白色的大房子——窗子敞开着，薄纱窗帘向外飘拂着，宽大的窗台上摆放着蓝色花瓶，里面插着风信子花。停车的门廊两旁的绣球花——全城闻名——正在绽放。浅粉和淡蓝的花球在舒展的叶子间熠熠生辉。不知怎的，尼夫老先生觉得，这栋房子和这些花，甚至车道上的新车辙痕好像都在说“这里有年轻生命，有女孩子们——”

门厅里像往常一样光线暗淡，橡木柜上堆放着披肩、阳伞和手套。音乐室里传来钢琴声，听起来急促、响亮、很不耐烦。各种声音从客厅半开着的门里飘出来。

“有冰激凌吗？”夏洛特的声音响起，接着是她的摇椅发出“嘎吱—嘎吱”的响声。

“冰激凌！”埃塞尔大喊，“亲爱的母亲，你肯定没见过这样的冰激凌。只有两种，一种是普通小草莓商店的冰激凌，边上都化透了。”

“这种食品太难吃了。”传来玛丽昂的声音。

“不过，现在吃冰激凌还是早了些吧。”夏洛特随口说道。

“但是，哎，如果能吃到就好了……”埃塞尔开始说。

“哦，的确是这样，亲爱的。”夏洛特轻声说。

忽然间，音乐室的门开了，洛拉飞奔出来。看到尼夫老先生，她大吃一惊，差点尖叫起来。

“天哪，父亲！你吓着我了！你刚回来吗？查尔斯怎么没来帮你脱外套呢？”

因为刚才在弹钢琴，她的脸庞泛起深色红晕，眼睛放光，头发垂在前额。她气喘吁吁的样子好像从黑暗中跑来受到了惊吓。尼夫老先生怔怔地看着他最小的女儿，好像以前从来没有见过她。那么这就是洛拉了，对吗？但是她好像已经忘记了她的父亲，她本来就不是在这里等他的嘛！她这会儿正生气地咬着皱巴巴的手帕一角。电话铃响了。“啊—哈！”洛拉呜咽地喊了一声，从他身边冲了过去。电话间的门“砰”的一声关上，与此同时，夏洛特喊道：“孩子他爹，是你吗？”

“你又累着了吧。”夏洛特责备地说，在摇椅上停下来，把温暖的紫红色脸颊凑过来。头发闪烁着光泽的埃塞尔匆匆吻了一下他的胡子，玛丽安的嘴唇轻轻掠过他的耳朵。

“孩子他爹，你是走回来的吗？”夏洛特问。

“是的，我走回家的。”尼夫老先生说，一屁股坐进客厅的一把大椅子里。

“可是，你为什么不乘出租马车呢？”埃塞尔说，“那个时间，路上有数百辆出租马车啊。”

“亲爱的埃塞尔，”玛丽安嚷着说，“如果父亲想把自己累垮，我真不明白我们有什么好干涉的。”

“孩子们，孩子们？”夏洛特哄着她们。

然而，玛丽安不肯就此罢休：“不，母亲，你总是惯着父亲，这是不对的。你要对他严加管束。他太淘气了。”她放声大笑，对着镜子轻轻地拍着自己的头发。真奇怪！她小时候声音轻柔，犹豫不决，甚至有些口吃。可现在，无论她说什么——即使只是一句“请把果酱给我，父亲”——都像在舞台上念台词一样。

“亲爱的，哈罗德是在你之前离开办公室的吗？”夏洛特问，又开始摇起了摇椅。

“我说不准，”尼夫老先生说，“我说不准。四点之后我就没有见过他。”

“他说过——”夏洛特说道。

这时，埃塞尔手里捏着一张纸或者别的什么东西裁成的叶片跑过来，瘫坐在母亲的椅子旁。

“喏，你看，”她大声说，“我就想这样，妈咪。黄色，带点银色。你看好吗？”

“给我看看，宝贝。”夏洛特说。她摸出玳瑁眼镜戴上，用胖嘟嘟的小手指轻拍纸页，抿紧了嘴唇。“真可爱！”她含含糊糊地低声说，从眼镜上方看了看埃塞尔，“但我不喜欢这个拖裙。”

“不喜欢这个拖裙！”埃塞尔悲哀地大喊，“但是，这个拖裙最要紧啊。”

“喂，母亲，让我来拿主意吧。”玛丽安调皮地从夏洛特手里把纸抢走。“我同意母亲的观点，”她得意地大声说，“拖裙喧宾夺主了。”

被遗忘的尼夫老先生瘫坐在宽大的圈椅里打盹，像在梦里一样隐隐约约地听见她们说话。毫无疑问，他累坏了，再也撑不住了。今天晚上，甚至连夏洛特和姑娘们他都难以招架。她们太……太……他昏昏欲睡的大脑能想到的只是——对他而言，她们太滋润了。而在这一切背后的某个地方，他看见一个枯瘦如柴的小老头正攀爬在没有尽头的楼梯上。他是谁？

“我今晚就不换衣服了。”他嘟囔着说。

“孩子他爹，你说什么啊？”

“嗯，什么，什么？”尼夫老先生突然惊醒，目不转睛地看着她们。“我今晚就不换衣服了。”他又说了一遍。

“但是，孩子他爹，我们已经约了露西尔、亨利·达文波特和特迪·沃克太太了。”

“那会显得非常不得体。”

“亲爱的，你身体不舒服吗？”

“你什么都不用做呀。要查尔斯[①]干什么用呢？”

“但你要是实在不乐意的话。”夏洛特有些动摇了。

“好吧！好吧！”尼夫老先生站起身来，和那个爬楼梯的小老头一起走进他的更衣室……

小查尔斯正在那里等他，小心翼翼地把毛巾裹在热水罐上，仿佛在做一件至关重要的事情。小查尔斯还是个脸蛋红扑扑的小男孩时，就来家里帮他照看火了，从此深得他的喜爱。尼夫老先生弯下身子躺到窗边的藤椅上，伸开双腿，跟往常一样在傍晚开着玩笑：“给他穿上盛装，查尔斯！”查尔斯深呼吸，皱着眉头，弯腰取下男主人领带上的别针。

嗯，嗯！好吧，好吧！在窗边真惬意，非常惬意——一个晴朗温和的傍晚。有人正在下面的网球场上剪草，他听到剪草机发出轻微的颤鸣声。姑娘们很快又要开她们的网球派对了。想到这里，他仿佛听到玛丽安响亮的声音：“好样的，伙计……噢，你倒是打呀，伙计……噢，确实很棒。”接着，夏洛特的声音从游廊上传来：“哈罗德在哪里呢？”埃塞尔回答她：“他当然不在这里了，母亲。”夏洛特声音模糊：“他说过——”

尼夫老先生叹了口气，站起身来。他一只手托起自己的白胡子，另一只手接过小查尔斯递过来的梳子，仔细梳着胡须。查尔斯又拿来叠好的毛巾、他的手表、贴签和眼镜盒。

“妥了，小家伙。”门关上了，他又躺了回去，只剩他一个人……

现在，那个小老头正沿着无尽的楼梯往下爬，楼梯通向一间金碧辉煌、充满欢声笑语的餐厅。他的腿真奇怪啊！活像蜘蛛的

① “查尔斯”即下文的“小查尔斯”。两者的翻译依照原文。——译者注

腿——枯瘦如柴。

“你们是一个理想之家，先生，一个理想之家。”

要真是这样，为什么夏洛特或者姑娘们不拦住他呢？为什么他独自一人爬上爬下呢？哈罗德在哪里？啊，还是啥也别指望哈罗德了吧。那只瘦小的老蜘蛛往下爬啊，爬啊。接着，尼夫老先生惊恐地发现，他溜出了餐厅，朝着门廊、黑漆漆的车道、车库大门、办公室走去。拦住他，拦住他，来人哪！

尼夫老先生突然惊醒过来。更衣室里一片漆黑，窗口的光线暗淡。他睡过去多久了？透过这栋四处通风、黑沉沉的大宅子，他听到远处有人声和响声。他恍惚记得自己可能睡了很久。人们把他给忘了。这一切都跟他有什么关系呢——这栋房子、夏洛特、姑娘们和哈罗德——他对他们了解多少呢？他们对他都是陌生人。生活已经从他身边溜走了。夏洛特不是他的妻子。他的妻子！

……昏暗的门廊半掩在一株百香果的藤里。藤蔓伤感、悲哀地低垂着，好像明白似的。温暖的小胳膊搂住他，一张苍白的小脸扬起来看着他。一个声音呢喃着：“再见，我的宝贝。”

我的宝贝！“再见，我的宝贝！”他们中间是谁在说话呢？他们为什么要说再见？一直都有某个可怕的错误。她是他的妻子，那个脸色苍白的小姑娘，于是，他的余生便成了一场梦。

这时候门开了，小查尔斯站在灯光里，双手放在身体两边，像个年轻士兵般高喊：“先生，晚餐准备好了！”

“来了，来了。”尼夫老先生说。

（张奥苒译，代显梅校）

作品赏析

家中的陌生人

如果长篇小说像大江大河——有故事的源头和沿途风景，有江河入海处的圆满，那么短篇小说就像一滴水，是作家从生活的大海里捧出的一滴样本，让读者有管中窥豹的便捷和充分的想象空间。新西兰作家凯瑟琳·曼斯菲尔德的短篇小说《理想之家》就是这样的凝练之作。故事虽不到三千字却清晰地勾勒出一幅现代家庭分崩离析的画面：尼夫老先生拥有自己的企业，让家人过上了时尚体面的富裕生活，实现了社会意义上的“理想之家”梦想。然而，舒适安逸的生活却让他的三个女儿乐不思嫁，唯一的儿子成了纨绔子弟，眼看自己到了迟暮之年却无人接管家业。理想之家里住着互不了解的陌生人，家人之间没有相互关爱与亲情温暖。小说家用意识流的手法展现了尼夫老先生突如其来的家庭疏离感和人生挫败感——老年的无可奈何、人生的盲目奋斗、生活的悖论反讽尽在其中。

一 、春天里的孤寒感

故事的开始，作者运用对比和拟人手法呈现尼夫老先生的迟暮无力感。夕阳西下，春天像一个魅力四射的女子向下班归途中的老尼夫撒欢讨巧，然而这位年迈体衰的成功企业家却感到身心疲惫，无力招架这个热情似火的季节，他甚至感觉沿途跟人打招呼都成了极大的负担。这种突然的衰弱感与尼夫先生志得意满的人生形成了鲜明的对比：在过去几十年里，就连他在路上与人打招呼时投递过去的眼神都在暗示“我比你们任何人都强”；在社交场合，他体会最多的是成功的荣耀与他人的艳羡——“你们真是一个理想之家啊，先生，理想之家”。这些美好记忆与尼夫此刻的衰弱感交叉并置，强化了他的老年危机意识。

故事的反讽之处在于，当尼夫身心俱疲地步行到家，置身于自己终其一生精心打造的“理想之家”时，他却深刻地感受到自己与这里的一切都格格不入，就像雅斯贝斯在《时代的精神状况》一书中所说的，这个“本该是家的地方已经变成单纯的栖身之地或睡觉的场所了”[①]。父女相见没有亲切的问候，而是各怀心事，形同陌路；夫妻相见没有嘘寒问暖，妻子坐在摇椅里对他的疲劳感到不满——“‘你又累着了吧。’夏洛特责备地说。”妻子和女儿们迎接他回家的语言和动作不是埋怨责备就是心不在焉。叙事人三次强调尼夫被家人“遗忘”，可见他在家里无足轻重。

原来，这个令人羡慕的理想之家其实只是一个冰冷无爱的消费场所。在一个疲惫的时刻，他深感自己与家人的疏离。作家用意识流的手法呈现尼夫心中那个突然被意识到的陌生自己：“对他而言，她们太滋润了。而在这一切背后的某个地方，他看见一个枯瘦如柴的小老头正攀爬在没有尽头的楼梯上。他是谁？”光鲜亮丽的家人与枯瘦如柴的自己形成强烈对比，“没有尽头的楼梯”暗示了他心理上的疲惫和无望感。他甚至无法认出那个从精神上出离了现实的自己，那个被商业上的成功和虚荣心诱惑了一生的自己，那个被全家人寄生又被全家人遗忘的自己。

家本该是身心休憩的港湾，疲惫不堪的尼夫本想在这个港湾里暂时靠岸，然而，他想喘口气的念头却立刻遭到家人的围攻和强烈反抗。多少年如一日，他们已经习惯了对他的要求，而不习惯他提

① 卡尔·雅斯贝斯:《时代的精神状况》，第33页。

出要求。于是，故事的反讽之处再次出现：在这个儿女双全的理想之家里，给予他关爱的仅仅是仆人小查尔斯。这时候，尼夫半梦半醒的脑海里第三次出现那个异化了的自己："那个小老头正沿着无尽的楼梯往下爬，楼梯通向一间金碧辉煌、充满欢声笑语的餐厅。他的腿真奇怪啊！活像蜘蛛的腿——枯瘦如柴。"

这时候，对这个理想之家的社会称赞和他在家中感受到的孤独形成鲜明对照，这让他从个人意愿上更排斥社交应酬。于是，这种排斥情绪幻化成一幅超现实主义的画面——"那只瘦小的老蜘蛛往下爬啊，爬啊。接着，尼夫老先生惊恐地发现，他溜出了餐厅，朝着门廊、黑漆漆的车道、车库大门、办公室走去"。这个在无尽的楼梯上上下攀爬的意象一共出现过四次，每一次都稍有不同：前两次都是"小老头"，然后是"活像蜘蛛的腿枯瘦如柴"，到第四次干脆直接是"老蜘蛛"。尼夫在家中的陌生感随着这个意象的异化升级在逐渐加深。下班时间，空荡荡的办公室竟成了尼夫寻求精神安慰的避难所，他心中的悲凉凄苦无以复加。

雅斯贝斯在谈到现代家庭的分崩离析时写道："当我不再信赖家庭的时候，当我仅仅作为等级、作为诸种利益的集合、作为企业中的功能而生活的时候，当我在一切我认为权力所在之处进行努力的时候，家庭就崩溃了。"[①] 这就最好地解释了尼夫的企业功能角色与其家庭丧失感之间的必然联系：显然，他仅仅以物质成功标准来衡量自己的人生价值和家庭幸福，他的商业理性取代了家庭情感，他在迟暮之年体会到的是家庭的坍塌，自己首当其冲被深埋在家庭坍塌的废墟中。

---

① 卡尔·雅斯贝斯：《时代的精神状况》，第 36 页。

二、物质财富的牺牲品

与老尼夫的无限悲凉形成对照的是，对他的妻子女儿们来说，生活仅仅意味着“变化”和“业余爱好”，是她们贪慕虚荣的社会炫耀，于是，“理想之家”自然就徒有其表了。因此，当她们看到身心疲惫的尼夫老先生步履沉重地走回家时，她们无法懂得他的无力感和孤独感，无法理解他对亲情的渴望，仅仅看到了他的“不可理喻”，看到了他给家人带来的尴尬——“人们总说你看起来心力交瘁，这让我们大家多难堪呀”。这时候，女儿们顾忌的只是自己的虚荣心。小女儿洛拉则是把“业余爱好”看作生活的本质——“人人都该有个业余爱好，不然生活还怎么过啊”。

社会心理学家埃里希·弗洛姆在《论不服从》一书中指出：“十九世纪告诉我们‘上帝死了’；二十世纪告诉我们‘人死了’。手段成了目的，物质的生产和消费变成了生活的目标，而生活本身退居从属地位。”[①]这恰好解释了这个理想之家的不幸：“业余爱好”本来是人在奔向生活目标时的一种放松手段，现在却成了这些子女的生活目的。这个理想之家根本没有自由可言，一家人崇拜的全是物质财富：尼夫沦为创造物质财富的机器，其余家人则变成消费物质财富的机器，工作狂与消费狂一样成为物质财富的牺牲品，他们全都远离了相互关爱、互相抚慰的天伦之乐。

多年来，尼夫把妻子儿女在他的生活中花瓶似的点缀看作当然的骄傲，毕竟，假如没有他们的消费，他如何向世界炫耀自己的战利品？尼夫似乎并没有觉得这其中有什么错——“她们都是既聪明又漂亮的女孩子，夏洛特也是个了不起的女人。她们自然要追求时尚”。他的宽容与其说是出于感情，不如说是出于感谢，因

① 埃里希·弗洛姆:《论不服从》，第15页。

为他需要在别人眼中构建一个理想的家庭形象，他需要感谢这几个人的全力配合，就像导演需要感谢他的演员们在舞台上的成功演出一样。

雅斯贝斯指出："家，家庭共同体……它的目标是抚育后代，使他们能够加入他们所属的那个传统社会实体，这样就促进了持久的人际关系，这种联系只有在日常生活的艰难中才能获得其不受束缚的实现。"[①] 尼夫的这个家庭因为都在忙于"理想的"社会舞台演出效果——家长忘记了自己的义务是"抚育后代"，因为太舒适安逸，孩子们失去了"日常生活的艰难"训练——因而也就中止了雅斯贝斯所说的"持久的人际关系"，仅仅停留在醉生梦死的物质消费上。雅斯贝斯指出："家庭需要其住所，需要其生活秩序，需要稳定和相互尊重，需要所有成员的忠诚，这些成员通过彼此之间的义务而确保家庭有一个牢固的基础。"[②] 在尼夫的家里，尊重和义务只是尼夫的一厢情愿，忠诚对子女们更是一个陌生的概念。父亲的疲惫沮丧不但没有唤起子女们的同情和反思，反而成了令他们尴尬丢脸的丑事。家里一应俱全的奢侈消费品构成了一个温柔的陷阱，他的妻子和儿女们掉进去再也无力爬上来，他们更不想爬上来。由于缺乏生存危机感，他的儿子成了一个不思进取的阔少，到处拈花惹草；他的女儿们不想出嫁——"她们本来是可以嫁人的，但是她们在家里太惬意了"。他们不觉得有独立生活的必要，父亲的财富任凭他们挥霍，下一代就这样在这个温柔乡里迷失。父亲忙着生意场上的竞争，母亲忙着自己的安逸享乐，他们都无暇顾及子女们的心智成长。

就这样，这个徒有其表的理想之家在精神和爱意上彻底解体了，

① 卡尔·雅斯贝斯：《时代的精神状况》，第 32–33 页。

② 同上书，第 33 页。

这种解体甚至表现在家人的称谓上。虽然这个故事被冠以“理想之家”，但家人称谓或缺乏家庭身份意蕴或缺少家庭亲密色彩，都让人明显感到亲情的缺失。子女们称呼父母时用的不是“爸爸”或“妈妈”，而是书面化的“父亲”和“母亲”；尼夫作为故事的意识中心，他在想到女儿们时用的是“姑娘们”，“女儿”这个称谓只出现过一次，但就这仅有的一次表达的却是尼夫对小女儿的陌生感；“儿子”这个称谓一次也没有出现过，哈罗德本人更是几乎始终缺席。这就暗示了这个家庭作为物质财富的牺牲品都已经丧失了家庭功能：先是父母对子女教育和关爱的失职，后是子女对父亲关爱和家族传承的缺失。简言之，对物质财富的痴迷毁了一个本该幸福的理想之家。

三、困惑中的妥协

尼夫老先生在晚饭前的小憩中经历了一场精神危机，在他意识清醒的一刻，他不得不承认“一直都有某个可怕的错误。她是他的妻子，那个脸色苍白的小姑娘，于是，他的余生便成了一场梦”。作者在这里对“她”这个英文单词使用了斜体强调，“一直都有某个可怕的错误”和“他的余生便成了一场梦”都用了过去完成时，旨在提醒读者，这个曾经令他魂牵梦绕的“苍白的小姑娘”是他人生的转折点，他的人生目标因为她而锁定在财富追求上，如今他的失败已成定局——他得到了一切却失去了亲情——“这一切都跟他有什么关系呢——这栋房子、夏洛特、姑娘们和哈罗德——他对他们了解多少呢？他们对他都是陌生人。生活已经从他身边溜走了”。从这句话可以看出，尼夫的痛苦主要是他在家中感到疏离和徒劳，并没有自省和自责，这也决定了他的意识仍然停留在困惑与无奈中。

在这里，我们不妨借雅斯贝斯的时代批判意识来透视尼夫没有想透彻的问题，或者说商人意识的人文欠缺。雅斯贝斯试图为经历了第一次世界大战的西方精神世界画像，他告诉我们，失去宗教信仰和家庭基础的社会只剩下残酷的竞争机制和人际关系危机，这个时代的精神状况犹如一片贫瘠荒凉的沙漠，人们没有灵魂，没有追求，没有反省。他悲叹道："所有这一切都使一种无能为力的感觉蔓延开来。"[①] 老尼夫的黄昏冥想仅仅停留在自己的家庭疏离感上，并没有对自己和妻子在教育子女方面的失职有进一步的反省，更谈不上对这种不幸状况的改进计划了。雅斯贝斯承认领悟是变革的开始："领悟一种状况是导向支配该状况的第一步，因为审视它和理解它唤起了改变它的存在的意志。"[②] 曼斯菲尔德的故事写于 1921 年，她与雅斯贝斯同处一个时代，她的男主人公体会到的正是雅斯贝斯所说的"一种无能为力的感觉"[③]。曼斯菲尔德之所以没有赋予老尼夫对生活的领悟能力，是因为领悟生活、信任灵魂和精神生活似乎不在商人的志趣范围内，不符合企业家的形象。因此，虽然尼夫知道"一直都有某个可怕的错误"，但是究竟这是什么错误，他本人似乎并没有过多纠结这个问题。

雅斯贝斯指出，在这个时代，人们已经不再相信传统，不再相信精神，"唯有新的才是真的，只有青年才站在时代的最前沿。要不惜一切代价地追逐新潮！这种指向当代的自我肯定的冲动，其极端形式就是鼓吹当前，颂扬昙花一现的事物"[④]。雅斯贝斯的这些话可以帮助解释尼夫的家庭危机根源，为他的家人一味沉溺于物质消费的动机补白——这个家庭的错误正是缺乏传承意识，无所事事的

---

①② 卡尔 · 雅斯贝斯：《时代的精神状况》，导言第 25 页。

③ 同上书，导言第 3 页。

④ 同上书，导言第 30–31 页。

青年占据了家庭最重要的位置，他们正是“不惜一切代价地追逐新潮”的年轻人。

然而，曼斯菲尔德的小说总是能在阴云密布的天空中补充一点亮色，让读者在无比压抑的氛围中瞥见一线希望，仿佛在提醒读者，生活只能是一种无奈的妥协。故事在老尼夫应答查尔斯的呼唤声中戛然而止——“‘来了，来了。’老尼夫先生说。”这应答启迪我们：尽管老尼夫在迟暮之年，在这个日落的黄昏，在自己的家里，深刻地体会到人生少有的无力感和悲凉感，但他能及时克服自己的不幸意识，理性地回应家人的召唤。这也许是他在陷入情绪低谷时快速自救的职业本能，是他在几十年生意场上磨炼出来的应急能力，也是他在面对形同陌路的家人时及时的妥协让步。

四、结语

从傍晚下班到晚饭时间仅仅两个小时，老尼夫几乎把整个一生的成败荣辱和生活的酸甜苦辣都品味了一遍：有老年人面对一个生机盎然的春天时的无限悲凉；有蓦然回首，为打造一个社会标准的理想之家搭进去一生却没有任何回报的徒劳沮丧；有疲惫不堪的父亲对花花公子的儿子无力继承家业的黯然神伤；有克己勤奋的家长对耽于逸乐的子女无计可施的焦虑彷徨。曼斯菲尔德作为短篇小说家的大手笔在此可见一斑。小说结构谨严，语言凝练，情节转折及时，情感收放自如。曼斯菲尔德不仅在这个故事中生动刻画了现代家庭在精神上的分崩离析，而且用老尼夫的内心独白刻画了个体精神的漂泊无依，准确地抓住了她所处时代的精神状况，和雅斯贝斯一样关注现代人的疏离感。

第八章

园丁[1]（1926）

约瑟夫·鲁德亚德·吉卜林

作者简介

约瑟夫·鲁德亚德·吉卜林（Joseph Rudyard Kipling，1865—1936）是英国作家和诗人，出生于印度孟买，父亲曾在孟买任英国艺术学校雕塑学教授。吉卜林在 6 岁时被送回英国接受教育，17 岁重返印度在报社担任编辑工作。吉卜林早年的故事和诗歌主要以浪漫主义色彩呈现旅居印度的英国侨民的生活和精神状态。他的诗多歌颂维多利亚时代的

① 据吉卜林的故事与诗歌选集的编者丹尼尔·卡林（Daniel Karlin）介绍（*Rudyard Kipling*. Ed. Daniel Karlin. New York: Oxford University Press, 1999, p.637.），该故事最初发表在 1926 年 3 月的《麦考尔杂志》（*McCall's Magazine*）上，并在同年 5 月被《海滨杂志》（*The Strand Magazine*）转载，后收录在同一年出版的吉卜林短篇小说与诗歌集《借贷方》（*Debits and Credits*，1926）中。——译者注

英国士兵在海外勇敢战斗的尚武精神，吉卜林因此获得了“英国军队的行吟诗人”的称号。42 岁时吉卜林因为其文学创作“观察入微、想象独特、气概雄浑、叙述卓越见长”（瑞典文学院评语）而获得诺贝尔文学奖，成为史上最年轻的诺贝尔文学奖得主。1914 年，第一次世界大战爆发，吉卜林站在英国的立场上发表了不少诗歌和特写，鼓动青年参军，为英国献身。1915 年，由于他的儿子约翰在比利时的罗斯战场上中弹身亡，他的思想和文学创作出现了重大转折，他开始关注对世界性灾难的哀痛和战争的毁灭性后果，其作品中开始出现超自然的神秘现象。吉卜林用极具浪漫化的眼光看到了自然万物和人造万物背后所蕴含的最高律法的启示。吉卜林的小说通常采用全知全能的外在叙事视角和传统的线性叙事方式，他善于运用象征手法增加意象的宗教色彩和多义性。

译 文

扫码获取小说
英文原文和录音

有人指派给我一个墓穴，
守护到末日审判，
但是上帝从天堂俯视我
移开了墓石。

我一生的某一天，
这一天的一个时辰，
他的天使看到我的眼泪
移开了墓石！

村里人都知道，海伦·特雷尔对她身边的人都恪尽职守，对自己唯一的弟弟留下来的那个不幸孩子更是竭尽全力，为人称道。村里人也都心知肚明，乔治·特雷尔年轻时就给家里人添了不少麻烦，到处拈花惹草，四处留情，总是在赢得对方的芳心之后弃之不顾。因而，当大家得知他在担任印度督察期间与一位退役军人的女儿纠缠不清，并在私生子出生前几个星期坠马而亡时，谁也没有感到意外。幸好上天垂怜，这时乔治的双亲均已过世，时年 35 岁的海伦独自生活，并受到肺病的威胁被迫前往法国南部疗养。她本可以把这桩丑事置之度外，但是出于高贵的秉性，她承担起了抚养侄儿的责任。她为孩子雇了一个保姆，并安排他们从孟买出发，与她在马赛会合。但是保姆的粗心大意让孩子患上了痢疾，她不得不解雇了保姆，亲自照料孩子直到他痊愈。最终，在这一年的晚秋，她虽然消瘦疲惫，却充满胜利的喜悦，带着已经完全康复的孩子回到了汉普郡的老家。

这件事的始末尽人皆知，因为海伦是个十分坦率的人，她认为试图掩盖丑闻只会适得其反。她承认乔治一直是一匹害群之马，但是如果孩子的妈妈坚持主张孩子的抚养权，事情会更糟。幸好，看起来出身低微的人为了钱财什么事都做得出来。而且因为乔治总是在经济困窘时寻求她的帮助，她觉得自己完全有理由——她的朋友们也同意她的观点——切断与那边的一切联系，并为孩子的成长提供一切有利的条件。第一步便是请教区长为孩子施洗，为他取名迈克尔。她颇有自知之明，坦言自己并不喜欢孩子，只是她一直十分疼爱自己的弟弟，尽管他曾犯下诸多过错。她还指出，小迈克尔的嘴巴和父亲长得一模一样，这些都为她和孩子建立情感打下了基础。

事实上，迈克尔忠实地再现了特雷尔家特有的开阔、较低、轮廓分明的前额，额头下方是一双间距稍宽的眼睛。他的唇形比家族遗传的还要秀美。但是海伦并不承认迈克尔从他母亲那边继承了任何优点，她发誓他从头到脚与特雷尔家族的人是一个模子里刻出来的。既然没有人反驳，种种相似之处就成了公认的事实。

几年后，迈克尔就像海伦一直以来所期待的那样，长成了一个无所畏惧、乐观英俊的青年。六岁那年，他想知道为什么他不能像其他孩子一样叫自己的母亲“妈咪”。海伦对迈克尔解释说，她只是他的姑妈，而姑妈和母亲是不一样的，但是他可以在入睡前叫她“妈咪”，算作他们之间的昵称，如果这样做能让他高兴的话。

迈克尔对这个秘密守口如瓶，但是海伦却像往常一样，把这件事告诉了她的朋友们。迈克尔得知这一消息后大发雷霆。

这场暴风雨要结束的时候，迈克尔质问海伦：“你为什么要说出去？你为什么要说出去？”

海伦搂住在儿童床上哭泣颤抖的迈克尔，回答说：“因为说实话总是最好的选择啊。”

“好吧，不过我觉得要真是丑事，最好还是不说为好。”

“你是这么想的吗，宝贝？”

“是的，我就这么想的，而且”——她发现那小小的身体硬挺挺的——“既然你已经说了，那我就再也不叫你‘妈咪’了——即使在入睡前也不叫了。”

海伦柔声问道：“但这样做不是很不厚道吗？”

“我不管！我不管！你伤了我的心，我也要伤你的心。只要我活着，我就要伤害你！”

“别这样，噢，亲爱的，别这么说！你不了解情况——”

“我就要这么说！等我死了，我会让你更伤心！”

“感谢上天，我会先你而去的，宝贝。”

“哈！艾玛说‘世事无常’（迈克尔跟海伦雇用的那个脸型扁平的老女佣一直有交流）。很多小男孩早早就死了。我也是。到那时候，你就等着瞧吧！”

海伦惊恐地屏住了呼吸，向门口走去，可是“妈咪！妈咪！”的哀号又把她拉了回来，两人抱头痛哭。

迈克尔十岁的时候在一所预备学校读了两个学期，之后学校里有些事或有些人让他意识到，他的社会身份并不正当。他向海伦提出了这个问题，并用家族特有的直率打败了她结结巴巴的辩解。

最后他欣然说道：“这些闲话你一个字也不要相信！如果我的父母结婚了，他们就不会这么说三道四了。不过，别担心，姑妈。我已经从英国历史和莎士比亚的书中知道了有关我们这类人的情况了。首先，征服者威廉[①]和——哦，还有很多这样的人，他们都出类拔萃。你不会因为我的私生子身份就对我另眼相看吧？你会吗？”

“好像能有什么事——”她刚开口就被打断了。

“没什么。如果这件事让你伤心，我们就不要再谈它了。”之后他再也没有主动提起过这件事。但两年后的一个假期，迈克尔巧妙地设法得了一次麻疹。当体温上升到华氏104度的时候，他喃喃自语，一直念叨着这件事，直到海伦的声音最终压过他的谵语。海伦向他保证，无论是人间还是冥府，什么也无法影响他们之间的感情。

迈克尔在公立学校度过了几个学期，美好的圣诞节、复活节和暑假接踵而至，就像串在绳子上的珠宝一样绚丽多彩。海伦把这些时光视若珍宝。迈克尔在适当的年纪培养了自己的兴趣，随着时间的推移这些兴趣又让位给其他兴趣。但是他对海伦的兴趣却始终如一，并且与日俱增。海伦对他倾尽了自己的全部感情，并用有益的

① 征服者威廉，即威廉一世。——译者注

建议和全部金钱来回报他；而迈克尔天资聪颖，眼看着就要大展宏图之际，战争却夺走了他的生命。

他本计划在十月份拿到奖学金去牛津大学读书的。但是八月底，迈克尔就差点陷入第一场公校男生参军入伍的大灾难。不过，他曾在军官训练司令部担任陆军中士近一年，他的队长拦住他，直接把他委派到一个营部。这个营很新，有一半士兵还穿着旧式红色军装，另一半因为居住在过度拥挤的潮湿帐篷里患上了脑膜炎。海伦对他直接应征入伍的想法感到十分震惊。

“但这是这个家族的传统啊。”迈克尔笑着说。

“你不会是想告诉我，你一直都相信那个故事吧？”海伦说。(她的女仆艾玛已经去世多年了。)“我曾经以我的名誉向你保证——如今我再次向你保证——没关系的，真的没关系的。”

“哦，我从来不担心那事儿，从来都不担心。”他勇敢地回答，“我的意思是，如果我像爷爷一样早点入伍，那我就可以早点建功立业了。”

“别这么说！那么你担心战争会很快结束吗？”

“没有那么好的运气。你知道陆军元帅 K[①] 说的话。”

“的确。但是上周我的银行经理告诉我，由于经济原因，战争不可能持续到圣诞节之后。”

“但愿如此吧，但我们的上校——他是正规军——说这会是一场旷日持久的战争。”

迈克尔所在的营无疑是幸运的，因为某些偶然因素，他们被派往诺福克海岸的浅壕沟中执行海岸防御任务，随后被调往北方驻守一个苏格兰入海口，最后，由于一个毫无根据的要被派驻远方的谣

① 指的是英国陆军元帅基钦纳勋爵（Field Marshal Lord Kitchener），该注解来自 Rudyard Kipling, *Baa Baa, Black Sheep and The Gardener*. New York: Penguin Books, 1995, p45. note 1。——译者注

言，这个营被扣留了数周。不料就在迈克尔和海伦约好在一个铁路枢纽见面、一起待上四个小时的那天，营部突然被调走，去增援卢斯战役。他只来得及给海伦发去一封电报道别。

在法国，幸运之神再次眷顾了这个营部。在索姆河修筑防御工事期间，营部被安置在伊普尔防御前哨[①]，过着风平浪静的生活并受到了嘉奖；在索姆河战役打响后，营部在阿尔芒蒂耶尔和拉旺蒂地区安度和平的日子。一个精明的指挥官发现这个营部能挖掘壕沟，保护军队的侧翼，就将它调出了它所属的师，表面上是让营部帮忙铺设电缆，实际上是安排它在伊普尔一带挖壕沟。一个月后，迈克尔刚给海伦写完信，告诉她没有什么特别的事情发生，因而不必担心，但在一个潮湿的黎明，一枚掉落的炸弹碎片一下子就要了他的命。下一枚炮弹将谷仓墙的地基连根拔起，完全压在他的尸体上面。除非是专家，否则没人能猜到这里曾经发生过什么不愉快的事情。

这个时候，村民们对战争已经习以为常了，并按照英国人的习俗逐渐形成了一套应对士兵阵亡的仪式。邮局的女邮政局长一边把官方电报交给她七岁的女儿，让这孩子把电报送给特雷尔小姐，一边对教区长的园丁说："这次轮到海伦小姐了。"园丁想起了自己的儿子，回答说："哎，他已经比有些人坚持的时间长多了。"小女孩哭着走到特雷尔小姐的门前，因为迈克尔少爷经常给她糖果吃。海伦发现自己正小心翼翼地拉下一扇又一扇窗帘，并认真地对每个人说："失踪总是意味着死亡。"然后，她加入了阵亡士兵家属这支阴郁沉闷的队伍中，被迫经历了一连串无法回避的徒劳情绪。当然，教区长让海伦保持希望，并预言她很快就会收到某个战俘营的来信。

---

① 在第一次世界大战期间，比利时伊普尔周围的伊普尔高地曾发生过数次战役，伊普尔防御前哨（Ypres Salient）是西线战场的重要组成部分。——译者注

她的几个朋友也对她讲了一些发生在别的女人身上的确凿无误的事，说她们失踪的亲人在一连数月杳无音信之后，又突然奇迹般地回到了她们身边。还有人敦促她与某些组织中办事可靠的秘书联系，他们可以与某些善良的中立者沟通，这些中立者能够从最守口如瓶的德国指挥官那里打听到准确的情报。这些人建议海伦做的事情她都一一照办了，该写的信都写了，该签字的文件也都签了。

有一次，迈克尔在一次休假期间带她去参观过一个军工厂。在那里，她目睹了一枚炮弹从生铁到成品的整个制作过程。她当时想，人们从来都没有停止过制造这个讨厌的东西啊。她边准备文件边想，我也正在被制造成一个失去亲人的直系家属呢。

在适当的时候，所有的组织都为无法查清迈克尔的下落而深深地或真诚地向她表达歉意。她的内心崩溃了，万念俱灰，心若止水——除了因解脱而感激之外——她的内心再无一丝波澜，她被动地接受了这一切。迈克尔已经死了，她的世界已经停滞了，她成了一个遭受极度精神地震的人。现在，她静静地站着，世界继续前行，但世界与她没有关系了——无论以什么形式、什么关系都不能触动她。她对这一点心知肚明，因为她能在谈话中轻松平静地提起迈克尔的名字，当听到轻声说出的恰如其分的同情话时，她会把头倾斜到适当的角度。

就在她有幸摆脱痛苦之际，停战的钟声打破了她的平静，但她对此置若罔闻。又过了一年，她才克服对那些活着归来的年轻人生理上的厌恶，能拉着他们的手，几乎是真诚地祝他们平安。她对战争给个人或国家造成的后果都不感兴趣，只是远远地观望着，参加各种救济委员会，保持坚定的观点——她听到自己表达这些观点——为村里修建一座战争纪念碑选址。

接着，她作为迈克尔的亲属收到了一封官方通知，内附一页用不褪色铅笔写给她的信、一个银质身份圆牌和一块手表，大意是迈克尔·特雷尔中尉的遗体已经找到，已经验明身份，并被重新安葬在哈根泽勒第三军人公墓——还适时地给出了墓穴在几排几号的编码。

因此，海伦发现自己被置于这个批量生产线的另一个流程上——在一个充满欣喜若狂或伤心欲绝的亲属的世界，大地上有一个可以安置他们的爱的祭坛，现在这是确定无疑的了。这些亲属不久就告诉她已经有明确的日程表，去看亲人的墓是轻而易举的事了，对日常生活影响不大。

就像教区长的妻子所说，“假如他在美索不达米亚或者甚至在加里波利阵亡，那就很不一样了”。

被唤醒的痛苦好像让她重活了一次，这种痛苦促使海伦越过英吉利海峡，来到一个尽是头衔缩略字母的新世界。下午的火车与早班船对接，她可以舒适地到达哈根泽勒第三公墓，而且离公墓三公里的地方有一家舒适的小旅馆，在那里舒适地住上一晚，第二天早晨就能去看亲人的墓。这些她都是从一位中央机构的官员那里得知的，这位官员住在一个由木板和焦油纸搭建的棚子里，棚子建在一片被夷为平地的城郊上——尘土飞扬，纸屑漫天。

“顺便问一下，”他说，“你肯定知道自己亲人的墓在哪里吧？”

“我知道，谢谢你。”海伦回答，把写着几排几号的纸给他看，这是用迈克尔本人的小打字机打出来的。这位官员本来正要从许多记录簿里找出一本记录簿来核对编号，一位来自兰开夏郡的大块头妇女插到他们中间来，恳求他告诉她，到哪里才能找到她曾在陆军服务营当下士的儿子。她抽泣着说，她儿子的本名叫安德森，不过由于他来自受人尊敬的家庭，当然得用“史密斯”这个名字入伍了。他于1915年初在迪基布什阵亡。她既没有儿子墓地的编号，也不知道她能用他的两个教名中的哪一个，因为她不知道他用哪一个做他的化名。但是她的库克观光票到复活节这一周的周末就到期了，如果到时候她还找不到儿子的墓，她会发疯的。说完这些，她就向前倒在海伦的怀里，那位军官的妻子很快就从办公室后面的小卧室里走出来，他们三人一起把这位女士抬到小床上。

“他们总是这样，”军官的妻子边说边解开这位女士系紧的帽带，“昨天她说他是在霍格阵亡的。你确定知道你亲人的墓在哪里吗？这很要紧。”

“我知道，谢谢你。”海伦说，赶在床上那位女人又开始悲伤之前跑了出来。

海伦在一间拥挤的淡紫色和蓝色相间的木屋里喝茶，这让她进一步陷入这场梦魇中。她结账的时候身边有一个表情平静、相貌平平的英国女人，那人听到她询问去哈根泽勒的火车，就主动提出要跟她一起去。

“我本人也去哈根泽勒，”她解释说，“但不是去哈根泽勒第三公墓；我是去糖厂公墓，如今大家伙都叫它拉罗西埃公墓。刚好在哈根泽勒第三公墓的南边。你在那个旅馆订房间了吗？”

“哦，订了，谢谢你，我打电报预订的。”

“这就好。这个地方有时候人满为患，有时候却空无一人。但是自从老金狮旅店把浴室改成宾馆之后——就是糖厂公墓西边的那家旅馆——幸好那里也吸引了不少人过去住。”

“这些对我来说都很陌生。我是第一次去。”

“原来是这样啊！停战以后我这是第九次来了。不是为我自己。我并没有失去亲人，感谢上帝——不过，和其他人一样，我家乡的很多朋友都失去了亲人。因为我经常来这里，我发现有人来看看这个——地方，然后回去跟他们说说，这对他们会有所帮助。人们还可以给他们拍些照片。我接到了很多这样的委托。”她紧张地笑了笑，拍了拍肩上挎着的柯达相机。“这次在糖厂公墓有两三座墓要看，周边要看的墓还有很多。我的办法是先把一个地方的委托攒起来，再安排好。你知道的，当一个地方的委托积攒得足够多、值得跑一趟的时候，我就赶快来一趟，处理一下。这确实能给人们带来安慰。”

“我也觉得。”海伦说，她们上小火车的时候，她浑身发抖。

“当然是这样啦。（我们能坐上靠窗的座位，不是很幸运吗？）一定是这样，要不然他们也不会叫人来看，不是吗？我这里就有十二个或十五个这样的委托单子，”她又拍了拍柯达相机，“今晚我必须把它们整理出来。哦，我忘记问你了，阵亡的是你什么人？”

“我侄子，”海伦回答，“不过我非常爱他。”

“啊，当然！我有时会想，他们死后还有意识吗？你怎么看这个问题？”

“哦，我不知道——我不敢多想这种事。”海伦说，几乎举起手要把她推开。

“也许这样更好，”女人回答，“我料想，丧亲之痛一定够你受了。哦，我就不再叨扰你了。”

海伦表示感谢，但到旅馆之后，斯卡沃斯太太（她们互相交换了名字）坚持要和海伦同坐一张桌子用餐。饭后，那间狭小丑陋的客厅里挤满了轻声细语的家属，斯卡沃斯太太让海伦看她的委托书，向海伦讲述死者的情况以及她碰巧认识他们的地方，并把他们的近亲也描述了一番。海伦一直忍耐到晚上九点半才得以逃回自己的房间。

几乎就在同时，有人敲响了她的房门，斯卡沃斯太太走了进来。她双手举到海伦的眼前，手里紧紧攥着那份可怕的名单。

“是的——是的——我明白，”她开始说，“你讨厌我，但是我想跟你说点事。你——你还没有结婚，对吧？那么也许你不会……但是，没关系。我得告诉某个人，我不能再这样下去了。”

“但是拜托——”斯卡沃斯太太背靠关上的房门，干巴巴地说。

“马上，”她说道，“你——你知道刚才在楼下我跟你聊到的那些要去拜访的墓地吧？它们的确是委托给我的。至少有几座是的。”她扫视了一下房间。“比利时的墙纸很棒，你不觉得吗？……是的。我发誓它们是委托给我的。可是有一个人，你明白，而且——而且他对我比世界上其他一切都珍贵。你理解吗？”

海伦点了点头。

“比任何人都重要。当然，他本来不应该如此。他对我来说应该是最无关紧要的人。但是他曾经是，现在还是。你看，这就是为什么我会接下这些委托。就这些。”

“可是你为什么要告诉我呢？”海伦绝望地问她。

“因为我真是厌倦了撒谎。厌倦了撒谎——总是撒谎——一年又一年。当我不说谎的时候，我就得把谎言付诸行动，我一直想着它们。你不懂这意味着什么。他曾经是我的一切，但又不该是。我一生中唯一发生的事情，我却不得不假装他不是。这么多年下来，我不得不留心自己所说的每一句话，思考接下来该怎么撒谎！”

“多少年了？”海伦问她。

“在他生前有六年四个月，在他死后有两年九个月。他阵亡后，我已经去看了他八次。明天是我去看他的第九次，而且——而且我不能——我不能在世上没有一个人知道的情况下再去看他了。在我去之前我想找个人坦白一下，你明白吗？我倒没关系。我以前不诚实，甚至还是个小女孩的时候就这样。可是他不应该被这样对待。所以——所以我——我不得不告诉你。我不能再隐瞒下去了。哦，我不能！”

她双手紧握，几乎举到嘴边，然后又猛地放下来，双手仍然紧握着，双臂下垂。海伦伸手抓住她紧握的双手，把头俯在上面，喃喃地说："噢，亲爱的！亲爱的！"斯卡沃斯太太后退一步，满脸是斑驳的泪痕。

"上帝啊！"她说，"你就是这么接受这件事的吗？"

海伦无言以对，这个女人随后走了出去，但是海伦却久久难以入眠。

第二天一大早，斯卡沃斯太太就出门去完成她的各种委托任务去了，海伦孤身一人来到哈根泽勒第三公墓。这个地方还在建设中，它高出碎石路约五六英尺，道路两侧绵延数百码，横跨在一个深沟之上的涵洞是尚未完工的围墙入口。她一口气爬了几级木面土台阶，接着，布满坟冢的公墓全景就出现在她眼前了。她并不知道哈根泽勒公墓已经埋葬了两万一千多名阵亡士兵。映入她眼帘的是一片无情的黑色十字架海洋，到处都是十字架表面冲压的小锡条。她分辨不清这一片十字架的顺序和编号。她能看到的只是一片齐腰深的荒野，像枯死的杂草向她涌来。她向前走着，绝望地左顾右盼，不知道得到什么指引才能到自己亲人的墓旁。很远的地方有一道白线。事实证明这是一个由两三百个坟冢组成的墓区，这些坟的墓碑已经竖起来了，坟前种着花，新种的草显出了绿意。在这里，她可以看到一排排墓碑的尽头都清晰地刻着字母。她查看一下手中的字条，意识到她要找的不在这里。

一个男子跪在一排墓碑后面——显然是个园丁，因为他正把一株幼苗栽种到松软的泥土中。她手里拿着字条走向他。待她靠近时，他站起身来，没有开场白，也没有打招呼，直截了当地问："你在找谁？"

"迈克尔·特雷尔中尉——我的侄子。"就像她一生中千万次做的那样，海伦一个字、一个字慢慢地说出来。

这个人抬起眼，无限悲悯地看着她，然后看了看新种的草，把目光转向那些光秃秃的黑色十字架。

“跟我来吧,”他说,“我带你去看你儿子躺着的地方。”

海伦离开墓地的时候,转身向后面看了最后一眼。她远远地看见那个人正俯身照料他的幼苗。她离开了,心想他就是那位园丁吧。

负担

悲伤笼罩我心
一年里的每一天,
无人能帮助,
无人能听见:
看不到尽头
除非悲伤再起——
啊,抹大拉的玛利亚,
哪里的痛苦会更甚?

在代价沉重的耻辱上做梦
一年里的每一天——
无法开诚布公
无论做什么,说什么:
从早到晚撒谎——
知道撒谎也没用——
啊,抹大拉的玛利亚,
哪里的痛苦会更甚?

看着我坚如磐石的恐惧
关注我的一言一行
一年里的每一天——
一天里的每个时辰:

燃烧与冷却交织——
震惊与愤怒再起——
啊，抹大拉的玛利亚，
哪里的痛苦会更甚？

有人指派给我一个墓穴，
守护到末日审判，
但是上帝从天堂俯视我
移开了墓石。

我一生的某一天，
这一天的一个时辰，
他的天使看到我的眼泪
移开了墓石！[①]

（楚梦云译，代显梅校）

作品赏析

无法言说的丧子之痛

在第一次世界大战前夕，约瑟夫·鲁德亚德·吉卜林以极大的

① 这是《园丁》的一个版本（Rudyard Kipling, *Selected Stories*, ed. Sandra Kemp, London and Melbourne: J. M. Dent & Sons Ltd., 1987, pp.279–289.）。在这个选集中，在这个故事的最后，作者附上了《负担》（“The Burden”）这首诗的全部内容。从这首附诗看，吉卜林把《圣经》中抹大拉的玛利亚在耶稣复活之后看见他的第一眼，错认为园丁。——译者注

热情号召英国青年拿起武器为英国而战，甚至把自己重度近视的儿子约翰送上战场。约翰不久便在前线阵亡，甚至连遗体都没有找到。一个天才作家就这样成为尚武精神的牺牲品，他直接陷入无尽的痛苦和自我怀疑中。任何形式的忏悔都意味着对其家族和民族荣誉的背叛。于是，吉卜林不得不默默地咀嚼自己的战争信念酿成的苦果，这便是《园丁》的创作背景。

这个故事是一篇精美绝伦的亲情挽歌，就故事隐而不宣的秘密而言，可以用“不著一字，尽得风流”来形容作者叙述技巧的高超。读者一不小心就会失去作品的诸多伏笔，错过隐含其中的灵魂式悲情诉说，就像女主人公海伦从头到尾深藏不露的母亲身份，以及她包裹严实的丧子之痛。这痛苦是海伦的，更是作者本人的，还是普天之下千千万万怀揣神圣的战争信念送子参军，却再也不见孩子的归期，甚至连尸骨埋葬何处都难以寻觅的父母无法言说的丧子之痛。

一、谎言与战争：反讽呈现的荣誉感

在这个故事中，作者以反讽的手法刺穿了荣誉感的虚幻。海伦对丑闻的悉心掩盖和迈克尔的战死疆场构成故事的两条主要线索。这两条线索并行不悖，联结二者的是存在于这个家族的同一种荣誉感。故事通过斯卡沃斯太太吞吞吐吐的坦白（“他曾经是我的一切，但又不该是”）暗示一种非法爱情，也就是，海伦爱上的人很可能是一个有妇之夫，并且未婚先孕。在海伦精心编制的一套逻辑严密的说辞中，一桩可能会使家族身败名裂的丑闻被掩盖起来。海伦谎称迈克尔是弟弟的遗孤，自己去法国南部生产是疗愈肺病。巧合的是，海伦的弟弟恰好这时候在印度坠马身亡。反讽的是，乔治这个败坏家族名誉的不肖子却以他恰逢其时的死挽救了家族荣誉。同样，迈克尔是一个荣誉感很强的人，在自己的身世上承认掩盖丑闻的必要性（“我觉得要真是丑事，最好还是不说为好”），他骄傲地看待“家族特有的直率”。反讽的是，他本人的身份就是一个弥天大谎，家族荣誉感的虚幻和战争的毁灭性在此可见一斑。

故事以第三人称的叙述视角，客观冷静、事不关己地展开海伦有关迈克尔来历的叙述，暗示她对这个秘密的话语操控权。故事以“村里人都知道”开始，在同一段里两次强调“村里人也都心知肚明”。第二段的开始仍然是“这件事的始末尽人皆知，因为海伦是个十分坦率的人，她认为试图掩盖丑闻只会适得其反”。村里人之所以了解这件事的始末，自然是海伦传出的消息。海伦的“坦率”正是她掩盖丑闻的策略性谎言。抑或村里人对海伦的隐私心知肚明，但出于同情与仁慈不忍揭穿她的谎言，于是便和她心照不宣地共谋这一场骗局？总之，叙述的含混性给读者留下了很大的想象空间，这正是艺术留白的魅力所在。

故事用细腻的笔触讲述了迈克尔的幸福成长和姑侄亲密无间的情谊，用以强化海伦失去儿子之后的痛苦。在“妈咪”事件的风波中，海伦和儿子之间浓浓的亲情被表达得淋漓尽致。当海伦试图规劝迈克尔不要对她说狠话时，孩子竟变本加厉地表达“爱之深、恨之切”的强烈情感:“我就要这么说！等我死了，我会让你更伤心！”童言无忌，没想到迈克尔负气的情绪宣泄竟一语成谶！这也为故事后来的悲剧埋下了伏笔。

故事的第一部分结束在战争上，也转移了读者对迈克尔的真实身份和海伦个人隐私的注意力。叙事人告诉读者:“海伦对他倾尽了自己的全部感情，并用有益的建议和全部金钱来回报他；而迈克尔则天资聪颖，眼看着就要大展宏图之际，战争却夺走了他的生命。”

在海伦赶赴迈克尔坟墓的途中,作者在一段内容里连续三次重复“舒适”这个词——舒适的旅程、舒适的旅馆、舒适的夜晚——反讽地提醒和反衬海伦内心永远与“舒适”无缘的丧子之痛。迈克尔渴望像爷爷一样在战场上建功立业，传承家族的光荣传统，却首当其冲地成了战争炮灰，断送了家族唯一的血脉。这是对荣誉感的再一次反讽性呈现，作者的反战意图在此一目了然。

二、顾左右而言它的隐痛呈现

从结构上看，本故事可以分为三个部分：第一部分集中描写海伦煞费苦心编织的有关迈克尔身世的谎言，以及迈克尔的幸福成长和母子情深。第二部分集中描写海伦去探视墓园途中遇到的两位妇女，从侧面呈现海伦的丧子之痛和隐秘的爱情。第三部分集中写海伦在墓园的感受与见闻，以园丁貌似不经意的一句口误——“我带你去看你儿子躺着的地方”，带给海伦和读者无尽的安慰与遐想：对于海伦，是世间终有一人承认了她的母亲身份；对于读者，是蓦然回首对作者叙事艺术的赞叹。

故事以曲笔书写海伦难以言说的痛苦：首先是那位来自兰开夏郡的大块头妇女，她可以被看作是海伦的丧子之痛的显性表达。这位妇女在那位官员的办公室里当众哭泣，大胆承认她是一位阵亡士兵的母亲，如果看不到儿子的坟墓，“她会发疯的”。作者用这位妇女在海伦面前毫无顾忌的情感宣泄，凸显海伦小心翼翼掩饰起来的悲痛之情，也替海伦表达了无法言说的丧子之痛。

其次是以海伦与斯卡沃斯太太的相遇暗示海伦深埋心底的隐情。这位女士对海伦说“有一个人，你明白，而且——而且他对我比世界上其他一切都珍贵。你理解吗？”斯卡沃斯太太的心事正是海伦无法与人分享的爱情秘密，所以她才由最初对这个女人的极大反感转变为对她的深厚情意。当斯卡沃斯太太对海伦解释说“我真是厌倦了撒谎。厌倦了撒谎——总是撒谎——一年又一年。当我不说谎的时候，我就得把谎言付诸行动，我一直想着它们。你不懂这意味着什么。他曾经是我的一切，但又不该是。我一生中唯一发生的事情，我却不得不假装他不是。这么多年下来，我不得不留心自己所说的每一句话，思考接下来该怎么撒谎！”时，斯卡沃斯太太对自己的秘密爱情的披露分明是海伦对深藏不露的恋情的公布，斯卡沃斯太太的忏悔是海伦为掩盖真相所做的一切努力的外化。讽刺的是，不明就里的斯卡沃斯太太竟对海伦说“你不懂这意味着什么”。斯卡沃斯太太最后对海伦说“我不能在世上没有一个人知道的情况下再去看他了……他不应该被这样对待……”正是因为斯卡沃斯太太不经意间说出了海伦内心的秘密和压抑已久的愧疚，海伦才忘记了最初对这个人的反感和躲避——“海伦伸手抓住她紧握的双手，把头俯在上面，喃喃地说，‘噢，亲爱的！亲爱的’！”不知内情的斯卡沃斯太太对海伦的这个反应甚为惊讶：海伦没有因为她的撒谎而鄙视她，更没有因为她的非法爱情而谴责她，而是对她充满同情和抚慰，但旁观的读者明白一切。

至此，从兰开夏郡来的妇人和斯卡沃斯太太都是作者借来的他山之石，帮助读者攻开了海伦内心深藏不露的秘密之玉。就这样，这两位妇女在毫不知情的情况下，从各自痛苦的处境中帮助海伦疏导了她本人不可告人的秘密和无法表达的悲痛。海伦作为她们的旁观者和倾听者，亲眼见证、亲耳聆听了自己多年来谨小慎微掩藏起来的秘密，读者也借此得以瞥见海伦不便与外人道的隐情。至此，海伦的丧子之痛和非法爱情已经是“此时无声胜有声”了，故事巧妙设置掩藏起来的秘密也“风吹草低见牛羊”了。

三、墓园里的神圣抚慰

故事进入最后一部分时逐渐达到高潮，故事的氛围越发显得凝重凄凉。海伦独自一人来到哈根泽勒第三军人公墓，这里是埋葬儿子的地方。出现在她眼前的首先是数量庞大的阵亡士兵墓，2.1 万人又加 300 人的墓地看起来像“无情的黑色十字架海洋”。在这个死亡的海洋中，海伦仿佛溺水的人绝望地挣扎着，“她分辨不清这一片十字架的顺序和编号。她能看到的只是一片齐腰深的荒野，像枯死的杂草向她涌来”。这时候，叙事人不去写海伦的悲痛，而是集中写她由于情感狂乱，心身都仿佛处在一场噩梦中，她左顾右盼得不到任何指引，“齐腰深的荒野”和“枯死的杂草”是海伦绝望时刻的心理写照。在这个无助的黑暗时刻，海伦突然发现一个人正在新坟前栽种花草。当这个人问她在找谁时，海伦的回答再次暴露出她积习难改的社会行为——“‘迈克尔·特雷尔中尉——我的侄子。’就像她一生中千万次做的那样，海伦一个字、一个字慢慢地说出来”。

其实，按照人之常情，海伦这时候至少有两种选择的自由：一种是，在这个陌生人面前，她完全不需要掩盖，她可以大胆说出她在找自己的儿子。她可以像斯卡沃斯太太所做的那样，把这个老人当作世上唯一可以吐露真情实相的人，不会产生任何不良的社会影响。第二种选择是，她可以简单地告诉这个人，她要找的墓穴主人是迈克尔·特雷尔中尉，根本不需要追加一句“我的侄子”。海伦之所以这样做，如叙事人所说，是因为她终其一生都在撒谎，已经习惯成自然了。

最神奇的是，完全出乎读者和海伦的预料，这个人似乎根本没有听见海伦强调的那句“我的侄子”，而是“无限悲悯地看着她，然后看了看新种的草，把目光转向那些光秃秃的黑色十字架”，然后自然而然地告诉她，要带她去看她儿子的墓地。新草有绿色的生命，十字架却是“光秃秃的”，这种对照强化了海伦此刻内心的丧失感，十字架正是海伦失魂落魄、步履蹒跚地在寻找的那个已经陨落的生命遗迹。园丁对海伦说“我带你去看你儿子躺着的地方”。读者的疑问是：园丁是没有听见海伦的那句“我的侄子”的强调，还是因为他常年守护墓园，太熟悉一个人的悲伤程度与其亲属身份之间的关系，所以才一眼看出这是一位失去儿子的母亲？抑或是，他感受到海伦的那句“我的侄子”中包含的难言之隐和希望获得世界认可的心理需要，于是便及时给予了她迫切需要的心理抚慰？在这个世界上，在这一刻，还有什么话更能疗愈海伦的精神创伤呢？因此，这个故事被命名为“园丁”，这句话可以被看作是故事的高潮，因为这个人不仅是墓地的园丁，以花草守护年轻士兵们的亡灵，而且更是精神的园丁，以善解人意的言辞抚慰失去亲人者的绝望心灵。

接下来，叙事人没有去写海伦听到这句话时的震惊或者困惑抑或感激之情，而是让故事在两句意味深长的陈述语中结束，并且让这两句话单独成段，足见作者的匠心所在。在这个简短的结束语里，起码有三点值得特别注意：第一，海伦离开墓园时转身回望的“最后一眼”，一切尽在不言中，这是故事的暗示；第二，“他的幼苗”一语双关，既指园丁实际栽培的花草，也喻指那些过早陨落的生命，这一切都在他的守护之下；第三，也是故事的点睛之笔，“她离开了，心想他就是那位园丁吧”。海伦把这位守墓人对自己的体恤提升到神圣的高度，仿佛他是上帝派来的使者，帮助她了却了此生最大的心愿，极大地抚慰了她无人共情、无法言说的丧子之痛，就像抹大拉的玛利亚陪伴十字架下耶稣的母亲圣母玛利亚，为她带去及时的情感安慰和精神支持。

这个故事最初发表在1926年3月的《麦考尔杂志》(*McCall's Magazine*)上，后收录在吉卜林的故事与诗歌集《借贷方》(*Debits and Credits*，1926)中。据这个故事所在的1987年版《吉卜林短篇小说集》的编者桑德拉·肯普(Sandra Kemp)交代，该故事第一版只有开始时的两节诗作为引子，但在《借贷方》中，故事的结尾却附上了《负担》这首诗的全部内容。这首抒情诗画龙点睛地总结了该故事的主题，提醒读者现代悲剧与宗教悲剧的根本不同在于：吉卜林把《圣经》中抹大拉的玛利亚把复活后的耶稣错认作“这位园丁”，变为本故事中海伦把种花人认作“这位园丁”，这就把海伦的丧子之痛与《圣经》中圣母的丧子之痛联系起来，把抹大拉的玛利亚对圣母的同情变成了种花人对海伦的共情，耶稣的复活和得救加深了海伦永远失去迈克尔的悲剧感。

四、结语

无独有偶，美国城市社会学家、作家刘易斯·芒福德(Lewis Mumford，1895—1990)在纪念他在意大利战场(1944年秋)阵亡的儿子格迪斯的传记《长青的记忆》(*Green Memories: The Story of Geddes Mumford*, 1947)[①]中，用真实细腻的笔触详尽地表达了一个父亲对爱子的欣赏和失去他之后的无限悲痛。芒福德的传记可以被看作是吉卜林的亲情补白，虽然一个是以纪实形式，一个是以虚构形式，但两位作家作为父亲对儿子的爱与哀却是一样深刻的，那份无法愈合的创痛是无论用什么语言和修辞都无法疗愈的，我们只能呼吁不要再有战争。

耐人寻味的是，这位父亲和吉卜林一样，在失去儿子之前曾热

① Lewis Mumford, *Green Memories: The Story of Geddes Mumford* (New York: Harcourt, Brace and Company), 1947.

烈地颂扬战争行动，甚至发表鼓舞参战的小册子《人类必须行动》（*Men Must Act*，1939），号召人们拿起武器为理想而战——“我认为美国必须为消灭法西斯而积极参战”，“为维护美国民主和文明”而战。[①]格迪斯也像吉卜林的儿子约翰一样，追随父亲的战争信念，希望能在战场上积累自己的人生资本。但在儿子死后，在芒福德悼念儿子的传记里，每一个字都是作为父亲的悔恨与痛心，就像《园丁》中字字是血的哀鸣，两位父亲真正体会到失去儿子的家长和家庭为战争付出的惨痛代价。青年人本该有一个光明前途，战争却夺走了他们生存的权利，这是无论什么荣誉都无法弥补的巨大损失。唯愿世间多些真挚淳朴的善念，少些争强好斗的戾气和抽象空洞的理想概念，只有这样，年轻的生命才有可能尽享天年，拥有属于自己的机遇与幸福！

① Lewis Mumford, *Men Must Act* (New York: Harcourt, Brace and Company), 1939, p.85, “A broad program for maintaining democracy and civilization in the United States” 出现在这本小册子的右下角。

第九章

献给埃米莉的玫瑰①（1930）

威廉·福克纳

作者简介

威廉·福克纳（William Faulkner，1897—1962）出生于美国南方的一个名门望族之家。这个家族的传奇人物是福克纳的曾祖父威廉·克拉科·福克纳"老上校"，他既是种植园主，又是作家、军人、企业家和政治家，曾经在牛津小镇人的心目中留下了深刻的痕迹，是这个家族几代人的荣耀。屡屡失败的父亲和坚强自尊的母亲赋予了福克纳矛

① 这个故事最初发表在1930年4月30日的《论坛》（*Forum*）杂志上，后来被收录在福克纳1931年出版的短篇小说集《十三个故事》中。本文根据1954年兰登书屋出版的《福克纳读本：威廉·福克纳作品选集》中的《献给埃米莉的玫瑰》（第489–497页）译出（William Faulkner. "A Rose for Emily." *The Faulkner Reader: Selections from the Works of William Faulkner*, New York: Random House, 1954, pp. 489–497.）。——译者注

盾纠结的性格。青年时代的福克纳放荡不羁，酗酒、打牌、逛妓院、漫游欧洲，这些经历为他日后的文学创作积累了丰富的生活素材。福克纳自幼聪慧，10 岁开始就阅读莎士比亚、狄更斯、巴尔扎克、康拉德、霍桑、马克·吐温与托尔斯泰等伟大作家的作品。他一生出版长篇小说 19 部、短篇小说 120 多部，其中 15 部长篇小说与绝大多数短篇小说中的故事都发生在约克纳帕塔法县，被称为“约克纳帕塔法世系”。美国小说家辛克莱·刘易斯在 1930 年的诺贝尔文学奖获奖演说中称赞福克纳“把南方从多愁善感的女人的眼泪中解放了出来”。作为南方种植园主的后代，福克纳在种族问题上不赞成激进的革命行动，支持以温和渐进的方法达到种族平等的改良措施。福克纳的作品始终弥漫着一种荣耀与耻辱交织的怀旧情绪。

扫码获取小说英文原文和录音

译　文

一

埃米莉·格里尔森小姐去世的时候，我们全镇人都去参加了她的葬礼：男士们怀着对一座倒塌的纪念碑的尊重之情，女人们则大多出于好奇，想一探大宅的究竟——至少有十年时间，除了一个园丁兼厨师的老男仆之外，再没有其他人见过里面是啥样子。

那是一幢方方正正、粉刷成白色的大房子，坐落在我们这里曾经最高级的一条街上，是 19 世纪 70 年代那种庄重而轻盈的风格，有穹顶和尖塔，阳台的花纹是涡卷形的。然而，汽车修理厂和轧棉厂已经蚕食甚至抹去了那个街区十分显赫的家族；唯有埃米莉小姐的大宅依旧傲然挺立，高踞于那些轧棉机和油泵之上，以一种顽强不屈、独领风骚的姿态在悄然地衰朽着——成了令人极其讨厌的眼中钉。如今，埃米莉小姐也追随那些显赫一世的家族而去了，这些人躺在雪松掩映的墓地里，和那些在杰斐逊战役[①]中阵亡的南北方的无名战士[②]一同长眠。

埃米莉小姐在世的时候，对镇上的人来说一直都是一个传统、一份责任和一种牵挂。自从镇长——就是那位最先颁布条例规定黑人女性不系围裙不得上街的镇长——萨特里斯上校在1894年宣布对埃米莉小姐免税的那天起，这份义务就在镇里传承了下来，期限从她父亲去世直到永远。埃米莉小姐并非愿意接受施舍，而是萨特里斯上校编了个错综复杂的故事，大意是埃米莉小姐的父亲曾经给镇里贷过款，而镇里出于商业考虑，愿以这种方式还贷。只有像萨特里斯上校那一代人以及和他想法一样的人才能编出这样的故事来，也只有一个女人才会信以为真。

当经历思想更新潮的下一代担任镇长和镇政委员时，这种安排就引起了一些小小的不满。新年伊始，他们给她寄去一封纳税通知单。二月到了，那边还是杳无音信。他们又写了一封正式的公函，请她在方便的时候到治安官[③]的办公室去一趟。一周后，镇长亲自给她写信，表示愿意前去拜访，或派他的车去接她。这次收到一张古色古香的答复字条，书写纤细飘逸，墨迹褪色黯淡，大意是她已经足不出户了。纳税通知单也随信奉还，未置一词。

---

① 杰斐逊战役（the battle of Jefferson）是1864年美国内战中发生在田纳西州杰斐逊镇的一场小战役。——译者注

② 原文是Union and Confederate soldiers（联邦和邦联士兵），指参与美国内战双方的士兵。北方的美利坚合众国简称“联邦”（Union），南方的美利坚联盟国简称“邦联”（Confederacy）。这里意译为南北方士兵。——译者注

③ 在美国，治安官（sheriff）是一个郡的执法首领，通常由民众选举产生或由民选机构任命。——译者注

镇政委员会召开了一次特别会议，派了一个代表团去和她交涉，他们敲响了她的房门。自从八年或者十年前她不再教瓷器彩绘课之后，就再也没有访客踏进过这扇大门。那个老黑人把他们引进一个昏暗的门厅，里面的楼梯通往更加幽深的地方。这里散发着物品久置不用的土腥味，感觉闷热潮湿。这个黑人把他们领进客厅，厅里摆放着厚重的皮革家具。当他拉开一扇百叶窗时，他们看到皮革已经裂开。他们坐下的时候，浮尘在他们的大腿周围慢慢地飘着，微粒在一缕阳光里徐徐翻飞着。壁炉前一个褪了色的镀金画架上，放着一幅埃米莉小姐父亲的蜡笔肖像画。

她一进来，他们就都站了起来——一个身材矮小、身穿黑衣的胖女人，一条细细的金链子垂到腰间，没入腰际。她拄着一根黑色檀木手杖，手杖的镶金圆头已经失去光泽。她骨架瘦削，也许就是这个原因，在别人身上是丰满的效果，在她身上却成了肥胖。她看起来很臃肿，就像一具长期浸泡在死水里的尸体，苍白而肿胀。她的双眼淹没在肥胖的面部褶皱里，宛若两块小煤球压进面团里。当来访者说明来意时，她用这双眼睛从一张脸向另一张脸来回看着。

她并没有请他们坐下。她只是站在门口静静地听着，直到说话的人结结巴巴地住了口，他们只听见那个金链子末端的怀表嘀嗒作响。

她的声音干巴巴的，冷若冰霜。“我在杰斐逊镇不交税。萨特里斯上校跟我解释过。你们去查一下镇志就明白了。”

“可我们已经查过了。我们就是镇政府派来的，埃米莉小姐。你没有收到治安官签发的通知吗？”

“我收到了一份文件，没错，”埃米莉小姐说，“也许他觉得自己是治安官……但我在杰斐逊镇不交税。”

“但文件里没有任何东西证明您所说的，请您理解，我们必须照章——”

“去找萨特里斯上校好了。我在杰斐逊镇不交税。”

“可是，埃米莉小姐……”

“去找萨特里斯上校吧。”(萨特里斯上校去世快十年了。)

“我在杰斐逊镇不交税。托布！”黑人出来了。

“送客。”

二

她就这样把他们打得人仰马翻，正如三十年前她在臭味事件中打败了他们的父辈一样。事情发生在她父亲去世两年之后，也就是她的心上人——就是那位我们相信要娶她的人——抛弃她之后不久。她父亲去世后，她基本上就足不出户了；她的心上人走后，人们更是几乎见不到她了。有几位妇女贸然前去拜访，但都吃了闭门羹，那个地方唯一的生命迹象就是那个黑人——他当时还是个小伙子——提着一个菜篮子进进出出。

“就好像一个男人——任何一个男人——能把厨房收拾得干净整齐似的。”女人们说。所以，当那种气味越来越浓烈的时候，她们并没有感到吃惊。这种味道可以说是这个粗俗喧闹的世界与高不可攀的格里尔森家族之间的另一个联系。

一个邻居，一位妇女，向 80 岁的镇长兼法官老史蒂文斯抱怨这件事。

“但是，夫人，你想让我对这件事怎么办呢？”他问。

“哎呀，当然是给她捎句话，让她把这气味除掉啊，”这位女士说，“难道没有王法了吗？”

“我相信没有这个必要吧，”史蒂文斯法官说，“有可能就是她家的那个黑鬼在院子里弄死了一条蛇或者一只老鼠。我会和他说的。”

第二天他又收到了两个投诉，其中一个来自一位男士，他犹豫不决地对此事表示不满："我们真的得想想办法了，法官。我是最不愿意打扰埃米莉小姐的人，但我们必须采取行动。"那天晚上，镇委会碰了头——与会的有三位老人和一个年轻人，年轻人属于新生代。

"这事很简单，"他说，"给她捎个信，让她把室内彻底清扫干净。给她规定个期限，如果她不……"

"见鬼，先生，"史蒂文斯法官说，"你能当面指责一位女士，说她臭气熏天吗？"

所以第二天午夜过后，四个人穿过埃米莉小姐家的草坪，像夜贼一样在那所房子的周围鬼鬼祟祟地溜着走，在砖墙脚和地窖入口处嗅来嗅去，与此同时，其中一个人用手从背在肩上的粗布袋子里边掏边撒，动作像播种谷物那么规律。他们撬开地窖的门，把那里和房子外面的所有地方都撒上了石灰。当他们穿过草坪往外走的时候，原本漆黑的一扇窗户亮起了灯。埃米莉小姐正襟危坐，灯光从她的身后照过来，她的坐姿宛如一尊神像。他们蹑手蹑脚地穿过草坪，溜进街道两旁槐树的阴影里。大约一两个星期之后，气味就消失了。

那时候人们才真正开始为她感到惋惜。镇上的人想起埃米莉小姐的姑奶怀亚特老太太最后是怎么完全疯掉的，他们相信格里尔森一家有点自命不凡，不能恰当地看待自己——那些年轻人都不够好，配不上埃米莉小姐，等等。我们一直把他们当作一幅画——埃米莉小姐身材苗条、一袭白衣站在后景，她父亲背对着她，双腿叉开，手执马鞭坐在前景，一扇前门向后敞开，刚好把两个人框进去。所以在她30岁还是单身的时候，我们真的没有幸灾乐祸，而是证实了我们以前的想法：即使这个家族有疯狂基因，如果时机到来，她也不应该拒绝所有的机会啊。

她父亲去世的时候，据说留给她的只有这栋房子。从某种程度上说，人们倒也高兴。他们对埃米莉小姐的同情心终于有了用武之地。她孤苦伶仃，身无分文，该懂得些世道人情了吧。她现在能多少体会到自古以来人们为柴米油盐而生的喜悦和绝望了吧。

她父亲去世的第二天，镇上的妇女都要去她家吊唁并提供帮助，这是我们的习俗。埃米莉小姐在门口拦住她们，穿着打扮一如往常，脸上没有一丝悲伤。她告诉她们，她父亲没有死。一连三天，牧师来访也罢，医生劝她让他们把尸体处理了也好，她都一概拒绝。就在他们要诉诸法律的强硬手段时，她顶不住了，他们才把她父亲尽快下葬了。

我们当时并没说她疯了。我们相信她是不得已才那么做。我们记得她父亲赶走的所有年轻人，我们知道，她已一无所有，因此才紧紧地抓住那个曾经夺走她一切的东西不放手，这是人之常情。

三

她病了很长时间。我们再见到她的时候，她的头发被剪短了，这让她看起来像个小姑娘，像教堂彩窗上的那些小天使——悲哀而安详。

镇上签下了修建人行道的合同，她父亲去世后的那个夏天，他们就开工了。建筑公司带着黑鬼、骡子和机器来了，工头叫霍默·巴伦，是个北方佬[①]。他身体健壮，肤色黝黑，为人机灵，声音洪亮，眼睛比脸都亮。小男孩们成群结队地跟在他后面，听他骂那些黑鬼，

① 北方佬（Yankee）又译扬基人，该词最初意指美国北部新英格兰地区居民之后裔；后来，其民俗意义则延伸为美国东北部地区（新英格兰、中大西洋各州、与上五大湖区）之所有居民，以及美国内战期间与战后之美国北方人。——译者注

而黑鬼们则随着镐头的起落放声歌唱。没过多久，他就认识了镇上的每一个人。无论何时，只要广场上传来此起彼伏的大笑声，霍默·巴伦准是被人群包围着。不久，我们就开始看到他和埃米莉小姐在星期天下午乘着黄轮轻便马车兜风，那辆车与从车马行租来的几匹红棕色马很匹配。

起初，我们都为埃米莉小姐能动芳心而感到高兴，因为女人们都说“格里尔森家的人当然不会真的看上一个北方人，一个没有固定工作的人”。但也有其他人，就是那些上了年纪的先生说，即使悲伤也不会让一位真正的淑女忘记贵族的义务[①]——对于埃米莉，他们倒没说贵族的义务，只是说“可怜的埃米莉。她的亲戚应该来管管她”。她在亚拉巴马有亲戚，但几年前她父亲因为那个疯老婆子怀亚特的房产问题和他们闹翻了，之后两家人就再无往来。他们甚至都没派人来参加葬礼。

老年人一说“可怜的埃米莉”，风言风语便传开了。“你觉得真是这样吗？”他们交头接耳，捂着嘴说，“当然了，不然还能怎么样呢？”周日下午，百叶窗紧闭以遮挡午后的阳光，这一队搭配不错的人马迅速经过时发出不大的“嗒嗒”声，绸缎衣裙在窗子后面窸窣作响，“可怜的埃米莉”。

她把头扬得高高的——即使在我们相信她已经堕落的时候。作为格里尔森家族的最后一人，她似乎比任何时候都更需要她的尊严得到承认，仿佛需要与尘世的接触再次证明她不受外界干扰似的。就像她买砒霜的时候那样。那是他们开始说“可怜的埃米莉”一年多之后的事了，当时两个堂姐妹正来看她。

“我想买些毒药。”她对药剂师说。她那时已年过三十，身材依

① 原文为法语 *La noblesse oblige*，英文是 the noble obligation 的意思，也就是“贵族的义务”。——译者注

旧苗条，不过更消瘦了，一双黑眼睛显得冷漠高傲，太阳穴和眼窝周围的肉绷得紧紧的，就像人们想象中的灯塔看守人的脸那样。“我想买些毒药。”她说。

“好的，埃米莉小姐。你想要哪一种？灭老鼠之类的药吗？我推荐……”

“我要你们这里最好的药，哪种我不管。”

药剂师说了几种。“它们甚至都能毒死大象了。但你想要的是——”

“砒霜，”埃米莉小姐说，“砒霜管用吗？”

“砒……砒霜吗？好的女士，但是你想要——”

“我想要砒霜。”

药剂师低头看了看她。她也回看着他——身子挺直，绷紧的脸像一面展开的旗子。“啊，当然，”药剂师说，“如果你就想要这种的话。不过法律规定，你需要交代干什么用。”

埃米莉小姐只是目不转睛地盯着他，把头向后扬了扬，以便盯着他的双眼，直到他把目光移开去取砒霜并把它包起来为止。送货的黑人男孩把药包拿给她，药剂师没有再露面。她回家打开药包，盒子上的骷髅标志下方写着：“灭鼠灵。”

四

因此，我们第二天都说“她要自杀了”，我们说这样最好不过。一开始我们见到她和霍默·巴伦在一起的时候说过“她会嫁给他的”。接着，我们说“她会劝他的”，因为霍默本人说过——他喜欢跟男人们一起厮混，大家都知道他在麋鹿俱乐部和年轻的小伙子们一起喝酒——他不适合结婚。后来，当他们在星期天下午驾着那辆鲜艳夺目的马车经过时，我们都躲在百叶窗后面说“可怜的埃米莉”，但埃米莉小姐依旧把头扬得高高的，霍默·巴伦歪戴着帽子，嘴里叼着雪茄，戴着黄手套，一手握缰绳，一手挥马鞭。

于是，有些女人就开始说这是小镇的耻辱，给年轻人树立了坏榜样。男人们并不想干涉，但最终女士们还是迫使浸礼会[①]牧师——埃米莉小姐一家是圣公会[②]教徒——去拜访她。这位牧师永远也不会提及那次见面发生了什么事，但他拒绝再去。接下来的那个周日，他们又乘马车在街上到处逛，第二天，牧师的妻子给埃米莉小姐在亚拉巴马州的亲戚写了封信。

于是埃米莉小姐的家中又有亲戚来访了。我们静观其变，看事态如何发展。起初什么事也没有发生，于是我们都确信他们就要结婚了。我们了解到埃米莉小姐已经去过珠宝店，并且预订了一套银质男性盥洗用具，每件都刻着“霍·巴”（H. B.）的字样。两天后我们了解到她已经买了男士套装和一套睡衣，于是我们都说“他们结婚了”。我们由衷地感到高兴。我们高兴是因为这两个堂姐妹其实比埃米莉小姐在任何时候都更像格里尔森家的人。

所以，霍默·巴伦离开的时候，我们并没有感到意外，那时候街道竣工已有一段时间了。我们对他没有告诉大家悄悄离开略感失望，但我们相信他离开是去准备迎接埃米莉小姐的到来，或者说是为了给她一个摆脱亲戚的机会。（那时我们已经形成一个密谋小组了，我们都是埃米莉小姐的盟友，帮她摆脱她的堂姐妹。）果不其然，

---

① 浸礼会（Baptist）是17世纪从圣公会分离出来的一个派别。浸礼会的核心思想强调信徒与上帝的直接联系，无须神职人员和教会为中介，反对为婴儿受洗，只吸收具有判断力的志愿者入教。受洗者必须全身浸入水中，称为“浸礼”。——译者注

② 美国圣公会（Episcopal）的诞生是英国和爱尔兰的圣公会在美国传教的成果。美国圣公会保持了圣公会的神学认识和宗教传统，以《圣经》、基督传统、理性共同作为圣公会的信仰根基，自我描述为“遵循大公教会传统的新教派别”。——译者注

又过了一周，她们就离开了。如我们所料，不到三天，霍默·巴伦就回到了镇上。一天黄昏，一个邻居看见那个黑人在厨房门口把他迎进了屋。

那是我们最后一次看见霍默·巴伦。而且我们好久都没有看见埃米莉小姐了。那个黑人提着菜篮子进进出出，但前门一直紧闭。我们时不时会在一扇窗前扫一眼她的身影，就像那天夜里去撒石灰的人看见她那样，不过都快六个月了，她一直没有在街上露面。于是，我们明白这也是意料之中的事。似乎她父亲多次阻挠她过女人生活的那种脾性太恶毒、太强烈了，仍然阴魂不散。

等我们再见到埃米莉小姐的时候，她已经发福了，头发也变得灰白了。在随后的几年里，她的头发颜色变得越来越灰，直到变成均匀的铁灰色就不再变了。直到她 74 岁去世那天，她的头发仍然是那种生机勃勃的铁灰色，就像一位精力充沛的男人的头发。

从那时起，她家的前门就一直紧闭，只有在她快 40 岁的时候，大概有六七年时间，她教瓷器彩绘课。她把楼下的一个房间布置成一间画室，萨特里斯上校那代人都把女儿和孙女送到那里学习，准时准点，风雨无阻。这种精神简直就像星期天送她们去教堂，手里捏着两毛五分钱的硬币投进奉献盘[①]。就是在这个时期,她的税款被免除了。

后来新一代渐渐成为这个镇的中坚力量和精神支柱，画画的学生们也都长大成人、逐渐离开了，不再让他们的孩子们带着颜料盒、乏味的画笔和从女士杂志上剪下来的插图画去埃米莉小姐家了。最后一个学生离开之后，她的前门就关上了，这一关就是永远。镇上实施免费邮递服务时，只有埃米莉小姐一人拒绝他们在她的门上钉

① 奉献盘（collection plate）是教堂用来为慈善机构或教堂募捐的盘子。——译者注

上金属门牌号码，并把邮箱挂上去。她不听他们的。

日复一日，月复一月，年复一年，我们眼看着这个黑人头发变白，后背变驼，他依旧提着菜篮子进进出出。每年的12月，我们会给她寄去纳税通知单，一周后就会被邮局退回来，无人签收。不时地，我们会在一楼的一扇窗口看到她的身影——就像神龛里的一尊偶像雕塑——显然她把顶楼封起来不用了。我们也说不清楚她到底有没有在看我们。她就这样活过了一代又一代人——尊贵稀缺，难以回避，不容干涉，平静安详，格格不入。

她就这样死了。在那栋落满灰尘、鬼影幢幢的房子里，她病倒了，照顾她的只有一位老态龙钟的黑人。我们甚至都不知道她病了，我们早已不再试图从那个黑人那里打听什么消息了。他跟谁都不说话，甚至可能跟她也不说话，他的声音听起来沙哑而迟钝。

她死在楼下的一个房间里，躺在一张挂着帷幔的笨重胡桃木床上，她的灰发头颅枕在一个枕头上。由于长年不见天日，枕头已经泛黄发霉了。

五

那个黑人在前门迎进了第一批女士，她们叽叽咕咕地低语，好奇而迅速地四处打量，随后他就不见了。他径直穿过宅子，走出后门，再没人看见过他。

埃米莉小姐的两个堂姐妹随即赶到。她们第二天就为她举行了葬礼，全镇的人都来看埃米莉小姐。她躺在买来的花丛中，他父亲那幅蜡笔肖像画就挂在她的上方，带着深思熟虑的表情。这些女士叽叽咕咕地低语，一副大惊小怪的样子；而那些上了年纪的先生——有些人身着刷洗干净的邦联制服——站在门廊和草坪上，谈论着埃米莉小姐，仿佛她是他们的同辈人，相信他们和她跳过舞，也许还曾向她求过爱呢，像老人们做的那样，混淆了时间的数学进阶。对他们而言，所有的过往不是一条渐行渐窄的路，而是一大片不受严冬摧损的牧场。最近十年的狭窄瓶颈现在把他们与这个牧场分隔开来了。

我们都知道楼上有个房间，不过四十年里没人见过，得把门撬开才行。他们一直等到埃米莉小姐体面地入土之后才把它打开。

破门而入的冲力让整个房间烟尘弥漫。在这个为新娘装饰布置的房间里，似乎到处都能闻到一股坟墓里那种稀薄刺鼻的气味：褪色的玫瑰色帷幔上，玫瑰色灯罩的灯上，梳妆台上，精致的成套水晶器皿上，男士的盥洗用品上，到处都是这种气味。这些洗漱用品背面的银色已经失去光泽，上面的缩略字母已模糊不清。在这些东西中间，一个衬领和一条领带好像是刚摘下来的。把这些东西提起来，上面留下一个灰白色的新月形灰尘印痕。一把椅子上搭着细心叠好的一套西装，衣服下方放着两只默默无语的鞋子和一双被丢弃的袜子。

那个男人就躺在床上。

我们只是久久地站在那里，低头看着那张干枯的脸上龇牙咧嘴、讳莫如深的笑容。这个躯体显然曾以拥抱的姿势躺着，现在长眠超越了爱情，甚至征服了爱情的鬼脸，给他戴了顶绿帽子。那件睡衣下面，他腐烂得所剩无几的尸骸与他躺的床已经无法分开了。他的身上和身旁的枕头上均匀地覆盖着一层经年累月积淀下来的灰尘。

接着我们注意到，第二个枕头上有一个人头的压痕。我们中的一个人从枕头上捏起了什么东西，我们凑上前去，闻到一股隐而不见的淡淡干呛味，发现是一缕铁灰色的长发。

（牛薇威译，代显梅校）

作品赏析

历史的负担

余华在《活着》的中文版自序中写道："也有这样的作家，一生都在解决自我和现实的紧张关系，福克纳是一个成功的例子，他找到了一条温和的途径，他描写中间地带的东西，同时包容了美好和丑恶，他将美国南方的现实放到了历史和人文精神之中，这是真正意义上的文学现实，因为它连接了过去和未来。"[①]这段话准确地概括了福克纳的文学创作特色，帮助我们提炼了《献给埃米莉的玫瑰》这个故事的主旨。自我与社会的紧张关系、南方与北方的恩怨情仇、过去与现在的人性链接，这便是福克纳在本故事中表达的内涵。

爱伦·坡在《写作原理》中强调故事的"统一效果"（unity of effect），并且说"如果首句没有意欲产生这种效果，那么他一开始就栽倒了"[②]。本故事的开始就是一个典型的爱伦·坡式首句，包含着整个故事的预设效果：第一句话单独成段，把故事的时间、地点、人物、事件、结局全部包含进来，并且留下诸多耐人寻味的问题——埃米莉长期足不出户、与世隔绝，究竟是什么原因？男人们为何对死者"怀着尊重之情"？妇女们为何对她的屋子满怀好奇之心？死者为何被比作一座倒塌的纪念碑？纪念的又是什么？阅读的兴趣之帆扬起，读者亟待乘风破浪去远航，去揭开诸多困惑自己的谜底。

① 余华：《活着》，作家出版社，2012，第2–3页。

② Edgar Allan Poe, "The Philosophy of Composition", *Selections from the Critical Writings of Edgar Allan Poe* (New York: Gordian Press, 1981), p.151.

一、自我与社会的紧张关系

熟悉英国现代主义小说的读者会记得，在同时期爱尔兰作家詹姆斯·乔伊斯的笔下，第一人称叙事人与都柏林社会总是格格不入，这是西方现代主义文学的普遍基调。然而，同为现代主义小说家的福克纳，却让本故事的叙事人站在大众之列，自始至终用“我们说”和“我们相信”来引出故事情节。这种叙述策略直接隐去了叙事人的个人情感好恶，让个人成为社会的一部分。当埃米莉小姐与全镇人势不两立的时候，叙事人又似乎成了一个旁观者，客观地讲述镇里人对她的态度，把个人与社会的紧张关系转变成极端保守的南方贵族阶层与现代民主社会之间的紧张关系。

作为末代贵族，埃米莉小姐有着和她的祖先与亲戚一样的高傲和怪癖，拒绝社会和历史的变迁，拒绝一切改变与合作。这种坚决不妥协的态度让她在去世前的四十多年里一直过着与世隔绝的生活。故事用了五个词准确地概括了埃米莉小姐的性情与为人：尊贵稀缺，难以回避，不容干涉，平静安详，格格不入。事实上，故事也是围绕她的这五种性情展开的。在纳税一事上，埃米莉小姐的任性可以说到了不可理喻的地步，但是无论是老一辈的萨特里斯上校还是新生代的治安官都选择宽容这个性情乖张的老姑娘，而不是严厉地惩罚她。

在与巴伦的关系中，在臭味事件中，在与镇上的人交涉中，埃米莉小姐都表现得我行我素，病态而乖戾。她用砒霜毒杀巴伦，把他的尸体藏匿在顶楼四十年，而且与他相拥而卧，这种病态的占有行为让人毛骨悚然，但埃米莉小姐却做得不动声色，心安理得。在因为杀死巴伦而引起的臭味事件中，镇里人的表现最让人动容。在与埃米莉小姐协商无果的情况下，他们选择让步，在不打扰她的情况下镇上的人自行处理臭味。在埃米莉小姐的不近情理和镇上人的宽宏大量的鲜明对照中，福克纳的幽默显而易见——“第二天午夜过后，四个人穿过埃米莉小姐家的草坪，像夜贼一样在那所房子的周围鬼鬼祟祟地溜着走，在砖墙脚和地窖入口处嗅来嗅去，与此同时，其中一个人用手从背在肩上的粗布袋子里边掏边撒，动作像播种谷物那么规律”。这种无伤大雅的幽默把社会对个人的包容写得生动而深刻。

简言之，在埃米莉小姐与镇上所有人——上至镇长下至近邻，上至长者下至晚辈——的社会交往中，我们看到一个无可奈何的社会对一个不可理喻的个人的委曲求全，甚至姑息纵容。正如叙事人所说，“埃米莉小姐在世的时候，对镇上的人来说一直都是一个传统、一份责任和一种牵挂”。相反，作为主人公的埃米莉小姐却显得处处难为社会，事事与社会作对，这种个人肆无忌惮地冒犯社会的行为简直可以说是福克纳对现代主义文学的质疑与逆写。

二、南方与北方的恩怨情仇

故事不断提到的时间点，让读者注意到美国历史的变迁给这个小镇和埃米莉的家族带来的影响：美国南北战争给南方种植园经济造成毁灭性打击，工业化的北方入侵农业化的南方——“汽车修理厂和轧棉厂已经蚕食甚至抹去了那个街区十分显赫的家族；唯有埃米莉小姐的大宅依旧傲然挺立，高踞于那些轧棉机和油泵之上，以一种顽强不屈、独领风骚的姿态在悄然地衰朽着”。一座古旧的宅邸象征着一种试图不顾历史的变迁巍然屹立于现代生活之上的贵族信念。

这就解释了埃米莉小姐与周围社会格格不入的原因：镇政府允许工业化的北方蚕食她作为贵族的特权利益，这是现代化的北方对传统的南方农业生产方式的侵犯与剥夺。这就解释了为什么当全镇人都把北方来的工头霍默·巴伦当作宝贝似地宠爱着时，埃米莉小姐却带着南方贵族的傲慢和仇恨在爱情的掩饰下冷静地密谋了一个报复计划。以埃米莉小姐从小被父亲严加管束、以这一家贵族的孤傲和特权意识、以这个家族遗传的疯狂，埃米莉小姐能理性而真诚地爱上霍默·巴伦这个“北方佬”和“打零工的人”吗？答案必然是否定的。但埃米莉小姐却不顾镇上妇女们的闲言碎语和本家女亲戚的劝阻，也不在乎霍默·巴伦“不适合结婚”的放荡行为，依然选择和他乘车兜风，甚至筹备一应俱全的结婚用品，这不是有悖南方贵族的常情吗？这种瞒天过海的异常行为也只有那个溺爱她的社会才不加怀疑地接受了下来。

因此，埃米莉小姐对巴伦的谋杀只能被理解为，屈辱的南方失败者对扬扬自得的北方胜利者实施的一种悄然冷酷的报复行为，镇里的人包容埃米莉小姐的各种貌似荒谬乖戾的行为也可以被理解为，虽然内战后南方不得不被北方强行挟持着实现工业化，但南方人的潜意识里都存在着像埃米莉小姐一样破碎的贵族梦和田园生活方式的旧梦，埃米莉小姐只是把他们心中挥之不去的贵族怀旧情结表现了出来，具象化为一种不合时宜甚至阴森恐怖的怪诞行为。埃米莉小姐对巴伦的谋杀也可以被看作是，南方世家的后代福克纳对曾经辉煌的种植园生活模式的悲悼与怀恋的隐形书写，只是奴隶制这个原罪让他无法直抒自己的怀旧胸臆，只能将其化作一种欲说还休的矛盾心理，就像镇里人对待古怪的埃米莉小姐的矛盾态度。

与此同时，还有一个值得注意的现象就是，作为南方小镇的一分子，叙事人自始至终都表现出男尊女卑的大男子主义倾向，这应该是种植园生活方式的结果。男主外女主内的农业生活方式让南方种植园的女性大部分时间与奴隶待在一起，管理奴隶，有时候还不得不与年轻的女奴分享自己的丈夫。故事的一开始，埃米莉小姐死了，“男士们怀着对一座倒塌的纪念碑的尊重之情，女人们则大多出于好奇，想一探大宅的究竟”。男人的情感表现为具有历史意识的严肃庄重，而女人的好奇仅仅是窥探别人家的隐私。对于镇政府对埃米莉免税的理由，叙事人说“只有一个女人才会信以为真”。可见，叙事人似乎觉得女人是轻信一族。在终于能进入埃米莉小姐家的屋里时，女人们的表现是“叽叽咕咕”“大惊小怪”。总之，女人在这个故事里被刻画成爱管闲事、爱说闲话、缺少理性的劣等性别——埃米莉小姐的姑奶是个疯子，她的两个女亲戚虽然出现了两次，也形同虚设，没有发挥实际作用；而埃米莉小姐更是不可理喻的化身，故事结尾处，在她与死人拥抱而卧、同床共眠这个发现上，女性的疯狂可以说是登峰造极了。

与南方女性的非理性形成对照的是叙事人对南方绅士传统的不断强调。这个传统不仅由史蒂文斯法官所说的那句话——“见鬼……你能当面指责一位女士，说她臭气熏天吗？”——来体现，而且由参加埃米莉小姐葬礼时那些身穿邦联制服的老先生们，在这个特殊时刻回顾昔日南方悠闲自在的贵族生活方式来体现。南方的贵族社交礼仪是他们和埃米莉小姐共同拥有的集体记忆，是他们永远引以为豪的优雅传统，是他们在内战后南方失去特权之后的集体精神创伤。不难看出，在埃米莉小姐的葬礼上，这些绅士无限怀念的美好时光和绅士传统是建立在奴隶的妻离子散和艰苦劳役的基础之上的。故事的最后，那个消失的黑人象征着一种无偿的服务从南方生活中彻底消失。

三、历史与当下的人性磁链

雅斯贝斯在《时代的精神状况》一书中指出:“真正的高贵不是在一种孤立的存在中找到的。它存在于独立的人的相互联结之中。这样的人意识到他们有责任彼此发现。他们无论在何处相遇都彼此相助以致进步。”[①] 雅斯贝斯的这本书写于两次世界大战中间。面对被现代科学技术和物质欲望宰制的非精神世界,他呼唤人对过去“历史性沉入”,呼唤“在爱的交往中的实存之实现”。[②] 雅斯贝斯的话直接指向我们正在讨论的这个故事,帮助我们理解福克纳在南方现代化进程与历史遗迹之间的含混态度。这不是一种非此即彼的激进选择,而是一种如何兼而有之的文化融合思考。埃米莉小姐作为末代贵族,她对周围人群有一种自视甚高的孤傲,甘愿与世隔绝;与此同时,比起上一代人对埃米莉的宽宏大量,镇里的新生代明显对这个历史的负担表现出很大的不耐烦——在这些迫不及待地奔向新生活的年轻人眼中,她的价值观就像她的房子一样成了“让人极其讨厌的眼中钉”。双方水火不容成了故事中明显的历史裂隙,就像埃米莉小姐的皮革沙发在窗户透进来的光线里显出的裂缝,而叙事人的价值取向则蕴含在埃米莉小姐的同辈人身上——他们努力寻找理由为她免税,想办法与她和谐共处,在她的葬礼上,他们用甜蜜的回忆连接起南方曾经的光荣与梦想,并对这个历史的负担表达出无限的缅怀之情。

故事用倒叙手法先交代结局,把埃米莉小姐的死比作一座业已“倒塌的纪念碑”,其历史象征显而易见。叙事人对埃米莉小姐的宅邸外观和家里的家具器皿的描写多用“褪了色”或者“落满灰尘”,

---

① 卡尔·雅斯贝斯:《时代的精神状况》,第 218 页。

② 同上书,第 248 页。

以此强调这是一个已经衰朽的过去，甚至包括她的思想和做派都是与时代格格不入的过往。故事第四部分快结束的时候，叙事人再次提示读者“她就这样活过了一代又一代人”，暗示这个过去是现在“难以回避”的存在。故事的最后一部分再次呼应和强调埃米莉小姐作为历史的象征——虽然和她的同辈人一起顽强地坚守着过去的风俗和记忆，但是毕竟这本时间之书需要翻过这一页，历史的脚步从来不会为任何人停留。这时候，叙事人又站在新生代的立场上，客观评述老一辈不合时宜的怀旧执念——“对他们而言，所有的过往不是一条渐行渐窄的路，而是一大片不受严冬摧损的牧场。最近十年的狭窄瓶颈现在把他们与这个牧场分隔开来了”。这一幅长辈怀旧的剪影，在思想激进的新生代看来，显然有些遥远，甚至透着隔膜。叙事人对这些老人引以为豪的南方辉煌持一种理性的批评眼光。

在叙事人看来，虽然所有的过往都是一条渐行渐窄的路，但是整个人类世界却是“一大片不受严冬摧损的牧场”。现代世界若要健康发展，有一个光明美好的未来，必须尊重根深才能叶茂的自然规律，学会从废墟中汲取营养。南方的过去不仅有埃米莉及其家族代表的疯狂与乖戾，同时还有骑士精神和神圣的荣誉感，以及老一辈对埃米莉的包容。福克纳虽然是现代主义作家，但现代主义文学对环境与传统一贯的蔑视态度却与福克纳的小说有很大不同。在福克纳的故事中，过去与现在是一条天衣无缝的人性磁链，需要每一个有责任心和使命感的个体去精心呵护、谨慎取舍、尽力衔接。

四、结语

在美国文学中，霍桑和福克纳相差几乎一百年，分属两个不同的时代，但是他们对美国历史的强烈意识和深刻书写却有着惊人的相似，都属于那种扎根本土的地域作家，都能自觉地思考美国历史的原罪——霍桑在《七个尖角阁的老宅》(1851) 中思考清教祖先对印第安人的剥夺及后果，而福克纳则关注庄园主祖先的奴隶制原罪在现代生活中挥之不去的阴影。他们的小说因为直面历史问题，并做出文学家特有的人文思考，秉持理性而辩证的历史态度，所以他们在处理个人与社会、过去与现在的关系时才能帮助读者避免激进鲁莽的狂热态度，因为他们的作品在相关问题上就呈现出矛盾含混的情感和斑驳复杂的思想。可以说,《献给埃米莉的玫瑰》是福克纳献给南方贵族传统的玫瑰，也是他对一向不重视过去的美国社会的提醒：历史是一个不容忽视的存在，过去的日子无论是充满罪恶还是携带疯狂，人们都必须直面它的黑暗。只有汲取了历史的经验和教训，人们才不至于重蹈覆辙。

第十章

飞蛾之死[①]（1942）

弗吉尼亚·伍尔夫

作者简介

弗吉尼亚·伍尔夫（Adeline Virginia Woolf，1882—1941）生于英国伦敦，其父是英国著名的文学批评家、传记作家莱斯利·史蒂芬。伍尔夫是20世纪英国现代主义小说的代表人物，在两次世界大战期间，她是伦敦文学界特别是布鲁姆斯伯里团体的核心人物。这个文艺学术中心聚集了当时文化界的精英人士，经济学

① 《飞蛾之死》（"The Death of the Moth"）的初版时间是1942年。在伍尔夫去世（1941年）之后一年，她的丈夫伦纳德·伍尔夫（Leonard Woolf）将《飞蛾之死》与其他一些文章收录在《飞蛾之死和其他文章》这部文集中，于1942年首次出版。本译文根据1942年Harcourt, Brace and Company初版的版本翻译而来（Virginia Woolf, "The Death of the Moth", *The Death of the Moth and Other Essays*, New York: Harcourt, Brace and Company, 1942, pp. 3–6. ）。——译者注

家约翰·梅纳德·凯恩斯、画家邓肯·格兰特、艺术批评家罗杰·弗莱、小说家亨利·詹姆斯、哲学家罗素、诗人T. S. 艾略特、散文家阿尔多斯·赫胥黎等都是这里的常客。伍尔夫最知名的小说包括《达洛威夫人》(1925)、《到灯塔去》(1927)、《海浪》(1931)等。这些作品让伍尔夫成为现代主义小说的先锋人物。她对意识流手法的运用和对性别身份意识的探索让读者和评论家把她看作是一个锐意创新的作家。伍尔夫中后期的作品更倾向于对生命哲学的探讨，她的传记小说《奥兰多》(1928)在叙事技巧和主题思想上既是大胆的时空跨越试验，也是一次自我境界的突破。在身份、性别、民族、时空等问题上，伍尔夫真正实现了她在《一间自己的房间》中提倡的“自由而充分的表达”。这是她凝视生命本身、探索存在要义的文学书写，让她突破了评论家加在她身上的一切身份标签限制，成为一位境界高远的现代小说家。

译　文

扫码获取小说
英文原文和录音

准确讲，白天出没的蛾子不能叫飞蛾；它们不能唤起我们对黑沉沉的秋夜和盛开的常春藤花的愉悦感；而那种安睡在窗帘阴影里、再普通不过、翅翼下面是黄色的蛾子却总能讨人喜欢。这是一种杂交生物，既不像蝴蝶那么艳丽，也不像同类那么黯黑。不过，我眼前的这只飞蛾长着干草色的柳叶翅，翅膀边缘有一条干草色的流苏，他似乎对生活心满意足。这是一个九月中旬的早晨，天气温和宜人，人的呼吸比夏天的几个月畅快多了。窗子对面的田野里已经有犁铧在犁地了。犁铧所到之处，土地被翻耕平整，泥土的湿气闪烁着光芒。这般生机盎然的能量从田野和田野之外的丘陵地带涌过来，让人很难集中注意力看书。秃鼻乌鸦也在举行每年一次的庆祝活动——它们在树梢的上方盘旋，看上去好像是一张撒向空中的巨网，带着数以千计的黑结；过了一会儿，巨网缓缓落下，落在树梢上，直到每个树枝的末端都仿佛带着一个小黑结。突然，那张网再次撒向空中，这一次抛得弧面更大了，发出极大的喧嚣声和叫唤声，似乎撒到空中再缓缓落在树梢上是一种无比兴奋的体验。

激发秃鼻乌鸦、农夫和马匹的同一种能量，仿佛把贫瘠而光秃的山丘激活了，促使飞蛾闪动着翅膀从正方形窗框的一边飞到另一边，让人情不自禁地看着他。事实上，甚至让人意识到对他产生了一种奇怪的怜悯感。那天早晨，开心的可能性不仅很大而且很多。在生活中，他仅仅拥有一只飞蛾的份额，何况还是一只白昼的飞蛾，显得有些命运不济，而他却倾尽全力、热情地享受着自己有限的机遇，真是显得很可怜。他精力旺盛地飞到自己所在的一个窗格子的角落，稍停片刻，又飞到另外一个窗格子的角落。除了飞向窗格子的第三个角落，再飞向第四个角落，他还能做什么呢？纵使山丘连绵起伏，天空万里无垠，远处的房屋升起袅袅炊烟，海上的汽船不时传来浪漫的汽笛声，他能做的也就只有这些了。他尽了自己的最大努力。看着他，仿佛有一根纤细而纯净的能量纤维灌注进他脆弱而娇小的身体，这根纤维拥有来自世界的巨大能量。他每次飞过窗格子，我仿佛都能看见一缕生命之光。他微不足道，无关紧要，却是生命本身。

不过，由于他作为一种从敞开的窗户涌入的能量，其形式虽如此渺小，如此简单，却穿越了我本人和其他人的大脑中这么多狭窄而错综复杂的神经回路，因此他身上有某种神奇且惹人怜惜的东西。仿佛有人拿起一颗小小的、纯粹的生命之珠，用羽绒和羽毛尽可能轻地拍打它，让它翩然起舞，上下翻飞，以此向我们昭示生命的真谛。这种奇异的演示让人难以忘怀。看着他隆起后背、被主宰着、被赋予干草色、被阻挠着，不得不带着最大的谨慎和尊严移动身子，让人把生活的一切都忘了。想到假如他生成另一种形态，生命可能会是完全不同的情形，再次让人带着一种怜悯看待他的这些简单的动作。

过了一会儿，他显然跳舞跳累了，便落在窗台上的阳光里，奇异的场景既已结束，我便把他忘了。后来，我抬起头来，目光马上被他吸引了。他正在试着继续飞，似乎不是很生硬就是很笨拙，所以只能扑棱着翅膀飞到窗格子的底部，但他努力飞越窗格子的时候并没有成功。由于一心想着别的事情，我心不在焉地看着他一次又一次徒劳地努力着，下意识地等着他再次飞起，就像人们在等待一台暂时停运的机器重新运转起来，而不去思考它停转的原因。也许是在试了第七次之后，他从木制的窗沿上滑了下来，不停地抖动着翅膀，仰面朝天落在窗台上。他无助的姿势把我惊醒。我突然意识到他遇到了困难：他再也无法站起来了，他的腿徒劳地挣扎着。不过当我伸出一支铅笔想要帮他翻过身子的时候，我突然意识到他的笨拙和站不起来是死亡的来临。我又把铅笔放下了。

他的腿又抖动了一下。我看了看，仿佛在寻找与之搏斗的敌人。我向门外看去。外面发生了什么？大约是正午时分，田野的耕作已经停止。寂静与安宁取代了之前的生机勃勃。鸟儿飞走了，飞到小溪边觅食去了。马儿静静地站着。不过那种能量还在那里，聚集在外面，冷漠无情，对一切都无动于衷。不知怎的，它与这只干草色飞蛾是对立的。一切努力都是徒劳的。在面对即将到来的死亡时，人们只能看着那些细腿所做的艰苦卓绝的努力，这股毁灭性的力量只要愿意，可以吞没整座城市，不仅是一座城市，还有大量的人类；我知道，与死亡较量绝无获胜的可能。然而，在他筋疲力尽、停歇片刻之后，那些细腿又开始抖动起来了。这最后的抗争非常狂乱，乃至他最终成功地把身子翻转了过来。当然，人们的同情全部在生命的这一边。此外，在无人在乎或无人知晓的情况下，在这只微不足道的小飞蛾的一方，他为了保住他的无人珍视、无人愿意拥有的生命，竟然和如此强大的力量展开了殊死搏斗，他所做的巨大努力让人为之莫名地动容。无论如何，人们再次看到了生命，一颗纯粹的念珠。我再次拿起铅笔，尽管我知道这样做无济于事。我在这样做的时候，死亡明确无误的迹象也自行显现出来了。这个身体松弛下来，顷刻间变得僵硬。他不再挣扎。现在，这个微不足道的小生灵明白死亡是怎么回事了。我看着这只死去的飞蛾——如此强大的力量征服如此弱小的对手——这种微不足道、漫不经心的胜利让我深感惊奇。正如几分钟之前生命的奇妙，现在死亡同样奇妙。这只曾自己翻转过身子的飞蛾，现在高贵而安详地躺着，无怨无悔。啊，是的，他似乎在说，死亡比我更强大呢。

（李哲译，代显梅校）

作品赏析

生命的真谛

在本书选取的十个故事中，《飞蛾之死》的篇幅最短，仅仅五段内容，一千余字，中文翻译也不过两千余字，从篇幅上看不到《抄写员巴特比：一个华尔街的故事》的十分之一，但其语言的力度和内容的分量却不亚于本书所选的任何一个故事，甚至有过之而无不及。除了篇幅的奇短之外，这个故事还有另外几个特点：很多时候，伍尔夫的短篇小说让读者难以判断究竟是散文还是短篇故事，因为它们既有散文形散神不散的微言大义，又不缺乏短篇小说的人物、时间、地点、情节和结局这些元素；这个故事的主人公是唯一非人类的昆虫；这个故事凝视生命本身，是关于生与死的哲思与诗意表达，不涉及任何社会与人性的是非批判。

一、卑微的生

该故事的主人公是一只“微不足道”的白昼飞蛾。为了突出他的卑微存在，叙事人把他置于窗外辽阔的田野和无垠的天空这个大背景之中。外面世界里数以千计、漫天飞舞、自由起落的小鸟让飞蛾的世界显得更加狭小且备受约束。叙事人甚至发现他在同类飞蛾中都相形见绌——这只飞蛾不仅形态弱小，而且色泽干枯，“既不像蝴蝶那么艳丽，也不像同类那么黯黑”。这么不起眼的一个小生灵，很容易被人忽略不计，更不用说讨人喜欢了。比起古希腊悲剧中的英雄，比起但丁在《神曲》中那两位能上天堂入地狱的诗人，甚至比起莎士比亚故事中的王公贵族，这个现代故事中的小飞蛾简直卑微到尘埃里，他甚至连做人的机会都没有，只能以最不起眼的昆虫形态存在于地球上。

然而，就是这样一只飞蛾却深深吸引了叙事人，引发了她对生命的赞叹和严肃思考。当叙事人联想到世界上这么多的机遇与快乐，而这个小生命却只能屈居一隅时，她对他产生了无限的怜悯之情，为他的命运不济感到深深地惋惜。不过，叙事人发现，这只飞蛾自己并不介意这可怜的际遇，他“似乎对生活心满意足”，他快乐地分享着促使宇宙万物活动的巨大能量之点滴，并“倾尽全力、热情地享受着自己有限的机遇”。

故事始终带着一种不易为读者觉察的张力向前推进：一方面是

叙事人对飞蛾的机遇不断表达居高临下的怜悯：“真是显得很可怜”“他还能做什么呢？”另一方面，又对飞蛾的努力表示出极大的理解与赞赏：“他能做的就只有这些了。他尽了自己的所能。”这种张力体现在这句概括性的主题句中：“他身上有某种神奇且惹人怜惜的东西。仿佛有人拿起一颗小小的、纯粹的生命之珠，用羽绒和羽毛尽可能轻地拍打它，让它翩然起舞，上下翻飞，以此向我们昭示生命的真谛。”

那么，这“生命的真谛”究竟是什么呢？难道在广袤的宇宙中，人的生命不就像这只小飞蛾一样“微不足道、无关紧要”吗？无论是功高盖世的英雄，还是叱咤风云的霸主，无非是十几个乃至几十个春秋的荣耀，接着便永远消失在历史的尘埃里。人的命运——一世的短暂驻足，一时的繁花似锦，比起日月星辰的高远与恒常，岂不是像飞蛾与窗外大千世界的比照？从这个意义上讲，这只飞蛾的命运和人类的命运没有什么两样。

二、高贵的死

这个故事不仅写了飞蛾卑微之生，而且写了他拼尽全力之后的死。他在死前的竭尽所能，他在死后的“无怨无悔”才是作者留给读者的深刻记忆，才是更深层的“生命的真谛”的写照。死亡，这是地球上所有生灵注定的命运，在死亡面前所有生灵一律平等。叙事人告诉我们：“在面对即将到来的死亡时，人们只能看着那些细腿所做的艰苦卓绝的努力，这股毁灭性的力量只要愿意，可以吞没整座城市，不仅是一座城市，还有大量的人类；我知道，与死亡较量绝无获胜的可能。”这句话不仅廓清了一切生物的宿命，更提醒我们，即使“与死亡较量绝无获胜的可能”，飞蛾仍然做着自己“艰苦卓绝的努力”，即小飞蛾对死亡的抗争才是生命的真谛。

可见,伍尔夫的故事不是为了宣扬死亡的来势凶猛和强大无比,而是强调在注定的死亡面前,飞蛾是如何不遗余力地进行抗争的。从飞蛾的行动反观人类,他们有多少努力是受神圣信念的驱使?有多少行动是众望所归的进取?有多少拼搏是众目睽睽之下的表演?而比人类更忠于生命本身的是飞蛾与死神的搏斗。飞蛾的行动既不考虑是否有人知晓,更不在意是否获得嘉奖,他一旦拥有生命,哪怕这生命“无人珍视”“无人愿意拥有”,他也对它负全部的责任,保护它是他至高无上的使命。“生命诚可贵,爱情价更高。若为自由故,二者皆可抛”,小飞蛾不懂人类的道理,他只把有限的生命能量发挥到极致,然后无怨无悔地死去。在叙事人看来,这便是生命的高贵与真谛了。

三、生命的尊严

叙事人除了借助小飞蛾隐喻众生平等的卑微之生和高贵之死这两层生命的真谛之外,还有更深层的人类反思和自我批评意识。在谈到宇宙间那一股激发一切生命运动的巨大能量时,叙事人不仅赞扬这股能量让生命成为可能,促使窗外的大世界和窗内的小飞蛾充满生机,而且描写这股能量结束了小飞蛾的生命,继而让想象力和笔触延展下去——“这股毁灭性的力量只要愿意,可以吞没整座城市,不仅是一座城市,还有大量的人类”。换言之,天灾人祸皆来自这股势不可挡的能量,它不仅导致地震、火山、洪涝、干旱、泥石流等自然天灾,而且这股能量灌注进人类的躯体后,会被异化为不可遏制的物欲和权欲,从而造成更具毁灭性的战争人祸。伍尔夫亲历第一次世界大战中德国飞机一连数日对伦敦狂轰滥炸,亲历亲朋好友在战争中死亡与遭受创伤,她太知道人类误用能量所产生的毁灭性后果了。相比之下,眼前这只小飞蛾利用微弱的生命能量,欢快活泼地舞蹈、安详尊贵地死去更显得高尚且明智。

飞蛾仅是一只昆虫，但叙事人却用男性第三人称代词“他”来称呼之，足见飞蛾在叙事人心中的尊贵地位。故事的结尾处，看着死去的飞蛾，叙事人感叹道：“这只曾自己翻转过身子的飞蛾，现在高贵而安详地躺着，无怨无悔。”飞蛾之所以“高贵”，在于他像古希腊英雄一样，面对神秘的命运，表现出坚定不移的抗争，这种明知不可为而为之的勇气让他弱小的生命显得非同寻常。尽管叙事人知道（或许飞蛾也知道）“一切努力都是徒劳的”，但小飞蛾并没有因此而气馁——“他每次飞过窗格子，我仿佛都能看见一缕生命之光。他微不足道，无关紧要，却是生命本身”。

这个生命虽然弱小，却没有辜负灌注进他娇小身体里的能量。在青春年少时，他“心满意足”地用这有限的能量尽情舞蹈，在窗格子之间的方寸空间里快乐地展示生命的活力；在面对困难时，他没有向外力求助，而是默默地奋力拼搏——“自己翻转过身子”；在强大的死神面前，他又用所剩无几的能量，为保卫自己宝贵的生命做英勇的抗争，表现出对生命的珍爱与留恋——“这最后的抗争非常狂乱……竟然和如此强大的力量展开了殊死搏斗，他所做的巨大努力让人为之莫名地动容”。飞蛾的行为岂止让人动容，人类应该感到自愧不如，他教育人去承接生命“纯粹的念珠”。

在西方伦理思想史上，古典时期的尊严观提倡人自身的高贵修为，而现代时期的尊严观则更多注重社会的承认[①]。在伍尔夫的这个貌似现代主义的故事里，她对飞蛾充满尊重与同情的细腻描写，展示了她刻在骨子里的古典品位和写实主义功底，这也提醒我们，伍

① 关于西方伦理思想史中的“尊严”发展和演变，更详细的讨论请参考笔者和楚梦云合写的论文《古典与现代的调和——从〈长日留痕〉论石黑一雄的尊严观》，载《东北大学学报（社会科学版）》，2023年第6期，第131–138页。

尔夫在文学创作的后期对诸如性别问题、身份问题和种族问题的超然态度。

四、结语

这个故事发表于伍尔夫去世一年之后，无疑是她晚期创作的精品之一，体现着这一时期伍尔夫“洗尽铅华始见真”的人生哲思，她对生命的大彻大悟让她能对天下苍生一视同仁。这个故事与伍尔夫的长篇小说《奥兰多》(1928) 的主题相呼应，只是更加凝练地表达了作家对生命的理解。奥兰多在自文艺复兴时期开始至 20 世纪 20 年代长达近五百年的时空中，逐渐摆脱了对贵族头衔和特权等级的迷信，摆脱了性别加在身上的诸多成见，摆脱了种族与民族价值观的傲慢意识，摆脱了对文学大师和各种既定概念的盲从，最终在家族庄园里的普通劳动者身上看到了生命的意义，在他们朴实无华的日常劳作中，奥兰多体会到生命的华彩。《飞蛾之死》与《奥兰多》相隔十多年，却和这部作品一样，都用抒情诗般的语言和严谨精致的故事结构，谱写了一曲生命的赞歌。飞蛾的乐天知命、不忧不惧、充分利用既有机遇和能量的生和平静安详的死都体现着生命的高贵与神圣。

参考书目

中文参考书

1. 艾略特 . 传统与个人才能：艾略特文集 · 论文 [M]. 卞之琳，李赋宁，等译 . 上海：上海译文出版社，2012.
2. 博尔赫斯 . 探讨别集 [M]. 王永年，黄锦炎，译 . 上海：上海译文出版社，2015.
3. 布鲁姆 . 短篇小说家与作品 [M]. 童燕萍，译 . 南京：译林出版社，2016.
4. 菲尔斯基 . 文学之用 [M]. 刘洋，译 . 南京：南京大学出版社，2019.
5. 福柯 . 疯癫与文明 [M]. 刘北成，杨远婴，译 . 北京：生活 · 读书 · 新知三联书店，2012.
6. 弗洛姆 . 论不服从 [M]. 叶安宁，译 . 上海：上海译文出版社，2017.
7. 卡尔维诺 . 为什么读经典 [M]. 黄灿然，李桂蜜，译 . 南京：译林出版社，2012.
8. 陆建德 . 击中痛处 [M]. 上海：上海书店出版社，2013.
9. 萨义德 . 人文主义与民主批评 [M]. 朱生坚，译 . 北京：中央编译出版社，2017.

10. 斯坦纳 . 语言与沉默：论语言、文学与非人道 [M]. 李小均，译 . 上海：上海人民出版社，2013.
11. 滕尼斯 . 共同体与社会 [M]. 张巍卓，译 . 北京：商务印书馆，2019.
12. 雅斯贝斯 . 时代的精神状况 [M]. 王德峰，译 . 上海：上海译文出版社，2013.
13. 余华 . 活着 [M]. 北京：作家出版社，2012.

英文参考书

1. BLOOM H. Western Canon[M]. Boston: Houghton Mifflin Harcourt, 2014.
2. CONRAD J. Amy Foster[M]// Typhoon and Other Stories. London: William Heinemann, 1921.
3. DICKENS C. The Signalman and The Ghost at the Trial[M]. Oxford: Macmillan Heinemann ELT, 2005.
4. ELIOT T S. Tradition and the Individual Talent[M]// The Sacred Wood: Essays on Poetry and Criticism. New York: Alfred A. Knopf, 1921.
5. ELLISON D. The Ghost of Injuries[EB/OL]. [2025-05-12]. https://www.tandfonline.com/loi/rtpr20.
6. FAULKNER W. A Rose for Emily[M]// DI YANNI R, ed. Literature: Reading Fiction, Poetry, and Drama. 6th ed. New York: McGraw Hill, 2008.
7. HAWTHORNE N. Twice-Told Tales[M]. New York: Maynard, Merrill & Co, 1897.
8. JAMES H. Complete Stories, 1892–1898[M]. New York: The

Library of America, 1996.

9. JAMES H. The Art of Fiction[M]// Literary Criticism. Vol. 1. New York: The Library of America, 1984.
10. JOYCE J. Dubliners[M]. London: Grant Richards Ltd., 1914.
11. KIPLING J R. The Gardener[J]. McCall's Magazine, 1925(4):1-11.
12. MANSFIELD K. An Ideal Family[M]// The Garden Party: And Other Stories. New York: A. A. Knopf, 1923.
13. MELVILLE H. Bartleby the Scrivener[M]. New York: Melville House Publishing, 2004.
14. MUMFORD L. Men Must Act[M]. New York: Harcourt, Brace and Company, 1939.
15. MUMFORD L. Green Memories: The Stories of Geddes Mumford [M]. New York: Harcourt, Brace and Company, 1947.
16. POE E A. Selections from the Critical Writings of Edgar Allan Poe[M]. New York: Gordian Press, 1981.
17. SONTAG S. Against Interpretation and Other Essays[M]. New York: Farrar, Straus & Giroux, 1966.
18. STOREY G, BROWN M, TILLOTSON K, eds. The Letters of Charles Dickens: Volume 11: 1865–1867[M]. New York: Oxford University Press, 2000.
19. WOOLF V. The Death of the Moth and Other Essays[M]. New York: Harcourt, Brace and Company, 1942[EB/OL]. [2025-05-12]. https://www.nobelprize.org/prizes/literature/1907/summary/.

致 谢

也许因为我的新书《艺术创造生活：亨利·詹姆斯的艺术主题小说研究》讨论的是亨利·詹姆斯的小说“为生活而艺术”这个话题，在出版之后，我就越发希望能把经典文学作品的人文价值揭示给普通读者，换一种非学术的方式去架设经典文学与现实生活之间的桥梁。恰在这时候，中国人民大学出版社的王海龙和黄婷编辑邀请我写一本“文学与生活”的文学赏析文集，让普通读者能走近文学大师的经典作品，从中获得真知灼见，以指导自己的人生。我们的想法不谋而合，这便是本书的由来。因此，我首先要感谢两位心怀大爱的出版人，感谢他们高度的社会责任感和真挚的邀约，让我把十多年的英语短篇小说阅读和教学感悟付诸笔端。我要特别感谢本书的责任编辑徐建娇女士，感谢她以精益求精的态度，对本书进行审阅和校对。

与此同时，我要感谢我的恩师刘意青教授和陆建德教授对本书的审阅和点评。刘老师年过八旬，最近三个月因为脚部轻微骨裂在家养伤，我因不得实情对她发出了不情之请，刘老师爽快应允说：“你的事情，我愿意帮忙。”她说自己是急性子，当天就阅读我的书稿到深夜，我的感动和心疼无以言表。刘老师对后学的扶持是文学人的大情怀，是文学经典在生活中的最佳实践。我读博士的第二导师陆建德教授更是以文本细读的剑桥功夫和洞幽察微的辨别力，在经典文学的品位上为我做出了最佳的榜样。当我十分忐忑地问陆老师是否能审阅一下拙作，给我写点反馈意见时，他立即回复："当然，十分荣幸！"第一本稚嫩的文学名篇翻译与赏析书稿能得到英美文学界两位优秀学者和师长的肯定，我感到非常荣幸。在此我谨对两位恩师的眷顾表达深深的敬意和感激。

近十年来，我在给中国人民大学英语系本科生开设"英语短篇小说选读"选修课，课程阅读材料都是英语经典作家的作品，本书所选的十篇短篇小说就是其中的一大部分，我在课堂上与学生们就这些故事有过多次交流与互动。我深知这些作品对培养读者的心智和感受力所产生的积极影响。上过这门课的同学普遍反映，这门课唤起了他们对文学和生活的极大热情。这门课加深了他们对现代世界的了解、对自己的认识，也让他们懂得如何善待自己与他人，知道如何更好地处理个人与社会之间的关系。鉴于此，我要感谢近十年来选修这门课的同学们，感谢他们在课堂内外的积极参与和热情互动。

此外，我还要特别感谢我的大学同学李安平先生和同事吴红云教授。安平热爱文学，有丰富的文学阅读经验和创作体会。每当我把翻译的故事和写完的赏析发给他看，希望他能从校外读者的角度给出反馈意见时，他总是慷慨应允，及时发来细致深刻的阅读感想。我亲如姐妹的同事吴红云教授作为英语语言学专业的优秀学者，对语言文字有独到的鉴别眼光，她曾与我耐心推敲、认真切磋导论部分中的几处表述，并提出了宝贵的修改意见。吴老师精益求精的治学态度在此可见一斑。本书得到两位良友的关爱何其有幸！

我同样要感谢我的六位博士生为本书所做的贡献。日常生活中，李哲、楚梦云、牛薇威、史晓雅、张奥苒和李囡同学都是我贴心的科研助手，在查阅资料方面，她们帮助我节省了大量的时间和精力，让我得以专心做本书的赏析写作和翻译校对工作。本书有八篇故事是她们翻译的，我在校对她们的翻译时严格遵循“信达雅”的标准，经常把她们的翻译修改得面目全非，甚至还要追加几句训导，但她们总是虚心接受。这几年，有她们几位同学在身边是我做导师的福分，感恩遇见。

图书在版编目（CIP）数据

文学与生活：英语短篇小说名篇翻译与赏析 / 代显梅编著. -- 北京：中国人民大学出版社，2025. 5.
ISBN 978-7-300-33958-0

Ⅰ. I106.4；H315.9

中国国家版本馆CIP数据核字第 2025PC6335 号

文学与生活：英语短篇小说名篇翻译与赏析

Wenxue yu Shenghuo: Yingyu Duanpian Xiaoshuo Mingpian Fanyi yu Shangxi

代显梅　编著

出版发行	中国人民大学出版社		
社　　址	北京中关村大街 31 号	**邮政编码**	100080
电　　话	010-62511242（总编室）		010-62511770（质管部）
	010-82501766（邮购部）		010-62514148（门市部）
	010-62511173（发行公司）		010-62515275（盗版举报）
网　　址	http://www.crup.com.cn		
经　　销	新华书店		
印　　刷	北京七色印务有限公司		
开　　本	890 mm × 1240 mm　1/32	**版　　次**	2025 年 5 月第 1 版
印　　张	11 插页 1	**印　　次**	2025 年 5 月第 1 次印刷
字　　数	260 000	**定　　价**	58.00 元

中国人民大学出版社读者信息反馈表

尊敬的读者：

感谢您购买和使用中国人民大学出版社的 ______________________ 一书，我们希望通过这张小小的反馈表来获得您更多的建议和意见，以改进我们的工作，加强我们双方的沟通和联系。我们期待着能为更多的读者提供更多的好书。

请您填妥下表后，寄回或传真回复我们，对您的支持我们不胜感激！

1. 您是从何种途径得知本书的：

□书店　□网上　□报纸杂志　□朋友推荐

2. 您为什么决定购买本书：

□工作需要　□学习参考　□对本书主题感兴趣　□随便翻翻

3. 您对本书内容的评价是：

□很好　□好　□一般　□差　□很差

4. 您在阅读本书的过程中有没有发现明显的专业及编校错误，如果有，它们是：

____

____

____

5. 您对哪些专业的图书信息比较感兴趣：

____

____

____

6. 如果方便，请提供您的个人信息，以便于我们和您联系（您的个人资料我们将严格保密）：

您供职的单位：______________________________

您教授的课程（教师填写）：______________________

您的通信地址：______________________________

您的电子邮箱：______________________________

请联系我们：黄婷　程子殊　王新文　王琼

电话：010-62512737，62513265，62515580，62515573

传真：010-62514961

E-mail：huangt@crup.com.cn　chengzsh@crup.com.cn　wangxw@crup.com.cn　crup_wy@163.com

通信地址：北京市海淀区中关村大街甲59号文化大厦15层　邮编：100872

中国人民大学出版社